杨慎《升庵诗话》与明代诗学

中州问学丛刊　刘志伟　主编

高小慧　著

图书在版编目(CIP)数据

杨慎《升庵诗话》与明代诗学/高小慧著.--上海：
上海古籍出版社,2022.11
(中州问学丛刊)
ISBN 978-7-5732-0521-6

Ⅰ.①杨… Ⅱ.①高… Ⅲ.①古典诗歌-诗歌研究-
中国-明代 Ⅳ.①I207.227.48

中国版本图书馆 CIP 数据核字(2022)第 211763 号

中州问学丛刊

杨慎《升庵诗话》与明代诗学

高小慧 著

上海古籍出版社　出版发行

(上海市闵行区景路 159 弄 1-5 号 A 座 5F　邮政编码 201101)
(1) 网址：www.guji.com.cn
(2) E-mail：guji1@guji.com.cn
(3) 易文网网址：www.ewen.co
浙江临安曙光印务有限公司印刷
开本 890×1240　1/32　印张 13.5　插页 3　字数 302,000
2022 年 11 月第 1 版　2022 年 11 月第 1 次印刷
印数：1—1,100
ISBN 978-7-5732-0521-6

I·3683　定价：58.00 元
如有质量问题,请与承印公司联系

《中州问学丛刊》总序

河南之地,古称中州。"中"者,谓其地在四方之中,亦谓华夏文明,根本在兹。此亦中原、中土、中国之"中"也。故商起乎东,周兴于西,皆宅兹中国,以御天下。

难之者曰:先哲不有云乎,"四方上下曰宇,古往今来曰宙"。时空无限,今人任择一点,皆可斟定为"中",是则天下本无"中",孰谓不然?况以现代眼光观之,各族类欲以世界文化中心自命者,皆难免偏隘之讥;而中华地广,习俗多异,艺学之道,各具风华,固不能齐于一者也。今有丛刊之创,名以"中州问学",其义何在?

答云:"中"字古形,象立一帜在环中,谓有志于此,小子何敢?然中州厚土,生长圣贤,发育英雄,实华夏文明之渊薮;布德泽于四方,吹万类而有声,无以过也。敬邀贤达,会集同仁,承绪古德,以求日新,虽谓力薄,实有愿焉。

中州之学,源深流广,更仆难数。言其大者,烨烨生光。

河出图,洛出书,隐华夏之灵根。老聃默默,仲尼仆仆,建儒道之本义。孟轲见梁惠王也,曰仁义而已矣。庄周于无何有乡,述逍遥为至乐。玄奘幼梵,发雄愿于万里;二程思精,垂道统于千祀。诗而能圣,杜子美用情深切;文以称雄,韩昌黎发义高迈。清明上河,图岂能尽;东京繁华,梦之不休。前贤往哲,或生于斯,或游于斯,焕乎其有文章;时彦来俊,或居境内,或栖海外,乐否共谈学问!

然后可言"问学"之旨。

吾人所谓"问学",本乎《中庸》"君子尊德性而道问学"之义。探究历史玄奥,抉发前人精义,光大华夏传统,固吾辈之责。

然又不尽于此。

问者,疑也。有疑乃有问,有问乃有学。灵均问天,子长叩史,所以可贵。故前贤可绍,非谓复述陈言;精义待发,必与时事相接。

惟清季民初以还,中外之交流日密,而相得之乐固存,龃龉之处亦多。因思学分东西,地判南北,而天道人心,洁净精微,自有潜通。由中国观世界、由世界观中国,近年学人颇措意于此,良有以也。

因兹发愿筹划"中州问学丛刊"。论其宗旨,欲置中州之学于世界史、人类史之视域,取资四方,融铸众学,考镜源流,执古求变,深思未来。亦以此心力,接续河洛学脉,催生当代中州学术文化流派。

谨诚邀宿学同规蓝图,共襄盛事。

是为序。

刘志伟

2020年仲夏于中州德容斋

稿　　约

敬启者：

　　本丛刊崇尚思想创新而以文献为基、学术为本，兼顾学术普及，将涵盖人文社会科学及其与诸学科交融之领域等，研究内容包括：

　　"中州"本源文化、"圣贤""英雄"文化与"人类新轴心时代"；21世纪学术文化研究系统、学科发展体系重构；华夏文物考古、非物质文化遗产的保护及其与当代文学、艺术创作之融合；人文社会科学及其与诸学科交融领域的专题性原创研究及集成性文献整理；以文献实学为坚实基础的思想与学理研究；东西方学术、文化巨匠的访谈对话；海外汉学著作翻译、研究；思想史、学术史研究。

　　诚邀尊撰，以光大丛刊！

《中州问学丛刊》编委会

2020 年 8 月

前　　言

古代中国是诗歌的国度。无论是"言志"说还是"缘情"说,其所指始终都是文学百花园中备受呵护和精心培育的诗歌。有了诗歌创作,自然会有学人对诗歌作品进行批评和鉴赏,对诗法句法进行规定和限制,对创作过程进行研究与总结,对诗人作家进行知人兼论世,对诗歌本事进行考订和发掘……举凡种种,都可以纳入某一特定的文体之内,"诗话"这一名字便应运而生。可以说,诗话是中国古代诗歌理论批评的一种特有形式,诗话以笔记体的形式来批评诗歌、记录诗事、讲说诗法,是中国诗歌繁荣发展的产物。诗话分为广义和狭义两种。《诗经·大雅·烝民》中的"吉甫作诵,穆如清风"和《诗经·大雅·崧高》中的"其诗孔硕""其风肆好"是我国现存最早的论诗文献。孔子《论语·阳货》之"兴观群怨"和《孟子·万章下》中的"知人论世"也都是多维度多层面地拓宽和加深对作品理解的批评和鉴赏方法。狭义的诗话,应该肇始于六朝钟嵘《诗品》,成熟于宋欧阳修《六一诗话》[①],至

---

① 当然,也有学人有着不同的观点。郑子瑜说:"欧阳修的《六一诗话》,一般以为是最早的诗话著作。……其实,最早的诗话著作应该是南朝宋刘义庆的《世说新语·文学篇》,它和稍后的《颜氏家训·文章篇》,都可以说是诗话的滥觞。"见郑子瑜《中国修辞学史稿》,上海教育出版社1984年版,第291页。

明清而蔚为大观,卷帙浩繁,汗牛充栋。根据诗话研究专家蔡镇楚先生的统计,流传至今的中国诗话之作,尚存有一千三百九十余部。①这些丰富的诗学遗产需要我们对其加以整理和研究,并给予一定的定位和评价,而这也是当今文学理论批评史研究的一项紧要而迫切的任务。

明代诗学的发展是在文学流派的论争中完成的,明代诗话的写作也始终是伴随着诗歌创作的实际需要和流派之间的激烈竞争而展开的。明末周亮工《尺牍新钞·选例》云:“文人聚讼,自古为然,尺牍纷争,于今更甚。自何、李倡道于前,艾、陈沸腾于后,近世因之,遂相慕效。一字之讹,一言之异,动生抵牾,论难百端。”②清初王夫之《姜斋诗话》卷二《夕堂永日绪论内编》批评明代分门别户的不良习气云:“诗文立门庭使人学己,人一学即似者,自诩为‘大家’,为‘才子’,亦艺苑教师而已。高廷礼、李献吉、何大复、李于鳞、王元美、钟伯敬、谭友夏,所尚异科,其归一也。才立一门庭,则但有其局格,更无性情,更无兴会,更无思致;自缚缚人,谁为之解者?昭代风雅,自不属此数公。……李文饶有云:‘好驴马不逐队行。’立门庭与依傍门庭者,皆逐队者也。”③二人把从明初高棅到明末竟陵几乎所有重要的流派一网打尽,说他们抛弃性情、兴会和思致这些文学的本质属性而创立各种派别,不过是自缚缚人,并非风雅正途。

对于明代势同水火的不同诗学见解,四库馆臣也予以整合并给予相对公允的评断。根据吴文治先生统计,现存宋诗话单独成

①　蔡镇楚《诗话研究之回顾与展望》,《文学评论》1999 年第 5 期。
②　周亮工《尺牍新钞》,上海书店出版社 1988 年版,第 4 页。
③　戴鸿森《姜斋诗话笺注》卷二,人民文学出版社 1981 年版,第 98—99 页。

书者有 170 多种,明诗话有 120 多种。①从《四库全书》的著录情况
来看,宋诗话有 34 种著作完整保存在《四库全书》之中,而明代诗
话仅有瞿佑《归田诗话》、李东阳《麓堂诗话》、杨慎《升庵诗话》、顾
起纶《国雅品》和陆时雍《诗镜总论》五种。《四库全书总目》著录明
代诗话作者共五人:李东阳、安磐、杨慎、王世懋、胡震亨。清代馆
臣对明诗话学术意义的否定可见一斑。除了明代诗话著录较少之
外,《总目》在提要的书写中对明代的作品与作者,也采取较为严厉
的批评:"诗文评之作,著于齐梁。观同一八病四声也,钟嵘以求誉
不遂,巧致讥排;刘勰以知遇独深,继为推阐。词场恩怨,亘古如
斯。冷斋曲附乎豫章,石林隐排乎元祐。党人余衅,报及文章,又
其已事矣。固宜别白存之,各核其实。至于倚声末技,分派诗歌,
其间周、柳、苏、辛,亦递争轨辙。然其得其失,不足重轻。姑附存
以备一格而已。大抵门户构争之见,莫甚于讲学,而论文次之。讲
学者聚党分朋,往往祸延宗社。操觚之士笔舌相攻,则未有乱及国
事者。盖讲学必辨是非,辨是非必及时政,其事与权势相连,故
其患大。文人词翰,所争者名誉而已,与朝廷无预,故其患小也。
然如艾南英以排斥王、李之故,至以严嵩为察相,而以杀杨继盛为
稍过当。岂其扪心清夜,果自谓然? 亦朋党既分,势不两立,故决
裂名教而不辞耳。至钱谦益《列朝诗集》,更颠倒贤奸,彝良泯绝。
其贻害人心风俗者,又岂鲜哉! 今扫除畛域,一准至公。明以来诸

---

① 吴文治主编《明诗话全编·重印说明》,江苏古籍出版社 1998 年版,第 1 页。
蔡镇楚统计明代诗话已知见书目 170 余部,其中以"诗话"名书者凡 48 部(含诗话集),
未名之"诗话"的论诗之作凡 130 余部。见蔡镇楚《论明代诗话》,《社会科学战线》1994
年第 5 期。周维德《全明诗话》收录 123 种,齐鲁书社 2005 年版。明诗话,《四库全书·
诗文评》著录 37 种,《四库全书总目提要》著录 40 种,《明史·艺文志》著录 38 种,《中国
丛书总录》著录 58 种,以上三种书目除去重出部分,共 98 种。

派之中,各取其所长,而不回护其所短。盖有世道之防焉,不仅为文体计也。"(《四库总目提要·集部总叙》)

在四库前,诗文评并没有独立的位置,有时候附于总集之内,有时候附于集部之末。直到四库才开始有诗文评,而其中最核心的部分则是诗话一栏。作为一部古代最重要的目录书,《四库全书总目》"阐明学术,考镜源流,成为中国古代最为重要的学术文化史"①。周积明说:"《总目》的编撰是一项具有'目的取向'或'价值取向'的主题文化实践活动,从这项实践活动中产生出来的作品理所当然地打有主题的精神印记,具有文化品性。"②对于上述四库馆臣对"党争""文争"的评价问题,邓富华曾言:"《总目》对争门户、好标榜的现象多有批评……也正基于此,《总目》对那些不甚依附门派的诗人表现出异乎寻常地推崇。"③也是中肯之论。门户之争始于宋代党争而盛于明代诗论。清代统治者为了巩固自己的统治需要,尤其打压朋党门户之争。上述明代五部诗话的作者,基本上都属于无别无派。无别无派者少了私人的恩怨和狭隘的功利,更多地专注于诗歌本身的良性建设和健康发展,因此也有着更加重要的建设意义和理论价值。

在诗话非常繁荣的南宋时期,就有学人对这一文体进行总结概括。南宋之初的许颛在其《彦周诗话》小序中说:"诗话者,辨句法,备古今,纪盛德,录异事,正讹误也。"④这里,"辨句法"属诗法,

---

① 司马朝军《四库全书总目研究·引言》,北京社会科学出版社2004年版,第1页。
② 周积明《〈四库全书总目〉文化价值重估》,《书目季刊》1997年第1期。
③ 邓富华《〈四库全书总目〉明诗批评述论》,《哈尔滨师范大学社会科学学报》2013年第2期。
④ 许颛《彦周诗话》,见何文焕《历代诗话》,中华书局1981年版,第378页。

"备古今"溯源流,"纪盛德"表功用,"录异事"资谈助,"正讹误"属考订,基本上已经把宋代诗话的内容囊括殆尽。古典诗学总结时期出现的《四库全书总目》对诗话内容的概括又有不同。四库集部诗文评类的序论把历来的诗文评著作举例分为五类:"(刘)勰究文体之源流,而评其工拙;(钟)嵘第作者之甲乙,而溯厥师承,为例各殊;至皎然《诗式》,备陈法律;孟棨《本事诗》,旁采故实;刘攽《中山诗话》、欧阳修《六一诗话》,又体兼说部。后所论著,不出此五例中矣。宋明两代均好为议论,所撰尤繁,虽宋人务求深解,多穿凿之词。明人喜作高谈,多虚憍之论,然汰除糟粕,采撷菁英,每足以考证旧闻,触发新意。《隋志》附总集之内,《唐书》以下,则并于集部之末。别立此门,岂非以其讨论瑕瑜,别裁真伪,博参广考,亦有裨于文章欤?"①以此来观照以往的中国古典诗话,基本上内容也不出这几方面。

　　清乾隆间钟廷瑛在《全宋诗话》小序中对诗话的内容作了更为详尽的罗列:"诗话者,记本事,寓品评,赏名篇,标隽句;耆宿说法,时度金针;名流排调,亦征善谑;或有参考故实,辨正谬误;皆攻诗者所不废也。"里面列举的内容繁多,涉及记事、品评、鉴赏、标句、说法、调谑、故实、纠谬等方面,看似比四库的分类更加丰富,但是也可以大致归为上述四库馆臣所提到的五类。《升庵诗话》代表着由宋代诗话"论诗及事"向明代诗话"论诗及辞"的明显转变和良性方向发展②,不再偏重论诗及事,而是更多地关注诗歌本身,朝着论诗及辞的方向继续发展,并显示出作者"有意为之"的创作倾向,

---

① 《四库全书总目提要·诗文评类一》卷首,文渊阁四库全书本。
② 章学诚《文史通义·诗话》,上海古籍出版社2015年版,第188页。

是"论文谈艺的严肃著作"①。

　　章培恒、骆玉明著《中国文学史》第七编《明代文学》云:"我们大致把从弘治到隆庆(1488—1572)的近百年划为明代文学的中期。这是明代文学从前期的衰落状态中恢复生机、逐渐走向高潮的时期。这种转变,一方面与文网的松弛有关(洪武朝被杀的高启和永乐朝被杀的方孝孺的遗著,在弘治、正德年间相继刊行,可说明这一点),而更重要的是前面所说的社会经济形态的变化以及与之相应的思想意识形态的变化所致。"②廖可斌《明代文学复古运动研究》如此评价明代的复古运动:"我们说明代复古运动归于失败,乃是就总体而言,就其发展前景而言,这并不意味着复古派的作品一无可取。恰恰相反,我们认为复古派作家创作过许多优秀的作品,其价值不容忽视。……复古派力图恢复主体与客观世界、情与理相统一的古典审美理想,强调主体精神特别是主体情感的地位,具有反程朱理学的进步倾向。在创作上,复古派作家也注重描绘丰富多彩的感情世界,展示自己的人格。他们的许多作品都个性鲜明,感情真挚动人,远非那些枯燥呆板地论道说性的道学家的诗文所可同日而语。"③根据吴文治《明诗话全编》,周维德《全明诗话》,刘德重、张寅彭《诗话概说》等前辈学者的界定,我们将《升庵诗话》视为一部明代中期的复古主义的评论类诗话,这样的界定大抵不差。

　　杨慎《升庵诗话》虽是随笔式地记录下字句校考、诗歌品评、源流论述,以及自我的创作心得,却是杨慎诗学理论的具体表征,并且带着显著的时代特征,"不随风俯仰,卓然自立,高举反复古主义

---

①　郭绍虞《清诗话前言》,见丁福保《清诗话》,上海古籍出版社1978年版,第3页。
②　章培恒、骆玉明著《中国文学史》(下),复旦大学出版社1996年版,第203页。
③　廖可斌《明代文学复古运动研究》,商务印书馆2008年版,第143页。

的旗帜,论诗主性灵,表现出一种可贵的批判精神"①,"拔戟自成
一队"②,在明代诗学发展史上具有较为重要的地位和影响。顾起
纶认为《升庵诗话》为明代五大批评著作之一,祁承爜《澹生堂藏书
目》所收诗话共 43 种,其中就有《杨升庵诗话》《诗话补遗》两部,③
可见《升庵诗话》是明代典型的诗话著作。李调元《升庵诗话序》则
说:"明自正嘉以来,言诗者一本严羽、杨士宏、高棅之说,以唐为
宗,以初盛为正始正音,中晚为步武遗响,斤斤权格调之高低,必一
于唐而后快。……呜呼! 亦思唐人果读何书、使何事,而遂以成一
代之作者已乎? 升庵先生作诗不名一体,言诗不专一代,兼收并
蓄,待用无遗,而说者或以繁缛靡丽少之。……试观先生之诗,有
不自己出者乎? 先生之论诗,有不自己出者乎? 知其自己出而犹
以是讥之,是犹责衣之文绣者曰:尔何不为短褐之不完也?"④丁福
保辑《历代诗话续编》收诗学著作 29 种,明代收有 9 种,其中就有
杨慎的《升庵诗话》。诗话专家蔡镇楚《中国诗话史》为诗话制定了
三条标准:关于诗的专论;内容互不相关的论诗条目连缀而成;诗
之"话"与"论"的有机结合,是诗本事与诗论的统一,"论诗及事"与
"论诗及辞"的契合无垠。⑤该书第三章《反拟古主义诗话》将杨慎
的《升庵诗话》视为明代反拟古主义诗话的第一部诗话。⑥朱易安

---

①　蔡镇楚《论明代诗话》,《社会科学战线》1994 年第 5 期。

②　沈德潜撰、王宏林笺注《说诗晬语笺注》,人民文学出版社 2013 年版,第 318 页。

③　《澹生堂藏书目》卷一四,《宋元明清书目题跋丛刊》第 5 册,中华书局 2006 年
版,第 278 页。

④　李调元《升庵诗话序》,见王文才、张锡厚辑《升庵著述序跋》,云南人民出版社
1985 年版,第 171 页。

⑤　蔡镇楚《中国诗话史》,湖南文艺出版社 1988 年版,第 7 页。

⑥　蔡镇楚《中国诗话史》,湖南文艺出版社 1988 年版,第 171—176 页。

《中国诗学史·明代卷》认为杨慎的诗学理论是格调论以外的诗学,并辟一节专论杨慎的考证诗学,①指出杨慎认为诗人的才与学是诗歌创作的根本,主张有创见;并且认为他基于才与学的基础上梳理诗学资料的做法,是对明代诗学的最大贡献。

蔡居厚《蔡宽夫诗话》云:"古今沿革不同,事之琐末者,皆史氏所不记,惟时时于名辈诗话见之。"诗话表现的不仅是作家们的诗学观念,而且更多的是其生发时代的史学意识、文化意识和审美意识。学人还发现,诗话非但具有诗歌方面的意义,还承载着很多其他的信息功能。如章学诚《文史通义·诗话》指出:"唐人诗话,初本论诗,自孟棨《本事诗》出,乃使人知国史叙诗之意,而好事者踵而广之,则诗话而通于史部之传记矣。间或诠释名物,则诗话而通于经部之小学矣。或泛述闻见,则诗话而通于子部之杂家矣。虽书旨不一其端,而大略不出论辞论事,推作者之志,期于诗教有益而已矣。"②他认为诗话虽属于集部,但又兼通经、史、子三部,就是说,诗话除评诗以外,还兼具史部之传记、经部之小学(训诂)、子部之杂家(笔记)的作用,而其根本宗旨,则为"期于诗教有益"。左东岭教授亦有言:"诗话包含着文人交际、诗社活动、诗坛风气、文人素养、风气趣味等等有关文学经验的丰富内涵。"③《升庵诗话》受到了明代前期诗学诗论的哪些影响,又对后来的诗论家产生哪些重要的影响以至于很大程度上决定了明清诗学的发展走向,正是我们要努力挖掘的宝藏。只有"进入过程的文学史研究"(蒋寅

① 朱易安《中国诗学史·明代卷》,鹭江出版社 2002 年版,第 112—119 页。
② 章学诚《文史通义》,上海古籍出版社 2015 年版,第 189 页。
③ 左东岭《"话内"与"话外"——明代诗话范围的界定与研究路径》,《文学遗产》2016 年第 3 期。

语),"对诗学在理论建构和批评实践上展开的各个层次进行多角度的透视"①,才能还原《升庵诗话》的诗学价值和时代意义。因此,才有了本书这些微小的挖掘和探讨。

---

① 蒋寅《关于清代诗学史的研究方法》,《江苏行政学院学报》2003 年第 4 期。

目　　录

第一章 《升庵诗话》版本流变考

据简绍芳《升庵先生年谱》载,弘治七年甲寅(1494),杨慎年仅7岁,其母黄氏就开始教授他唐绝,熟读成诵。杨慎11岁已经可以独立创作近体诗,有"一盏孤灯照玉堂"之句。14岁时又因一首《黄叶诗》被当时的文坛领袖李东阳收入门下,并感慨"此非寻常子所能,吾小友也"(《明史·杨慎传》)。正德六年(1511),24岁的杨慎殿试第一,授翰林修撰,正式进入仕途。然后因大礼议事件,勇言直谏的杨慎于明世宗嘉靖三年(1524)被削籍贬戍云南永昌卫。仕途的被迫中断反而玉成了杨慎。贬戍云南期间,杨慎不再面对暴戾的皇帝,也无须迎合黑暗的官场;不再被裹挟进错综复杂的人际关系,更不会被繁复芜乱的政事所搅扰。杨慎流连于文艺之中,寄情于山水之间,每日与志同道合之士饮酒唱和,谈诗论艺,才会取得如此卓越的文化和学术成就。

杨慎"平生著述,四百余种"①,在当时就受到了广大文人墨客的追捧。例如明代的胡应麟夸杨慎的诗歌"才情学问在弘、正后,

---

① 简绍芳,李调元校《升庵先生年谱》(及其他七种),中华书局1991年版,第7页。

嘉、隆前,挺然崛起,无复依傍,自是一时之杰"①。李贽更是直接将杨慎与李白、苏轼并列,称:"升庵先生固是才学卓越,人品俊伟,然得弟读之,益光彩焕发,流光百世也。岷江不出人则已,一出人则为李谪仙、苏坡仙、杨戍仙,为唐、宋并我朝特出,可怪也哉!"②杨慎不仅在诗、词、曲、韵的创作上取得了巨大的成就,而且形成一套独具特色的诗学理论,著有《升庵诗话》一书。《升庵诗话》别名《乐府诗话》,以考证辨释为主,以评诗论诗为次,兼载佚诗佚事等,皆是建立在杨慎博览群书和勤于思考的基础之上的"自成一家之言"③。连一向认为明人空疏不学的清人也承认杨慎确实"学有根柢",《升庵诗话》也"究在明人诗话之上"④。这对于杨慎及其《升庵诗话》都是一种非常高的评价。

第一节 《升庵诗话》在嘉靖年间的刊刻情况

《升庵诗话》为杨慎远谪云南永昌卫时所作,初未成体系。据考,《明史·艺文志》所录四卷本应为最早之版本,前有杨慎友人程启充所作之序。程启充《升庵诗话序》云:"升庵在滇,手所抄录汉晋六朝名史要语千卷,所著有《丹铅余录》《丹铅续录》《韵林原训》《蜀艺文志》《六书索隐》《古音略》《皇明诗钞》《南中稿》诸集,此则挈其准于诗者,曰《诗话》云。嘉靖辛丑阳月嘉州初亭程启充

---

① 胡应麟《诗薮·国朝上》卷一,中华书局 1958 年版,第 333 页。

② 李贽《李贽文集·续焚书》卷一《与方讱庵》,北京燕山出版社 1998 年版,第 347 页。

③ 王文才、张锡厚辑《升庵著述序跋》,云南人民出版社 1985 年版,第 170 页。

④ 《四库全书总目·诗话补遗三卷》,文渊阁四库全书本。

序。"①由此可知,《升庵诗话》并非由杨慎亲自手定,而是由他的友人程启充于嘉靖二十年(1541)编定而成。程启充,字以道,又字初亭,别号南溪,嘉定州(今乐山)人,明朝政治家。陈田《明诗纪事》曰:"以道在正、嘉两朝,号为敢言,惜谪戍后不复起用,与升庵为素交,升庵亟称其诗。"②程启充编刻的四卷本《升庵诗话》,是杨慎诗话的首次单独结集。这一最早的四卷本由《明史·艺文志》所收录,共收二百零三条。因版本最早,故而内容与后代各版本相比也较为单薄。

杨慎博学多才,四卷本《升庵诗话》所收的二百多条诗话远不能尽收杨慎的诗学理论。关于《诗话》的补充之作也就纷纷而出。据张含于嘉靖壬子年(1552)十一月《诗话补遗序》中言:"(杨慎)又出其绪,缀为《诗话》若干卷,有《续集》、有《别录》、有《补遗》,皆诗评也。"③可知《升庵诗话》一经流传后,关于杨慎诗学理论的各种《补遗》《续集》《别录》也很快付梓成稿。遗憾的是,这些作品我们现在已经无法看到了,但当时之人则有幸一饱眼福。张含在《诗话补遗序》中感叹道:"艺林同志,咸珍传之,盖与余同。见闻者十八九比之宋人《珊瑚钩》《渔隐话》,评品允当,不翅度越。九变复贯,知言之选,良可珍哉!"④可想而知,《续集》《别录》和《补遗》之作定然增补条目较多,且较四卷本内容更加丰富,评论更为精到,否则不会出现见闻者十有八九"咸珍传之"的现象。

杨慎门人梁佐于嘉靖三十三年(1554)纂《丹铅总录》二十七卷,他把卷十八到卷二十一归为"诗话"类,而此四卷非程本四卷。

---

① 王文才、张锡厚辑《升庵著述序跋》,云南人民出版社 1985 年版,第 170 页。
② 陈田《明诗纪事》,上海古籍出版社 1993 年版,第 1557 页。
③④ 王文才、张锡厚辑《升庵著述序跋》,云南人民出版社 1985 年版,第 172 页。

原来，梁佐将程启充四卷本《升庵诗话》总合为两卷，汇编成第二十和第二十一卷，那么剩下的第十八和第十九卷则极有可能就是我们不得而见的《补遗》《续集》《别录》之作了。当然，这也证明我们的猜想是正确的，即明嘉靖三十三年（1554）滇南梁佐福建刻本《丹铅总录》所收《升庵诗话》确实将补遗、续录之作与原程启充四卷本加以整合汇编，条目有所增加。

嘉靖二十七年戊申年（1548）秋，杨慎门人梁佐去看望杨慎，杨慎便将已刻《丹铅》诸录的稿本送给梁佐。嘉靖三十三年（1554），梁佐删同校异，析之以类，合而名之曰《总录》，捐俸以梓。《丹铅总录》是一部杂考笔记汇编，可称为是杨慎著述的集大成之作。是书分二十六类，二十七卷，所分类目也成为后来焦竑所编《升庵外集》的基础。①胡应麟《少室山房笔丛》卷二六《艺林学山》八“升庵诗话”条云：“诗话今尽载《丹铅总录》庚集二卷中，而辛集又有诗话二卷，则《艺林伐山》事率具焉。”②王文才先生在《杨慎学谱》中又说：“升庵说诗，初无专著，《艺林伐山》卷十八至二十中，时就所得，摘句存诗，即属诗话底本。丹铅诸录，多论诗文，已渐写定。后乃单刻为《升庵诗话》。”③据此可知，程启充所见杨慎诗话内容只是极少一部分。门人梁佐得到杨慎《丹铅》诸录后，将其分类归目，于是就有了《丹铅总录》本的四卷本诗话。因此，可以确定，梁佐并不是直接将民间流传的程本《升庵诗话》和《诗话补遗》《诗话续录》《诗话别录》等合并，而是真正依据杨慎本人作品的底本进行整合，故而其所录篇目非常具有参考性。

————————

①　李勤合《杨慎丹铅诸录研究》，华中师范大学 2003 年硕士学位论文。

②　胡应麟《少室山房笔丛》，文渊阁四库全书本。

③　王文才《杨慎学谱》，上海古籍出版社 1988 年版，第 364 页。

又过了两年也就是嘉靖三十五年(1556),门人曹命编《诗话补遗》三卷,其中第二卷又分卷上、卷下两部分,共有条目一百零一条。杨达之在《叙诗话补遗后》中曰:"囊小子屡废离索,得师《诗话》,先梓以传者……窃稍合庠之二祀,适晋阳东岩曹公,以渝别驾,俯牧兹土。家承好古,复购师《补遗》数卷,捐俸登梓,与前妙并传。……时嘉靖丙辰三月、门生大理杨达之顿首谨序。"①《四库全书》集部诗文评类收有此书。《四库全书》的总纂官纪昀在提要部分指出:"臣等谨案《诗话补遗》三卷,明杨慎撰。慎有《檀弓丛训》等书已著录,又尝作《升庵诗话》,其门人杨达之刻之。此其戍云南后所作,其门人曹命编次者也。"②

以上,可知《升庵诗话》在嘉靖年间的编刻情况。《诗话》有嘉靖辛丑(1541)程启充编的四卷本和嘉靖甲寅(1554)梁佐《丹铅总录》中收的诗话类四卷二个版本。《补遗》包括嘉靖壬子(1552)前出现的一种版本(今已亡佚)和嘉靖丙辰(1556)间曹命编刻的三卷本《诗话补遗》二个版本。

第二节 《升庵诗话》在万历年间的刊刻情况

杨慎一生刻苦好学,勤于著述,"所著书不下千二百余卷行于世"③。胡应麟在《艺林学山》也说"凡用修所辑诸书几百种"④。杨

---

① 王文才、张锡厚辑《升庵著述序跋》,云南人民出版社 1985 年版,第 172—173 页。

② 《四库全书总目提要·诗话补遗》,文渊阁四库全书本。

③ 冯任修、张世雍等《天启新修成都府志》卷二十《人物列传·国朝·杨慎传》,巴蜀书社 1992 年版,第 304—305 页。

④ 胡应麟《少室山房笔丛》,文渊阁四库全书本。

有仁于万历十年(1582)将叔父杨慎的著作加以汇编整理,从而使得杨慎的作品得以保存下来。万历十年(1582)张士佩、蔡汝贤成都刻《太史升庵文集》八十一卷本题"《太史升庵文集》,成都杨慎著,从子有仁编辑,后学赵开美校",蔡汝贤《太史升庵文集跋》云:"万历乙亥,余之出守西川也,时与沔阳陈玉叔谋刻升庵杨太史文集,已而弗果。岁辛巳余再入蜀,承抚台濛滨张公、侍御可泉宋公檄,购先生从子益所公,得家本数种,与未梓者若干篇,不揣寡昧,删重复,萃菁英,稍加品列,肇壬午之春,历三时而竣于仲秋。卷分八十一,取阳数也。"①蔡汝贤在万历乙亥年(1575)就曾想刊刻杨慎文集,但并未实现。后万历辛巳年(1581)蔡汝贤再次入蜀,仍对此事念念不忘,终从杨慎从子杨有仁处获得杨慎遗著,刻成八十一卷本《太史升庵文集》。《太史升庵文集》又名《太史升庵全集》《升庵先生文集》《升庵集》《升庵文集》,共八十一卷,其中卷五十四至六十一共八卷为"诗类",计有条目四百九十六条。万历十年(1582)蔡汝贤成都刻本《太史升庵文集》八十一卷本是《升庵文集》在万历年间最早的版本,后世皆对此有所借鉴,且都题有"从子有仁编辑"。可以说,蔡汝贤和杨慎从子杨有仁在保存杨慎著作一事上功不可没。

至晚明时期,著名学者焦竑又将杨慎的作品汇编为《升庵外集》一百卷,其第六十七至七十八卷归为"诗品",共十二卷,收有条目五百九十九条。焦竑(1540—1619),字从吾,号澹园,史称"澹园先生",是明代著名的思想家、文学家、史学家和考据学家。杨慎去世时,焦竑仅仅20岁,二人素未谋面,焦竑对杨慎完全是发自内心

---

① 王文才、张锡厚辑《升庵著述序跋》,云南人民出版社1985年版,第114—115页。

的仰慕。他在《升庵外集序》中盛赞杨慎称"博雅饶著述者,无如杨升庵先生"①。因"其书多偏部短记,易于散佚",于是焦竑则广泛托人,重金购买,极力搜罗,此《升庵外集》即是在焦竑去世前两年,即万历四十五年(1617)才编刻成书,可见焦竑的用心程度,其对杨慎的喜爱之深更非言语可表。焦竑在收集整理杨慎的作品时,不是直接简单连缀起来,而是亲自校勘,找出多种版本,相互对比校订,"异者疏之,同者合之,复者删之,互者仍之,疑者阙之,误者正之"。在此基础上,他又大量收入杨慎《千里面谭》《艺林伐山》《谭苑醍醐》等著作中论诗条目。因焦竑对杨慎的仰慕加上自身的勤奋努力,使得《升庵诗话》的内容具有一定规模,并且焦竑所编版本的刊刻质量和学术价值都是非常高的,所以此后所编诗话版本也多以焦竑所编《升庵外集》十二卷本为主。

第三节 《升庵诗话》在清朝的刊刻情况

清代中叶以后,经济发展、学术兴盛,朝廷鼓励文人学士专心投入学问之中。乾隆时期,清政府重修《永乐大典》。乾隆三十八年(1773)编《四库全书》,内府罕见藏书一并开放,全国各地的古籍善本也一齐汇聚到朝廷。本就有传蜀学文脉之志的四川学者李调元见到这些书籍更是兴奋异常,他利用工作之便,每得善本,辄雇胥录之,后终于乾隆四十七年壬寅(1782)冬在通州官衙刊刻成《函海》一书。李调元在《函海总序》说:"余蜀人也,故各书中于锦里诸耆旧著作,尤刻意搜罗,梓行者居其大半。而新都升庵博学鸿文,

---

① 王文才、张锡厚辑《升庵著述序跋》,云南人民出版社1985年版,第60页。

为古来著书最富第一人。现行世者除《文集》《诗集》及《丹铅总录》
而外,皆散佚不传,故就所见已刻未刻者,但睹足本,靡不收入。书
成分二十函,自第一至十皆刻自汉而下以至唐宋元明诸人未见书。
自十一至十四,皆专刻明升庵未见书,自十五至二十,则附以拙刻。
冀以仰质高明,名曰《函海》。"①李调元编刻《函海》的初衷是为了
收集整理天下罕见之书以及巴蜀先贤的著作,而杨慎又是继苏轼
之后巴蜀文学成就最大的文学家,且著述极丰。李调元就利用内
府藏书辑佚,将杨慎流传较少之书汇辑于《函海》中,收录著作 40
余种,占有 9 函之多。丁绍仪《听秋声馆词话》卷十二《李调元兄弟
词》云:"绵州李雨村观察(调元)所刊函海一书,采升庵著述最
多。"②由于李调元也特别注意收集杨氏著作的足本,今编升庵全
集,皆依靠此本。

　　据李调元《升庵诗话序》:"按何宇度《益部谈资》载,先生《诗
话》四卷,《补遗》二卷。予得焦竑足本十二卷,盖皆先生心之所欲
白,而口之所能言也。"③据考证,李调元在此所说《补遗》二卷本即
为 1556 年门人曹命所编的《诗话补遗》。但曹氏所编《诗话补遗》
是三卷本,而李氏则说是二卷本,实际上《函海》本《补遗》条目基本
上是辑录了曹氏《诗话补遗》卷一和卷二上,对于《诗话补遗》卷二
下和卷三条目,《函海》本则收录极少,故我们有理由怀疑李调元当
时所见二卷本《诗话补遗》很有可能是一个残本。李调元在《诗话
补遗跋》中说:"考《千顷堂》:《升庵诗话》四卷,《补遗》二卷。前得

---

①　邓长风《明清戏曲家考略全编》(上),上海古籍出版社 2009 年版,第 366、367 页。

②　转引自孙克强、杨传庆、裴喆编著《清人词话》(中),南开大学出版社 2012 年
版,第 917 页。

③　王文才、张锡厚辑《升庵著述序跋》,云南人民出版社 1985 年版,第 171 页。

焦竑刊本共十二卷,系合先生《诗话》汇刻,以便观览,故为足本。
后得《诗话补遗》二卷,乃先生自订本,所校者门生曹命、杨达之。
其中多有焦氏所遗漏,因急补刻,其为焦氏所并入者,则因次标注
于下,庶前后两集本来面目皆见。"①据此可进一步确定李氏所参
考二卷本《诗话补遗》乃是 1556 年门人曹命所编三卷本《诗话补
遗》。《函海》本所收《升庵诗话》是以焦竑足本十二卷为主,共五百
九十九条,又取二卷本《诗话补遗》,去其重复得三十二条,二者删
并各一条,因此共得六百二十九条。李氏《函海》所收录内容堪称
是对《升庵诗话》的第一次专门性集大成式的整理,它也成为一个
较通行的版本,流传极广。《图书集成初编》2578 册到 2579 册收
录杨慎《升庵诗话》,即采用此版本。

光绪八年(1882)四川新都人郑思敬、郑宝琛父子又将《升庵全
集》《升庵遗集》《升庵外集》三书和《函海》中的杨慎著述,汇为《总
纂升庵合集》二百四十卷,是迄今所见保存杨慎著述较多的集子。
《升庵诗话》在《总纂升庵合集》中共占十五卷,看似比其他各本卷
数都要多,但它其实仍是以焦竑的十二卷本为依托,只不过是将
《升庵外集》的六十七卷、七十六卷、七十八卷三卷拆分为二卷,故
而形成现在的十五卷。

第四节 《升庵诗话》在近现代的刊刻情况

民国四年(1915),近人丁福保辑《历代诗话续编》,卷中收有杨
慎《升庵诗话》。据其《升庵诗话序》,他感慨在参对各本过程中,发

---

① 王文才、张锡厚辑《升庵著述序跋》,云南人民出版社 1985 年版,第 174 页。

现"此详彼略，此有彼无，前后异次，卷帙异数。其字句之讹，则各
本皆然，鲁鱼亥豕，往往不能句读，殆皆仍其传写之误耳。"并认为
"《升庵诗话》自明以来无善本"，于是他"搜集各本，详加校订。讹
者正之，复者删之，缺者补之，至其伪撰之句则原之，以存其真。据
其题中第一字之笔画数，改编一十四卷。自谓较各本为善矣"①。
丁福保收录的《升庵诗话》共有条目七百五十七条，比《升庵外集》
多一百五十八条，丁福保自谓"搜集各本，详加校订"，但细经考究，
仍有不少的伪误。

　　1987年上海古籍出版社出版了《升庵诗话笺证》一书。此书
乃是学者王仲镛以焦竑所编《升庵外集》为底本，参对《函海》本确
定卷数，删除个别重出条目，得条目五百九十条；又对《函海》本后
《诗话补遗》中的重复条目加以删减，得条目二十八条，所以《升庵
诗话笺证》共有条目六百一十八条。2008年中华书局出版《升庵
诗话新笺证》。此书是由王仲镛之子王大厚在《升庵诗话笺证》的
基础上斟酌去取，变原来的六百一十八条为五百九十六条，且把自
己从《升庵诗话》之外他书所辑出的诗话资料，共三百零九条一并
附在书末，形成现在《升庵诗话新笺证》的体例。王仲镛和王大厚
父子在对《升庵诗话》的笺证上耗费大量心血，他们尽力穷探本源，
释疑、改误、补缺，为我们研究杨慎及其作品提供了极其便利之
条件。

　　以上可知，《升庵诗话》在明代嘉靖年间最先经由友人程启充
于辛丑年(1541)编刻成四卷本《升庵诗话》，这也是《升庵诗话》的
初次刊刻。后杨慎又对其进行补充，有《续集》《别录》《补遗》面世，

――――――――

① 王文才、张锡厚辑《升庵著述序跋》，云南人民出版社1985年版，第174—176页。

有序可证,但皆不可见。后甲寅年(1554)门人梁佐编《丹铅总录》收有四卷诗话,其中两卷疑为不可见之续集、别录。至丙辰年(1556)门人曹命又编三卷本《诗话补遗》,内容更为丰富详实。

万历十年(1582)蔡汝贤编八十一卷本《太史升庵文集》,它是《升庵文集》在万历年间最早的版本,后出皆对此有所借鉴。万历四十五年(1617)焦竑在编《升庵外集》时,对《升庵诗话》大体分类,以时代、内容编次,具有较高的学术价值,后来版本也多以此本为参照。

到清乾隆中,学者李调元以焦竑的《升庵外集》十二卷本为主,又取《补遗》二卷本,最终形成《函海》本的 629 条《升庵诗话》。此本可以称是对《升庵诗话》的第一次专门性集大成式的整理,它也成为一个较通行的版本,流传极广。《图书集成初编》2578 册到 2579 册收录杨慎《升庵诗话》,即采用此版。

民国四年(1915)丁福保编有《历代诗话续编》收《升庵诗话》,但校订粗疏,亦有伪误,并不能称为精良的版本。

今人王仲镛、王大厚父子耗费心血,先后出版《升庵诗话笺证》《升庵诗话新笺证》。他们仔细地参考各版本,删重补缺,穷探本源,释疑改误,对《升庵诗话》的编刻及流传做出重大贡献。

杨慎《升庵诗话》在多次的编刻流传过程中被不断地丰富充实,影响也与日俱增,由此可见《升庵诗话》的学术影响,现代学界对于它的研究更是不可或缺的了。

第二章 《升庵诗话》生成的文化语境

　　升庵著作多达四百余种,为明代之冠。举凡六合之内,天地之中,莫不探究,而笔之于书。杨慎学术成就不凡,经、史、子、集皆有,为明代学者称颂赞许。清代学术集大成之《四库全书》引用杨慎的成果多达一百多处。当然其中也有一部分内容成为明清学者批驳的对象,所谓《正杨》《正正杨》《翼杨》等是也。时至今日,杨慎研究仍为热门话题。学人们举凡在论及明代的理学、心学、诗学、考据、印刷、音韵、名物、风俗等学术问题的时候,杨慎都是一个不可忽视的客观存在。造成此种现象的一个重要的原因,就是杨慎所处时代的文化语境。弘治、正德、嘉靖三朝在政治、经济、文化、思想、哲学、文学上,皆论题不断。学人一般把从明代正德到嘉靖末年界定为明代文学的中期,这一阶段是明代文学的极盛时期,①

---

　　① 章培恒、骆玉明《中国文学史》第七编《明代文学》将明代文学分为三个时期:前期从开国到成化时期(1368—1487),约120年;中期从弘治到隆庆时期(1488—1572)约84年;后期从万历到崇祯末年(1573—1644),凡71年。并进一步说:"我们大致把从弘治到隆庆(1488—1572)的近百年划为明代文学的中期。这是明代文学从前期的衰落状态中恢复生机,逐渐走向高潮的时期。这种转变,一方面与文网的松弛有关(洪武朝被杀的高启和永乐朝被杀的方孝孺的遗著,在弘治、正德年间相继刊行,可说明这一点),而更重要的是前面所说的社会经济形态的变化以及与之相应的思想意识形态的变化所致。"章培恒、骆玉明《中国文学史》(下),复旦大学出版社1996年版,第199—203页。

而又恰恰和杨慎的一生相契合。对于杨慎而言,他所身处的时代是精神上很痛苦,认知上很混乱,却也"最富有艺术精神"的时代。具体而言,在政治上,除了杨慎少年之时的弘治帝号为中兴,其后武宗荒淫无道、世宗怠政昏聩,都少有作为;在文学上,七子"文必秦汉,诗必盛唐"的旗帜声势煊赫、如日中天;在思想上,则是程朱理学被认为稍显迂阔,而阳明心学广泛流布。还有明代活字印刷术的普遍使用、书坊的遍布使得个人得以较为便捷地获得书籍,因此也造成了书籍泛滥、质量低劣等现象。如此等等,都是杨慎所处时代的文化语境。这些因素的合力促成了杨慎独有的诗学思想和诗歌审美特质。只有充分掌握生发杨慎诗学的时代外因,叙述涵养升庵诗学的时代背景,才易于切入其诗学的内质和核心,以下特以概说之。

第一节 明代理学的发展及其影响

杨慎之所以能够在明代中期成为著名的文学家和理论家,不是偶然的,而是和当时的学术背景和文学思潮相关,有着主观上和客观上一系列条件的。一个时代的文化学术思想和时代的文学精神常常影响甚至决定着该时代文学家个体的诗学思想的风貌与趋向。而当时对杨慎诗学起着关键作用的就是明代官方哲学——理学。

"宋朝无疑是中国历史的一大转折点。最为重要的是,确立了中国的国家文官体制,及与之相配套的国家教育、科举体制。在教育内容上,选择了新儒学作为国家思想,通过科举教育活动,推广到全国,从而确立了浓厚的意识形态统治,用三纲五常思想牢牢控制了国人的行动。明朝可以说是在宋朝基础上,进一步将思想国家化。"①原兴于宋代的程朱理学,至元代被推尊为官学。到了明代,程朱理学和国家政权相结合,确立了主体地位,成为了国家思想。"洪武初,诏求天下能传朱子之学者,所在以闻。"同时被征召儒生有八千余人②,"除去异议""统一经传"③。因此,有学人谓:"明朝的理学国家思想化,开始于洪武时期,完成于永乐时期。理学由民间走向政坛的过程,也就是理学由学术转化为工具的过程。"④国家机器正常运转所依靠的工具不外乎权力与思想。权力是有形的、刚性的工具,而思想是无形的、柔性的工具。两者唯有相辅相成,才能保证国家统治的长治久安。"自洪武戊中以来,取士尽归于经术。然四方之士,仅仅穷经术,以呈于有司而已矣。"⑤儒学国家思想的地位确立之后,程朱理学也随之经典化、教科书化、工具化,被当成科举选士的主要考试内容和士子跻身仕途的"敲门砖"。

正如马克斯·韦伯所指出的,古代中国士人的社会地位往往由选士制度决定,而选士制度特别是明清的选士制度"又为教育,特别是考试所决定"⑥。利禄诱惑之下,学子不再深究学术本身玄妙而深奥的哲理,读书人瞄准"高头讲章"与"新科利器",其目的也

---

①　钱茂伟《国家、科举与社会:以明代为中心的考察》,北京图书馆出版社 2004 年版,第 27 页。
②　钱茂伟《国家、科举与社会:以明代为中心的考察》,北京图书馆出版社 2004 年版,第 31 页。
③　查继佐《罪惟录·列传》卷十八,《四部丛刊》本。
④　钱茂伟《国家、科举与社会:以明代为中心的考察》,北京图书馆出版社 2004 年版,第 32 页。
⑤　王宗沐《敬所王先生文集》卷五《赠淮第孙公序》,《四库全书存目丛书》。
⑥　[德]马克斯·韦伯《儒教与道教》,洪天富译,江苏人民出版社 1993 年版,第 91 页。

无非是功名富贵。"今之为士者何其幸，而圣人之经何其不幸也!"①国家职业化士人，成为儒家经典的宣传者。他们只有经典的解释权，而没有经典的独立发挥权。"明兴，高皇帝立教革著政，因文见道，使天下之士一尊朱氏为功令，士之防闲于道域，而优游于德圃者，非朱氏之言不尊，故当时有质行之士而无同异之说，有共学之方而无专门之教。"②读书人缺少独立思考的能力和可能，"守宋儒遗书如矩矱，毋敢逾尺寸"③，断送了经典的学术生命。王慎中在《易经存疑序》中云:"今日取士之制，使士必尽出于经术而患学不纯，师经说无所统一，人人得竭其所见而异论并起于其间，欲一以折衷之，则无所取正，非所以一道德而同问学，故使治经者一以宋儒朱考亭先生之说为宗。上之所取，士之所以取于上;师之所教，弟子之所以传于师，其说皆必出于是。上之所以取而不出于是，犹变礼易乐，叛时王之法也，无所逃当世之责;师弟子之所习而不出于是，其罪若伪符节、尺量之罪也，徇于路者，得而讥之。行之几二百年，海内同风。不讲朱氏之说，不名为士。以其行之之专，信之之众，名为士者，宜莫不能为朱氏学;然能通其意以自行其言，盖亦鲜矣。"④

科举制度发展到明代，已经有将近千年的传承。《明史·选举志》云:"科目者，沿唐宋之旧，而稍变其试士之法。专取四子书及《易》《书》《诗》《春秋》《礼记》五经命题试士，盖太祖与刘基所定。其文略仿宋经义，然代古人语气为之，体用排偶，谓之'八股'，通谓

①　赵时春《赵浚谷文集》卷三《送郭行人旋序》，《四库全书存目丛书》。
②　何乔远《名山藏·儒林记上》，《四库禁毁书丛刊》本。
③　谈迁《国榷》卷十三"永乐二年七月壬戌"条，中华书局1958年版，第937页。
④　王慎中《遵岩集》卷九《易经存疑序》，《钦定四库全书荟要》本。

之制义。"又说:"四书义一道,二百字以上;五经义一道,三百字以上。取书旨明皙而已,不尚华采也。"唐宋之科举以《诗》《书》《易》《礼》《春秋》以及孔孟学说为考士内容,举子是以散体文就题作答。至明代课士,才定出八股格式。每篇文章由破题、承题、起讲、入手、起股、中股、后股、束股八部分组成。像这种规定体制,限定字数,替圣人立言的八股文,"不尚华采",可以说是文艺繁荣的绊脚石。①也难怪后人评价说:"事之关系功名富贵者,人肯用心。唐世功名富贵在诗,故唐世人用心而有变;一不自做,蹈袭前人,便为士林中滞货也。明代功名富贵在时文,全段精神,俱在时文用尽,诗其暮气为之耳。"②

所谓"暮气为之",应该特指明代前期弘治、正德年间诗歌特有的两个阶段——性气诗和台阁体。李梦阳在《论学》篇说:"宋儒兴而古之文废矣,非宋儒废之也,文者自废之也。古之文,文其人,如其人便了,如画焉,似而已矣。是故贤者不讳过,愚者不窃美。而今之文,文其人,无美恶皆欲合道。传志其甚矣!是故考实则无人,抽华则无文。"③宋代理学家在"道文一贯"与"道本文末"的认识下,以义理为诗,以议论为诗,将诗歌完全纳入性理之学的范畴之内。陈献章、庄昶远绍宋人成说,据《四库全书总目提要》称:"《白沙诗教》,凡一百六十六篇,皆阐发性理之作。《诗教外传》则皆献章语录之类,足与诗相发明者。"④论诗也极力鄙视"矜奇眩

---

①　蔡镇楚《中国诗话史》(修订本),湖南文艺出版社 1988 年版,第 136 页。

②　吴乔《答万季野诗问》,见王夫之等《清诗话》,上海古籍出版社 1983 年版,第 34 页。

③　李梦阳《空同集》卷六十六《论学》上,文渊阁四库全书本。

④　《四库全书总目·白沙诗教解十卷》,文渊阁四库全书本。

能,迷失本真""粉饰文豹,无补于世"的诗歌。"三杨"的诗歌创作也是紧密结合程朱理学,大多表现"雅正平和"的思想情感,有浓厚的道学气。李梦阳"貌似批判宋人,实则影射明前期以歌咏圣德为主的台阁体和以空谈道德性命为主的性气诗。"①"性气诗"笃信程朱,迂腐空虚;台阁体四平八稳,粉饰太平,纷芜靡蔓。彼此推演,致使诗风日衰。这也是李梦阳、何景明代表的"前七子"崛起于明代中期的主要原因。

日本学者内藤湖南所持的"唐宋变革论"认为:"唐代是中世的结束,而宋代则是近世的开始。"②诚然,在整个中国文化发展和古代文学史演变进程中,宋代都是一个极其重要的转折阶段。陈寅恪先生亦有谓:"华夏民族之文化,历数千载之演进,而造极于赵宋之世",并指出其趋势乃在"宋代学术之复兴或新宋学之建立"③。而所谓"宋代学术之复兴",则是堪称"东洋文艺复兴"的新儒学思想体系,也即是俗谓"宋明理学"。"总体看来,理学所努力建立的体系一方面是将社会需要的价值系统理论抽象为'天理',并规定为人性本身的内涵,另一方面则在排斥佛、道出世倾向的同时充分吸收佛、道思想菁华与思维方式,从而使儒学思辨化,使自身成为古典哲学的总结形态。在这样的'近世化'背景上重新审视宋明理学及其在文化领域的广泛而深刻的影响,当可得到新的理解和认识。"④虽

---

① 段宗杜《李梦阳"重情"诗观评议——兼论七子评价中的一个缺失》,《学术论坛》2016 年第 1 期。
② 〔日〕内藤湖南《概括的唐宋时代观》,见刘俊文主编《日本学者研究中国史论著选译》第 1 卷《通论》,中华书局 1992 年版,第 10 页。
③ 详见陈寅恪《金明馆丛稿二编》之《邓广铭〈宋史职官志考证〉序》,上海古籍出版社 1980 年版,第 245 页。
④ 许总《宋明理学与中国文学》,百花洲文艺出版社 1999 年版,第 2 页。

然"理学注重的是性理之学,文学则注重情文之美"①。但是理学与文学并非水火不容,而是有着交流与沟通的融构进程。但"各种文学艺术体类对理学或由感契而承受,或由击撞而交织,虽程度不同,方式各异,却皆显然由此而铸定其本质特性与形态风貌,宋代以后的整个文学艺术史实在与理学有着解不脱的干系"②。宋明理学代表人物一向有"程、朱、陆、王"四大家之说,明代虽仅占其一,但明代理学发展变化深繁,对社会生活和士人心态的影响极为深远。而这种影响最明显的特点,就是通过明代统治者由上而下的文教思想和文艺政策来实现的。

有学者指出:

> 目前文学批评史研究对象大体是文学家个体的理论观点,而作为代表统治阶级整体的文学思想和文学政策就很少有人去研究了。它们未必都有很高的理论价值,但在当时对于整个社会的各个阶层却可能产生巨大的作用和影响。因为统治阶级的思想就是统治思想,只有了解统治阶级的文学思想政策、最高统治者与统治集团主要成员的好恶,才能对各时代的文学风尚和审美趣味有比较根本的认识。③

明代史学家高岱曾谓"太祖以武功定天下,而崇尚文学,如饥渴之于饮食,每得儒臣,皆待以腹心,帷幄朝夕,咨访不倦"④,逐渐

---

①② 许总《宋明理学与中国文学》,百花洲文艺出版社 1999 年版,第 6 页。
③ 吴承学《论〈四库全书总目〉在诗文评研究史上的贡献》,《文学评论》1998 年第 6 期。
④ 朱彝尊《明诗综》卷一下称引,文渊阁四库全书本。

"文学明达,博古通今","其时距起兵才数年,已留意文事如此,故文义已早通贯"①。而于建国之后不久,大兴文教:

> 朕恒谓治国之要,教化为先,教化之道,学校为本。今京师虽有太学,而天下学校未兴。宜令郡县皆立学,礼延师儒,教授生徒,以讲论圣道,使人日渐月化,以复先王之旧,革污染之习,此最急务,当速行之。②

《明史·太祖本纪》也有多条资料记载朱元璋重视文教:

> 洪武元年八月庚午,徐达入元都,封府库图籍,守宫门,禁士卒侵暴,遣将巡古北口诸隘。……有司以礼聘致贤士,学校毋事虚文。平刑,毋非时决囚。除书籍田器税,民间逋负免征。
>
> 九月癸亥,诏曰:"天下之治,天下之贤共理之。……天下甫定,朕愿与诸儒讲明治道。"③
>
> 二年二月,诏修元史。夏四月乙亥,编《祖训录》,定封建诸王之制。④
>
> 四年春正月丁未,诏设科取士,连举三年,嗣后三年一举。⑤
>
> 七年春正月戊午,修曲阜孔子庙,设孔、颜、孟三氏学。⑥

---

① 赵翼《廿二史札记》卷三十二"明祖文义"条,凤凰出版社 2008 年版,第 495 页。
② 《明实录》卷四十六《明太祖高皇帝实录》,台湾图书馆藏红格钞本。
③ 张廷玉《明史·太祖本纪》二,中华书局 1974 年版,第 21 页。
④ 张廷玉《明史·太祖本纪》二,中华书局 1974 年版,第 22 页。
⑤ 张廷玉《明史·太祖本纪》二,中华书局 1974 年版,第 25 页。
⑥ 张廷玉《明史·太祖本纪》二,中华书局 1974 年版,第 29 页。

十年八月庚戌,改建大祀殿于南郊。癸丑,选武臣子弟读书国子监。①

十三年秋八月,命天下学校师生,日给廪膳。②

十四年春正月癸丑,命公侯子弟入国学。……三月辛丑,颁《五经》《四书》于北方学校。……秋八月丙子,诏求明经老成之士,有司礼送京师。③

十八年冬十月己丑,颁《大诰》于天下。癸卯,召冯胜还。甲辰,诏曰:"孟子传道,有功名教。历年既久,子孙甚微。近有以罪输作者,岂礼先贤之意哉。其加意询访,凡圣贤后裔输作者,皆免之。"④

朱元璋虽"以游丐起事,目不知书"⑤,但也深谙"武定祸乱,文致太平"⑥的道理,所以他一直都很重视思想和文教,延纳文士,礼接儒生。朱元璋重视文教的目的是禁锢异端思想,强化王朝的思想统治。而禁锢异端思想、强化王朝的思想统治的具体措施,便是从内容到形式上加强科举制度对士人思想和文风的绝对控制。朱元璋屡次诏颁《四书》《五经》等有助教化的经典于学校,命礼部遣使购买天下图书,令书坊刊行天下,又下令免除书籍税。在朝廷的鼓励和倡导下,"自京师以达天下,并建庙学,颁赐经籍,作养士类,

---

① 张廷玉《明史·太祖本纪》二,中华书局 1974 年版,第 32 页。
② 张廷玉《明史·太祖本纪》二,中华书局 1974 年版,第 35 页。
③ 张廷玉《明史·太祖本纪》二,中华书局 1974 年版,第 36 页。
④ 张廷玉《明史·太祖本纪》二,中华书局 1974 年版,第 42 页。
⑤ 赵翼《廿二史札记》卷三十二"明祖文义"条,凤凰出版社 2008 年版,第 494 页。
⑥ 《明实录》卷五十六《明太祖高皇帝实录》,台湾图书馆藏红格钞本。

仪文之备,超乎往昔"①。

从上到下的文教政策对于学风有着极其重要而深远的影响。杨慎指出:

> 本朝以经学取人,士子自一经之外,罕所通贯。近日稍知务博以哗名苟进,而不究本原,徒事末节。五经诸子,则割取其碎语而诵之,谓之蠡测;历代诸史,则抄节其碎事而缀之,谓之策套。其割取抄节之人,已不通经涉史,而章句血脉皆失其真。有以汉人为唐人,唐事为宋事者,有以一人析为二人,二事合为一事者。余曾见考官程文,引制氏论乐,而以制氏为致仕,又士子墨卷引《汉书·律历志》"先其算命"作"先算其命"。近日书坊刻布其书,士子珍之,以为秘宝,转相差讹,殆同无目人说词话。噫! 士习至此,卑下极矣。②

评论可谓一针见血。而《明史》亦持相类似的观点:

> 科目者,沿唐、宋之旧,而稍变其试士之法,专取四子书及《易》《书》《诗》《春秋》《礼记》五经命题试士。盖太祖与刘基所定。其文略仿宋经义,然代古人语气为之,体用排偶,谓之八股,通谓之制义。……初设科举时,初场试经义二道,《四书》义一道;二场论一道;三场策一道。中式后十日,复以骑、射、书、算、律五事试之。后颁科举定式,初场试《四书》义三道,经

---

① 陈清慧《明代藩府刻书研究》,北京图书馆出版社 2013 年版,第 17 页。
② 杨慎《升庵集》卷五十二《举业之陋》,文渊阁四库全书本。

义四道。《四书》主朱子《集注》，《易》主程《传》、朱子《本义》，《书》主蔡氏《传》及古注疏，《诗》主朱子《集传》，《春秋》主《左氏》《公羊》《谷梁》三传及胡安国、张洽传，《礼记》主古注疏。永乐间，颁《四书五经大全》，废注疏不用。①

成祖朱棣也曾指出：

　　靖难犁庭，神武丕烈，戎马之余，铺张文治，敕修《经书大全》及《永乐大典》，昭代文章，度越唐宋。②
　　称兵靖难，践位之后，加意人文。……《五经》《四书》《性理大全》有书，《圣学心法》有书，《大典》有书，《文华宝鉴》有书，《为善阴骘》有书，《孝顺事实》有书，《务本之训》有书，不独纪之以事，亦且系之以诗。③

　　永乐二年明成祖朱棣曾公开表示："朕所用治天下者五经耳。"④永乐十二年整合四书五经，历时一年，最后编成《五经大全》《四书大全》《性理大全》三部大全之书，并亲制序于卷首。⑤其序曰：

————————

①　张廷玉《明史》志第四十六《选举志》二，中华书局1974年版，第1693—1694页。
②　钱谦益《列朝诗集》乾集上，汲古阁刻本。
③　朱彝尊《明诗综》卷一下，文渊阁四库全书本。
④　杨士奇撰《明太宗实录》卷二十七"永乐二年正月"条，台湾"中研院"历史语言研究所1962年版，第493—494页。
⑤　杨士奇撰《明太宗实录》卷一百六十八"永乐十三年九月己酉"条载："《四书五经大全》及《性理大全》成。太宗亲序。"台湾"中研院"史语所1962年版，第1872—1874页。

朕惟昔者圣王继天立极,以道治天下……切思帝王之治,一本于道。所谓道者,人伦日用之理,初非有待于外也。厥初圣人未生,道在天地,圣人既生,道在圣人,圣人已往,道在六经。六经者,圣人为治之迹也。六经之道明,则天地圣人之心可见,而至治之功可成;六经之道不明,则人之心术不正,而邪说暴行侵寻蠹害,欲求善治,乌可得乎?朕为此惧,乃命儒臣编修《五经》《四书》,集诸家传注而为大全。凡有发明经义者取之,悖于经旨者去之。又辑先儒成书及其论议格言,辅翼五经四书,有裨于斯道者,类编为帙,名曰《性理大全》。……遂命工锓梓,颁布天下。①

学者论及永乐朝之文治成就时,亦多有指陈其如何利用这一文教与学术之盛事来掩盖和粉饰其篡位之大恶。这种观点从四库馆臣那里而来,固然也有将历史动向全然归之于个人私心之唯心主义倾向。明王朝是"驱除胡虏,恢复中华"而建立的一个汉民族一统的国家,那么对元代儒学旁落的拨乱反正自然是迫不及待而且义不容辞的责任和义务。再者说,无论永乐皇帝的出发点是什么,他整理文献,传承文化的客观效果是显然易见、不容忽视的。大全编成后,朝廷下令"颁五经、四书、性理大全书于六部并与两京国子监及天下郡县学"②,通过明王朝从上而下的教育系统,成为士人的必读教材。朱彝尊《明诗综》评曰:"孝陵不以马上治天下,

---

① 杨士奇撰《明太宗实录》卷一百六十八"永乐十三年九月"条,台湾"中研院"史语所 1962 年版,第 1872—1874 页。

② 杨士奇撰《明太宗实录》卷一百八十六"永乐十三年九月"条,台湾"中研院"史语所 1962 年版,第 1990—1991 页。

云雨贤才,天地大文,形诸篇翰,七年而御制成集,八年而正韵成书……韵事特多,更仆难数。惟其爱才不及,因之触物成章,宜其开创之初,遂见文明之治。江左则高杨张徐,中朝则詹吴乐宋,五先生蜚声岭表,十才子奋起闽中,而三百年诗教之盛,遂超轶前代矣。"①文教日炽,文学大盛,所以有学人谓:"教育的相对普及,教育制度和科举制度的规范化,促使明人高度重视文化素养的培育。从目前保存下来的明人文集来看,私人著述的比重很大。据台北汉学研究中心显示的资料,台北'国家图书馆'所编辑的《明人文集联合目录》,收有明人别集近三千种版本。清人辑纂的《明诗综》《明文海》,数量庞大。目前,《全明文》《全明诗》正在编纂之中,所收作家作品数量更加庞大,可见明人文集之浩繁。明人文集所收著述以诗文为主,这一点可以说明明人的文学创作仍以传统的诗文为正统。纵观明代社会发展的历史,可以发现,明代的政治体制的建立和改革,有许多特点,而这些特点,不仅左右着有明一代三百年的历史趋势,同样也决定了明代文化及文学发展的命运。"②

　　但是重视文教和文学的发展并不是简单的对应关系,有的时候或许还有反作用。科举考试"废注疏不用",不但导致经学衰微,举子只读制义用书、高头讲章,无意进行道德实践,"今之号为好学者,取科第为第一义矣;立言以传后者,百无一焉;至于修身行己,则绝不为意矣。可谓倒置之甚"③,而且科举使得他们也无意斟酌推敲诗歌兴象风神之风韵美感。杨慎敏感地看到了这一点:

————————

　　① 朱彝尊《明诗综》卷一下,文渊阁四库全书本。
　　② 朱易安《中国诗学史·明代卷》,鹭江出版社 2002 年版,第 6 页。
　　③ 谢肇淛《五杂俎》卷十三,中华书局 1959 年版,第 369—370 页。

厥今士习何如哉？其高者凌虚厉空,师心去迹,厌观理之烦,贪居敬之约,渐近清谈,遂流禅学矣。卑焉者则掇拾丛残,诵贯糟魄,陈陈相因,辞不辩心,纷纷竞录,问则哕口,此何异瞍矇诵诗、阍寺传令乎。穷高者既如彼,卑沦者又如此,视汉唐诸儒且恧焉,况三代之英乎。圣祖制举之美意,举贤求士之良规,岂端使之然哉。今皇上远述唐虞,近法圣祖,屡下明诏,锐意作新。文必宗经,必法古,必崇雅,必黜浮。菁莪之诗,梓材之书,复作于今日。收济济之士,迓穆穆之衡,行媲于古先诸士乎。①

杨慎这里批评了理学和心学带来的流弊:一为举业之陋,二为心学末流束书不观。心学末流"穷高"不务实,应举者则"掇拾丛残,纷纷竞录",士习一高一卑,都无法和实学相关联,杨慎的博学和考据诗学于焉而生。

明代著名的目录学家、藏书家张萱《疑耀》卷二"字学之难"条谓:

汉兴尉律,太史试学童,能讽诵籀书九千字,课以八体,乃得为史。吏民书式不正,辄举劾之。石建为郎中令,奏事下,建读之,惊恐曰:"书马者与尾而五,今乃四,不足一,获谴死矣。"字学之重如此。乃马援上书:"臣所假伏波将军印,书伏字大外向;城皋令印,皋字乃白下羊;丞印四下羊;尉印白下人,人下羊。即一县长吏,印文不同,恐天下不正者多。符印

---

① 杨慎《升庵集》卷三《云南乡试录序》,文渊阁四库全书本。

所以为信,邑所宜齐同,宜荐晓古文字者,事下大司空,正郡国印章。"是当重字学之汉,而印章乃朝廷大信,犹差谬若此,况今日不讲字学之时乎?①

造成书籍多差谬讹误,乃至有学者谓明中后期为"今日不讲字学之时",主要原因就是理学举业之陋和心学束书不观。

何良俊《四友斋丛说》也提到大全之不良影响:

> 太祖时,士子经义皆用注疏,而参以程朱传注。成祖既修五经四书大全之后,遂悉去汉儒之说,而专以程朱传注为主。……自程朱之说出,将圣人之言死死说定,学者但据此略加敷演,凑成八股,便取科第,而不知孔孟之书为何物矣。以此取士,而欲得天下之真才,其可得乎?②

顾炎武《日知录》卷二十《四书五经大全》批四书五经大全多所抄袭,曾有言:

> 自永乐中,命诸臣纂修《四书大全》,颁之学官,而诸书皆废。③

当日儒臣奉旨修四书五经大全,颁餐钱,给笔札。书成之日,赐金迁秩,所费于国家者不知凡几。将谓此书既成,可以章一代教学之功,启百世儒林之绪,而仅取已成之书,抄誊一

---

① 　张萱《疑耀》,文渊阁四库全书本。
② 　何良俊《四友斋丛说》卷三《经》三,中华书局 1959 年版,第 22 页。
③ 　顾炎武《日知录》卷三十一《大明一统志》,文渊阁四库全书本。

过,上欺朝廷,下诳士子。唐宋之时,有是事乎？岂非骨鲠之臣已空于建文之代,而制义初行,一时人士尽弃宋元以来所传之实学。上下相蒙,以饕禄利,而莫之问也？呜呼！经学之废实自此始！后之君子欲扫而更之,亦难乎其为力矣！①

李光地《榕村语录》亦指出明代中期学风的巨大转变：

　　明自正嘉以前,《程子全书》《朱子文集》《语类》尚未盛行,学者所读只是《大全》及《性理》而已,而其时士风质实,虽或肤浅,却少背戾。嘉靖后,一派务高,遂酿成明末那样风气。②

其后四库馆臣所谓"《五经大全》一出,应举、穷经久分两事。……有明二百余年悬为功令,然讲章一派从此而开,庸陋相仍,遂似朱子之书专为时文而设,而经义于是遂荒"③,也指出科举带来的士人读书的狭隘化和功利性。士子们的读书范围和相关的学术行为都以官方颁行的书籍为准,读书人既不能也不准对传统的儒家经典进行真正的研究,八股文章反而束缚了他们的才思。明儒薛瑄有言："得则意气横肆,以矜骇于庸人之耳目,以求遂其奓颐之利欲,而及人之实,未必有也；不得则悄然忧,爽然叹,立若无所自容。"④学问自然而然会受到极大的破坏："明代儒生,以时文

① 顾炎武《日知录》卷三十一《大明一统志》,文渊阁四库全书本。
② 李光地《榕村语录》卷二十二,中华书局1995年版,第406页。
③ 《四库全书总目提要·三鱼堂四书大全》,文渊阁四库全书本。
④ 薛瑄《薛瑄文集》卷一三《送王世宁归覃怀序》,山西人民出版社1990年版,第682页。

为重,时文以《四书》为重,遂有此类诸书,襞积割裂,以涂饰试官之耳目。斯亦经术之极弊。"①学人都看到了绝对压倒优势下的官方意识形态禁锢士人思想,钳制学术自由,压缩学术空间,最终扼制了学术的健康发展。正如晚清思想家冯桂芬在《改科举议》中所揭示的那样:"明祖以枭雄阴鸷猜忌驭天下,惧天下瑰玮绝特之士,起而与为难;以为经义诗赋,皆将借径于读书稽古,不啻傅虎以翼,终且不可制。求一途可以禁锢生人之心思材力,不能复为读书稽古有用之学者,莫善于时文,故毅然用之。其事为孔、孟明理载道之事;其术为唐宗英雄入彀之术;其心为始皇焚书坑儒之心。抑之以点名、搜索防弊之法,以折其廉耻;扬之以鹿鸣、琼林优异之典,以生其歆羡,三年一科,今科失而来科可得,一科复一科,转瞬而其人已老,不能为我患,而明祖之愿毕矣。意在败坏天下之人才,非欲造就天下之人才。"②狭隘的功利化攻读禁锢了学人的思想,实同秦皇坑儒之祸。

　　非但如此,八股取士也带来了士人道德的沦丧,"士气卑弱之甚",让人瞠目结舌。"治道由人心维持,人心由士气兴起。今士气委靡成风,譬则越绵不团而软,由往时辅臣议礼争胜,假峻刑以箝众口,一二贪婪固宠者继起,阴惧公议,袭用旧法,遂俾士大夫礼义廉耻之维不立。驯至此时,以言不出口为淳厚,推奸避事为老成,员巧委曲为善处,迁就苟容为行志,柔媚卑逊为谦谨,虚默高谈为

---

　　①　《四库全书总目提要·四书人物考》,文渊阁四库全书本。但是台湾学者林庆彰认为:"明代经学的衰落,与当时科举考试的出题形式应有相当密切的关系。"不应完全归咎于《五经大全》的编纂与推行。参见林庆彰《〈五经大全〉之修纂及其相关问题探究》,收入《明代经学研究论集》,台湾文史哲出版社1994年版,第33—59页。
　　②　冯桂芬《校邠庐抗议》卷下《改科举议》,上海书店出版社2002年版,第37页。

清流,论及时事为沽名,忧及民隐为越分。居上位以矫亢刻削为风裁,官下位以逢迎希合为称职,趋爵位以奔竞辩谀为才能,纵货贿以侈大延纳为豪俊。世变江河,愈趋愈下。"①

文学即人学。对文学而言,理学则意味着水火不容的思维和意趣:"文学本质上是生命意志的自由表达,它必须以人们丰富生动的生活内容和思想感情作为反映和表现的对象。离开这些因素,文学就成了无源之水、无本之木。而理学往往强调'存天理,灭人欲',要求人们的思想感情和言行都符合'天理',实际上也就是封建伦理道德规范。……其次,文学特别是抒情叙事类文学,要求通过不受理性和逻辑法则束缚的艺术思维,创造出生动活泼的艺术形象,来展现社会生活,表达思想感情,最忌枯燥的说教和直露的阐述。理学则属于哲学思辨,它运用的是一系列抽象的概念,力求逻辑的严密和判断的准确。细腻曲折的情感、变幻不定的意象等,都有碍于思辨的明晰性,因此理学和文学在思维方式上是相互排斥的。"②但是明代文学与理学的关系,并不能简单地定位为仅仅是互相排斥。如许总《宋明理学与中国文学》也给出了不同的回答:

> 就文士的构成特点看,明代与宋元时代理学家与文学家相对属于各自的群体不同,而是往往兼理学大师与文学宗匠于一身。在中后期反理学思潮中,则表现为学者与文人大多一身而二任。这就造成了明代理学与反理学都与文学关系空

---

① 陈子龙等《明经世文编》卷二五四《三几九弊三势疏》,中华书局1962年版,第2683页。

② 廖可斌《理学与文学论集》,东方出版社2015年版,第58—59页。

前紧密的现象。比如,明前期宗理学正统朱子之学,当时的宋濂、方孝孺、王祎等人就都具理学大师与文坛宗匠的双重品格,就文学而言,他们对文、道结合以及诗的教化作用的强调也较宋元人更为强烈。到明代中期,心学兴起,从王守仁到王畿、王艮,历时数十年,直至李贽出而解体,其时文坛主流则是以前后七子为代表的诗文复古运动,从弘正年间的李梦阳、何景明等"前七子"开始,到嘉万年间的李攀龙、王世贞等"后七子"继起,历时八九十年,直至"公安三袁"出而衰歇。值得注意的是,王学中的重要人物王廷相就同时是"前七子"之一,这就把王学与七子直接联结起来,而七子中其他人以及与七子同时的唐顺之、王慎中等人也多为王学之信徒。李贽作为明代中后期最杰出的思想家,既是反理学思潮的倡导者和代表人物,又是贡献卓著的文学批评家,对明后期文学走向发挥着极大的作用,从与其同时的"公安三袁",到稍后的汤显祖、叶昼乃至金圣叹等人,便共同构成这一反理学思潮背景下文学进程的整体。①

　　具体到明代初期而言,理学对文学的影响很复杂,既有正面的雅正和博学,又有负面的枯燥和说教。直接表现在明初以"三杨"即杨士奇、杨荣、杨溥为代表的"台阁体"和以陈献章和庄昶为代表的"性气诗"。前者没有感情,后者过于说理,都违背了诗歌"缘情"的本质论和"绮靡"的审美论。这些都是李东阳和七子以及杨慎所要面对的文学现实,也是他们的诗学要解决的主要问题。

_____

① 许总《宋明理学与中国文学》,百花洲文艺出版社 1999 年版,第 350 页。

第二节 明代心学的发展及其影响

对于程朱理学对学术思想的禁锢和社会风气的不良影响,明代中后期有学人开始反思。明代心学启蒙人物陈献章提出"天地我立,万化我出,宇宙在我"①"事物虽多,莫非在我"②,高扬主体的自我价值,突出个人在天地万物中的存在意义。他提出"惟在静坐,久之,然后见吾此心之体"③的道德实践体验和修养方法,来反对程朱理学所谓的"天理"。湛若水直接继承陈献章的心学思想并将之推进一步,指出"万事万物,莫非心也","吾所谓天理者,体认于心,即心学也"④。湛若水"随处体认天理","吾之所谓'随处'云者,随心、随意、随身、随家、随国、随天下,盖随其所寂、所感时耳"⑤。他认为以心格物的过程也就是体认天理,"一内外""兼知行"的过程,这样就纠正了程朱理学割裂理论和实践的弊端。心学代表人物王阳明对此有着非常清醒的认识和痛心疾首的批评。他曾说:"自程、朱诸大儒没而师友之道遂亡。六经分裂于训诂,支离芜蔓于辞章业举之习,圣学几于息矣。"⑥"近世所谓道德,功名而

---

① 陈献章《陈白沙集》附录《明故翰林院检讨白沙陈先生改葬墓碑铭》,文渊阁四库全书本。

② 陈献章《陈白沙集》卷一补遗《论前辈言铢视轩冕尘视金玉》,文渊阁四库全书本。

③ 陈献章《陈白沙集》卷二《复赵提学金宪》,文渊阁四库全书本。

④ 黄宗羲著、沈芝盈点校《明儒学案》卷三十七《甘泉学案一》,中华书局 1985 年版,第 901 页。

⑤ 黎业明《湛若水年谱·答阳明王都宪论格物》,上海古籍出版社 2016 年版,第78 页。

⑥ 王阳明《王阳明全集》卷七《文录四》,国学整理社 1936 年版,第 48 页。

已;所谓功名,富贵而已。"①八股取士株守科举经义,从理论上来讲,妨碍了人们对儒家经典的真正理解和理论接受,进而导致对道德教条的厌弃;从实践上而言,支离破碎的繁琐阐释也偏离了经典的原意,不利于人们遵行和实践:"天下所以不治,只因文盛实衰,人出己见,新奇相高,以眩俗取誉。徒以乱天下之聪明,涂天下之耳目,使天下靡然争务修饰文词,以求知于世,而不复知有敦本尚实、反朴还淳之行。"②既然程朱理学业已穷途末路,王阳明也结合时代发展的需要,对儒家、对"天理"提出了自己新的思考,提出了"心即理""心外无物""心外无理""知行合一""致良知"等一系列心学论题,主张天地虽大,但有一念向善,心存良知,虽凡夫俗子,皆可为圣贤。更有异端李贽在《答邓石阳》中说:"穿衣吃饭即是人伦物理。除却穿衣吃饭,无伦物矣。世间种种,皆衣与饭类耳。故举衣与饭而世间种种自然在其中。非衣饭之外更有所谓种种绝与百姓不相同者也。"③李贽认为人的物质生活是整个社会生活的基础,他彻底否定了所谓天理对人心的统治,彻底否定了程朱理学和封建道理对人的任何束缚,进而顺应了人的自然天性。这不仅符合传统儒学所谓"内圣"的倡导,也与士人急于摆脱理学羁绊的精神需要相吻合,更加上呼应了中晚明的人性解放思潮,所以阳明心学得到了迅速的传播。

　　虽然明代的王阳明本人亦是博学多闻之人,然而相较于当时业已成为国家意识形态的程朱理学,心学显得更加束书不观、徒事

---

　　①　王阳明《王阳明全集》卷四《文录一》,国学整理社 1936 年版,第 11 页。
　　②　王阳明《王阳明全集》卷一《语录一》,国学整理社 1936 年版,第 6 页。
　　③　李贽《李贽文集·焚书》卷一《答邓石阳》,北京燕山出版社 1998 年版,第 19 页。

空谈。儒家经典在科举制度下已经简化为八股文这个敲门砖,而在阳明心学的学术视野中,经典和文献的地位显然更为低落。明代心学经陈献章、湛若水和王阳明等人的嬗递之后,发展到明代中期,其文献知识之贫陋寡闻,更受到有识之士的痛斥。

如王廷相一针见血地指出心学的误导:

> 大抵近世学者,无精思体验之自得,一切务以诡随为事。其视先儒之言,皆万世不刊之定论,不惟遵守之笃,且随声附和,改换面目,以为见道,致使编籍繁衍,浸淫于异端之学而不自知,反而证之于六经仲尼之道,日相背驰,岂不大可哀也![1]

显而易见,王廷相此论即是针对"心学"的流弊而言。他更明确的指出:

> 近世好高迂腐之儒,不知国家养贤育才,将以辅治,乃倡为"讲求良知,体认天理"之说,使后生小子澄心白坐,聚首虚谈,终岁嚣嚣于心性之玄幽,求之兴道致治之术、达权应变之机,则暗然而不知。以是学也,用是人也,以之当天下国家之任,卒遇非常变故之来,气无素养,事无素练,心动色变,举措仓皇,其不误人家国之事者几希矣。[2]

王廷相为明代气学思想的代表人物,他以客观的"气"来对抗

---

① 王廷相《王廷相集》卷二十七《答许廷纶》,中华书局 1989 年版,第 487—488 页。
② 王廷相《王廷相集·雅述》下,中华书局 1989 年版,第 873 页。

所谓天理,指出"万物之生,气为理之本,理乃气之载,所谓有元气才有动静"①"元气者,天地万物之总统""元气化为万物,万物各受元气而生""天地、水火、万物,皆从元气而化"(《雅述》上篇),因此批评陆王心学"万事万物皆出于心""是内非外"等做法是"嚣嚣于心性之玄幽",根本无法改变社会现状。他认为:"士惟笃行可以振化矣,士惟实学可以经世矣。"②所谓实学,即为实证,即为考证,为考据也。

杨慎以"学禅士夫"来痛斥心学诸人,其《艺林伐山》卷三"江淮名山图"条云:

> 远公画江淮名山图,而《画谱》《宝鉴》竟不知远公善画也。慎谓晋人无不文藻风韵,远公禅学之外,能画,工诗,又注《诗经》,是僧而兼儒也。近日学禅士夫乃束书不观,口无雅谈,手写讹字,宁不愧于僧徒乎?③

杨慎《词品》卷二"丘长春梨花词"条谓:

> 又谓予尝问好事者曰:"神仙惜气养真,何故读书史、作诗词?"答曰:"天上无不识字神仙。"予因语吾党曰:"天上无不识字神仙,世间宁有不读书道学耶? 今之讲道者,束书不看,号曰忘言观妙,岂不反为异端所笑耶?"④

①　王廷相《王廷相集》卷三十三《太极辩》,中华书局 1989 年版,第 597 页。
②　王廷相《王廷相集》卷二十二《送泾野吕先生尚宝考绩序》,中华书局 1989 年版,第 419 页。
③　杨慎《艺林伐山》,明嘉靖刻本。
④　岳淑珍校注《杨慎词品校注》卷二《丘长春梨花词》,中州古籍出版社 2013 年版,第 103 页。

连天上的神仙都晓得要读书识字,世间的心学先生怎能好意思只是说自己"忘言观妙"、束书不观? 杨慎不仅指责陆王心学"厌穷理之烦,贪居敬之约,谓六经为注脚,谓训诂为蛆虫",而且更进一步揭露了他们以意说经,"不惟明排程朱,盖已阴叛周孔"①。

> 或问杨子曰:"子于诸经多取汉儒,而不取宋儒,何哉?"答之曰:"宋儒言之精者,吾何尝不取? 顾宋儒之失,在废汉儒而自用己见耳。吾试问汝六经作于孔子,汉世去孔子未远,传之人虽劣,其说宜得其真。宋儒去孔子千五百年矣,虽其聪颖过人,安能一旦尽弃旧而独悟于心邪? 六经之奥,譬之京师之富丽也,河南、山东之人得其十之六七,若云南、贵州之人,得其十之一二而已,何也? 远近之异也,以宋儒而非汉儒,譬云贵之人不出里闬,坐谈京邑之制,而反非河南、山东之人,其不为人之贻笑者几希。然今之人,安之不怪,则科举之累,先入之说胶固而不可解也已,噫!"②

杨慎指出明人"宁得罪于孔子,而不敢得罪于宋儒"③,对明人"摭拾宋人之绪言,不究古昔之妙论,尽扫百家而归之宋人,又尽扫宋人而归之朱子"④的做法,他在前文《云南乡试录序》已经提出了明确的批评,然后在"举业之陋"条又进一步申论之:

---

① 杨慎《升庵集》卷六十五《琐语》,文渊阁四库全书本。
② 杨慎《升庵集》卷四十二《日中星鸟》,文渊阁四库全书本。
③ 王大淳《丹铅总录笺证》,浙江古籍出版社2013年版,第495页。
④ 杨慎《升庵集》卷七十一《先郑后郑》,文渊阁四库全书本。

本朝以经学取人,士子自一经之外,罕所通贯。近日稍知务博以哗名苟进,而不究本原,徒事末节。《五经》诸子,则割取其碎语而诵之,谓之蠡测;历代诸史,则抄节其碎事而缀之,谓之策套。其割取抄节之人,已不通经涉史,而章句血脉皆失其真。有以汉人为唐人,唐事为宋事者,有以一人折为二人,二事合为一事者。余曾见考官程文,引"制氏论乐",而以制氏为致仕,又士子墨卷引《汉书·律历志》"先其算命"作"先算其命"。近日书坊刻布其书,士子珍之,以为秘宝,转相差讹,殆同无目人说词话。噫!士习至此,卑下极矣。①

这段话杨慎一方面批评了陆、王学派以主观唯心的角度去看待客观万物,"师心""居敬""渐进清谈,遂流禅学""而不究本原",为了快速求取功名,舍去经典文献的研读而单单从宋人语录和朱子注解去读书,"一经之外,罕所通贯",所以常常会有"一人折为二人,二事合为一事"的错误,也会闹出"先其算命"作"先算其命"的笑话。

杨慎《升庵集》卷七十五《珠椟鱼筌》将批评的矛头时时指向心学的师心自用、空疏无物:

伊川谓治经遗道,引《韩非子》买椟还珠,然犹知有经也。后世治经求仕者,则所谓得鱼而忘筌,犹以筌得鱼也。今之学者谓:六经皆圣人之迹,不必学。又谓:格物者,非穷理也,格物者,格其物之心也。致知者,致其物之知也。诚意者,诚其

---

① 杨慎《升庵集》卷五十二《举业之陋》,文渊阁四库全书本。

物之意也。正心者,正其物之心也。修身者,修其物之身也。齐家者,齐其物之家也。治国者,治其物之国也。平天下者,平其物之天下也。是全不在我,全不用工,是无楥而欲市珠,无筌而欲得鱼也。谓其说之新可听则可,当于理则未也。①

杨慎《升庵集》卷四十五《鸢飞鱼跃》云:

陈白沙诗曰:"君若问鸢鱼,鸢鱼体本虚。我拈言外意,六籍也无书。"香山益庵陈梦祥辩之曰:"……六经所以载道,一字一义,皆圣贤实理之所寓,实心之所发,以之发言,则言必有物;以之措行,则行必有恒。故曰'君子学以致其道'。书何尝以实为虚幻,以有为为妄也?其曰'言外意',即佛、老幻妄之意,非圣人之蕴也。"呜呼!陈公此言,凿凿乎圣贤之真传,不待曲说旁喻而切于日用。是真知道明理之学也。近日讲理学者,多讳言之。②

明代弘治年间出现的"陈庄体"以义理为宗:"至于诗,则名家者犹罕。国初诗人,生胜国乱离时,无仕进路,一意寄情于诗,多有可观者,如编修高启,盖庶几古作;其后举业兴而诗道大废,作者皆不得已应人之求,岂特少天趣,而学力亦不逮矣。……弘治检讨陈献章、庄昶养高山林,以诗鸣,谓之陈庄体,为世所宗。"③陈献章是从程朱理学转型到心学的重要人物,他的诗歌"为世所宗",怎么不

① 杨慎《升庵集》卷七十五《珠楥鱼筌》,文渊阁四库全书本。
② 杨慎《升庵集》卷四十五《鸢飞鱼跃》,文渊阁四库全书本。
③ 黄佐《翰林记》卷十九《文体三变》,文渊阁四库全书本。

"诗道大废"？所以杨慎盛誉之曰："陈公此言，凿凿乎圣贤之真传，不待曲说傍喻而切于日用，是真知道明理之学也。"①并且为其说之不彰大鸣不平："凭虚者易高而撼实者反下，翼飞者腾誉而特立者蔑闻。是可慨也！"②虚幻之言貌似得儒学之真谛，实非圣贤之理。杨慎把传统的儒教誉为"实"，把陈白沙之"心学"谓之"虚"：

> 儒教实，以其实实天下之虚；禅教虚，以其虚虚天下之实。陈白沙诗曰"六经皆在虚无里"，是欲率古今天下而入禅教也，岂儒者之学哉！③

陈献章写给湛若水的《与湛民泽》诗曰："六经总在虚无里，万理都归感应中。若向此边参得透，始知吾学是中庸。"④六经是儒家最重要的经典，也是封建社会思想与伦理的源头和根基。它笼罩群言，概括万物，说尽世间真理。而陈献章否定这个结论，他认为真实只存在于个体心灵对世界的感应中。陈献章《道学传序》甚至引用大儒许衡的话说："自炎汉迄今，文字记录著述之繁，积数百千年于天下，至于汗牛充栋犹未已也。许文正语人曰：'也须焚书一遭。'"⑤陈献章还批评六经为糟粕说："六经，夫子之书也，学者徒诵其言而忘味，六经一糟粕耳"⑥，"读书不为章句缚，千卷万卷

---

① ②　杨慎《升庵集》卷四十五《鸢飞鱼跃》，文渊阁四库全书本。
③　杨慎《升庵集》卷七十五《儒教禅教》，文渊阁四库全书本。
④　陈献章著，孙海通点校，《陈献章集》卷六《与湛民泽》，中华书局 1987 年版，第644页。
⑤ ⑥　陈献章著，孙海通点校，《陈献章集》卷一《道学传序》，中华书局 1987 年版，第20页。

皆糟粕。"①杨慎认为这是轻率虚妄之言。杨慎认为,六经载道,一字一义,言必有物,行必有恒,陈献章归之于虚无,是要将天下带入佛教的虚无中。

他说:

> 道学、心学,理一名殊。……彼外之所行,颠倒错乱,于人伦事理大戾。顾异巾诡服,阔论高谈,饰虚文美观,而曰:吾道学,吾心学,使人领会于渺茫恍惚之间,而无可著摸,以求所谓禅悟。此其贼道丧心已甚,乃欺人之行,乱民之俦,圣王之所必诛而不以赦者也。何道学、心学之有?②

杨慎认为心学和道学都是高谈阔论、空洞虚无、不求实际的,它们虽美其名曰"心学""道学",但实际上是"欺人之行,乱民之俦",最终会使人走向荒谬的道路。杨慎还在论述俗学和禅学时进一步分析了道学和心学的弊端:

> 骛于高远,则有躐等凭虚之忧;专于考索,则有遗本溺心之患。故曰:"君子以尊德性而道问学。"故高远之弊,其究也,以六经为注脚,以空索为一贯,谓形器法度皆刍狗之余,视听言动非性命之理,所谓其高过于大,学而无实,世之禅学以之。考索之弊,其究也,涉猎记诵以杂博相高,割裂装缀以华靡相胜,如华藻之绘明星,伎儿之舞矸鼓,所谓其功倍于小学而无

---

① 陈献章著,孙海通点校,《陈献章集》卷四《题梁先生芸阁》,中华书局 1987 年版,第 323 页。
② 杨慎《升庵集》卷七十五《道学》,文渊阁四库全书本。

用,世之俗学以之。①

儒教实,以其实实天下之虚;禅教虚,以其虚虚天下之实。
陈白沙诗曰"六经皆在虚无里",是欲率古今天下而入禅教也,
岂儒者之学哉!②

迩者霸儒创为心学,削经铲史,驱儒归禅,缘其作俑,急于
鸣俦,俾其易入,而一时奔名走誉者,自叩胸臆,臣以惊人彪
彩,罔克自售,靡然从之。③

杨慎对儒学的两个分支,即朱熹理学偏重"道问学"的倾向和
陆九渊心学偏重"尊德性"的倾向都进行了批评。④杨慎在这里指
出陆学之弊在于"以空索为一贯",趋简凭虚而入于禅,"学而无
实";朱学之弊在于"以杂博相高",遗本溺心而流于俗,"学而无
用"。在他看来,"经学之拘晦,实自朱始"。而阳明心学则"削经
铲史,驱儒归禅",把儒学流于禅学,不读经史,只求见性明心,违
背了真正的经籍义理和治学之道。两者对学术风气和儒学的发
展都产生了不良影响。这样,杨慎便全面否定了宋儒所倡的
理学:

或问杨子曰:"子于诸经,多取汉儒,而不取宋儒,何哉?"

---

① 杨慎《升庵集》卷七十五《禅学俗学》,文渊阁四库全书本。
② 杨慎《升庵集》卷七十五《儒教禅教》,文渊阁四库全书本。
③ 杨慎《升庵集》卷六《答重庆太守刘嵩阳书》,文渊阁四库全书本。
④ 当然学人也有不同的看法。如钱茂伟《明代史学的历程》云:"作为工具的理学
与作为学术的理学是不同的。朱学在明代统治者的极度利用后,已逐渐变成求功名的
工具。这种学问,当时人称为'俗学'。'俗学'在明中叶遭到了有识之士的抨击,他们开
始寻求新的圣人之学。"社会科学文献出版社2003年版,第105页。

答之曰:"宋儒言之精者,吾何尝不取? 顾宋儒之失,在废汉儒而自用己见耳。吾试问汝,六经作于孔子,汉世去孔子未远,传之人虽劣,其说宜得其真,宋儒去孔子千五百年矣,虽其聪颖过人,安能一旦尽弃旧而独悟于心邪? 六经之奥,譬之京师之富丽也。谈京师之富丽,河南、山东之人得其十之六七,若云南、贵州之人得其十之一二而已,何也? 远近之异也。以宋儒而非汉儒,譬云贵之人不出里闬,坐谈京邑之制,而反非河南、山东之人,其不为人之贻笑几希。"①

在杨慎看来,理学之弊在于割裂理论和实践的关系,最终学而无用,流于俗学;心学之弊在于凌空蹈虚,最终流于空虚,入于禅学。

杨慎生活的时期,程朱理学虽然依然作为官方哲学牢笼士人思想,但是心学经过王阳明的阐发、弘扬之后如洪流滔天,裹挟一切。经历了"议大礼"事件而改变了人生轨迹的杨慎,更能看出理学心学这些思想学说不切实际、凌空蹈虚的实质。杨慎认为道学和心学虽然名称不同,但是本质都是一样的,且对心学和道学给当时思想界所造成的恶劣学风作了深刻的揭露。清代周召《双桥随笔》卷三评价杨慎云:"明杨升庵,才高学博,以元辅之子魁天下,播盛名,宜其发为论议,驳宕不羁,而乃切实著明,异于一时谈空说妙之辈,其论道学也曰……其论禅学俗学也曰……以上议论,皆中明季讲学者之病,惜当时无力阐其义,以告天下者,遂至入于膏肓不

---

① 杨慎《升庵集》卷四十二《日中星鸟》,文渊阁四库全书本。

可救药,而世道人心至于大坏也。"①其书卷七谓:"儒教实,以其实实天下之虚;禅教虚,以其虚虚天下之实。陈白沙诗曰'六经皆在虚无里',是欲率古今天下而入禅教也,岂儒者之学哉! 此杨升庵语也。极切明时讲学先生之病。"②高度评价了杨慎之学术批判态度及其言论在明代中期力挽狂澜的时代意义。

　　杨慎对程朱理学和陆王心学的批判虽然不够深刻,但他敢于反对作为国家精神的程朱理学和风靡一时的阳明心学,并以此为基础,建构起了自己的哲学思想和治学方法,也为后来明清之际的反理学思潮作了先导。如清初三大家之一的顾炎武指出明朝的覆亡乃是心学空疏不学、空谈误国的结果:"以明心见性之空言,代修己治人之实学,股肱惰而万事荒,爪牙亡而四国乱,神州荡覆,宗社丘墟。"③并且他十分赞同宋元之际著名学者黄震所谓"近世喜言心学,舍全章本旨而独论人心道心,甚者单摭道心二字,而直谓心即是道,盖陷于禅学而不自知,其去尧舜禹授受天下本旨远矣"④的观点,指出心学"内释外儒"之本质,指斥其违背传统儒学修齐治平的宗旨,自然应该摒弃。他接着批评说:"今之君子……是以终日言性与天道,而不自知其堕于禅学也。"⑤他还尖锐地指出:"孔门未有专用心于内之说也。用心于内,近世禅学之说耳。……今传于世者,皆外人之学,非孔子之真。"⑥这不仅是对陆王心学的否定,也是对程朱理学的批评。顾炎武继承和发扬了杨慎的有关学说。

　　①②　周召《双桥随笔》,文渊阁四库全书本。
　　③　顾炎武《日知录》卷七《夫子之言性与天道》,文渊阁四库全书本。
　　④　顾炎武《日知录》卷十八《心学》,文渊阁四库全书本。
　　⑤　顾炎武《日知录》卷七《夫子之言性与天道》,文渊阁四库全书本。
　　⑥　顾炎武《日知录》卷十八《心学》,文渊阁四库全书本。

第三节 明代中期图书出版与杨慎的考据思想

学界论及明代学术,多以阳明心学为主要探讨对象;研究考据学者,而又多以清代乾嘉时期为聚焦点①。如果我们用一种通变的视角来考察置身于明代心学盛行、人们空疏不学风气中的考据学家杨慎,其文化意义和符号价值远远大于其考据成就本身。杨慎在从事考据这项工作的时候,一则以为边境少书检阅,"无书可检,惟凭记忆"②;一则以耗身心,所以心态相对轻松,误记造假随

---

① 漆永祥《乾嘉考据学研究》认为考据学可分广义与狭义二种。广义的考据学"是对传统古文献的考据之学,包括对传世古文献的整理、考订与研究,是古文献学的主干学科。其学包括文字、音韵、训诂、目录、版本、校勘、辨伪、辑佚、注释、名物典制、天算、金石、地理、职官、避讳、乐律等学科门类",而狭义的考据学则为研究"历代名物象数、典章制度,实有据者"。见漆永祥《乾嘉考据学研究》,中国社会科学出版社 1998 年版,第 2 页。本书采取的是广义的界定法。

② 《四库全书总目提要·正杨》,文渊阁四库全书本。缪咏禾《明代出版史稿》第四章《明代出版的集中地区》说:"明代的出版集中地区,除了南北二京之外,江浙一带有苏州、常州、扬州、杭州、湖州等城市,闽北有建阳和崇安,湖广有汉阳,江西有南昌,陕西有西安,安徽有徽州。四川的成都和山西的平阳虽然比前代较差了一点,但余烈犹在,仍居于中上地位。此外,各个省的首府和主要城市,都有相当规模的出版单位,在边远省份,也有长足的发展,其中广西和云南尤其值得重视。"见缪咏禾《明代出版史稿》,江苏人民出版社 2000 年版,第 71 页。根据缪氏所言,杨慎中晚年贬谪地云南和多次往返之地四川均为出版集中地区,"无书可检""唯凭腹笥"也应是杨慎有意炫才之言,并非实情。据明末藏书家姜绍书《韵石斋笔谈》卷上"名贤著述"条的记载,明代著名的藏书家有 50 多人。他们是:"宋文宪濂、刘诚意基、杨文贞士奇、李文正东阳、王文恪鏊、吴文定宽、史明古鉴、陆文裕深、程篁墩敏政、丘文庄濬、邵文庄宝、杨文襄一清、林见素俊、王文成守仁、杨升庵慎、李空同梦阳、顾东桥璘、文衡山征明、杨南峰循吉、郑澹泉晓、雷司空礼、王凤洲世贞、王麟州世懋、唐荆川顺之、先少保凤阿(讳宝)、薛方山应旂、李沧溟攀龙、冯北海琦、黄葵阳洪宪、胡元瑞应麟、何元朗良俊、茅鹿门坤、焦澹园竑、顾卯初起元、袁中郎宏道、王损庵肯堂、屠赤水隆、汤若士显祖、李温陵贽、董文敏其昌、何自抑三畏、陈眉公继儒、冯元成时可、李本宁维桢、冯具区梦桢、黄贞甫汝亨、朱平涵国桢、李君实日华、谢在杭肇淛、钟伯敬惺、陈明卿仁锡、文湛持震孟、俞洛自彦、张天如溥。"见《明代出版史稿》第十一章《明代图书的经营和流通》第一节《藏书家和出版事业》,第 367—368 页。

时有之，也时常以"聊记""聊举""漫书"等语词进行表述。①四库馆臣亦云："明之中叶以博洽著者称杨慎，而陈耀文起而与争。然慎好伪说以售欺，耀文好蔓引以求胜。次则焦竑亦喜考证，而习与李贽游，动辄牵缀佛书，伤于芜杂。然以智崛起崇祯中，考据精核，迥出其上。风气既开，国初顾炎武、阎若璩、朱彝尊等沿波而起，始一扫悬揣之空谈。"②所谓"博洽"者，"既有方法论意义，考证需要有开阔的视野和丰富的知识储备，博洽群书，搜采丰富，征引繁复；又指学人的学术修养和终极境界，学问博通，淹贯六经，旁通子史。如是从而能保证自己的考证征实而谨严，无疏舛和挂漏"③。梁启超也曾经指出："明中叶以后，学子渐厌空疏之习，有志复古而未得正路，徒以杂博相尚，于是杨慎、丰坊之流，利用社会心理，造许多远古之书，以哗世取名。"④他的指瑕并非没有一定的道理，但是也正如顾颉刚《四部正讹序》所言："倘使一定要说出他们的优点，或者还在'博'上。他们读书的态度并不严正，什么书都要读，因此他

---

① 《升庵诗话》卷一"上林赋连绵字"条："字有古今，音有楚夏，类如此，聊举其略耳。"卷三"古书不可妄改"条："古书不可妄改，聊举二端。"卷六"津阳门诗"条："其事皆与杂录小说符合。然其诗则警策清越，不及元白多矣。聊举其略云。"卷六"桂子"条："月路之说尤怪异，漫志之。"卷十二"汉古诗逸句"条："古诗四十余首，《文选》收其十九首，今其遗句见于类书多有之，聊录其一二。"《升庵集》卷五《闲书杜律》："可恶可厌，其他尚多，聊举一二耳。"卷六十三《以蠡测海》："暇日与简西凼谈及此，漫笔之。"卷六十六《光明砂》："漫书于此，以讯之好道术者。"卷六十八《素足女》："聊记以饷一笑。"卷七十《石砫御亭》："转刻转误，漫一正之。"卷十《跋吴中新刻世说》："聊一道之，盖不能尽。"卷七十四《郁仪结璘日魂月魅》："聊笔之，以为献笑之适。"《长卿简子》："聊笔于此。"凡此种种，不一而足。雷磊《杨慎诗学研究》第五章《杨慎诗学的六朝派倾向》专门有"学术上的博学"和"诗学中的博学"二节对杨慎博学进行专门论述，见雷磊《杨慎诗学研究》，中国社会科学出版社2006年版。

② 《四库全书总目提要·通雅》，文渊阁四库全书本。

③ 杨钊《杨慎研究——以文学为中心》，巴蜀书社2010年版，第308页。

④ 梁启超《中国近三百年学术史》，东方出版社1996年版，第306页。

们受正统思想的束缚较轻,敢于发议论,敢于作伪,又敢于辨伪。他们的广而疏,和清代学者的窄而精,或者有互相调剂的需要。"①正所谓瑕不掩瑜,所有这些缺憾依然不能掩盖杨慎在有明一代所取得的学术成就。杨慎不仅在经、史、诗、文、词曲等方面有较高造诣,而且在医药、民俗、金石、书画、植物、动物、天文、地理等方面都留有著作。杨慎在整个中国文化史上都鲜有人比肩,堪称一位百科全书式的学者。焦竑主编《升庵外集》收录杨慎三十八部著作,分为天文、地理、宫室、人物、器物、饮食、经说、史说、子说、杂说、文艺、文事、人事、文事(重出)、琐语、俗言、古文韵语、音略例、骚赋、诗品、古今风谣、古今谚、词品、字说、画品、动物、植物等二十七类,收入很多杨慎的考据成果。顾起元《升庵外集序》谓其:"游弋四部七略之间,事提其要,言篡其玄,自唐宋以来,吾见亦罕矣。"②李慈铭亦云:"胜国考据之学,远不能望昭代,惟文宪(杨慎)与陆文裕(深)为一朝弁冕。"③诸人都肯定了杨慎考据学的学术贡献和跨时代的学术意义。杨慎的考据活动有着哪些生成的土壤? 又遵循着怎样的学术原则以及和宋儒有着怎样的呼应关系? 则是本小节要解决的问题。

首先,杨慎的考据学术活动和明代中期出版业的繁荣以及良莠不齐的书籍市场有着密切的关系。

上古文字尚未出现,人们结绳记事。后甲骨文铭文出现,历经春秋战国的蝌蚪文,至秦下令统一文字后出现了小篆隶书,书籍市

---

① 顾颉刚《顾颉刚全集》七《顾颉刚古史论文集》卷七,中华书局 2010 年版,第16 页。

② 王文才、张锡厚辑《升庵著述序跋》,云南人民出版社 1985 年版,第 58、59 页。

③ 李慈铭《越缦堂读书记》,商务印书馆 1959 年版,第 676 页。

场才算是正式出现。但是由于物质载体如金石竹木运输和保存有
诸多不便，书籍流通极为困难，所以书籍市场并未快速发展。汉隶
出现，韦诞改造制墨技术和蔡伦改造造纸技术，早起的简帛书籍慢
慢变为纸卷书。再加上国家专门的藏书机构诸如石渠阁、天禄阁
和麒麟阁等的出现以及民间书肆的兴起，都揭示出书籍刊刻和流
传的繁荣发展。唐初的图书以手抄本为主，五代出现了雕版技术
的雏形。宋代印刷业得到了极大发展，书籍出版系统除了官方、私
刻外，书坊也大量涌现，官方、私人、书坊三大书籍出版系统因而趋
于完善，构成书籍刊印三足鼎立的格局。这些都直接而深刻地影
响了明代书籍的出版状况。明代书籍出版的地区之广，种类之多，
数量之博以及传播之远是宋代无法比拟的。明代书籍市场极其繁
荣，据学人统计，现存的明代刊印的书籍应有三万余种。①

　　如前所述，《明史·太祖本纪》有多条资料记载朱元璋保护书
籍重视文教："洪武元年八月庚午，徐达入元都，封府库图籍，守宫
门，禁士卒侵暴，遣将巡古北口诸隘。……有司以礼聘致贤士，学
校毋事虚文。平刑，毋非时决囚。除书籍田器税。"战时保护书籍
免受战火的毁坏，和平时期免除书籍田器税，鼓励耕读传家、诗书
济世。洪武元年八月，"大将军收秘书监图书太常法服、祭器、仪象
版籍和元奎章阁、崇文阁等秘室图书，尽数送归南京"②。朱棣亦
下旨命礼部遣使，不惜重金四处购求遗书。"书籍不可较价直，惟
求所欲与之，庶奇书可得"，"凡人积金玉欲遗子孙，朕积书亦欲遗
子孙。金玉之利有限，书籍之利岂有穷也?"③朝廷的倡导和努力，

①　缪咏禾《明代出版史稿》，江苏人民出版社2000年版，第43页。
②　焦竑《国史经籍志·序》，中华书局1985年版，第1页。
③　陈清慧《明代藩府刻书研究》，北京图书馆出版社2013年版，第50页。

不但大大丰富了皇室藏书,也带来了诸藩府文教事业的发展和刻书藏书的繁荣。叶德辉《书林清话》卷五"明时诸藩府刻书之盛"条赞曰:"大抵诸藩优游文史,黼黻太平。修学好古,则河间比肩;巾箱写经,则衡阳接席。"①可见明代亲藩的学术文化成就极高,大都工诗善文,通经史精文艺。陈清慧《明代藩府刻书研究》根据现有文献资料考证明代藩王及其后裔支属著作纂述凡 432 种。②当然,这样的举措也鼓励和带动了整个社会的藏书风气,明代的私家藏书超过了以往的任何一代。学人有谓:"比较直接的因素,包括新的识字阶层的增加、文学担当主体阶层的下移、整个市民社会闲暇消费需求的高涨等,与之互为因果,同时亦恰为本阶段最显著的标志,是私人刻书业的繁盛。"③

明代刻书工价之低廉也是造成图书出版繁荣的另外一个非常重要的原因。叶德辉《书林清话》卷七"明时刻书工价之廉"条转引蔡澄《鸡窗丛话》云:

> 前明书皆可私刻,刻工极廉。闻前辈何东海云,刻一部古注十三经,费仅百余金。故刻稿者纷纷矣。尝闻王遵岩、唐荆川两先生相谓曰:数十年读书人,能中一榜,必有一部刻稿。屠沽小儿,身衣饱暖,殁时必有一篇墓志。此等板籍,幸不久即灭,假使尽存,则虽以大地为架子,亦贮不下矣。又闻遵岩谓荆川曰:近时之稿板,以祖龙手段施之,则

---

① 叶德辉《书林清话》,上海古籍出版社 2012 年版,第 100 页。
② 陈清慧《明代藩府刻书研究》,北京图书馆出版社 2013 年版,第 33 页。
③ 陈广宏《明诗话还原研究与近世诗学重构的新路径》,《复旦学报》(社会科学版)2018 年第 3 期。

南山柴炭必贱。①

对于明代书籍的价廉易得,彭信威《中国货币史》亦有更为详细的说明:

> 明代刻工的工钱更低。……所以明代的书价更低。嘉靖年间,日本人在苏州、宁波等地买书,《鹤林玉露》一部四册,费银二钱,每册只五分。《文献通考》一部,九钱。《本草》十册,四两九钱。《奇效良方》一部七钱。……总而言之,自印刷术发明以及应用以来,中国的书价有下跌的倾向,而以明代为最低。②

陆容《菽园杂记》卷十亦云:"宣德、正统间,书籍印板尚未广。今所在书板,日增月益,天下右文之象,愈隆于前已。但今士习浮靡,能刻正大古书以惠后学者少,所刻皆无益,令人可厌。上官多以馈送往来,动辄印至百部,有司所费亦繁。"③张秀民认为:"陆氏所述大抵符合实际情况。成化、弘治,史称'海内富庶,民物康阜',印书日趋发达,至嘉靖、万历而极盛。李贽亦云:'戴纱帽而刻集,例也。……嘉靖时凡榜上有名者必刻稿,万历时凡做过官的无不照例刻集子。'这是由于明代'书皆可私刻',无元代逐级审批手续,只要有钱,就可任意刻,而刻字工资极低廉,又纸墨易得,故纷纷

---

①　叶德辉《书林清话》卷七"明时刻书工价之廉"条,岳麓书社 1999 年版,第 154 页。
②　彭信威《中国货币史》,上海人民出版社 1965 年版,第 717 页。
③　陆容《菽园杂记》卷十,中华书局 1985 年版,第 116 页。

出版。"①

胡应麟《少室山房笔丛》卷四《经籍会通》四曾认为纸价对于图书的价格占有决定性地位："顺昌(纸)坚不如绵、厚不如柬,直以价廉取称。……近闽中则不然,以素所造法演而精之,其厚不异于常而其坚数倍于昔,其边幅宽广亦远胜之,价直既廉而卷帙轻省,海内利之,顺昌废不售矣。"②《大明会典》也较为详细地记述了从弘治到嘉靖纸张价格的变化:"凡白榜纸,高四尺四寸,阔四尺。十年一次题派各省办送一百二十万张,贮乙字库。或遇缺乏,召买随行龙沥纸代纳,以尺寸不如式。每白榜纸百张,价银一两;随行纸,嘉靖十六年估定,百张价银四钱。"③价格降低了大半,而质量相当,所以弘嘉年间,书商选用廉价纸张,向市场推出大量的文集和小说,以期获取丰厚的利润。而繁荣的图书市场也反过来刺激书商的生产热情和写作者的创作热情。为降低成本,书籍多快刻速售,版本颇多粗制滥造者。

明代中叶以来,书坊日多,书坊主为了"射利",往往会迎合市场需求,"任意删节,谬种流传"④。叶德辉《书林清话》说:"吾尝言明人好刻书,而最不知刻书。"⑤"朱明一朝刻书,非仿宋刻本,往往掺杂己注,或窜乱原文。"⑥所以发出"明人刻书而书亡"的感慨⑦。

---

① 参见张秀民、韩琦《中国印刷史》,浙江古籍出版社 2006 年版,第 240 页。

② 胡应麟《少室山房笔丛》,文渊阁四库全书本。

③ 《大明会典》卷一百九十五,明万历刻本。

④ 屈万里、昌彼得著《图书版本学要略》,中国文化大学出版部 1986 年版,第 56 页。

⑤ 叶德辉《书林清话》卷七"明人不知刻书"条,岳麓书社 1999 年版,第 150 页。

⑥ 叶德辉《书林清话》卷七"明人不知刻书"条,岳麓书社 1999 年版,第 151 页。

⑦ 叶德辉《书林清话》卷七"明毛晋汲古阁刻书之一"条,岳麓书社 1999 年版,第 158 页。

屈万里谓："那些情形（书业恶风），可以说明了那时的图书，销路很好，所以才有争着出版的现象，这现象是不是显示着那时读书的人较以前增多了？或者显示着民间的经济力量颇为富饶？"①以上我们可以看出，明代最晚从正德、嘉靖这两个时期开始，出版业极度繁荣，书本售价急剧下降。但是与此同时，良莠不齐的出版物也出现在市面上，一方面给读者带来阅读的便利，另一方面也给读者带来困惑。

杨慎早就发现这种现象已屡见不鲜，诸如《山海经》《文选》《乐府诗集》《玉台新咏》《万首唐人绝句》等等都有刊刻之误。更遑论在"文必秦汉""诗必盛唐"风气影响下众多的诗歌选本。他每每提及，皆予以批判。杨慎对于旧本、古本的喜爱，对于今本、俗本的厌弃，随处可见。如《升庵诗话》卷六"东山李白"条曰：

> 杜子美诗："近来海内为长句，汝与东山李白好。"流俗本妄改作"山东李白"。按乐史序《李白集》云："白客游天下，以声妓自随，效谢安石风流，自号'东山'，时人遂以'东山李白'称之。"子美诗句，正因其自号而称之耳，流俗不知而妄改。近世作《大明一统志》，遂以李白入山东人物类，而引杜诗为证，近于郢书燕说矣。噫，寡陋一至此哉！②

李贤、彭时、吕园等人奉敕纂修的《大明一统志》因时间仓促、人员多杂，书中存在着张冠李戴、似是而非等弊病。清代学者受乾

---

①　屈万里《屈万里先生文存》第三册《晚明书业的恶风》，台湾联经出版公司1985年版，第1001—1002页。

②　丁福保辑《历代诗话续编》（中），中华书局1983年版，第757页。

嘉学派的影响而注重考据,对其评价集中在资料的舛谬错讹方面。如《四库全书总目提要·明一统志》曰:"其时纂修诸臣,既不出一手,舛讹抵牾,疏谬尤甚。如以唐临洮为汉县;辽无章宗,而以为陵在三河;金宣宗葬大梁,而以为陵在房山;以汉济北王兴居为东汉名宦;以箕子所封之朝鲜在永平境内。"①顾炎武在《日知录》中列举并重新考证了八条材料来指正《大明一统志》的舛谬错讹说:"今考其书,舛谬特甚……引古事舛戾最多。"②其实早在明代,杨慎已经指出其对于李白籍贯的错置,并指出其舛误的根源就是"近世"的"流俗本"。

又如《升庵诗话》卷三"四婵娟"条曰:

> 孟东野诗:"花婵娟,泛春泉。竹婵娟,笼晓烟。雪婵娟,不长妍。月婵娟,真可怜。"其辞风华秀艳,有古乐府之意。雪婵娟,今本或作"妓婵娟",非也。余尝令绘工绘此为四时婵娟图,以花当春,以竹当夏,以月当秋,以雪当冬也。③

苏轼撰、施元之注的《施注苏诗》尚是"雪婵娟",后吴聿《观林诗话》云:"孟郊集有《四婵娟篇》,谓花、竹、人、月也。误见顾况集。"④顾况此处《华阳集》之误,应该是误改"人"为"妓"之误。史铸注王十朋《会稽三赋》卷下《蓬莱阁赋》以及后来明陆时雍《唐诗镜》和清代《全唐诗》皆沿袭顾况之错误。当然参照宋代刘一止《苕

---

① 《四库全书总目提要·大明一统志》,文渊阁四库全书本。
② 顾炎武《日知录》卷三十一《大明一统志》,文渊阁四库全书本。
③ 丁福保辑《历代诗话续编》(中),中华书局1983年版,第683页。
④ 吴聿《观林诗话》,文渊阁四库全书本。

溪集》之绝句："曲径画栏春几许，竹花人月四婵娟"①之句以及《观
林诗话》，杨慎之改"雪"，也并非不刊之论，"人"也许更符合孟郊诗
歌之本来面目。

又如《升庵诗话》卷五"杜常华清宫"条曰：

> "行尽江南数十程，晓星残月入华清。朝元阁上西风急，
> 都入长杨作雨声。"宋周伯弜《唐诗三体》以此首为压卷第一。
> 《诗话》云："杜常方泽姓名不显，而诗句惊人如此。"按杜常乃
> 宋人，杜太后之侄，《宋史·文苑》有传。《孙公谈圃》亦以为宋
> 人。《范蜀公文集》有《笏记》一卷，纪时贤姓名，而杜常在其
> 列，下注"诗学"二字，其为宋人无疑，周伯弜误矣，然诗极佳。
> "晓星"，今本作"晓风"，重下句"西风"字，或改作"晓乘"，亦不
> 佳。余见宋敏求《长安志》，乃是"星"字。敏求又云："长杨非
> 宫名，朝元阁去长杨五百余里，此乃风入长杨，树叶似雨声
> 也。"深得作者之意。此诗姓名时代误，"晓风"字误，"长杨"意
> 误，特为正之。②

杜常，北宋人，字正甫，生卒年不详，卫州（今河南卫辉）人，以
诗鸣于世，《宋史》有传。周弼选录此诗入《三体唐诗》，径以杜常为
唐人，元吴师道《吴礼部诗话》从其说，认为"按唐史及小说诸书，皆
无杜常名字，或以为宋人。然华清宫、朝元阁，宋时不存已久，自当
为唐人无疑。近有僧圆至，注作长杨宫，在周至县南，相去辽绝，知

①　刘一止《苕溪集》，文渊阁四库全书本。
②　丁福保辑《历代诗话续编》（中），中华书局1983年版，第738—739页。

其不通,遂谓诗人寓言托讽,皆谬也"①。明杨慎则力辩其非,认为宋敏求《长安志》中"长杨非宫名,朝元阁去长杨五百余里,此乃风入长杨,叶似雨声也"的阐释"深得作者之意"。

又如《升庵诗话》卷六"长河既已萦"条曰:

> 《古文苑》王融《游仙》诗:"长河既已萦,层山方可砺。""萦"今本误作"荣",解者遂谬云"荣"如草木之荣华,犹言海变桑田,可笑。不思萦,萦带也。带河砺山眼前事,何必远引。②

又如《升庵诗话》卷八"书堂饮散复邀李尚书下马赋"条曰:

> 杜云:"湖月林风相与清,残樽下马复同倾。久拼野鹤如双鬓,遮莫邻鸡下五更。"湖上林中,地已清矣。湖有月,林有风,景益清矣。故著"相与清"字。俗本作"湖上",或作"湖水",皆浅。既有湖,不须著"水"字,若云"湖上林风",不得著"相与清"字,此工致细润,味之自知。③

又如《升庵诗话》卷八"唐诗绝句误字"条曰:

> 唐诗绝句,今本多误字,试举一二。……《寄扬州韩绰判官》云"秋尽江南草未凋",俗本作"草木凋"。秋尽而草木凋,自是常事,不必说也,况江南地暖,草本不凋乎。此诗杜牧在

① 丁福保辑《历代诗话续编》(上),中华书局 2006 年版,第 588 页。
② 丁福保辑《历代诗话续编》(中),中华书局 1983 年版,第 747 页。
③ 丁福保辑《历代诗话续编》(中),中华书局 1983 年版,第 795 页。

淮南而寄扬州人者,盖厌淮南之摇落,而羡江南之繁华,若作草木凋,则与"青山明月""玉人吹箫"不是一套事矣。余戏谓此二诗绝妙,"十里莺啼",俗人添一撇坏了,"草未凋",俗人减一画坏了,甚矣,士俗不可医也。又如陆龟蒙《宫人斜》诗云"草著愁烟似不春",只一句,便见坟墓凄恻之意。今本作"草树如烟似不春","草树如烟"正是春景,如何下得"不春"字。读者往往忽之,亦食不知味者也。①

又如《升庵诗话》卷十三"避贤"条曰:

> 杜诗"衔杯乐圣称避贤",用李适之"避贤初罢相,乐圣且衔杯"句也。今本作"世贤",非。"更取楸花媚远天",今本作"椒花",非。椒花色绿,与叶无辨,不可言媚。②

《升庵诗话》卷十三"薰风啜茗"条云:

> 杜子美《何将军山庄》诗:"薰风啜茗时。"今本作"春风",非。此诗十首,皆一时作。其曰"千章夏木清",又曰"红绽雨肥梅",皆是夏景可证。③

在杨慎看来,所有的"今本"都是在想当然的基础上进行的"妄改",既没有版本学的依据,也缺少了诗学的观照。他更赞赏古本。

①　丁福保辑《历代诗话续编》(中),中华书局 1983 年版,第 800 页。
②　丁福保辑《历代诗话续编》(中),中华书局 1983 年版,第 900 页。
③　丁福保辑《历代诗话续编》(中),中华书局 1983 年版,第 908 页。

他一再称赞"古本""旧本",谓之可以"订讹",视为"可爱",并且称："余见新本,疑其误而思之未得,一见旧本释然。"①

其次,杨慎对当时书籍质量的善意批评,也显示出他逆时代风气而动的博观约取的考据观。

心学流衍的年代里,世人几乎口径一致地醉心于阳明学说,空疏不学。吴晗有谓:"谈性理者以实践标榜,掩其不读书之陋;谈文学者以复古号召,倡不读唐后书之说。两家互相应和,形成一种浅薄浮泛之学风,即有一二杰出之士,亦复泛涉浅尝,依傍门户,不能自立一说。"②杨慎自二十四岁授翰林修撰,直到被贬云南,在翰林院任职约十余载。明代的翰林院掌管制诰、史册、文翰,讲读经史,修撰国史。杨慎在翰林院时,曾被"召入文渊阁,令发中秘书遍读之"③,他提出以博学为根基,企图扭转明代由理学、心学造成的空疏不学和束书不观的不良学风④。

杨慎《升庵集》卷七十五《游定夫帖》引用游定夫帖来说明博约关系云:

　　　　游定夫《一帖与友人》曰:"不能博学详说,而遽欲反约;不

---

① 丁福保辑《历代诗话续编》(中),中华书局 1983 年版,第 779 页。

② 中国历史研究会《历史文献研究》第 21 辑,华中师范大学出版社 2002 年版,第326 页。

③ 顾起元《丹铅总录序》,见王文才、张锡厚辑《升庵著述序跋》,云南人民出版社1985 年版,第 78 页。

④ 钱茂伟《国家、科举与社会——以明代为中心的考察》将"心学使得明代学术自由多元"这点与明代中叶出现杨慎、陈士元等等博学之儒的现象相联系,认为明代前期并不曾出现大批博学之儒的现象,可见中后期博学风气的产生实受了心学扭转学风的助益。见钱茂伟《国家、科举与社会——以明代为中心的考察》,北京图书馆出版社2004 年版,第 226—227 页。

能文章,而遽欲闻性与天道。犹之欲立数仞之墙,而浮埃聚沫以为基,绤兮绤兮而欲温,吸风饮露而欲饱,无是理矣。"近日厌穷理之烦,而贪居敬之捷者,安得以是说告之。①

《孟子·离娄下》有云:"博学而详说之,将以反说约也。"赵岐注:"博广详悉也,广学悉其微言而说之者,将以约说其要意,不尽知则不能要言之也,是谓广寻道意,还反于朴说之美者也。"孔颖达疏曰:"孟子言人之学道,当先广博而学之,又当详悉其微言而辩说之,其相将又当以还反说其至要者也。以得其至要之义而说之者,如非广博寻学,详悉辩说之,则是非可否,未能决断,故未有能反其要也。是必将先有以博学详说,然后斯可以反说其约而已。"②孟子认为,欲体会儒家精义,需要广博地学习,再加以详细地探究,然后才能以己意出之。博学是基础和前提,简约是在博学的基础上进行的。

杨慎《升庵集》卷四十五《博约》还举了一个例子:

"博学而详说之,将以反说约也。"或问:"反约之后,博学详说可废乎?"曰:"不可。《诗》三百,一言以蔽之,曰'思无邪'。《礼》三千三百,一言以蔽之,曰'毋不敬'。今教人止诵'思无邪''毋不敬'六字,《诗》《礼》尽废,可乎?人之心,神明不测,虚灵不昧,方寸之地,亿兆兼照者也。若涂闭其七窍,折堕其四支,曰'我能存心',有是理乎?"③

---

①　杨慎《升庵集》卷七十五《游定夫帖》,文渊阁四库全书本。
②　赵岐注,孙奭疏《孟子注疏》,中华书局 1980 年版,第 2727 页。
③　杨慎《升庵集》卷四十五《博约》,文渊阁四库全书本。

朱熹《论语集注》曾引录范祖禹的说法:"学者必务知要,知要则能守约,守约则足以尽博矣。经礼三百,曲礼三千,亦可以一言以蔽之,曰'毋不敬'。"①显然,杨慎反对其中的"守约则足以尽博矣"。杨慎认为《诗》《礼》各有核心精神,但不能只取其抽象的"思无邪""毋不敬"的精义而删汰显诸事相的百千篇章。他甚至还举了一个浅显的例子来说明这个道理:人心虽然是神明之地,但还是需要七窍四肢用以感知万物。所以他主张"多闻则守之以约,多见则守之以卓。寡闻则无约也,寡见则无卓也"。②

《升庵集》卷四《云局记》又云:

> 知云则知学矣。夫云者为雨乎? 雨者为云乎? 无云则无以为雨矣。犹之地产植物,花者为实乎? 实者为花乎? 无花则无以为实也。夫学何以异是? "博我以文,约我以礼",无文则何以为礼? 无博则何以为约? 今之语学者,吾惑焉:厌博而径约,屏文而径礼,曰六经吾注脚也,诸子皆糟粕也。是犹问天曰:"何不径为雨,奚为云之扰扰也?"问地曰:"何不径为实,奚为花之纷纷也?"是在天地不能舍博而径约,况于人乎? 云,天之文也;花,地之文也;六经诸子,人之文也。见天人而合之,斯可以会博约而一之,此学之极也。③

杨慎指出,"无博则何以为约",博是约的先决条件,抽象的人性与天道必然也蕴涵于具体的事物之中。而明代之人,无论是"心

---

① 朱熹《论语集注》卷一《为政第二》,文渊阁四库全书本。
② 杨慎《升庵集》卷二《谭苑醍醐序》,文渊阁四库全书本。
③ 杨慎《升庵集》卷四《云局记》,文渊阁四库全书本。

学"还是"理学",都割裂儒家经典,不重视对六经的博学,仅以朱熹之学入手进行学术探索。杨慎又说朱熹:"必欲别立一说以胜前人,故不自知其说之害理至此也。"又谓:"大儒如朱子犹售其欺,学术害人惨于洪水猛兽,信哉!"①朱熹学说的影响如洪水猛兽,害人不浅,因此,那些"舍博而径约""厌穷理之烦而贪居敬之捷者",皆是好高骛远、急功近利之徒。杨慎认为儒学本是"明明白白,平平正正","内外一者也",而它的两个分支——不论心学还是道学,由于只是"使人领会于渺茫恍惚之间,而无可捉摸",造成了人们"阔论高谈"、空虚不实的学风,因此成了"圣王之所必诛而不以赦"的"乱民之侪"。

杨慎《升庵集》卷二《六书索隐序》文末有一段表明态度和观点的问答:

> 或览之曰:"是则艺矣,其如道何?"答之曰:"艺即道也。夫子之性道,不离乎文章,子贡未之合一耳。司马子长愈益昧此,作《孔子世家》乃曰'晚而喜《易》'、'韦编三绝',其以孔子为扬子云,以《易》为《太玄》,而《诗》《书》《春秋》为甘泉四赋邪?子云若悟此,则藏心美根,岂出于雕虫篆刻,何必悔其少作乎?必以玄为极致,而识字为非,则吾夫子从心之年,亦何尝屏撤《诗》《书》,焚弃《春秋》,而后为不逾矩哉?"②

文字学、音韵学、训诂学,一直被称为经学的附庸,明代也存在

---

① 杨慎《谭苑醍醐》卷二《噬嗑解》,文渊阁四库全书本。
② 杨慎《升庵集》卷二《六书索隐序》,文渊阁四库全书本。

视小学为末艺的不良倾向。杨慎特意在此篇序文的末尾特别论证"艺"与"道"的关系,他强调"艺即道也",并非玄远的高论才是境界高深的"道",唯有以小学为基础、为依据、为线索,才能推究事物的本来面貌,唯有通过小学这样的治学原点才能获得达道的学问。杨慎反问道:"然则不识字者,安可解经哉?"①精通小学是理解古人思想的必备要素,因此解经须以字学为根基,即便是辨析名物,也必须从字的音义形入手来解决。②

最后,杨慎的考据学术活动也是对宋儒肆意发挥、空谈心性的一种天然的反动。

考据作为一门学问,在汉代就已经初露端倪,人们在研读《诗经》这部经典的时候,会深究其中的名物,从动物学、植物学的角度去获得知识。但专门的考据学著作却没有出现。汉唐以降,"考证经义之书,始于《白虎通义》。蔡邕《独断》之类,皆沿其支流,至唐而《资暇集》《刊误》之类,为数渐繁。至宋而《容斋随笔》之类,动成巨帙。其说大抵兼论经史子集,不可限以一类"③。宋代司马光《资治通鉴考异》、沈括《梦溪笔谈》、郑樵《诗辨妄》、洪迈《容斋随笔》等书,都采用了考据学的方法。后来的《云谷杂记》《猗觉寮杂记》《坦斋通编》《宾退录》等大抵都和《梦溪笔谈》《容斋随笔》相类似。可以说,考据学在宋代已经成为一门相对独立的学问。这一时期取得的考据成果很多,考据的范围非常广泛,考据的材料在隋

① 杨慎《升庵经说》卷六"往近王舅"条,中华书局1985年版,第94页。
② 《升庵集》卷七十九《花足曰跗》曰:"或问:花蒂何以曰跗?曰:蒂者,花足也,故其字从足。束皙《补亡诗》:'白华素足。'亦指花蒂为足也,鞢字从㲋,㲋,音吁,与华字不同,今作鞢,非。鞢从韦为义,从华为声。古者联墙之履曰鞢,今俗作靴。鞢字从㲋为义,从韦为声,㲋,草木下垂也。非精于六书者,不能别此。"
③ 《四库全书总目提要·识小编》,文渊阁四库全书本。

唐时期的基础上大大增加，考据的方法更加严密。南宋王应麟《困学纪闻》和马端临《文献通考》可以说是比较严格意义上的考据学著作，其内容包括天文地理、人物史事、名物制度、典籍文献等，运用多种考证方法，因而取得了卓越的成就，代表了宋元考据学的最高水平。

杨慎继承前代考据学的既有成就，但也对宋儒"一骋己见，扫灭前贤"，"说理，则曰汉唐之人如说梦；说字，则曰汉以下无人识；解经，尽废毛、郑、服、杜之训"①，肆意发挥义理、空谈心性来阐释经典的做法极为不满。其《升庵集》卷五十二《文字之衰》有一段话将宋明不良学风相提并论：

> 苏子瞻云："文字之衰，未有如今日者也。其原出于王氏。王氏之文，未必不善也，而患在于好使人同己。自孔子不能使人同。颜渊之仁，子路之勇，不能以相移，而王氏欲以其学同天下。地之美者，同于生物，而不同于所生。惟荒瘠斥卤之地，弥望皆黄茅白苇，此则王氏之同也。"然是时学者不敢异王氏者，畏其势也。南渡以后，人人攻之矣。今之学者，黄茅白苇甚矣。予尝言："宋世儒者失之专，今世学者失之陋。失之专者，一骋意见，扫灭前贤。失之陋者，惟从宋人，不知有汉唐前说也。宋人曰是，今人亦曰是，宋人曰非，今人亦曰非。高者谈性命，祖宋人之语录。卑者习举业，抄宋人之策论。其间学为古文歌诗，虽知效韩文、杜诗，而未始真知韩文、杜诗也，

---

① 杨慎《太史升庵遗集》卷二十五《答李仁甫论转注书》，明刻本。又见贺复征《文章辨体汇选》卷二百三十七，文渊阁四库全书本。

不过见宋人尝称此二人而已。文之古者《左氏》《国语》，宋人以为衰世之文，今之科举以为禁约。诗之高者，汉魏、六朝，而宋人谓诗至《选》为一厄，而学诗者但知李杜而已。高棅不知诗者，反谓由汉魏而入盛唐，是由周孔而入颜孟也，如此皆宋人之说误之也。吁，异哉！①

杨慎所谓"王氏"即王安石是也。《宋史·王安石传》载："初，安石训释《诗》《书》《周礼》，既成，颁之学官，天下号曰'新义'。……一时学者，无敢不传习，主司纯用以取士，士莫得自名一说，先儒传注，一切废不用。黜《春秋》之书，不使列于学官，至戏目为'断烂朝报'。"王安石"患在于好使人同己"，造成了"文字之衰"的严重后果，只能培植出一片黄茅白苇。苏轼在给"苏门四学士"之一的张耒的书信《答张文潜县丞书》里，批判王安石利用权力废止先儒之学，以王氏经学取天下士的行为，勉励张耒和其他门生一起为恢复先儒之学而尽力。杨慎这里上承苏轼的批判精神，进而对宋儒和明儒之鄙陋进行比较：宋儒之弊在于眼界狭小，不研读六经经典，自为己说新义，为学内容空洞；明儒之弊在于因陋就简，或祖述宋人语录，或汲汲于举业文章，抄录宋人策论，缺乏为学的勤奋和踏实。于是杨慎提出回归经典文献，用"训诂章句"的办法来"求朱子以前六经"②。

杨慎《升庵集》卷六十五《琐语》云：

孔子修鲁史，不肯增阙文；汉儒校群经，未尝去本字。宋

---

① 杨慎《升庵集》卷五十二《文字之衰》，文渊阁四库全书本。
② 杨慎《升庵集》卷六《答重庆太守刘嵩阳书》，文渊阁四库全书本。

人《尚书》则考订《武成》，《毛诗》则尽去《序》说，吾未敢以为然也。①

杨慎《丹铅总录》卷十一《刘静修论学》条云：

> 六经自火于秦，传注于汉，疏释于唐，议论于宋，日起而日变，学者亦当知其先后。近世学者往往舍传注疏释，便读宋儒之议论，盖不知议论之学自传注疏释出。②

"刘静修论学"条下有注曰"述此条见学者不可株守宋人而略汉儒也"。对于考据，杨慎存有这样的认识："古者，君子之于物也，无所苟而已矣。曲工小技，罔不致其极焉。"③他虽不以名物器数当成自己的终极目标，但是也丝毫马虎不得。"君子宜无苟也。苟于物将苟于道。"④所以他博观约取，皓首穷经，孜孜以求。

杨慎对于训诂章句有一套自己的心得，也取得了很大的成就。如他以大量的文献为根据考证"九"字在古代多为虚用，以表示极多，非实指九。其考证云：

> 《公羊传》云："葵丘之会，桓公震而矜之，叛者九国。"九国，谓叛者多耳，非实有九国也。宋儒赵鹏飞云："葵丘之会惟六国，会咸牡丘皆七国，会淮八国，宁有九国乎？"《公羊》本意谓一震矜而九国叛，犹《汉记》云"叛者九起"云尔，赵氏如数求

---

① 杨慎《升庵集》卷六十五《琐语》，文渊阁四库全书本。
② 杨慎《丹铅总录》卷十一《刘静修论学》，文渊阁四库全书本。
③④ 杨慎《升庵集》卷二《书品序》，文渊阁四库全书本。

之,真痴人说梦也。古人言数之多,止于九。《逸周书》云"左儒九谏于主",《孙武子》"善攻者动于九天之上,善守者伏于九地之下",此岂实数耶?《楚辞·九歌》乃十一篇,《九辩》亦十篇,宋人不晓古人虚用"九"字之义,强合《九辩》二章为一章,以协九数,兹又可笑。①

杨慎用大量的文史资料证实,"九"并非实数,而是"言数之多,止于九"。所谓"九国""九歌""九辩"里面的九都不能对应实数"九"是也。清人汪中在《述学·释三九》中又进一步指出:"生人之措辞,凡一二之所不能尽者,则约之三,以见其多,三之所不能尽者,则约之九,以见其极多。此言语之虚数也。实数可稽也,虚数不可执也……推之十、百、千、万,固亦如此。"②近人刘师培在《古书疑义举例补》中称赞道:"自汪氏发明斯说,而古籍胶固罕通之义,均涣然冰释矣。"③其实,刘氏只识近流而不知远源,汪中应是从杨慎的考辨中得到启发的。

又如《升庵集》卷四十四《淫声》考辨何者为"淫"说:

《论语》"郑声淫",淫者,声之过也。水溢于平日淫水,雨过于节日淫雨,声溢于乐日淫声,一也。"郑声淫"者,郑国作乐之声过于淫,非谓郑诗皆淫也。后世失之,解《郑风》皆为淫诗,谬矣!《乐记》曰:"流辟邪散,狄成涤滥之音作,而民淫乱。"狄与逖同。逖成,言乐之一终,甚长淫佚之意也。逖成者,若古之曼声,后世之花字,今俗所谓痨病腔之类耳。

　　杨慎认为"郑声淫"是指郑国的乐曲中掺入了不少俗乐干扰了雅乐的曲律,这些乐曲是非官方的民间音乐的代表,音节比较浮夸、放纵且不节制,失去了雅乐的中和之美。孔子说:"恶郑声之乱雅乐也。"他主张思想感情的中和纯正,亦即"思无邪"。东汉许慎《五经异义·鲁论》说:"郑诗二十一篇,说妇人者十九矣,故郑声淫也。"班固《汉书·地理志》写道:"郑土狭而险,山居谷汲,男女亟聚会,故其俗淫。"朱熹沿袭了二人之说,将"郑声"和"郑风"二者画上等号:"郑诗二十有一,而淫奔之诗已不翅七之五。"①对于前贤的谬误,杨慎指出,"郑声"并非"郑风",郑声淫,非谓郑诗皆淫也。如果带着既定的思维去解《郑风》皆为淫诗,实在是很荒谬的!后明末谢肇淛《五杂俎》卷十二谓:"夫子谓郑声淫。淫者,靡也,巧也,乐而过度也,艳而无实也。盖郑、卫之风俗侈靡纤巧,故其声音亦然。无复大雅之乐也。后人以淫为淫欲,故概以二国之诗皆为男女会合之作,失之远矣。"②清代戴震亦言:"凡所谓声,所谓音,非言诗也。……然则郑、卫之音,非郑、卫诗,桑间、濮上之音,非桑中诗,其义甚明。"③二人基本上采用了杨慎的观点。这种从字义的训诂入手考察文义,而非人云亦云的采用成说的做法,显示了学术的正途。

　　又如《升庵集》卷四十七《禹碑》征引大量诗文考辨禹碑:

---

　　①　朱熹《诗集传》卷四《郑风》总案,《朱子全书》本,上海古籍出版社 2002 年版,第481 页。

　　②　谢肇淛《五杂俎》,中华书局 1959 年版,第 364 页。

　　③　戴震《戴震全书》(六),黄山书社 1995 年版,第 230 页。

　　徐灵期《衡山记》云："夏禹导水通渎，刻石书名山之高。"刘禹锡《寄吕衡州诗》云："传闻祝融峰，上有神禹铭。古石琅玕姿，秘文龙虎形。"崔融云："于铄大禹，显允天德。龙画傍分，螺书區刻。"韩退之诗："岣嵝山尖神禹碑，字青石赤形模奇。"又云："千搜万索何处有，森森绿树猿猱悲。"古今文士称述禹碑者不一。然刘禹锡盖徒闻其名矣，未至其地也。韩退之至其地矣，未见其碑也。崔融所云，则似见之，盖所谓螺书區刻非目睹之不能道耳。宋朱晦翁、张南轩游南岳寻访不获，其后晦翁作《韩文考异》，遂谓退之诗为传闻之误，盖以耳目所限为断也。王象之《舆地纪胜》云："禹碑在岣嵝峰。又传在衡山县云密峰，昔樵人曾见之，自后无有见者。宋嘉定中，蜀士因樵夫引至其所，以纸打其碑，七十二字刻于夔门观中，后俱亡。近张季文佥宪自长沙得之，云是宋嘉定中何政子一模，刻于岳麓书院者，斯文显晦，信有神物护持哉！韩公及朱、张求一见而不可得，余生又后三公，乃得见三公所未见，一奇矣。"禹碑凡七十七字，《舆地纪胜》云凡七十二字，误也。其文云："承帝曰嗟，翼辅佐卿。洲渚与登，鸟兽之门。参身洪流，而明发尔兴。久旅忘家，宿岳麓庭。智营形折，心罔弗辰。往求平定，华岳泰衡。宗疏事衰，劳余伸禋。郁塞昏徙，南渎衍亨。衣制食备，万国其宁，窜舞永奔。"①

　　禹碑是中国文化的瑰宝，也是中国最古老的一块碑文，又称"岣嵝碑""神禹铭"。由于年代十分久远，禹碑上所刻之字一直是

---

　　①　杨慎《升庵集》卷四十七《禹碑》，文渊阁四库全书本。

学界难题。杨慎首先梳理了以前记载禹碑的文献，指出《舆地纪胜》注释之误，并征引《述异记》《淳化阁帖》《舆地志》等文献进行考证。从《禹碑》这篇文章中可见杨慎的考证之功，且其注释和考据对后世禹碑的流传和研究有着重要作用。《升庵集》中还有一些关于珍贵碑文的记载和考据，如卷四十七《吕梁碑》和《石经考》、卷四十八《四皓庙碑》、卷四十九《党籍碑》等，这些不仅体现出杨慎在考据上的成就，也体现出其在金石学上的贡献。

　　中国古代的女子有着缠足的习俗，关于其开始时间问题，一般认为是始于五代南唐李后主时期。而杨慎则举出诸多证据以证明女子缠足始于六朝时期，其言曰："《墨庄漫录》考妇人弓足始于五代李后主，予按六朝乐府《双行缠》知其起于六朝。"①接着援引张禺山语、《襄阳耆旧传》、张平子赋、曹子建赋、《焦仲卿诗》、梁武帝《莫愁歌》、陶潜赋、崔豹《古今注》等相关语句，来佐证其结论。②值得注意的是，杨慎还以六朝诗和唐诗作为直接证据，对妇女缠足问题考证得颇为翔实、确凿：

　　　　六朝乐府《双行缠》，其辞云："新罗绣行缠，足趺如春妍。他人不言好，独我知可怜。"唐杜牧诗云："锢尺裁量减四分，碧琉璃滑裹春云。五陵年少欺他醉，笑把花前出画裙。"段成式诗云："醉袂几侵鱼子缬，影缨长戛凤凰钗。知君欲作闲情赋，

应愿将身作锦鞋。"《花间集》词云："慢移弓底绣罗鞋。"则此饰
不始于五代也。或谓起于妲己，乃警史以欺间巷者，士夫或信
以为真，亦可笑哉。①

  其他诸如《升庵集》卷五十八《抛垛》中考证了宋代寒食节抛垛
的习俗，认为此习俗如同明代的打瓦戏，并举宋代梅尧臣《依韵和
禁烟近事之什》中的诗句，指出抛垛戏和打瓦戏均起源于唐尧时代
的击壤戏。《升庵集》卷七十二《火禁》援引了《后汉书·礼仪志》以
及唐代韩翃和宋代欧阳修诗句对寒食节习俗做了考证，说明了寒
食节传火是一种古老的习俗，在汉代和唐代依然存在，到了元代才
被废除。《升庵集》卷八十《葵》引用了《说文》《诗经》《尔雅》《广雅》
《芜城赋》等相关条目详细考证了葵的名称、特点和功用，并分别指
出不同种类的葵现为何物。《升庵集》卷六十八《范蠡西施》援引
《墨子》和《吴越春秋逸编》中的相关记载互证，指出西施被鸱夷沉
江而死。《升庵集》卷八十一《龙生九子》载李东阳对"九子"的考
证，从以上例子可以看出，杨慎在考证时援引经史子集互证，从中
足可见其博通的学识和求实的治学精神。
  王文才辑《升庵著述序跋》之《前言》对杨慎的学术成就评
价曰：

   明世崇心性，尚科举。于是，学者共乐空疏，士多不务实
  学，一代学风，斯极其弊焉。升庵杨慎，力挽颓波，济之以广
  博，而为天下先。"凡宇宙名物之广，经史百家之奥，下至稗官

---

① 杨慎《升庵集》卷六十八《弓足》，文渊阁四库全书本。

小说之微，医卜技能、草木虫鱼之细，靡不究心多识，阐其理，博其趣，而订其讹谬焉。"说经则通古韵，探篆籀，自声音以求故训；考史并及水经山图，碑志金石，于滇蜀文献故实，考索尤勤。进而网罗百家，穷搜逸典，抉隐探微，《针肓》《发墨》；虽辑诗采谣，评文论艺，无不启导学林，影响明清。厥功甚伟，诚一代之雄也。①

考据作为专门的学问，起自明代中后期而盛于清代乾嘉年间，这样的说法应该没有问题。杨慎《丹铅录》系列、《谭苑醍醐》《异鱼图赞》《艺林伐山》《杨子卮言》《墨池琐录》等可以说包罗着庞大的知识体系，开启了一代名物训诂和博物杂纂的考据风气。其后才有郎瑛《七修类稿》、王世贞《艺苑卮言》和《宛委余编》、周婴《卮林》、陈耀文《经典稽疑》、焦竑《焦氏笔乘》、胡应麟《丹铅新录》和《艺林学山》、谢肇淛《五杂俎》、朱国祯《涌幢小品》等博学笔记相继问世。晚明朱国祯说："有《丹铅录》诸书，便有《正杨》又有《正正杨》。"②明清之际周亮工说："杨用修先生《丹铅》诸录出，而陈晦伯《正杨》继之，胡元瑞《笔丛》又继之，时人颜曰《正正杨》。当时如周方叔、谢在杭、毕湖目诸君子集中，与用修为难者不止一人，然其中虽极辨难，有究竟是一义者，亦有互相发明者。予已汇为一书，颜曰《翼杨》，书已成，尚未之镌耳。"③杨慎的著述"纠纷而不可解"，

①　王文才、张锡厚《升庵著述序跋》，云南人民出版社1985年版，第1页。
②　朱国祯《涌幢小品》卷十八《正杨》，《续修四库全书》册1172，上海古籍出版社1995年版，第197页。
③　周亮工《因树屋书影》卷八，《续修四库全书》册1134，上海古籍出版社1995年版，第436页。

被屡屡纠误批评,一方面显示杨慎"至于论说考证,往往恃其强识,不及检核原书,致多疏舛"①,另外一方面也说明杨慎的考据成果对明代学术的影响。

四库馆臣对考据学的发展过程有清晰的梳理:"汉代传经,专门授受,自师承以外,罕肯旁征。故治此经者,不通诸别经。一经之中,此师之训故,亦不通诸别师之训故。专而不杂,故得精通。自郑玄淹贯六艺,参互钩稽,旁及纬书,亦多采撷。言考证之学者自是始。宋代诸儒,惟朱子穷究典籍,其余研求经义者,大抵断之以理,不甚观书。故其时博学之徒,多从而探索旧文,网罗遗佚,举古义以补其阙。于是汉儒考证之学,遂散见杂家笔记之内。宋洪迈、王应麟诸人,明杨慎、焦竑诸人,国朝顾炎武、阎若璩诸人,其尤著者也。"(《四库全书总目提要·经稗》)指出杨慎卓著的考据成就。台湾学人林庆彰认为杨慎开创明代考据学风,并奠定明代博杂之考据规模,并称杨慎为明代考据学的先驱,大抵不差。其《明代考据学研究》第三章《杨慎》分"生平与考据学著作""治学方向""考订经书""考订文字音义""考订史地""考据工作之得失"等章节论述杨慎考据工作的成就和得失,并誉杨慎"挣脱宋学羁绊,倡复汉学运动,并开创数百年考据学风"②,"士人因其特殊之身世,繁博之学识及反宋学之先锋,故群而效之。考据学风自骎骎然盛矣。"③并归纳杨慎考据学之影响为两点:"其一,反宋学之先锋:用修之考据,纠驳朱子者特多,而朱子正是当时之官学,用修率先反宋学,正导清代反宋学之先路。其二,开创明代考据学风,并奠定

---

① 《四库全书总目提要·升庵集》,文渊阁四库全书本。
② 林庆彰《明代考据学研究》,华东师范大学出版社 2015 年版,第 47 页。
③ 林庆彰《明代考据学研究》,华东师范大学出版社 2015 年版,第 26 页。

明代博杂之考据规模,明代诸考据家不论纠杨或誉杨,无不受其影响。至清代考据之风,更直承用修而来。"①并道出杨慎考据承上启下的历史地位:"若非明人筚路蓝缕之功,恐清人亦无此康庄大道也。明代考据既有启导清学之功,则凡欲究清学之发展演变者,首应穷究明人之学,始可免忘本之讥。"②指出在明代中期士人为求取功名而将经学研究置之度外的学术风气之中,杨慎能突破宋学自由心证的樊篱,提倡一种与汉学相近似的考据研究方法,启示了有清一代的考据风气。刘毓庆《杨慎与〈诗经〉考据学》吸收了林文的观点,认为《诗经》学作为'经学'的一部分,其考据之兴亦由杨慎始"③。并进一步论述了杨慎关于《诗经》的考证,指出杨慎的考据诗学结束了有明一代学者承宋人余绪、不明训诂、空论义理的学风,开创了一种新的诗学研究风气,为清代《诗经》考据学的繁荣打下了基础。

① 林庆彰《明代考据学研究》,华东师范大学出版社 2015 年版,第 128 页。
② 林庆彰《明代考据学研究》,华东师范大学出版社 2015 年版,第 590—591 页。
③ 刘毓庆《杨慎与〈诗经〉考据学》,《山西大学学报》(哲社版)2000 年第 1 期。

第三章 《升庵诗话》的当代诗学渊源

如果说丰厚的文化土壤为《升庵诗话》提供了一种文化上的可能，那么杨慎与同时代士人的文学交游则直接滋养了《升庵诗话》的写作，为其提供了鲜活的当代诗学渊源。杨慎一代雄才，交游甚广。上至文士权臣，下至土司武夫，杨慎均有所交游。广泛的交游对杨慎的文学思想产生了深刻的影响。早期的丽泽社使杨慎明确了"三不朽"的人生志向和文学宗旨；翰林时期和李东阳、王廷相、李梦阳等人的诗文切磋将杨慎带进文学殿堂，夯实了《升庵诗话》的诗学核心内涵；贬谪后与"七子""四家"的交游活动促使杨慎人生境界不断开阔，文学思想不断成熟，并对云南、四川文坛繁荣和文化发展做出了极大的贡献。下面将以嘉靖三年为界，考察杨慎在青年时期的丽泽社、翰林时期与文士权臣的交游以及贬戍边陲时"杨门七子""蜀四大家"的社群活动，论析《升庵诗话》的当代诗学渊源。

在杨慎的一生中，"大礼议"事件是其命运转折的重要分水岭，也为其诗学思想的转变提供了良好的契机。"大礼议"从正德十六年(1521)开始，到嘉靖三年(1524)以世宗钦定大礼，杨廷和、杨慎父子的失败而结束。杨廷和罢归故里，中断了他在武宗去世之后推行的一系列政治经济改革。"大礼议"之前,杨慎为翰林修撰、经筵讲官,研讨秘笈,编修国史,前途似锦,完全有可能成为和他父亲杨廷和一样的宰辅,叱咤政坛。但嘉靖三年过后,这一切都化为泡影。世宗更是直言杨慎为"元恶大奸,无可赎之理"(《明史·杨慎传》),对杨慎前后两次廷杖,并将其流放至云南边陲,永世不得回京。"大礼议"事件对杨慎诗学思想也产生了深刻的影响。杨慎的至交好友张含在评价杨慎诗歌时说:"杨子髫之年也,其修辞崛赜险隐,骎骎乎入李贺;杨子冠之年也,其修辞荡放流动,汹汹乎入李白。杨子树大议,谪穷荒也,辞之修也,圆融而劲,温厚而邃,驶驶乎入风雅。"①诚然,诗以言志,诗以缘情,诗以写心,杨慎在青年时期,诗歌多向中唐李贺学习,诗风"崛赜险隐",凄淡清丽;翰林时期,杨慎又兼学盛唐李白,文辞更加"荡放流动",气势恢宏;待到杨慎谪戍云南蛮荒之地后,杨慎的诗风陡然一变,向《诗经》学习,转而为圆融蕴藉,温厚深邃。可见生活环境的改变、交往文士的增多和心胸眼界的扩大都极大地改变了杨慎的诗学思想和诗歌创作。

第一节　丽泽诗社　切磋讲习

正德元年(1506),杨慎19岁随父居京时,与同乡进士冯驯、石天柱、夏邦谟、刘景寅、刘景宇、程启充和山东进士安磐以及云南进士张含结为"丽泽"诗社。简绍芳《赠光禄卿前翰林修撰升庵杨慎年谱》记载:"明武宗正德元年丙寅(1506),(慎)与同乡士冯驯、石天柱、夏邦谟、刘景宇、程启充为丽泽会,即墨蓝田、永昌张

---

① 　王文才《杨慎学谱》,上海古籍出版社1988年版,第470页。

含结社唱和。"①所谓"丽泽"指两个沼泽相连。《易·兑》:"丽泽兑,君子以朋友讲习。"王弼注:"丽犹连也。"②后比喻朋友互相切磋。杨慎诸人将诗社命名为"丽泽"就是取其朋友互相切磋诗文之意。

冯驯,字行健,岳池人。正德三年(1508)进士,官授户部主事郎中。正德十一年(1516)调任福建兴化太守,"政尚威严"③,"除害民吏役素号'二虎''三彪'者,政治肃然。"④有"冯太守,来何迟,书吏瘠,百姓肥"的民谣传颂其政绩。并曾建水南书院以启民智、化民风。明嘉靖二年(1523),冯驯升任福建右布政使,后任江西左布政使,卒于官。冯驯为官正直,"上疏弹变七事,言甚恳切"⑤;诗有文采,曾为周瑛《翠渠类稿》作序。

石天柱,字季瞻,号秀峰,岳池人。正德三年(1508)进士,授工科都给事中。石天柱立朝敢言。正德十二年(1517),武宗欲幸宣府,天柱刺血草疏进行阻止。他还极富正义感,都御史彭泽被诬陷,廷臣集议,众皆畏惧奸臣之淫威,不敢发言。天柱与王爌极力为彭泽辩诬,乃得罢为民。⑥嘉靖初,升大理寺丞,卒于官。著作有《秀峰集》及奏稿等。⑦

刘景寅,字参之。南溪人,弘治六年(1493)进士出身。授户部

---

① 《四川通志》卷四十六《艺文》,简绍芳《赠光禄卿前翰林修撰升庵杨慎年谱》,文渊阁四库全书本。

② 魏王弼注,唐陆德明音义,孔颖达疏《周易注疏》卷十《下经》,文渊阁四库全书本。

③ 《福建通志》卷三十,文渊阁四库全书本。

④ 《四川通志》卷八《人物》和朱彝尊《明诗综》卷一百《兴化谣》,文渊阁四库全书本。

⑤ 《四川通志》卷八《人物》,文渊阁四库全书本。

⑥ 张廷玉等《明史·石天柱传》,中华书局 1974 年版,第 5002 页。

⑦ 《四川通志》卷八《人物》,文渊阁四库全书本。

主事,升户部员外郎。刘瑾专政时,刘景寅因刚正不阿曾被刘瑾以革职胁迫。刘瑾伏诛后,他升授陕西布政使司右参政,政务烦剧,卒于官。刘景寅的弟弟刘景宇,字承之。正德六年(1511)进士,任御史。因疏荐王守仁不报,遂谢病。桂萼以书召之,不应。尝手书《范滂传》揭于庭,日夕三复。每岁终将诸当道馈遗悉归有司,作书答谢。①因与刘景宇为同科进士,杨慎与刘氏兄弟皆有交游唱和,《升庵集》中,多有投赠他们兄弟二人之作。如《升庵集》卷二十六《南溪舟中与刘承之话旧》云:"晴江初月对佳人,明烛深林慰苦辛。征棹来帆成白首,鸣俦肃侣忆青春。万里关塞浮云外,咫尺沧浪积水滨。歌罢语阑还别去,朔风寒雪倍伤神。"《升庵集》卷二十七《过南溪怀二刘参之承之兄弟》云:"京国交游四十春,刘家兄弟最情亲。风流云散三生梦,水逝山藏一聚尘。沙步维舟催解缆,邻村闻笛倍沾巾。可怜烟草江干树,愁见当年送别津。"白雪皑皑北风冽,愁云惨淡万里凝。但是当刘氏兄弟为行戍的杨慎送别的时候,他又感到友情的温暖。

　　程启充,字以道,又字初亭,别号南溪,嘉定人。正德三年(1508)进士。先授陕西三原知县,后迁监察御史。他和同乡徐文华、安磐、彭汝实四人被视为"嘉定四谏"②,明代少保胡世宁在担任左都御史一职,执掌都察院事务时,甚至把程启充视为社会良心之楷模③。四人"以吟咏为事,日相唱和,无忧戚容"④。后程启充

---

　　① 《四川通志》卷八《人物》,文渊阁四库全书本。
　　② 《明史·彭汝实传》载:彭汝实"与启充及徐文华、安磐皆同里,时称嘉定四谏"。见张廷玉等《明史》卷208,中华书局1974年版,第5503页。《嘉定府志·人物志》载:"文华与同里都给事安磐、侍御史程启充、给事中彭汝实为友,一时论蜀中人物四子称首。"
　　③ 胡世宁《胡端敏奏议》卷八《存节义以回士风疏》,文渊阁四库全书本。
　　④ 《钦定盛京通志》卷九十《流寓》,文渊阁四库全书本。

因直言批评时政而受陷害。嘉靖六年(1527)充军辽东,戍边十年后返归故里,不久病卒。《明史·艺文志》载程启充有《南溪诗话》三卷,《千顷堂书目》载程启充有《西台奏议》三卷、《南溪笔录诗话》二卷、《续集》二卷。①齐鲁书社出版的《四库全书存目丛书》录著为《南溪笔录群贤诗话》二卷。可见,无论是《南溪诗话》还是《南溪笔录诗话》当为程启充辑录前人诗话之合辑,其中编选的诗话内容呈现了编选者自己的诗学主张。"《南溪诗话》三卷,前集专论杜甫;后集突出李白,兼论韦应物、孟浩然等人;续集论宋、元诗人之作,兼及创作理论。"②程启充论诗不废宋元,博采兼收,不过还是以盛唐为宗。据称程启充:"与升庵为素交,升庵亟称其诗。"③杨慎也有较多的寄赠之作,如《升庵集》卷十四《燕歌行柬程以道》、《升庵集》卷十六《答程以道》、《升庵集》卷二十六《寄徐用先程以道》有较多的诗篇唱和,慰藉朋友,遥寄相思。

安磐,字公石,又字鸿渐,号松溪,别号颐山。今四川乐山人。弘治十八年(1505)进士,选为庶吉士。"正德时,历吏、兵二科给事中。屡抗疏直谏,进兵科都给事中。"④在"议大礼"事件中,安磐与杨慎同持"继嗣"理论,"以率众伏阙力争,廷杖除名为民。"⑤安磐在文学方面著有《游峨集》《奏议军》《颐山集》《颐山诗话》等,还辑有《田表圣奏议》《咸平集》等。

安磐与杨慎同为蜀人,彼时一为庶吉士,一为翰林院修撰,青年相知,交游颇密。杨慎称赞其诗学。"杨用修述其(安磐)论诗之

① 黄虞稷《千顷堂书目》卷三十、卷三十二,文渊阁四库全书本。
② 傅璇琮等主编《中国诗学大辞典》,浙江教育出版社1999年版,第201页。
③ 陈田《明诗纪事》戊签卷十按语,上海古籍出版社1993年版,第1557页。
④⑤ 吴文治《明诗话全编》第3册,凤凰出版社1997年版,第2177页。

旨云:唐之名家,自立机轴,譬犹群花各有丰韵,乃或剪彩以像生,或绘画而傍影,终非真也。又云:论诗如品花木,牡丹芍药,下逮苦楝刺桐,皆有天然一种风韵。今之学杜者,纸牡丹芍药尔。"①杨慎称赞安磐的文学成就,谓之曰"卓然名家"②"妙于集句"③,杨慎《升庵集》卷二十一有《雨夕梦安公石、张习之,觉而有述因寄》、卷二十二有《安公石馆赏并蒂莲得并字》,《升庵集》卷三十二又有《存殁绝句》八首之八和《明故吏科给事中西坪安公墓铭》哀悼安磐④。

　　《颐山诗话》"论诗以严羽为宗"⑤,推崇诗歌的"风骨气格"⑥。对从李东阳、李梦阳以至于何景明所谓"宋无诗"⑦的说法,安磐从严羽"取法乎上"的宗唐原则出发,认为"汉以文盛,唐以诗盛,宋以道学盛,以声律论之,则不能兼焉。汉无骚,唐无选,宋无律,所谓

---

① 朱彝尊《明诗综》卷三十三,文渊阁四库全书本。
② 杨慎《升庵集》卷三《周受庵诗选序》,文渊阁四库全书本。
③ 杨慎《升庵集》卷六十《集句》,文渊阁四库全书本。
④ 杨慎《升庵集》卷七《明故吏科给事中西坪安公墓铭》,文渊阁四库全书本。
⑤ 《四库全书总目提要·颐山诗话》,文渊阁四库全书本。
⑥ 安磐《颐山诗话》,文渊阁四库全书本。
⑦ "宋无诗"这一观点几乎贯穿整个明代前中期的诗学,如刘崧曾曰:"宋绝无诗。"刘崧《鸣盛集序》以汉魏为"正音",称盛唐"气韵声律粲然大备",又说:"列而为大历,降而为晚唐,愈变而愈下,迨夫宋则不足征矣。"(见叶盛《水东日记》卷二十六引黄容《江雨轩诗序》)瞿佑《归田诗话》卷上:"世人但知宗唐,于宋则弃不取,众口一辞,至有'诗盛于唐,坏于宋'之说。"李东阳《怀麓堂诗话》:"唐人不言诗法,诗法多出宋,而宋人于诗无所得。"他在《镜川先生诗集序》中说:"汉唐及宋,代与格殊,逮乎元季,则愈杂矣。今之为诗者能轶宋窥唐已为极致,两汉之体已不复讲。"李梦阳在《空同集》卷四十八《潜虬山人记》中说:"山人商宋梁时,犹学宋人诗。会李子客梁,谓之曰:'宋无诗。'山人于是遂弃宋而学唐。已问唐所无,曰:'唐无赋哉。'问汉,曰:'无骚哉。'山人于是又究心赋骚于唐汉之上。山人尝以其诗视李子,李子曰:'夫诗有七难:格古、调逸、气舒、句浑、音圆、思冲、情以发之,七者备而后诗昌也。然非色弗神,宋人遗兹矣,故曰无诗。'"何景明《杂言》也说:"经亡而骚作,骚亡而赋作,赋亡而诗作。秦无经,汉无骚,唐无赋,宋无诗。"

无者,非真无也,或有矣,而不纯。或纯矣,而不多,虽谓之无,亦可也。"①他认为宋律不能代表当时文学的最高成就,是因为诗歌的体裁不纯粹,并不是宋代真的就没有好的诗歌作品。安磐并没有明人贵盛唐绌其余之思维弊端,曾将明初高启、杨基、张羽、徐贲比拟为"初唐四杰"之王杨卢骆,指出他们在明初诗坛颇具代表性,基本上代表了明代前期诗歌的最高成就。②后来《明史·文苑传》也指出明初文学之士中,"高、杨、张、徐、刘基、袁凯以诗著",可见安磐眼光之精确独到。作为一个封建士人,温柔敦厚的诗教大义亦是安磐所推崇的。他说:"陶渊明诗冲澹深粹,出于自然,人皆知之。至其有志圣贤之学,人或不能知也。"但是安磐也能兼顾文质,极力推崇诗之审美风韵,以能推陈出新、流动婉转为最高。③安磐论诗,尚风骨,贵情性,④强调用事"浑然不觉,乃为高品"也⑤。他也有着挑战权威和诗圣的学术勇气和精神:"杜子美《赠韦左丞》中颇自负云:'读书破万卷,下笔如有神。赋料扬雄敌,诗看子建亲。

---

① 安磐《颐山诗话》,文渊阁四库全书本。

② 安磐《颐山诗话》云:"本朝诗在国初,高、杨、张、徐可比唐初王、杨、卢、骆。及乎弘治正德之间,英才继起,各以其能,追配古作,直欲越元嘉而上之,洋洋乎盛矣哉!此非予之侈论也,具眼者当自知之。"文渊阁四库全书本。

③ 安磐《颐山诗话》:"白乐天'玉颜寂寞泪阑干,梨花一枝春带雨'之句,后人累累以调笑解纷。东坡送人小词云'故将别语调佳人,要看梨花枝上雨',韩待制戏为诗曰:'昔日缇萦亦许今,尽道生男不如女。河阳满县皆春风,忍使梨花偏带雨。'妓持此诗投县令,其父乃得释。二诗皆出于乐天,而新奇流动,尤可喜也。"文渊阁四库全书本。

④ 安磐《颐山诗话》:"谢康乐之诗,其中《初发石首城》一诗尤妙,稍尚风骨,不类诸作,有建安之风。岂其被诬见释之后,情发之真欤? 此诗之所以贵情性也。"文渊阁四库全书本。

⑤ 安磐《颐山诗话》:"西涯《岳阳楼》:'吴楚乾坤天下句,江湖廊庙古人情'或驳之曰:'杜子妙在坼与浮字,西涯失之。'彭民望曰:'然则必云'吴楚东南坼,乾坤日夜浮'天下句而后可邪?'或者之说信不可。然病不在'吴楚乾坤'也。曰'天下句'诗语固如是乎?"文渊阁四库全书本。

李邕求识面,王翰愿卜邻。自谓颇挺出,立登要路津。致君尧舜上,再使风俗淳。'不知子美以上所云辞赋足以致君欤? 抑别有道也。末云:'朝扣富儿门,暮随肥马尘。残杯与冷炙,到处潜悲辛。'衰飒不振,致君尧舜者,恐不如此也。今人以为出于子美,便不敢雌黄,亦过矣。"①敢于对诗圣提出质疑,敢于挑战权威,所有这些对杨慎的诗学起着切磋砥砺的作用。

蓝田,字玉甫(玉父),号北泉,山东即墨人。弘治五年(1492)中举,嘉靖二年(1523)进士,官至河南道监察御史,后因弹劾权臣,遭贬罢归。蓝田交游也颇为广泛,"从师于李西涯东阳、杨邃庵一清、杨石斋廷和,取友于杨升庵慎、刘松石天和、张伎陵凤翔。不惟文笔纵横,而国体亦通达矣。……所著有《北泉集》《东归唱和集》《白斋表话随笔》《续笔》,奏疏五十余条,并纂修资善《四朝恩命录》《南征题稿》《行稿》《西巡题稿》《八阵图》,俱藏于家。"②蓝田诗文集有《题画猫次杨升庵韵》《题画次杨升庵韵》《次杨升庵五首》《次韵留别杨用修太史刘子静侍御二首》《答杨升庵》等名篇,后人由此可以想见两人之间交游唱和的深厚感情。

夏邦谟,字舜俞,号松泉。涪州人。少有骨鲠之风。正德三年(1508)中进士,历任云南参议、江西副使、云南参政、福建按察使、右都御使、户部尚书、吏部尚书、礼部尚书等职。从政期间建功立业,颇为得志,深受世宗倚重。后因权贵寻隙攻讦,夏邦谟于嘉靖三十年(1551)被迫致仕。晚年于涪州与杨升庵吟诗赋和,有《思友赋寄杨用修》等作寄以升庵,骈俪藻饰、辞采华美,以表深情。杨慎

---

① 安磐《颐山诗话》,文渊阁四库全书本。

② 李开先《文林郎河南道监察御史北泉蓝公墓志铭》,见蓝田《北泉集》,蓝氏家印本,1938年版,第4页。

也有《思美人二章寄夏舜俞》①等诗赋回赠。

从上我们可以看出,丽泽诗社诸人不但有着良性的交游唱和和诗学互动,他们也为官正直、敢于直谏、以天下为己任,有着封建士人普遍遵循的"立德""立功""立言"三不朽之人生目标。这些诗学交游活动自然会影响杨慎,使他慢慢贴近现实,关心民瘼,对其诗学思想的最终成型起着至关重要的作用。

第二节 翰林时期 升堂入室

廖可斌《明代文学复古运动研究》有言:

明代士子,一生命运全系于一第。在考取进士博得一官以前,一般只能老老实实地记通《四书》和自己所选某一"经"的章句训诂,揣摩八股文法,不敢分心从事"吟风弄月"的诗文创作。而且其时诗文爱好者们分处各地,不能相互影响交流,也很难形成必要的创作氛围。只有了结了"人生世上"的这件"本等大事",丢掉八股文这块敲门砖后,士大夫们才能在休沐之暇,以及养病、守丧、罢官闲居及退休后的日子里真正读点书,写点诗文。……又因为明人把科第看成了命根子,因此很重视师生、同年关系,往往亲如父子兄弟,并往往以此为纽带而结成政治上相互支持的派系,文学主张也趋于一致,从而形成特定的文学流派。在洪武、建文年间的"荐举"、"征辟"基本结束之后,嘉靖末年的"山人文学"和万历年间的"老举子文

---

① 杨慎《升庵集》卷十一,文渊阁四库全书本。

学"兴起以前,情况尤其如此。因此,判断某个人什么时候开始他的文学生涯,判断某种文学流派和文学运动的起止兴衰,士子们的科甲年第是一个主要标志。①

正德六年(1511),二十四岁的杨慎殿试第一,为头名状元,正式步入政坛。文坛上,前七子诸人声名正赫,颇有文学造诣的杨慎和"前七子"中的李梦阳、何景明、王廷相、康海等人成了朋友。他们在一起吟诗作赋,诗文唱和。年少的杨慎经过和同辈人的交游和诗文切磋,提高了文学素养。但最终把杨慎带入文学殿堂的,还是当时文坛的领袖李东阳和杨一清等人。

李东阳,字宾之,号西涯。祖籍湖南茶陵。入仕四十余年,官至内阁首辅。著有《怀麓堂集》《怀麓堂诗话》等。李东阳作诗转益多师,比起以往的三杨台阁之作来说,感情更为真挚,现实感更为强烈。

何良俊《四友斋丛说》卷二十六载:

　　李西涯当国时,其门生满朝,西涯又喜延纳奖拔,故门生或朝罢或散衙后,即群集其家,讲艺谈文,通日彻夜,率岁中以为常。②

《明史·李东阳传》谓李东阳:"工古文,阁中疏草多属之。疏出,天下传诵"③,"为文典雅流丽,朝廷大著作多出其手"④,"自明

　　① 廖可斌《明代文学复古运动研究》,商务印书馆2008年版,第74页。
　　② 何良俊《四友斋丛说》卷二十六《诗》三,《元明史料笔记丛刊》,中华书局1959年版,第234页。
　　③ 张廷玉等《明史》卷二百六《李东阳传》,中华书局1974年版,第4822页。
　　④ 张廷玉等《明史》卷二百六《李东阳传》,中华书局1974年版,第4824页。

兴以来,宰臣以文章领袖缙绅者,杨士奇后,李东阳而已。"①李东阳以宰臣主文柄,"天下翕然宗之"②。"弘治以前,士攻举业,仕则精法律、勤职事,鲜有博览能文者。间有之,众皆慕悦,必得美除。"③李东阳为"一时宗匠",又喜延纳奖拔,那么"陶铸天下之士"也是自然之意。④

李东阳和杨慎的祖父杨春通过户部尚书孙交而结识。⑤李东阳《怀麓堂集》卷五十三有《寄寿封君杨留耕先生》诗,叙写二人友谊,盛赞杨氏一族。杨慎的父亲杨廷和,字介夫,号石斋。十九岁先于其父中进士,授检讨,升翰林院侍读,升经筵讲官。弘治十四年(1501),杨廷和为祖母熊夫人守制期满。时任职东阁的李东阳向孝宗推荐杨廷和,孝宗升杨廷和为日讲官。后正德七年(1512)十二月,李东阳致仕,杨廷和升为内阁首辅,应该和李东阳的极力推荐有着莫大的关系。

少年的杨慎"一日偶作《黄叶诗》,李文正公(东阳)见之,曰:'此吾小友也。'"⑥李东阳于是收杨慎为门生,指点作诗门径、诀窍。又命杨慎仿作诸葛亮《出师表》和傅奕《请汰僧尼表》,阅后认为杨慎的文采"不减唐宋词人"⑦。杨慎在这位和父亲私交甚好的文坛盟主的指点下,学问大增。正德六年(1511)杨慎殿试第一,授

---

① 张廷玉等《明史》卷二百六《李东阳传》,中华书局 1974 年版,第 4824—4825 页。
② 张廷玉等《明史》卷二百六《李梦阳传》,中华书局 1974 年版,第 7348 页。
③ 崔铣《洹词》卷十一《漫记》之第八,文渊阁四库全书本。
④ 何良俊《四友斋丛说》卷二六《诗》三,中华书局 1959 年版,第 234 页。
⑤ 王琼《双溪杂记》:"户部尚书孙交,湖广人,与李东阳为同乡相厚,又与杨廷和父杨春同中辛丑科进士,有世讲之好。"高鸣凤编《今献汇言》本。
⑥ 简绍芳《杨升庵年谱》,《明史·杨慎传》亦云:"见而嗟赏,令受业门下。"
⑦ 简绍芳《赠光禄卿前翰林修撰升庵杨慎年谱》,文渊阁四库全书本。

翰林院修撰。野史也有一种说法,是说内阁首辅李东阳"密以制策题示"①,故杨慎"所对独详"。但是《明史·选举志》二有明确记载:"慎以高才及第,人无訾之者。"②从弘治十四年杨慎十四岁到正德十一年李东阳去世,杨慎立雪李门十六载。杨慎《升庵集》多处以"先师李文正公"称谓李东阳,表彰其教导之恩。

如《升庵集》卷二《石鼓文序》云:

> 昔受业于李文正公,先生暇日语慎曰:"尔为《石鼓文》矣乎?"则举潘、薛、郑三家者对。先生曰:"否,我犹及见东坡之本也。篆籀特全,音释兼具,诸家斯下矣,然本只存,恐将久而遂失之也,当为继绝表微,手书上石。"又作歌一首,盖丹书未竟者仅三十余字……而先生弃后学矣,去今又将六年。追惟耳言未坠,手迹莫续,天固爱宝,奈斯文何?敢以先生旧本,属善书者录为一卷,音释一卷,今文一卷,韦应物、韩退之、苏子瞻歌三首、唐愚士古诗一首、先生歌一首附之卷尾,藏之斋阁,以无忘先生之教云。③

又如《升庵集》卷二《六书索隐序》云:

> 又尝受业西涯李文正公,友太原乔公希大、永嘉林生应

① 王世贞《弇山堂别集》卷八二《科试考》。参见李贽《续藏书》卷二十六《修撰杨公慎传》、沈德符《万历野获编》卷十四《关节状元》和蒋一葵《尧山堂外纪》卷九十五《国朝》。
② 张廷玉等《明史》卷七十《选举志》二,中华书局1974年版,第1702页。
③ 杨慎《升庵集》,文渊阁四库全书本。

龙,亦以斯艺相取。文正公少爱周伯温篆形之茂美,肆笔学之。晚乃觉其解诂多背《说文》,有误后学,欲犁正之而未暇也。太原公尝集诸家之篆,以韵分之,而无所升汰。林生亦著《通雅逸古编》,博矣,而无所裁定。谪居多暇,乃取《说文》所遗、诸家所长、师友所闻、心思所得,汇梓成编,以古文籀为主,……名之曰《六书索隐》。①

又如《升庵集》卷五十一《司马温公墓铭》云:

范蜀公景仁作《温公墓铭》曰:"皇皇我宋,神器之重。而熙宁初,奸小淫纵,以朋以比,以闭以壅。人不聊生,天下讻讻。险陂狡猾,唱和雷同。谓天不足畏,谓众不足从,谓祖宗不足法,而敢为诞谩不恭。赫赫神宗,洞察于中。乃窜乃斥,远佞投凶。诛锄蠹毒,方复任公。奄弃万国,未充厥终。"凡数百言,皆指熙宁奸邪之状。先师李文正公乐府:"碑可毁,亦可建。盖棺事,久乃见。不见奸党碑,但见奸臣传。"信矣!②

又如《升庵集》卷八十一《龙生九子》云:

俗传龙生九子不成龙,各有所好。弘治中,孝庙御书小帖,以问内阁李文正公,具疏以对。据圭峰罗玘、芦泉刘绩之言,承上问而不蔽下臣之美,贤相之盛节也。文正尝为慎言,今影响记之,录于此:一曰赑屃,形似龟,好负重,今石碑下龟

---

① ② 杨慎《升庵集》,文渊阁四库全书本。

跌是也;二曰螭吻,形似兽,性好望,今屋上兽头是也;三曰蒲牢,形似龙而小,性好叫吼,今钟上纽是也;四曰狴犴,形似虎,有威力,故立于狱门;五曰饕餮,好饮食,故立于鼎盖;六曰蚣蝮,性好水,故立于桥柱;七曰睚眦,性好杀,故立于刀环;八曰金猊,形似狮,性好烟,故立于香炉;九曰椒图,形似螺蚌,性好闭,故立于门铺首。又有金吾,形似美人,首尾似鱼,有两翼,其性通灵不寐,故用警巡。①

可以说,李东阳对杨慎的影响是多方面全方位的。杨慎非唯政治思想和书法美学受到李东阳的教导和影响,其诗歌创作与诗学思想的成熟亦同李东阳有直接的关系。

《升庵诗话》卷二"北走"条云:

> 李文正尝与门人论诗曰:"杜子美诗:'北走关山开雨雪'与'胡骑中宵堪北走',两'北走'字同乎?"慎对曰:"按字书,疾趋曰走,上声,驱之走曰奏,去声。北走关山,疾走之走也,如《汉书》'北走邯郸道'之走。胡骑北走,驱而走之也,如《汉书》'季布北走胡'之走是,疑不同。"先生曰:"尔言甚辨,然吾初无此意。"卢师邵侍御在侧曰:"恐杜公亦未必有此意。"盖如此解诗,似涉于太凿耳。②

《升庵诗话》卷七"胡曾咏史"条云:

---

① 杨慎《升庵集》,文渊阁四库全书本。
② 丁福保辑《历代诗话续编》(中),中华书局1983年版,第674页。

"漠漠黄沙际碧天,问人云此是居延。停骖一顾犹魂断,苏武争销十九年。"此诗全用杜牧之句。慎少侍先师李文正公,公曰:"近日儿童村学教以胡曾《咏史诗》,入门先坏了声口矣。"慎曰:"如《咏苏武》一首亦好。"公曰:"全是偷杜牧之《闻胡笳》诗。"退而阅之,诚然。曾之诗,此外无留良者。①

《升庵集》卷五十五《洪平斋挽荆公诗》云:

"君臣一德盛熙宁,厌故趋新用六经。只怪画图来郑侠,岂知奏议出唐坰。掌中大地山河舞,舌底中原草木腥。养就祸胎身始去,依前锺阜向人青。"李文正公曰:"此诗五十六字《春秋》也。"②

此处李东阳等称南宋诗人洪咨夔《荆公》为史书《春秋》,已有启发杨慎"诗史"说之意味。

由于杨慎经常和李东阳一起切磋诗艺,所以他的很多文学理论都源于李东阳。③钱谦益《列朝诗集小传·杨修撰慎》云:

用修垂髫赋黄叶诗,为茶陵文正公所知,登第又出门下,

---

① 丁福保辑《历代诗话续编》(中),中华书局1983年版,第774—775页。又《升庵诗话》卷八"唐诗不厌同"载:唐人诗句,不厌雷同,绝句尤多,试举其略。……杜牧《边上闻胡笳》诗云:"何处吹笳薄暮天,塞垣高鸟没狼烟。游人一听头堪白,苏武争禁十九年。"胡曾诗云:"漠漠黄沙际碧天,问人云此是居延。停骖一顾犹魂断,苏武争消十九年。"见丁福保辑《历代诗话续编》(中),中华书局1983年版,第801页。

② 杨慎《升庵集》,文渊阁四库全书本。

③ 详见本书第七章《从〈怀麓堂诗话〉到〈升庵诗话〉》。

诗文衣钵,实出指授。及北地侈言复古,力排茶陵,海内为之
风靡。用修乃沉酣六朝,揽采晚唐,创为渊博靡丽之词,其意
欲压倒李、何,为茶陵别张壁垒,不与角胜口舌间也。①

　　李东阳一生著作甚丰,其中有不少对于诗学的有益探索。如
注重诗文有别的辨体论、不废宋元的通变观、注重"妙悟"的别材别
趣主张、强调博学之于诗人创作的意义、主张含蓄蕴藉的诗歌意境
美、反对率易为诗的粗俗风气、主张辞达、提倡创新等,这些诗学主
张都对杨慎的诗论有着直接的启发意义。学者有谓:"相国门生日
丧亡,诗坛谁问李东阳?独留穷老滇南客,心仰南丰一片香。"②杨
慎在学习李东阳诗学理论的基础上,又根据自身的阅读和创作经
验,创作出《升庵诗话》一书。他在书中所提出的三点诗论:一曰
"人人有诗,代代有诗";二曰"尊唐不可卑六代";三曰学诗在于"别
裁伪体""转益多师",皆是受西涯影响得来。这些诗论观点师出东
阳却又能独具创新,连程启充也称升庵是"自成一家之言"。③
　　除了李东阳,对杨慎产生极大影响的人物还有杨一清。杨一
清,字应宁,号邃庵。祖籍云南安宁。他自幼颖敏,善能属文,"少
能文,以奇童荐为翰林秀才"④。与李东阳前后登庶子黎淳门。杨
一清为官五十八年,官至内阁首辅,在任期间培养提拔人才甚多,
其中如乔宇、李梦阳、康海、吕楠等人,后来都成为朝廷栋梁,可谓
功德无量。《明史》本传记载:"一清生而隐宫,貌寺人,无子。博学

①　钱谦益《列朝诗集小传》,汲古阁刻本。
②　郭绍虞主编《万首论诗绝句》,人民文学出版社1991年版,第788页。
③　王文才、张锡厚辑《升庵著述序跋》,云南人民出版社1985年版,第170页。
④　张廷玉等《明史·杨一清传》,中华书局1974年版,第5225页。

善权变,尤晓畅边事。羽书旁午,一夕占十疏,悉中机宜。人或訾己,反荐扬之。惟晚与璁、萼异,为所轧,不获以恩礼终。然其才一时无两,或比之姚崇云。"①以此,人们在恢弘杨一清政治事功的时候,往往忽略其文学成就。杨一清的著作,除了如《关中奏议》《督府奏议》《纶扉奏议》和《吏部题稿》《文襄石淙集》等有关政事实务的散文外,还有其门人后生李梦阳、康海等编选并评点的诗稿《石淙诗稿》十九卷。②李梦阳评《石淙诗稿》卷四《题沈石田山水赠高铁溪贰守》云:"数句如子美口中出。"李梦阳评卷四《画马二首》其二曰:"亦是杜格。"李梦阳评卷四《甘凉道中书事感怀杂诗一十七首》曰:"十七首典则铺叙,大类子美。"康海评卷四《河西书事》曰"当时之史",李梦阳评卷十《事平志感》曰"忠诚恻怛,此篇气格皆杜,诗之史也"。李梦阳评卷十《再入夏城》曰:"平平荡荡,写尽意象,无一字吃力。《洗兵马》之流亚也。"李梦阳评卷十《得王阳明诗依韵寄答》曰:"五篇杜格、杜调,高之又高,忠义之气,触之勃然。"卷十二《和西涯先生漫兴二十首》也被李梦阳多次点评为有"杜"意"杜格"。《石淙诗稿》其他诗篇,也多被李东阳、康海和李梦阳等人评为"唐调""唐音""杜调"等等。钱谦益说:"公生而隐宫,貌类寺人,才情敏给,汲引士类,海内争趋其门。提学陕西,赏识李献吉,召置门下,故《石淙类稿》属献吉评点行世,而献吉亦亟称公之诗笔与长沙并驾。"③将杨一清当时的文学地位比肩李东阳,应该不差。更为难能可贵的是,杨一清《石淙诗稿》卷十三《阅胡孝思近作喜而赋此》指出:"李杜文章是正宗,眼看末学陋雕虫。……力谢陈言追

① 张廷玉等《明史·杨一清传》,中华书局 1974 年版,第 5231 页。
② 杨一清《石淙诗稿》二十卷,明嘉靖刊本。
③ 钱谦益《列朝诗集小传》,汲古阁刻本。

古作,更将时事采民风。"①杨一清视李杜为诗歌正宗,力求诗歌表达真实生活和情感,推崇"诗史"精神,比起台阁体来说,亦是正途。清朱彝尊就此发表感慨:"成、弘间,诗道傍落,杂而多端,台阁诸公,白草黄茅,纷芜靡蔓,其可披沙而拣金者,李文正、杨文襄也。理学诸公,'击壤''打油',筋斗样子,其可识曲而听真者,陈白沙也。"②袁文典、袁文揆辑《滇南诗略》卷二谓其:"学力深厚,而以性灵出之,浏亮浑脱,笔墨悉化烟云,洵非盛唐诸公莫办。至其忧国忧民、沉郁顿挫处,尤为瓣香老杜而得其神髓者。"③朱庭珍《筱园诗话》卷二说他"与茶陵同时,提倡风雅,明诗中起衰复盛之巨手也"④。近代学者赵藩《仿元遗山论诗绝句论滇诗六十首》之十二《大学士杨一清》云:"将相功名一代中,诗歌卓有杜陵风。后先七子休腾踔,合与茶陵角两雄。"⑤可见,李杨二人同为当时的诗风转变做出了卓越的贡献。

　　杨一清和李东阳同是正德六年杨慎状元及第的读卷官⑥,且

---

　　① 杨一清《石淙诗稿》,明嘉靖刊本。

　　② 朱彝尊《静志居诗话》卷十《李梦阳》,人民文学出版社 1990 年版,第 268 页。

　　③ 转引自张勇主编《赵藩纪念文集》,云南美术出版社 2004 年版,第 191 页。

　　④ 转引自蓝华增《云南诗歌史略——赵藩〈仿元遗山论诗绝句论滇诗六十首〉笺释》,云南人民出版社 1988 年版,第 48 页。

　　⑤ 转引自蓝华增《云南诗歌史略——赵藩〈仿元遗山论诗绝句论滇诗六十首〉笺释》,云南人民出版社 1988 年版,第 47 页。

　　⑥ 简绍芳《赠光禄卿前翰林修撰升庵杨慎年谱》:"杨慎正德六年殿试第一,授翰林院修撰。"野史有一种说法,是说内阁首辅李东阳"密以制策题示",故杨慎"所对独详"。详见王世贞《弇山堂别集》卷八二《科试考》、李贽《续藏书》卷二十六《修撰杨公慎传》、沈德符《万历野获编》卷十四《关节状元》和蒋一葵《尧山堂外纪》卷九十五《国朝》。谢肇淛《五杂俎》卷十四反驳曰:"今制惟知贡举典试者,宗族不得入,其它诸亲不禁也。执政子弟擢上第者,相望不绝,然顾其公私何如耳?杨用修作状头,天下不以为私也;至江陵诸子,文皆假手他人,而相联登高第,可乎?"《明文·选举志》二亦有明确记载:"慎以高才及第,人无訾之者。"今考察杨慎成就,其功名当不为考官徇私舞弊而获得。

杨一清与杨慎父亲杨廷和同为内阁大臣,故杨一清对杨慎这个颇具才华的青年分外垂青。据《明史·杨慎传》载:正德时,风华正茂的杨慎,曾奉命过镇江,谒杨一清,阅其藏书,慎叩以疑义,一清皆成诵。慎惊异,益肆力古学。杨一清的博学见识对求知若渴的杨慎产生了极大的启迪。及至杨一清为首辅,又因为政见不合,与张璁、桂萼等人发生龃龉,死而不瞑。逝后恢复官职,赠太保,谥文襄。杨慎对于杨一清十分敬重,曾为杨一清立"杨文襄公故里碑",并题"四朝元老,三边总戎,出入将相,文德武功。"①因杨一清历成化、弘治、正德、嘉靖四朝,故称"四朝元老";因总治过延绥、甘肃、宁夏军务,故称"三边总戎",高度赞扬了杨一清的文治武功。

杨慎还与明代著名的权臣严嵩过从甚密。严嵩,字惟中,号介溪,江西分宜人。少年聪慧,弘治十八年(1505)进士,"李文正而下,咸伟其才"②。杨廷和任会试主考官,与严嵩有师生门第之谊。后来,严嵩经过了归隐钤山十年的终南捷径,于正德十一年(1516)重返仕途,累迁礼部尚书、翰林院学士。嘉靖二十一年(1542)入阁,加少傅兼太子太师、谨身殿大学士,后改少师、华盖殿大学士,嘉靖二十七年(1548)再任内阁首辅,专擅国政十五年之久。

严嵩的诗文主要收在《钤山堂集》中,奏疏辑为《历官表奏》,草敕辑为《直庐稿》,诗辑为《振秀集》等。《明史》本传称严嵩:"为诗古文辞,颇著清誉。"③明代大家对他的早期诗歌评价极高,如李梦

---

① 方国瑜《云南史料目录概说》(三),中华书局1984年版,第1187页。
② 崔铣《洹词》卷十一《钤山堂集序》,文渊阁四库全书本。
③ 张廷玉等《明史》卷三百零八《严嵩传》,中华书局1974年版,第7914页。

阳云:"如今词章之学,翰林诸公严惟中(嵩)为最。"①王廷相云:"介溪诗思冲邃闲远,在孟襄阳伯仲之间。"崔铣云:"惟中诗清婉而绮,不浮其质。"杨慎云:"介溪春容大篇,寒瘦轻俗不入其胸次。"皇甫汸云:"少师诗达而和,澹而平。明润而婉洁。"穆文熙:"严诗清奇,固声律家所不废。"顾起纶云:"相君多秀句,大率多类钱刘。"陈卧子(子龙)云:"严相气骨清峭,应制诸篇颇为雅赡。"②严嵩早期的诗歌冲邃闲远,气骨清峭,感情真挚自然,有一种古朴的山林气。后随着官职的升迁,交游的范围扩大,应制之作取材相对狭窄,风格由淡雅趋于典雅。

　　严嵩"交欢名流,同时如杨用修、皇甫子循,嵩俱折节为矜契,时有撰述,万里寄相点定,此亦辇上人所难"③。杨慎曾编《钤山堂诗选》,初选取严嵩的诗歌 300 首,以之为《诗经》嫡传。严嵩认为太多,"使再汰之"。于是杨慎"敬择其琼枝旃檀为四卷"④,并进一步解释云:"佛经云琼枝寸寸是玉,旃檀片片皆香,比之圣贤,欲无德不备;喻之诗文,欲无字不工也。"⑤使得严嵩诗歌的精华部分得以保存。杨慎评价卷之一《下浦》之"明兴陟丹壑,秋日净浮埃"为"是《选》句"⑥。评价卷之二《常甫宪副钦之翰检……是日予与常甫坐候云开堂因赋二章》之"晴登适可想,雨望奇莫云。三子本同志,所历各不群。浴溟初杲日,觞石忽肤云"云:"六句吞颜吐谢。"⑦谓卷之三《早霁与计使君泛湘江遂登望岳亭观武侯庙新成》

---

① 何良俊《四友斋丛说》卷二十六《诗》三,中华书局 1959 年版,第 239 页。
② 朱彝尊《明诗综》卷三十三,文渊阁四库全书本。
③ 张燮《书钤山堂集后》,黄宗羲选编《明文海》卷二五四,文渊阁四库全书本。
④ 严嵩撰,成都杨慎批选《钤山堂诗选》,嘉靖三一年(壬子)刊本。
⑤ 杨慎《升庵集》卷七十三《琼枝旃檀》,文渊阁四库全书本。
⑥⑦　严嵩撰,成都杨慎批选《钤山堂诗选》,嘉靖三一年(壬子)刊本。

之"倚棹江天豁,移尊草阁幽"之句为"《选》之腴句"①。谓卷之四
《晨经凤台门》之"万峰天外色,一一抱神京"之诗句"可以入
《选》"②。如此种种,都可以看出杨慎对严嵩早期诗歌规模六朝的
极力推崇。

我们看看严嵩的五律《泛舟》:

> 泛舟无俗情,水送复山迎。江色迷朝霭,松阴转午晴。稳
> 依危石缆,深傍绿芜行。吾已忘机事,沙鸥莫漫惊。③

七律《东堂新成》:

> 无端世路绕羊肠,偶以疏慵得自藏。种竹旋添驯鹤径,买
> 山聊起读书堂。开窗古木萧萧籁,隐几寒花寂寂香。莫笑野
> 人生计少,濯缨随处有沧浪。④

七绝《听琴》:

> 闲客清宵抚玉琴,露凉新月在高林。凭君洗净松风耳,无
> 限人间郑卫音。⑤

都是一副冲淡闲远的隐士高人的样子。时人或谓其"冲邃闲
远""冲澹朗秀",或谓其"澹而远""调高律细"⑥,结合其前期的作

---

①②③④⑤ 严嵩撰,成都杨慎批选,《钤山堂诗选》,嘉靖三一年(壬子)刊本。
⑥ 顾起纶《国雅品》士品三,文渊阁四库全书本。

品来看,这些评价大抵不差。①

又如组诗《西山杂诗》其九:"白羊山路白云中,鸟道羊肠一线通。岂有胡儿能牧马,万年天险限华戎。"气象恢宏,大气磅礴,杨慎认为"岂减盛唐"。

严嵩诗文的清妙并不能掩盖其奸臣的本质。朱彝尊《明诗综》卷三十三说:

> 分宜能知暮年诗格之坏,而不自知立身之败裂,有万倍于诗者。生日诗犹云:"晚节冰霜恒自保",昧心之言,将谁欺乎?②

故《明诗综》所选十六首,多是早年清新明润而有诗趣者。王士禛也叹惋其人格的可悲之处:"十载钤山冰雪情,青词自媚可怜生。彦回不作中书死,更遭匆匆唱《渭城》。"③纪昀编《四库全书》时,就因"迹其所为,究非他文士有才无行可以节取者比,故吟咏虽工,仅存其目"给予否定,但还是引用了王世贞"孔雀虽有毒,不能掩文章"的评价来肯定严嵩诗文之妙。④

严嵩《钤山堂集》卷四有《登慈仁阁饯杨慎殿撰》,卷八有《赠别

---

① 相关的评论可见朱彝尊《明诗综》卷三十三小引载张治云:"少师诗中典则,其声郁律而不佻,其出恬澹而有余,足以经纬风雅。"王廷相云:"介溪诗思冲邃闲远,在孟襄阳伯仲之间。"崔铣云:"惟中诗清婉而绮,不浮其质。"杨用修云:"介溪春容大篇,寒瘦轻俗,不入其胸次。"皇甫汸云:"少师诗达而和,澹而平,明润而婉洁。"陈卧子云:"严相气骨清峭,应制诸篇,颇为雅赡……自然之致尔。"
② 朱彝尊《明诗综》卷三十三,文渊阁四库全书本。
③ 王士禛《精华录》卷五,文渊阁四库全书本。
④ 《四库全书总目提要·钤山堂集》,文渊阁四库全书本。

汝湖学士》《答用修见赠》《再次三次韵答用修》《用修殿撰惠予蜀中云根竹笔》等诗文篇章反映二人的交往。杨慎被贬戍滇南，如果以严嵩在朝廷的权势，营救杨慎应该是可行的。但是在"大礼议"事件中，由于政见不和，严嵩受到杨廷和的排挤，他对杨慎自然不会尽力营救了。

第三节 青壮之年 交游七子

杨慎由当时的文坛宗主李东阳、杨一清等人带入文学殿堂，但实际上他徜徉在文学殿堂所进行的诗学活动却与上一辈的文坛领袖相关甚少，而是多和当时的"七子"交游有关。①

杨慎与李梦阳、何景明二人的交游，一则通过杨慎的好友张含。张含，字愈光，一字用光，云南保山人。少举于乡，不乐仕进，游梁、宋间，为李梦阳所知。李梦阳和张含二人之间的交情，从《空同集》的《赠张含》《送张含还金齿》《柬张含》《月夜柬张含》《送张含》《赠张含》等诗作可以想见。张含复与杨慎友善。朱彝尊《静志居诗话》卷十一"张含"条谓："禺山虽北学于献吉，然诗不尽出其流派，而一以用修为归。"②张含的诗歌虽然追随七子，但是却在很大

---

① "七子"作为一个文学社群，当时有着松散不固定的成员和描述。何景明于正德三年作《六子诗》有王九思、康海、李梦阳、边贡、何塘、王尚絅，加何景明本人为七人，不及徐祯卿。王九思作于嘉靖十二年左右的《漫兴十首》之一之二以李梦阳、康海、何景明、边贡和王九思为"五子"，并说："五子之中我滥竽，未应沧海有遗珠。且看吴下徐昌谷，何似闽南郑善夫。"则此中并无王廷相。康海作于嘉靖十一年的《渼陂集序》云："我明文章之盛，莫极于弘治时，所以复古昔而变流靡者，唯时有六人焉：北郡李献吉、信阳何仲默、仪封王子衡、鄠杜王敬夫、吴兴徐昌谷、济南边庭实，金辉玉映，光照宇内，而予亦幸窃附于诸公之间。"六人加上康海，"七子"名目方始确定。

② 朱彝尊《静志居诗话》，人民文学出版社1990年版，第302页。

程度上规避了七子的缺憾。《四库全书总目·禺山文集》云张含：
"其学出于李梦阳，又与杨慎最契，故诗文皆慎所评定。"一则通过
二人共同的老师李东阳。弘治六年李梦阳会试入围成为贡士，主
考官为李东阳。而李东阳对李梦阳的才学、品行颇为赏识，曾撰文
赞扬说："梦阳以文学为首解，登甲科，砥砺名行，表然见郎署。"①
体现了李东阳对李梦阳的赏识和慧眼。这也正好印证了李梦阳在
《徐子将适湖湘，余实恋恋难别，走笔长句，述一代文人之盛，兼寓
祝望焉耳》一诗所云："我师崛起杨与李，力挽一发回千钧。大贤衣
钵岂虚掷，应须尔辈扬其尘。"李梦阳以有李东阳这样的师长而荣
耀，李东阳以有李梦阳这样的高足而欣慰。

李梦阳《与徐氏论文书》中，重视民谣，推崇天然，谓"诗者，天
地自然之音也"，"今真诗乃在民间"，并批评当时人以"韵言"谓之
诗，弊在"出于情寡而工于词多"，而性情决定诗歌艺术品位的高
低。他在点评恩师杨一清的诗文时说："诗本性情，情多自佳"，"凡
情多，则句自佳"。②他主张诗歌应当"以我之情，述今之事"。但是
很遗憾的是，李梦阳的诗文理论和实际的创作还是有着一定程度
的隔膜。同为李门弟子，杨慎也曾赞叹李梦阳云："空同以复古鸣
弘、德间。观其乐府，幽秀古艳，有铙歌童谣之风。其古诗缘情绮
靡，有徐、庾、颜、谢之韵"③，"各极体物之妙"④，但是当好友张含刻
印《空同诗选》，请杨慎为他选诗的时候，虽然杨慎也衷心地称赞李

---

① 李东阳《怀麓堂集》卷七十六《明周府封丘王教授赠承德郎户部主事李君墓
表》，文渊阁四库全书本。

② 杨一清《石淙诗稿》卷二《新兴道中遇乡友金调元，得西涯先生所寄书，喜而有
作》，明嘉靖刊本。

③ 朱彝尊《明诗综》卷三十四"李梦阳"条引，文渊阁四库全书本。

④ 杨慎《丹铅摘录》卷十，文渊阁四库全书本。

梦阳:"五言绝句胜七言绝句,五言古七言古胜七言律五言律,乐府学汉魏似童谣者又绝胜",但他并没有以感情的亲疏来代替诗学批评原则,在李梦阳两千余首诗中仅仅选出了136首,并向好友张含解释说:"弗严犹弗选也。子谓我严,子恶弗反,子选太白子美诗不严乎?夫选者也,选其精也,精而后可以为选矣,然精之中又有精焉,子何谓我严?……故三集之选,亦同于求精,必不随世以务多矣。"①杨慎评李梦阳《江行杂诗二首》云:"世之爱空同诗者只效其七言律,俗矣,卑矣。"②对七子末流效李梦阳七言律予以针砭。从杨慎极力批评李梦阳七律而推崇乐府古体来看,也印证了其"永言缘情,效杜陵以上四始"③的尊情观。

何景明,字仲默,号白坡,又号大复山人,河南信阳人。弘治十五年(1502)中进士,授中书舍人。正德初因刘瑾擅权,谢病归。刘瑾诛后,正德六年,因李东阳之荐官复原职。有辞赋、诗、文多篇以及《大复集》38卷。何景明是"弘正四杰"之首④,与李梦阳并为"七子"领袖。正德六年,杨慎举进士,授修撰,正式进入文坛;同年,何景明因李东阳之荐起复原官。二人因缘际会,开始交游频繁,谈诗论艺。

《升庵诗话》卷七"荀子解诗"条云:

---

① 杨慎《空同诗选题词》,见王文才、张锡厚辑《升庵著述序跋》,云南人民出版社1985年版,第274页。
② 杨慎评选《空同诗选》,明万历四十六年乌程闵齐伋刻朱墨套印本。
③ 杨慎《升庵集》卷六《答重庆太守刘嵩阳书》,文渊阁四库全书本。
④ 王士禛《渔洋诗话》卷上云:"历下诗派,始盛于弘正四杰之边尚书华泉,再盛于嘉隆七子之李观察沧溟。"朱彝尊《明诗综》卷五十五云:"王贻上云:弘正四杰惟何氏,之后最大李氏,次之徐氏。"《明史·何景明传》云:"天下语诗文必称何、李,又与边贡、徐祯卿并称'四杰'。"清光绪间张祖同辑有《弘正四杰诗集》刊行。

　　予尝爱荀子解诗《卷耳》云："《卷耳》,易得也。顷筐易盈也,而不可贰以周行。"深得诗人之心矣。小序以为求贤审官,似戾于荀旨。朱子直以为文王朝会征伐而后妃思之,是也。但"陟彼崔嵬"下三章,以为托言,亦有病。妇人思夫而却陟岗饮酒,携仆望岨,虽托言之,亦伤于大义矣。原诗人之旨,以后妃思文王之行役而云也。陟岗者文王陟之也,马玄黄者,文王之马也。仆痡者,文王之仆也。金罍兕觥者,冀文王酌以消忧也。盖身在闺门,而思在道途。若后世诗词所谓"计程应说到梁州""计程应说到常山"之意耳。曾与何仲默说及此,仲默大称赏,以为千古之奇。又语予曰:"宋人尚不能解唐人诗,以之解三百篇,真是枉事,不若直从毛郑可也。"①

　　杨慎对《诗经·卷耳》的解说,颇得何景明的称赏,以为《诗经》千古知音。

　　何景明复古的对象有限,他认为古体诗亡于谢灵运:"诗弱于陶,谢力振之,然古诗之法亦亡于谢",近体诗亡于宋:"近诗以盛唐为尚,宋人似苍老而实疏卤,元人似秀峻而实浅俗。"②所以杨慎也毫不客气地批评了何景明"淡所见而甘所闻,贵其耳而贱其目。荣古陋今,党往仇来"③"不观六朝初唐"的做法:

　　何仲默枕藉杜诗,不观余家,其于六朝初唐未数数然也。与予及薛君采言及六朝初唐,始恍然自失,乃作《明月》《流萤》

---

① 丁福保辑《历代诗话续编》(中),中华书局1983年版,第780页。
② 何景明《大复集》卷三十二《与李空同论诗书》,文渊阁四库全书本。
③ 杨慎《升庵集》卷六十五《琐语》,文渊阁四库全书本。

二篇拟之,然终不若其效杜诸作也。如仲默此篇"明珠按剑"
及"鲲鹏斥鷃",皆与流萤无交涉,可以知诗之难矣。①

也批评了何景明"宋无诗"②的偏狭观点:

> 张文潜《莲花》诗……杜衍《雨中荷花》诗……刘美中《夜
> 度娘歌》……寇平仲《江南曲》……亡友何仲默尝言宋人书不
> 必收,宋人诗不必观。余一日书此四诗讯之曰:"此何人诗?"
> 答曰:"唐诗也。"余笑曰:"此乃吾子所不观宋人之诗也。"仲默
> 沉吟久之,曰:"细看亦不佳。"可谓倔强矣。③

杨慎曾创作《华烛引》,"幽情发乎藻绘,天机荡于灵聪,宛焉永
明、大同之声调,不杂垂拱、景云以后之语言。"④何景明《明月》《流
萤》诸篇拟之,然"微有累句,未能醇肖也"⑤。所谓"累句",即杨慎
所谓"如此篇'明珠按剑'及'鲲鹏斥鷃',皆与流萤无交涉",也就是
批评何景明食古不化,饾饤满篇。
　　更多的时候,杨慎将李、何二人等量齐观,批评二人作为领袖
而将众人带入歧途。《升庵诗话》卷七"胡唐论诗"条论及李、何
时说:

---

① 杨慎《升庵诗话》卷十三"萤诗",丁福保辑《历代诗话续编》(中),中华书局
1983年版,第902页。
② 何景明《大复集》卷三十八《杂言十首》其十云:"经亡而骚作,骚亡而赋作,赋亡
而诗作。秦无经,汉无骚,唐无赋,宋无诗。"文渊阁四库全书本。
③ 杨慎《升庵诗话》卷十二"莲花诗",丁福保辑《历代诗话续编》(中),中华书局
1983年版,第872—873页。
④⑤ 杨慎《升庵集》卷十三张含《华烛引》跋,文渊阁四库全书本。

至李、何二子一出，变而学杜，壮乎伟矣。然正变云扰而剽袭雷同，比兴渐微而风骚稍远。

李梦阳、何景明的诗作之所以"风骚稍远"，就是因为他们把《诗经》《楚辞》的创作手法丢弃殆尽，而采用杜甫所擅长的过于直白的赋体来进行创作，"譬则乞丐，沾其剩馥残膏；犹之瞽史，诵其坠言衍说，何惑乎道之日芜，而文之日下也"①。使得诗歌远离了它的根本和正宗，最终成为诗歌之"变体"②。

杨慎对李、何二人习杜的不良风气进行讽刺。《升庵诗话》卷十一"诗文用字须有来历"批判道：

先辈言杜诗韩文无一字无来历，予谓自古名家皆然，不独

---

①   杨慎《升庵集》卷六《答重庆太守刘嵩阳书》，文渊阁四库全书本。

②   有关杜甫之诗为"变体"的观点，应该始于严羽《沧浪诗话》。其《沧浪诗话·诗辨》曰："夫诗有别材，非关书也；诗有别趣，非关理也。"《沧浪诗话·诗评》曰："五言绝句，众唐人是一样，少陵是一样"，已隐含着将杜甫视为唐诗之变的意味。方回《瀛奎律髓》卷二十六中评杜甫的《九日》二首云："此两首皆当入节序类，以其为变体之祖，故入此（变体类）。"承袭其衣钵的明代高棅以"声律纯完"的"正声"作为别裁伪体的标尺，将杜甫置于"大家"之列曰："杜少陵所作虽多，理趣甚异，故略其颇同调者数首"。"理趣"这个词此处应该重点在一"理"字上，指杜甫诗歌多涉事理议论，与盛唐诗歌声韵并重的特征迥异。何景明《明月篇序》云"夫诗本性情之发者也"，"乃知子美……实则诗歌之变体也"。王廷相《与郭价夫学士论诗书》云："若夫子美《北征》之篇……漫敷繁叙，填事委实，言多趁帖，情出附辏，此则诗人之变体，骚坛之旁轨也。"二人皆从诗歌抒发感情的角度谓杜诗为"变体"。许学夷《诗源辨体》卷一九云："《茅屋为秋风所破》亦为宋人滥觞，皆变体"。又云："（韩愈）始渐涉议论……亦宛似宋人口语。予尝与方翁恬论诗，予曰：元和诸公始开宋人门户，翁恬曰：杜子美已开宋人之门户矣。"亦是从杜诗议论角度谓之"变体"。胡应麟《诗薮·内编》卷四曰："盛唐一味秀萧雄浑，杜则精粗、巨细、巧拙；新陈、险易、浅深、浓淡、肥瘦靡不毕具，参其格调，实与盛唐大别。"则从时代风格论述杜诗为盛唐之"变体"。以上诸条可以和杨慎的观点相参考。

杜韩两公耳。刘勰云："'灼灼'状桃花之鲜，'依依'尽杨柳之貌，'喈喈'逐黄鸟之声，'嘤嘤'学鸿雁之响，虽复思经千载，将何易夺？"信哉其言。试以灼灼舍桃而移之他花，依依去杨柳而著之别树，则不通矣。近日诗流，试举其一二：不曰莺啼，而乃曰莺呼；不曰猿啸，而曰猿唤；蛇未尝吟，而云蛇吟；蚕未尝嘶，而曰蚕嘶；厌桃叶蓁蓁，而改云桃叶抑抑，桃叶可言抑抑乎？厌鸿雁嘤嘤，而强云鸿雁嘈嘈，鸿雁可言嘈嘈乎？油然者，作云之貌，未闻泪可言油然；荐者，祭之名，士无田则荐是也，未闻送人省亲，而曰"好荐北堂亲"也；夜郎在贵州，而今送人官广西恒用之；孟诸在齐东，而送人之荆楚袭用之；泄泻者，秽言也，写怀而改曰泄怀，是口中暴痢也；馆甥，女婿也；上母舅声而自称馆甥，是欲乱其女也；真如、诸天，禅家语也，而用之道观；远公、大颠，禅者也，而以赠道人；送人屡下第，而曰"批鳞书几上"；本不用兵，而曰"戎马""豸虎"；本不年迈，而曰"白发衰迟"；未有兴亡之感，而曰"麋鹿姑苏"；寄云南官府，而曰"百粤伏波"。试问之，曰："不如此不似杜。"是可笑也。此皆近日号为作手，遍刻广传者。后生效之，益趋益下矣。谓近日诗胜国初，吾不信也。而且互相标榜，不惭大言，造作名字，掩灭前辈，是可为世道慨，岂独文艺之末乎？①

　　上述所引词汇大都出自杜甫诗句。明代中期李、何等人学习杜甫，只是袭皮毛而遗神髓，"鸿雁嘈嘈""泪油然""蛇吟""孟诸"

　　①　杨慎《升庵诗话》，丁福保辑《历代诗话续编》（中），中华书局1983年版，第866—867页。

"好荐北堂亲""馆甥""真如""诸天""批鳞书几上""戎马豺虎""白发衰迟""麋鹿姑苏"出自李梦阳,"夜郎""百粤""伏波"出自何景明,"泄怀"出自皇甫涍,"莺呼"出自林应亮。他们或是七子之领袖,或为七子之追随者,摹拟剽窃、生造杜撰,在杨慎看来,真真可谓"近日之拆洗杜陵者。"①受到杨慎、薛蕙的影响,何景明也知道应该转益多师,进而学作六朝初唐体诗,创作了《明月篇》《流萤篇》等诗篇。其《明月篇序》云:

> 仆读杜子七言诗歌,爱其陈事切实,布辞沉著。鄙心窃效之,以为长篇圣于子美矣。既而读汉魏以来歌诗及唐初四子者之所为而反复之,则知汉魏固承三百篇之后,流风犹可征焉;而四子者虽工富丽,去古远甚,至其音节往往可歌,乃知子美辞固沉着,而调失流转,虽成一家语,实则诗歌之变体也。夫诗本性情之发者也,其切而易见者,莫如夫妇之间。是以三百篇首乎雎鸠,六义首乎风,而汉魏作者义关君臣朋友,辞必托诸夫妇以宣郁而达情焉,其旨远矣。由是观之,子美之诗博涉世故,出于夫妇者常少,致兼雅颂而风人之义或缺,此其调反在四子之下与?暇日为此篇,意调若仿佛四子,而才质猥弱,思致庸陋,故摘词芜紊,无复统饬,姑录之以俟审声者裁割焉。②

---

① 杨慎《丹铅总录》卷十二《太白杨叛儿曲》,文渊阁四库全书本。

② 张含跋《华烛引又别拟制一篇》云:"六朝初唐之作绝响久矣,往年吾友何仲默尝云,三百篇首雎鸠,六义首乎风,唐初四子音节往往可歌,而病子美缺风人之义。盖名言也。故作《明月》《流萤》诸篇拟之,然微有累句,未能醇肖也。升庵太史公增损梁简文《华烛引》一篇,又别拟作一篇,此二篇者,幽情发乎藻绘,天机荡于灵聪,宛焉永明大同之声调,不杂垂拱景云以后之语言,外史小子含缓读七八过,飘飘然有凌云之思,洒然独醒,不觉骨更琼玉,身坐紫府中。噫!吾与古人交久矣,吾与仙人游久矣。安得起仲默九原而共赏之耶。张含跋。"见《升庵集》卷十三"古乐府"。

　　此序表明何景明诗学思想之转变,由专尚杜甫进而旁及六朝初唐。其中有两个信息与杨慎有关:其一、杨慎对杜甫"诗史"的批评;其二、杨慎对六朝初唐的提倡。受杨慎等人影响,何景明诗歌美学宗尚也由沉着向流转变换,最终形成"俊语亮节"之俊逸诗风,并最终导致了与李梦阳的论争。

　　经过长期的发展,明代文化在弘治、正德年间出现了全面繁荣。与此同时,明代文学复古运动的第一次高潮也蓬勃兴起。它打破了明代文坛自明初以来长达一百多年恹恹不振的状态,开启了明代文学的新纪元。据王九思说:"予始为翰林时,诗学靡丽,文体萎弱。其后德涵、献吉导予易其习焉。献吉改正予诗者,稿今尚在也,而文由德涵改正者尤多。然亦非独予也,唯仲默诸君子,亦二先生有以发之。"①《明诗纪事·丁签序》亦云:"明中叶有李、何,犹唐有李、杜,宋有苏、黄。空同诗如巨灵赑屃,凿石开山;大复诗如美女婵娟,倾城绝代。皆一代作者也。"②同书《戊签序》又谓:"有明诗流,吴下擅于青邱(高启),越中倡于犁眉(刘基),八闽工于膳部(林鸿),东粤盛于西庵(孙蕡),西江妙于子高(刘崧),各有轨辙,不相沿袭。自茶陵崛起,笼罩才俊,然当时倡和袭其体者,不过门生执友十数辈而已。暨前、后七子出,趋尘蹑景,万喙一声。"③甚至到了晚明的钱谦益,还"空同、弇山二集,澜翻背诵,暗中摸索,能了知某行某纸"④,"弱冠时,熟烂空同、弇州诸集,至能暗数行墨"⑤。可见七

---

①　康海《对山集》卷首"诸家评语",文渊阁四库全书本。
②　陈田《明诗纪事》丁签序,上海古籍出版社 1993 年版,第 1131 页。
③　陈田《明诗纪事》戊签序,上海古籍出版社 1993 年版,第 1395 页。
④　钱谦益《牧斋有学集》卷三十九《答山阴徐伯调书》,四部丛刊本。
⑤　钱谦益《牧斋有学集》卷四十九,四部丛刊本。

子影响,流弊甚大。杨慎研究专家王仲镛说:"盖李、何之病,不在于宗唐,而在于唯古是尚:以为'汉后无文,唐后无诗',主张'不读唐以后书';谓'宋无诗','宋人书不必收,宋人诗不必留目'。又,其病不在于法杜,而在于其专主一家,而所津津乐道者,不过七言律激昂感怆之调,及其'顿挫倒插之法'。升庵反之,厥标三义:一曰:'人人有诗,代代有诗。'二曰:'尊唐而不卑六代。'三曰:学诗之法,在于'别裁伪体','转益多师'。"①杨慎与前七子大体同时而略晚,他不属于"前七子"的阵营,是李、何等人最早的批评者之一。他从强调博学以反对模拟、提倡六朝初唐体诗、推崇含蓄蕴藉的风格等方面对七子展开了批判,并产生了相当的影响。

　　杨慎居京为官之时,还与气学重镇人物、前七子之一的王廷相往来密切。王廷相,字子衡,号浚川、河滨丈人,河南仪封人,祖籍潞州。王廷相是明代著名的思想家、文学家、教育家,"于星历、舆图、乐律、河图、洛书及周、邵、程、张之书,皆有所论驳"②。其"以诗名一时"③,和李梦阳、何景明、徐祯卿、边贡、康海、王九思等同列于"前七子"。王廷相"文有英气,诗赋雅畅。选庶吉士,与李梦阳、何景明、崔铣号为四杰"④。时人谓其:"四言若风雅,五言若汉魏,骚若屈宋,赋若班扬,律绝若沈宋诸人……昔李杜以诗名,韩柳

---

①　王仲镛《升庵诗话笺证·前言》,上海古籍出版社 1987 年版,第 3—5 页。
②　王廷相的思想不太合乎正统,如《四库全书总目·慎言》谓之"其说颇多乖僻"。《四库全书总目·雅述》谓之"《慎言》虽多偏执,犹不大悖于圣贤。此书则颇多乖戾……廷相以诗名一时,而持论偏驳乃尔。"《明史·王廷相传》也说王廷相"博学好议论,以经术称,然其说颇乖僻。"
③　《四库全书总目提要·雅述》,文渊阁四库全书本。
④　沈佳编《明儒言行录》,文渊阁四库全书本。

以文名,程朱以理学名,先生乃兼而有之"①。对王廷相文学造诣的认可程度可见一斑。总的说来,王廷相"才情可观,而模拟失真,与其持论颇相反"②,他的诗缺乏剪裁,如《秋水叹》诗云:"大湖生鱼尾彗彗,小湖之鱼亦不细。呜呼江涨何太涌,湖水茫茫鱼尽逝!稻禾污澜望鱼鲜,穆中无鱼那得钱!今年官府索逋课,安得羽翼高飞天?"《潼关》诗云:"天设潼关金陡城,中条华岳拱西京。何时帝劈苍龙峡,放与黄河一线行"等,"不免露抗浪本色"③,难怪学人谓之"豪气太露"。④这大概与其"务以实用相期,不专文藻"⑤的诗学主张有关。

王廷相《与郭价夫学士论诗书》被学人誉为"明代文学批评中首屈一指的诗歌意象的专论"⑥。在这篇专论里,王廷相认为:

> 夫诗贵意象透莹,不喜事实粘着,古谓水中之月,镜中之影,可以目睹,难以实求是也。三百篇比兴杂出,意在辞表,《离骚》引喻借论,不露本情。
>
> 斯皆包韫本根,标显色相,鸿材之妙拟,哲匠之冥造也。若夫子美《北征》之篇,昌黎《南山》之作,玉川《月蚀》之词,微之《阳城》之什,漫敷繁叙,填事委实,言多趄帖,情出附辏,此则诗人之变体,骚坛之旁轨也。……嗟呼,言征实则寡余味,

---

① 杜枏《王氏家藏集序》,见王廷相《王廷相集》,中华书局 1989 年版,第 2 页。
② 钱谦益《列朝诗集小传》丙集第十一《王宫保廷相》,汲古阁刻本。
③ 王世贞《弇州四部稿》卷一百四十八,《艺苑卮言》卷五,文渊阁四库全书本。
④ 朱彝尊《明诗综》卷三十六,文渊阁四库全书本。
⑤ 高拱《浚川王公行状》,见《王廷相集》附录三,中华书局 1989 年版,第 1493 页。
⑥ 陈书录《王廷相的诗歌意象论与嘉靖前期诗学演变》,《文学遗产》2009 年第 5 期。

情直致而难动物也。故示以意象,使人思而咀之,感而契之,
邈哉深矣,此诗之大致也。①

　　王廷相在这篇意象专论中,对诗歌意象的内涵作了详尽的论
述。所谓"意象透莹""水中之月""镜中之象"等,即指诗歌创作要
使意象达到完美统一的境界。王廷相认为诗歌意象是创作主体的
审美情感与外在物象紧密融合的产物,是感觉或情思的具体表现。
只有意象达到完美和谐的统一,才能使诗歌作品的思想感情以生
动活泼的艺术形象表现出来。在对杜甫"诗史"之说的辩证时,他
批评杜甫《北征》、韩愈《南山》等篇重"赋"而轻"比""兴","漫敷繁
叙,填事委实",是古典诗歌的"变体"。所有这些,都对杨慎的诗学
大有启发。

　　在诗学思想方面,王廷相不赞成"文华而义劣,言繁而蔑实"②
的文章,尤其贬低六朝,其《近言序》云:

　　　　载道之典,至文也。文不该于道,繁则赘,丽则俳矣,故君
　　子鄙之。尝观唐、虞、三代之典,即事命辞,而文生焉,盖道为
　　主而文为客也。魏晋以降,即辞撰事而文饰焉,盖文为主而道
　　为客也。是故异端谶纬之事作,而先王淳正之道离矣;诬怪谬
　　幽之论兴,而古圣真实之旨塞矣。③

　　①　《与郭价夫学士论诗书》,见《王廷相集》,中华书局1989年版,第502—503页。
　　②　王廷相《王氏家藏集》卷二十二《石龙集序》,见《王廷相集》,中华书局1989年版,第418页。
　　③　王廷相《王氏家藏集》卷二十三《近言序》,见《王廷相集》,中华书局1989年版,第428页。

即使是《文选》，王廷相也对之大加抨击，说：

　　自今观之，颇为近古，然法言大训，懿章雅歌，漏逸殊多。①
　　自魏晋以还，刻意藻饰，敦悦色泽，以故文士更相沿袭，摹纂往辙，遂使平淡凋伤，古雅沦陨，辞虽华绘，而天然之神凿矣。②

　　这些都恰恰和杨慎宗尚六朝的主张相反。但是诗学主张的不同并不影响二人的友谊。杨慎曾经把未选入《文选》的诗文，编为《选诗外编》九卷，前序就是王廷相所作。他们还相互赠送诗篇、切磋学问。杨慎出于思念王廷相，作《言将北上述志一首答苏从仁恩王子衡廷相》以寄怀："微尚何足云，弱质良独难。衡门坐成远，尘冠行复弹。已负濩落性，更从樗散官。进阻岩廊议，退抱江湖叹。旷哉宇宙内，吾道何盘桓。"③王廷相即回赠升庵《赠杨用修》："鲁麟方茁角，秦火已扬氛。大道隐浊世，群经哀斯文。嗟彼汉代儒，敷言求圣纪。蓬鹦不知海，拟议讵能似？沿袭昧神识，异端咨樛葛。傲然诬天人，执一忌弘达。五行泥术数，九流不复辩。未裔迷正途，芜言日纂纂。余守章句者，探元亦已惊。终夜承君辞，千春见豪英。神理超灵筌，道契发天工。何当清坟籍，白日回鸿蒙。"④

　　① 王廷相《王氏家藏集》卷二十二《广文选序》，见《王廷相集》，中华书局1989年版，第419页。
　　② 王廷相《杜研冈集序》，见《王廷相集》，中华书局1989年版，第991页。
　　③ 杨慎《升庵集》卷十七，文渊阁四库全书本。
　　④ 王廷相《王氏家藏集》卷九，见《王廷相集》，中华书局1989年版，第127—128页。

王廷相对杨慎推崇备至,称他本人是"大道隐浊世",文章则是"神理超灵筌,道契发天工",而俗人对于升庵则是属于"蓬鹦不知海",处处都显示出对杨慎的欣赏和夸赞。

此外,杨慎和康海也有着非常密切的交谊。孙奇逢撰《中州人物考》卷八载明代中州人士刘绘:"归,与杨用修、唐应德(唐顺之)、康德涵(康海)、何太华为诗酒之会,所著有通论、诗、文若干卷。"但是杨慎文集里面记载与康海交往的资料倒不是很多。其一见《升庵集》卷七十四《依乌哀乌》云:

> 《史记·天官书》:"五帝座后聚十五星蔚然,曰郎位。"《汉书》"蔚然"作"哀乌",《甘氏星经》作"依乌"。"依"亦音"哀"也,注云:"哀乌、蔚然皆星之貌状尔。"武功县刻储光羲诗,首一篇以"哀乌郎"作"衰乌郎"。康德涵问余:"衰乌郎何说?"余曰:"必是哀乌郎。"康深然之。及检《天文图》作"依乌",又疑而不及改正。按:"依"亦音"哀"。白乐天诗"坐依桃叶妓",自注:"依"音"哀"。曹子建诗"君怀良不开,贱妾当何依",可证。

康海曾纂修《武功县志》,该书刊行于明正德十四年(1519)。康海在该书《人物》卷编撰储光羲《述韦昭应画犀牛》诗:"有我哀乌郎,新邑长鸣琴。"不能判定孰优孰劣,遂与杨慎讨论商定。

其二见《升庵集》卷十七《琼音篇寄康对山》赠答诗:

> 晨逢南州牧,携手滇之阴。言从太白来,贻我琼黄音。题封五云烂,开缄双凤吟。伊人先鸣者,凤龄晏清襟。良史古班马,逸民今尚禽。商泛悯宋玉,刍委嗟师金。汧东青霞想,沔西

紫芳心。戎旅未云返,旆驾何由寻。因声万里风,调短情方深。

　　康海与杨慎同为状元,同为翰林修撰,后又都被免官为民。因此,"因声万里风,调短情方深",表达杨慎对康海的深切思念和"同是天涯沦落人"的沉郁感慨。二人心灵上颇有契合之处。康海正德五年罢官后,行为任诞,纵情娱游,专心曲律。

　　　家居不离声妓,管弦丝竹一饭必用。人或议之。不知大
　　节所关,凛不可犯。①
　　　公既居林下,乃益肆力于古,星历医卜靡所不究。书工篆
　　隶,笔妙如神。间作近体乐府,畀青衣二男子,被之音乐,歌以
　　侑觞。……每临佳胜,停骖命酒,歌其所制感慨之词。公于是
　　时飘飘焉,不知宇宙之大,何物琐琐入其胸次哉。小廉曲谨之士,
　　或以此诮公,及接其神采论议,茫然自失,复自以为不可及也。②
　　　一日,柟规之曰:"公量何若是偏小乎?"答曰:"海放浪形
　　骸之外,游情酒妓之间,犹以为小,何也?"予曰:"先生修撰而
　　不酒妓,致仕而后酒妓,何耶?"先生笑而从之,遂取予言于益
　　友卷中。呜呼,先生今岂可得哉?③

　　杨慎的叔叔杨廷仪到关中户、杜拜访康海,"康留饮而欢,并自

---

① 张治道《翰林院修撰对山康先生状》,见黄宗羲《明文海》卷四百三十三,文渊阁四库全书本。

② 王九思《渼陂续集》卷中《明翰林院修撰儒林郎康公神道之碑》,文渊阁四库全书本。

③ 吕柟《泾野先生文集》卷三十二《大明前翰林院修撰对山先生康公墓志》,文渊阁四库全书本。

唱新词弹琵琶劝酒"。但当杨廷仪说："家兄在内阁,久欲起君。何不以书自通,待吾到君首言之。"康听后则大怒,手掷琵琶打杨:"吾岂效王维假作伶人,以琵琶讨官做耶!"①比起杨慎的"罗衣香未歇,犹是汉宫恩"②的幻想和企盼,康海的行为更能凸显其铮铮傲骨和对世俗的轻蔑。

杨慎与康海相比,行放浪形骸之事的方面,有诸多相似之处。王世贞《艺苑卮言》有两条记载:

> 用修谪滇中,有东山之癖。诸夷酋欲得其诗翰不可,乃以精白棱作袿,遗诸伎服之,使酒间乞书,杨欣然命笔,醉墨淋漓裙袖,酋重赏伎女,购归装潢成卷。杨后亦知之,便以为快。

> 用修在泸州,尝醉,胡粉傅面,作双丫髻插花,门生舁之,诸伎捧觞,游行城市,了不为怍。人谓此君故自污,非也。一措大裹赭衣,何所可忌,特是壮心不堪牢落,故耗磨之耳。③

二人的文风亦有惊人的相似:

> 壬戌之岁,则有对山康子创新奇绮丽之词。韶鸣当道,虽道与时违,材增众黜,而彬彬特盛,鲜有或加。嗣兹以降,若公者又独非其人乎!公之著述篇章较之对山子殊骤逸响,良能妙致。仆固不敢妄相品跻,乃其脱流俗,企古昔,明备体之工,而绎变态之旨,则过于往辈信什佰矣。④

---

① 李开先《对山康修撰传》,文渊阁四库全书本。
② 杨慎《升庵集》卷十四《古艳曲》,文渊阁四库全书本。
③ 王世贞《弇州四部稿》卷一百四十九《艺苑卮言》卷六,文渊阁四库全书本。
④ 孙宜《答杨升庵修撰书》,见黄宗羲《明文海》卷一百九十七,文渊阁四库全书本。

弘治十五年(1502)康海中进士后,不满茶陵派之台阁风气,创作"新奇绮丽"之文学,和杨慎的六朝初唐体近似,即孙宜所谓"企古昔""明备体""绎变态"者。当然,康海并未提出学习六朝初唐的主张。杨慎受到康海的影响则在于风味志趣上,而这种风味志趣的相合源于上述的诸多契合。

康海《渼陂先生集序》云:

> 我明文章之盛莫极于弘治时,所以反古昔而变流靡者,唯时有六人焉:北郡李献吉、信阳何仲默、鄠杜王敬夫、仪封王子衡、吴兴徐昌谷、济南边廷实。金辉玉映,光照宇内,而予亦幸窃附于诸公之间。乃于所谓孰是孰非者,不溺于剖劂,不怵于异同,有灼见焉。于是后之君子言文与诗者,先秦两汉汉魏盛唐,彬彬然盈乎域中矣。

虽然七子均以"文学先秦两汉,诗学汉魏盛唐"为团队纲领,康海却并不囿于"文必秦汉、诗必盛唐"之框格模式。他对初唐文学也颇为赞赏,其《樊子少南诗集序》云:

> 予昔在词林读历代诗,汉魏以降,顾独悦初唐焉,其词虽缛而其气雄浑、朴略,有国风之遗响。……或曰:"唐初承六朝靡丽之风,非俪弗语,非工弗传,实雕虫之末技尔,子以雄浑朴略与之,何邪?"曰:"正以承六朝之后而能卒然振奋其气词,或稍因其故而格,则力脱其靡也。"

康海指出初唐诗歌有"六朝靡丽之风",未脱六朝余习,但是能推陈出新，骨气健壮，"振奋其气词"，并给予"雄浑、朴略"的评价。这在当时"诗必盛唐"的主流压力下，显得难能可贵。可以说，康海的诗学理论代表着"前七子"诗学理论较为正确和可取的一面。

康海"歌诗非其所长"，其文学成就主要在散曲和戏剧方面。郑振铎曾云：

> 然康海、王九思、冯惟敏、杨慎辈所作，苍莽浑雄，元气未衰。……盖杂剧风调，至此而一变。以取材言，则由世俗熟闻之《三国》《水浒》《西游》故事，《蝴蝶梦》《滴水浮沤》诸公案传奇，一变而为《邯郸》《高唐》……诸雅隽故事。因之人物亦由诸葛孔明、包待制、二郎神、燕青、李逵等民间共仰之英雄，一变而为陶潜、沈约、崔护、苏轼、杨慎、唐寅等文人学士。以格律声调言，亦复面目一新，不循故范。①

郑振铎评价可谓极其精当。像杨慎《割肉遗细君》敷衍东方朔的故事，《兰亭会》演绎《世说新语》文人雅集的故事，康海《中山狼》敷衍唐宋寓言小说即为明证。与当时传奇向民间性、舞台性本体特征复归的趋势相反，康海和杨慎的杂剧更多地代表着一种文人化、案头化的雅化趋势。

杨慎虽然地处偏远，但文坛并没有忘记他。王世贞《艺苑卮言》卷八载：

①　郑振铎《清人杂剧初集序》，《郑振铎全集》（四），花山文艺出版社1998年版，第729—730页。

> 李于鳞守顺德时,有胡提学者过之。其人,蜀人也。于鳞往访,方掇茶次。漫问之日:"杨升庵健饭否?"胡忽云:"升庵锦心绣肠,不若陈白沙鸢飞鱼跃也。"于鳞拂衣去,口咄咄不绝。

李攀龙任职顺德知府,当在嘉靖三十二年至嘉靖三十五年之间(1553—1556)。李攀龙不但关心杨慎的身体状况,而且当听到杨慎的负面评价的时候,拂衣而去。其时杨慎已经在边陲垂垂老矣,我们依然可以想见李攀龙对杨慎的感情。

王世贞《艺苑卮言》卷六载:

> 用修在泸州,尝醉,胡粉傅面,作双丫髻插花,门生舁之,诸伎捧觞,游行城市,了不为怍。

这段逸闻后来被编成戏曲载入《盛明杂剧》。但王世贞却不同意说杨慎"自放",他认为杨慎的目的是佯狂避祸:

> 人谓此君故自污,非也。一措大裹赭衣,何所可忌? 特是壮心不堪牢落,故耗磨之耳。

并指出:

> 后宗元而工于言者,宋则有苏轼氏,而明则有杨慎氏。是二君子虽皆以谪行也,而非其罪。苏氏老矣,其学成矣,故能取适于庄生、陶征士,矢口而发者亦似之。杨氏少而学未成,

故得以穷铅椠之业,成一家言,而不能不逃之声酒。其所谓逃者,固即苏氏之所以适意矣。①

在这里,王世贞发扬了杜甫"文章憎命达"、欧阳修"诗穷而后工"的诗学观点,认为无论苏轼也好,还是杨慎也好,都能将厄运作为滋养自己生命之树的沃土,在条件艰苦、环境恶劣的逼仄条件下,结出累累的硕果,使岁月得到充实,人生得到升华。

第四节　往返滇蜀　"七子""四家"

在后半生谪守云南的黯淡岁月中,杨慎曾经往返滇蜀,与当地的文士学子结成了患难与共的深厚友谊,其中较为瞩目的文学社群要数"杨门七子"和"蜀四大家"。

一、"杨门七子"

杨慎作为当时中原文化的杰出代表,以其渊博的学识、儒雅的风范和高洁的品格,在贬谪之地滇南受到各界人士的重视和仰慕。杨升庵每到一地,都有不少的崇拜者和追随者向他求教。云南巡

---

① 王世贞《弇州山人续稿》卷四十六《沈纯甫行戍稿序》。孙康宜对二人之间的惺惺相惜有过这样的论述:"在许多方面,王世贞都令我们想起杨慎。他们都历经政治迫害时代之巨大磨难,却都享有崇高的文学声望。杨慎久罹谪戍之苦,却酝酿出新的文学人生。与杨慎一样,王世贞也遭逢大难,其父为权奸构陷,论死系狱,他自己被迫解官奔赴。即便如此,他也能重塑自我,而成为其时代最重要作家之一。此两位作家都见证了嘉靖统治时代独特的政治与文化。"见孙康宜《中晚明之交文学新探》,《北京大学学报》(哲学社会科学版)2006年第6期。

抚游居敬在《翰林修撰升庵杨公墓志铭》中的一段文字非常生动地
记录了杨慎不遗余力奖掖后进的情形：

> 有人叩者，无贵贱，靡不应。时出绪言，以诲掖群髦。滇
> 之东西，地以数千里计，及门而受业者恒千百人。脱颖而登科
> 甲、居魁选者，蔼蔼然吉士也。先生又不以学问骄人，藏智若
> 愚，敛辩若讷，言质而信，貌古而朴。与人相接，慷慨率真；评
> 论古昔，靡有倦怠。以故士大夫乘车舆就访者无虚日，好贤者
> 携酒肴往问难，门下履常满。滇之人士、乡大夫谈先生者，无
> 不敛容重其行谊。①

学人对杨慎在云南的文学交游情况，多有集中的记载。清王
士禛《居易录》卷二十五载：

> 杨升庵在滇，有张半谷含辈从游，时谓"杨门六学士"，以比
> 黄、秦、晁、张诸人。半谷即愈光。余则杨弘山士云、王纯庵廷
> 表、胡在轩廷禄、李中溪元阳、唐池南锜。又有吴高河懋为七子，
> 以拟廖明略。升庵谓："七子文藻皆在滇南，一时盛事。"是也。

清杨琼《滇中琐记》云：

> 升庵在滇，与滇之士夫文字交密者，有张含、李元阳、杨士

---

① 　游居敬《翰林修撰升庵杨公墓志铭》，见黄宗羲《明文海》卷四百三十四，文渊阁
四库全书本。

云、胡廷禄、王廷表、唐锜六先生,与升庵合称"滇南七子"。①

清朱庭珍《筱园诗话》卷二云:

> 滇中风雅,实开于升庵,故有杨门六君子之称。当时以媲苏门六君,文采风流,极一时之选,亦吾滇艺林佳话也。②

近代赵藩《重刊〈中溪汇稿〉序》云:

> 新都杨升庵谪滇,先生(指李元阳)与同里杨士云、保山张含、晋宁唐锜、昆明胡廷禄、阿迷王廷表,与为山水文字交,唱喁登览相得剧欢。③

以上资料可见,无论是"六子"还是"七子",当以张含、杨士云、王廷表、胡廷禄、李元阳、唐锜为核心人物。

张含,字愈光,又字禺山,号月坞。有《张愈光诗文选》《张禺山戊己吟》《禺山七言律选》等著作,在明代中期的云南文坛上,张含文名仅次于杨一清。杨一清极为激赏张含,认为:"今岁无李子,则张子第一矣。"④直接将张含与当时的文坛领袖李梦阳相提并论。由于李梦阳的活动地区多集中在中原地区,而"三南居士"杨一清

---

① 方国瑜《云南史料丛刊》11卷,云南大学出版社2001年版,第304页。
② 见郭绍虞编选、富寿荪校点《清诗话续编》,上海古籍出版社1983年版,第2361页。
③ 李元阳《李元阳文集》,云南大学出版社2018年版,第685页。
④ 储大文《存研楼文集》卷十一《留砚堂诗集序》,文渊阁四库全书本。

"生于云南,长于湖南,老于江南",所以后人认为:"滇南诗人,终明之世,克与秦、豫、齐、吴旗鼓相当者,未有高于愈光者也。"①

张含的父亲张志淳为明成化年间进士,历官吏部主事员外郎、郎中、太常寺少卿、提督四夷馆、南京户部右侍郎。②《明一统志》卷八十七谓其"学行两全,名实并懋"。张志淳与杨廷和为同僚好友,交谊甚厚。因着父辈的缘故,杨慎早年就和张含非常要好。③《云南通志》卷三十载:

> 又永昌张志淳为太常卿时,与新都杨廷和交善。一日,廷和偕弟廷仪暨二三僚友集志淳宅,分韵赋《石榴诗》。客有得"张"字者,难之。志淳子含,方七岁,在侧曰:"何不用张骞故事?"坐客皆惊。明日,廷和亦携子慎来,慎年与含相若,互相辩论,各不能屈,遂订为终身交。后含举乡荐不仕,慎亦谪戍永昌,复与含诗文倡和,以垂老焉。

简绍芳《赠光禄卿前翰林修撰升庵杨慎年谱》记载:"明武宗正德元年丙寅(1506),(慎)与同乡士冯驯、石天柱、夏邦谟、刘景宇、程启充为丽泽会,即墨蓝田、永昌张含结社唱和。"④所结诗社即为"明诗堂"诗社。正德丁卯年(1507)张含还和杨慎同年中举,这样

---

① 储大文《存研楼文集》卷十一《留砚堂诗集序》,文渊阁四库全书本。

② 《明史·艺文志》载张志淳有《谥法》二卷、《南园漫录》十卷、《续录》十卷。张志淳的《南园漫录》和《永昌二芳记》,被《四库全书》收录。光绪《永昌府志》卷六十五评《南园漫录》曰:"其书述所见闻,名为考证,中颇纪载时事,臧否人物,亦可与《明史》相考云。"

③ 据王文才考证,杨张二人订交时间为弘治十一年(1498),见王文才《杨慎学谱》,上海古籍出版社1988年版,第17—19页。

④ 《四川通志》卷四十六《艺文》,文渊阁四库全书本。

更加方便了二人谈文论艺,切磋砥砺。正德辛未年(1511)杨慎中状元,张含落第回到保山。但二人的情意并没有随着距离的遥远而减弱。到杨慎中年贬滇,"子有负俗累,予乃投荒人。暌形而比影,异习仍同尘"①,"菊花黄处回青眼,枫叶红时对白头。少日声名追杜甫,暮途羁绊脱庄周"②,"子续艰征赋,余和从军行。同心复同患,日暮天末情。"③二人又重新开始了往昔谈诗论文的生涯。钱谦益《列朝诗集小传》丙集《张举人含》称张含:

　　尝师事李献吉,友何仲默,然其平生知契,白首唱和者,用修一人而已。④

朱彝尊《静志居诗话》卷十一"张含"条谓:

　　禺山虽北学于献吉,然诗不尽出其流派,而一以用修为归。⑤

《四库全书总目·禺山文集》云张含:

　　其学出于李梦阳,又与杨慎最契,故诗文皆慎所评定。

　　①　杨慎《升庵集》卷十二《遥夜吟》自序云:"遥夜吟,怀禺山也。会阻乎期,情见乎辞。"文渊阁四库全书本。
　　②　杨慎《升庵集》卷三十一《重寄张愈光》,文渊阁四库全书本。
　　③　杨慎《升庵集》卷十七《赠张愈光诗》,文渊阁四库全书本。
　　④　钱谦益《列朝诗集小传》,汲古阁刻本。
　　⑤　朱彝尊《静志居诗话》,人民文学出版社1990年版,第302页。

　　张含论诗主张"求道于六籍,修词于两都"①,其诗作"上猎汉魏,下汲李杜"②。袁文典、袁文揆《滇南诗略》评张含曰:"今读集中忧时、感事、咏怀、投赠诸什,千锤百炼,体格苍老,何其酷似杜也。盖性之所近,学复渊博,目击时政之敝,感愤无聊,故发言为诗,得杜之沉郁苍凉、雄杰奇丽者居多。且由学杜而不仅从杜入手,所以自成一家,难能可贵耳。"③张含诗歌别具风骨,自成一家,"所为诗豪宕悲壮,用修亟称之"④,屡屡受到杨慎的热情推崇和褒扬。杨慎称张含《结交行》有"杜子美《八哀》之遗意",誉其六言诗、七言律"元、白《苏台》,皮、陆《松陵》之富有也,而体裁高古,则度越之矣"⑤。谓张含"曲高从来和寡,妙处正不在多"⑥,"古文金碧盘龙虎,丽句琼瑶琢凤凰"⑦,在举世"大雅沦千载,正声代以微。鹰隼乏翰采,雉鹜无高飞"的诗坛上,张含犹如"孔雀生南涪,徘回紫蔚林。文采既彪炳,与世亦殊音","刿刿千仞翔,郁郁九苞辉"⑧,可惜怀才不遇,穷老终生。杨慎曾评价张含《龙池春游曲》曰:"吾兄《龙池春游诗》,艳而有讽,与江淹《春游美人》同调。诗有出于率易而初妙者,如西子洗妆,巫娥卸服,固胜于罗纨绮缋也。"⑨杨慎还为张

---

①　储大文《存研楼文集》卷十一《留砚堂诗集序》,文渊阁四库全书本。
②　杨慎《张愈光诗文选序》,王文才、张锡厚辑《升庵著述序跋》,云南人民出版社1985年版,第280页。
③　转引自蓝华增《云南诗歌史略——赵藩〈仿元遗山论诗绝句论滇诗六十首〉笺释》,云南人民出版社1988年版,第64页。
④　谢肇淛《滇略》卷八,文渊阁四库全书本。
⑤　杨慎《升庵集》卷十《跋张愈光结交行》,文渊阁四库全书本。
⑥　杨慎《升庵集》卷四十《寄张愈光六言》,文渊阁四库全书本。
⑦　杨慎《升庵集》卷三十一《重寄张愈光》,文渊阁四库全书本。
⑧　杨慎《升庵集》卷十七《赠张愈光诗》,文渊阁四库全书本。
⑨　钱谦益《列朝诗集》丙集第十五《张举人含》,汲古阁刻本。

含编选、评点诗集多种，撰写序跋十余篇。

张含对杨慎也极为崇拜，其《南中集序》说"滇，杨子所寓而昭也；辞，杨子所变而雅也"①，高度评价杨慎对于推动云南文化和文学的发展所做的巨大贡献。张含《寄杨升庵八首》谓杨慎："东观声名北斗齐，凤凰踪迹戍雕题。""字学名家推郭璞，剡溪高兴属王猷。""子厚音书连百越，屈原词藻遍三湘。""雪尽终归典属国，诗成亦有《辋川图》。"②比杨慎为历史上屈原、郭璞、王徽之、王维、柳宗元等人，可见杨慎在张含心目中的地位。张含诗集中如《秋霄怨怀升庵》《生查子六阕寄升庵》《寄升庵五言律三首》《良月夜梦升庵》《次韵答升庵》《寄升庵中溪》《忆昔篇寄升庵》《升庵久居高峣寄讯》《梅雪吟寄升庵》《得升庵黎州句便道还乡消息》《怀用修仁甫》《寄升庵》《幽居感事兼怀升庵》《己亥秋月寄升庵》《从军行寄赠杨用修》《除夕次用修韵》《寄升庵长句(三首)》等唱和之作不下二百首，杨慎诗作中类似《和禺山》《答张禺山》《寿张愈光》这样的篇章也达数十首之多。可见，张含能够成为明代中期云南的著名诗人，是与杨慎的砥砺扶植分不开的。

张含文学思想在早年受李梦阳影响较深，有摹拟唐风的痕迹③。他曾对友人说："自少不喜为时文举子语，见宋人厌弃之犹腻也"，④张含诗文也的确规模秦汉之风，遗貌袭神，远高于李、何。如《颍川侯祠》诗云："野老争传傅颍川，当年功业建南滇。平蛮营垒苍山外，破虏旌旗白石边。只见荒祠通落日，不闻遗像顾凌烟。

---

① 王文才、张锡厚辑《升庵著述序跋》，云南人民出版社 1985 年版，第 128 页。
② 《云南通志》卷二十九之十四，文渊阁四库全书本。
③ 张含和李梦阳二人之间的交情，从《空同集》的《赠张含》《送张含还金齿》《柬张含》《月夜柬张含》《送张含》《赠张含》等诗作可以想见。
④ 《四全书库总目提要·禺山文集》，文渊阁四库全书本。

阴风古树无穷恨,长为英雄吊九泉。"此诗有意规仿杜甫咏怀诸作,学习杜诗的现实主义精神,风格雄浑,意境深远。王士禛《香祖笔记》卷五谓:"足称诗史","至结句云'阴风古树无穷恨,长为英雄吊九泉'可以泣鬼神矣。"①

李梦阳《空同集》卷五十一《张生诗序》说:

> 唐之诗最李、杜。李、杜者,方以北人也。而张生者,滇产也,其为诗杜,何也?夫张生者,志非通也,其《春园之乱》曰:"旧醅野客,新蕨盘飧。"兹其情又何欢也。夫雁均也,声唉唉而秋,雍雍而春,非时使之然邪?故声时则易,情时则迁,常则正,迁则变,正则典,变则激,典则和,激则愤。故正之世,二《南》锵于房中,《雅》《颂》铿于庙庭。而其变也,风刺忧惧之音作,而来仪率舞之奏亡矣。于是《考盘》载吟,《伐檀》有咏,《北风》其凉之篇兴,而《十亩之间》之歌倡矣。斯所谓恬塞弃通,以欢祛悲者也。

李梦阳用情感、地域和时代环境这三个因素来衡量张含之诗,认为张含的诗歌在反映政治内容方面与杜诗是一致的。

朱庭珍《筱园诗话》卷二云:

> 六君子中,以永昌张含字愈光为第一,其诗调高笔健,佳者直可媲明七子,余人不及。吾滇诗人,有明当以杨文襄、张含为两巨擘,雄视一代矣。②

---

① 王士禛《香祖笔记》卷五,文渊阁四库全书本。
② 见郭绍虞编选、富寿荪校点《清诗话续编》,上海古籍出版社1983年版,第2362页。

　　张含的诗歌饱含着丰富的现实内容,如《宝石谣》揭露朝廷为了享受而开采宝石之祸和各族人民劳役之苦,《海口行》《后海口行》揭露官吏借大疏海口之名,围海占田,谋私自肥。而且在表现手法上纵横开阖,变化多端,足以和前七子相媲美。其他如《滇海曲》《海口曲》等,描绘滇中秀丽景色,叙述滇中史迹风物,表现滇中淳朴土俗,使人一新耳目。

　　受到杨慎推崇六朝的影响,张含诗歌晚年依然有六朝风气。如《读亡友何仲默无题诗继作》二首:"晓日昭阳燕子斜,香尘不到绿珠家。翠裙楚岸江蓠叶,红袖唐宫石竹花。宝镜玉龙羞佩璲,檀槽金鹊涩琵琶。洗妆夜拜瑶池月,怅望神仙萼绿华。""结绮临春照晚霞,琼枝璧月斗妍华。双歌共醉瑶池酒,万舞齐开玉树花。合浦明珠穿蹀躞,中山文木斫琵琶。可怜一笑倾城者,犹自江头浣越纱。"又如《离夕有赠效垂拱体》:"仙子武林溪,春深归路迷。翠翘迎露湿,罗袖避风啼。留佩花笼玉,分钗月印犀。金杯延落日,酒醒各东西。"刻意雕琢、繁缛堆砌,无甚感情和思想,缺乏创作者的熔炼变化之力,被王世贞讥讽为"如拙匠琢山骨,斧凿宛然;又如束铜锢腹,满中外道"。①

　　与张含同时的顾起纶在《国雅品》认为杨慎和张含二人的诗风有某种程度的相似:

　　　　杨修撰用修,张进士愈光,世阀骏英,巍科雄望,嚼咀搜玉,咳唾成珠。其为诗,杨如锦城雪栈,险怪高峻,张如兰津天桥,腾逸浮空,故并钟山川之灵乎?

---

①　王世贞《弇州四部稿》卷一百四十八《艺苑卮言》卷五,文渊阁四库全书本。

并且说:

> 杨之"罗衣香未歇,犹是汉宫恩","石帆风外矗,沙镜雨中明",又"汀洲春雨骞芳杜,茅屋秋风带女萝","夜夜月为青冢镜,年年雪作黑山花";张之"鸿雁不传云外字,芙蓉空照水中花","铜柱兼葭鸿雁响,铁城烟雨鹧鸪啼"。此例数篇,非雕饰曼语。

批评了王世贞"杨乃铜山金埒,张乃拙匠斧凿"的观点。

杨士云,字从龙,号弘山,白族,大理人,正德丁丑年(1517)中进士,选翰林庶吉士,后转给事中。他为人刚直,关心人民疾苦,在京任职时,听到河北等省发生灾情,即奋笔书成《赈济饥民议》上书皇帝。因不满"当道非数候不得见,阍人非重赂弗为通"①的仕途恶习和腐败状况,杨士云称病辞官回滇,二十余年甘贫自乐,不入城府,著书自娱。杨士云的研究范围涉及面很广,且在历史、地理、天文、历法、音乐、文学、艺术等方面都有著述传世。《明史》载其有《黑水集证》一卷、《郡大记》一卷。《大清一统志》载其有《皇极天文》《律吕》《咏史》诸书。《千顷堂书目》有《弘山集》十二卷。今存有《杨弘山先生存稿》十二卷。

杨慎对杨士云这种刚正不阿、不与佞臣同流合污的高风亮节十分崇敬,其《寄杨弘山都谏》云:

> 螭头早挂进贤冠,迹远东堧玉笋班。倦意已还飞鸟外,归

---

① 李元阳《户科左给事中杨弘山先生士云墓表》,焦竑《国朝献征录》卷八十,上海书店 1987 年版,第 3395 页。

心元在急流间。仙郎高议留青琐,学士新诗满碧山。十九峰前同醉处,梦中琼树几回攀。①

杨士云亦有酬答《奉和次韵升庵太史枉赠》云:

会伏青蒲地上冠,久虚华盖殿东班。直从贾董敷陈后,未数王杨伯仲间。征诏几时天北极,高名千古博南山。九龙池畔相思梦,寸碧游岑几度攀。②

杨慎离开大理,众人依依惜别。杨士云有《叠韵呈升庵先生》云:

花事看犹在,莺声听转新。相逢疑是梦,何处可留春。翠障吟红药,沧州采白苹。千年空见月,几度渴生尘。③

杨慎有《答杨从龙给事》作答:

仙居深紫府,旅望渺苍波。五夜劳魂梦,三年阻啸歌。云心陶令远,秋兴杜陵多。鱼浦南风便,龙关一羽过。④

将杨士云之诗歌风格比作杜甫《秋兴》,将其闭门谢客、研究性

---

① 杨慎《升庵集》卷三十一,文渊阁四库全书本。
② 杨士云《杨弘山先生存稿》,《丛书集成续编》143 册,台湾新文丰出版公司 1989年版,第 139 页。
③ 赵寅松主编《历代白族作家丛书·杨士云卷》,云南民族出版社 2006 年版,第130 页。
④ 杨慎《升庵集》卷十九,文渊阁四库全书本。

理的志趣和陶渊明采菊东篱相媲美,评价不可不谓之高。

杨士云有《崇圣寺》云:

> 岑楼无碍倚虚空,槛外平铺十九峰。霸业三分非汉鼎,佛
> 都千载有唐钟。林端细雨浮山黛,天际微风变水容。冠盖于
> 今能尽赋,扬雄偏得号词宗。①

以扬雄比杨慎,对杨慎的文学才华极为推崇。

杨慎经常和杨士云切磋诗艺,"中秋与弘山杨从龙饮读之(注:
韦应物《郡斋雨中与诸文士燕集》),以为千古之一快"②。《明诗
综》卷四十一小注谓"其诗原出白沙、定山,近取裁于杨用修"。并
收录其诗五首。杨士云的诗歌性气味道较足,惟《春事龙关作》一
首"春事今过二月中,登山载酒喜相同。三点两点社公雨,十番五
番花信风。子规啼血欲半夜,蛱蝶掠香时一丛。醉余白石高歌调,
日落水流西复东",熔化无痕,清新可喜。

王廷表,字民望,号钝庵,阿迷州人。嘉靖元年(1522),王廷表
擢升四川按察司金事,旋即被朝廷勒令辞官。从此他专心著述,
《阿迷州志》载其有《皇统》《钝庵读史》《钝庵诗集》等。可惜的是,
由于诸多原因,他的著作大多毁之殆尽。民国学者周钟岳从南京
图书馆抄录"鸣野山房"印刷的《王钝庵桃川剩二卷》,现今仍存于
云南图书馆。王廷表幼时随父亲王颖斌游宦新都,受业于杨慎的
叔叔杨廷宣;杨慎入县学,又师承王廷表的父亲王颖斌,所以二人

---

① 《云南通志》卷二十九,文渊阁四库全书本。
② 杨慎《丹铅总录》卷十八,文渊阁四库全书本。

交情颇深。杨慎在云南期间,王廷表曾为其造"状元馆"。二人经常在一起苦读诗书、吟诵诗文。慎撰写《古音复字》,王廷表为之作序。二人曾一夕闲暇无事,指梅为题,即成《梅花唱咏百首》①。王廷表的很多诗歌都表现了他与杨慎的友情,如《杨用修至集乐耘别墅》《同用修水泉有怀》《游观音寺时用修欲返安宁》等诗作都是抒写二人友谊,令人动情。杨慎亦有《寄王钝庵》《再寄王钝庵》《王钝庵同赋》等诗作。

胡廷禄,字在轩,号学原,正德十二年(1517)进士,曾任河南按察司副使。康熙《云南通志》载其"与吕柟、邹守益讲明正学。出为河南按察司副使,会武宗南巡渡河,嫔舟后至,逮督、抚及廷禄,俱削籍。归所居负郭,足迹不至公门,以篇什自娱。时杨慎谪滇,相与唱酬,往还甚密"。杨慎称其为"滇中名贤"②,谓其文风"篇裁绮致,思入清新"③,比为齐梁之沈宋。杨慎和胡廷禄切磋诗艺,"契以莫逆,交以论文","或来或往,匪日匪旬。我倡君和,东主西宾"。一旦分别了还赠诗以怀念:"乘风归吾庐,临水饮君酒","相望片帆程,相忆能来否?"④道出了依依惜别的感情。

《升庵诗话》卷七"胡唐论诗"条云:

> 胡子厚与予论诗曰:"人有恒言曰:唐以诗取士,故诗盛;今代以经义选举,故诗衰。此论非也。诗之盛衰,系于人之才

---

①　《梅花唱咏百首》,1943年云南大中印刷厂铅印,一册。现藏于云南大学图书馆和云南图书馆。

②　杨慎《太史升庵遗集》卷十《寒夜与丘鸿夫话旧》自注,清道光刻本。

③　杨慎《升庵集》卷九《祭在轩胡公文》,文渊阁四库全书本。

④　杨慎《升庵集》卷三十三《自慎归高峣留别胡在轩》,文渊阁四库全书本。

与学,不因上之所取也。汉以射策取士,而苏李之诗,班马之赋出焉,此岂系于上乎?屈原之《骚》,争光日月,楚岂以《骚》取人耶?况唐人所取五言八韵之律,今所传省题诗,多不工。今传世者,非省题诗也。姑以画论,晋有顾恺之,唐有吴道玄,晋唐未尝以画取士也。至宋则马远、夏珪,不足为顾、吴之衙官,近代吴小仙、林良,又不足为马、夏之奴仆。画既有之,诗亦宜然,谓之时代可也。"余深服其言。唐子元荐与予书,论本朝之诗:"洪武初,高季迪、袁可潜一变元风,首开大雅,卓乎冠矣。二公而下,又有林子羽、刘子高、孙炎、孙蕡、黄元之、杨孟载辈羽翼之。近日好高论者曰'沿习元体',其失也瞽。又曰'国初无诗',其失也聋。一代之文,曷可诬哉!永乐之末至成化之初,则微乎藐矣。弘治间,文明中天,古学焕日:艺苑则李怀麓、张沧洲为赤帜,而和之者多失于流易;山林则陈白沙、庄定山称白眉,而识者皆以为傍门。至李、何二子一出,变而学杜,壮乎伟矣。然正变云扰而剽袭雷同,比兴渐微而风骚稍远,唐子应德,箴其偏焉。嘉靖初,稍稍厌弃,更为六朝之调,初唐之体,蔚乎盛矣,而纤艳不逞,阐缓无当,作非神解,传同耳食。陈子约之,议其后焉。"张子愈光,滇之诗人也。以二子之论为的,故著之。①

　　杨慎比较重视诗歌创作过程中诗人的才与学所起到的决定因素,对台阁体以及性气诗的批评,应该说和胡廷禄诗学思想的潜移默化有着莫大的关系。其他诸如《升庵诗话》卷一"九字梅花诗"

---

① 丁福保辑《历代诗话续编》(中),中华书局1983年版,第774页。

条、"三句诗"条、卷九"陪族叔侍郎晔及贾舍人至游洞庭"条亦记载杨慎与诸人论诗之情形。

李元阳,字仁甫,号中溪,白族,大理人。明嘉靖五年(1526)进士,由翰林院庶常出知江阴县,后任荆州知府,拔张居正于童试。为官正直、为民谋利①,遇事直言敢谏,不畏权势。嘉靖二十年(1541),李元阳借奔父丧,弃官回乡,从此寄情于苍山洱水之间,与杨士云、杨慎、张含、李贽等文化名流诗文唱和,写下了不少诗文,收入《李中溪全集》中。李元阳晚年还曾纂修地方史志《云南通志》十八卷和《大理府志》十卷,取材精深,考证尤详。李元阳还有诗文著作《艳雪台诗》《中溪漫稿》《李中溪全集》诗四卷、文六卷、《心性图说》等,流传至今的有《中溪家传汇稿》十卷。

杨、李二人于嘉靖九年(1530)认识,英雄相见,自然惺惺相惜。李元阳"谈诗雅契新都叟,来往苍云洱月间"②,二人畅游于苍山洱海之间。李元阳为杨慎《檀弓丛训》写序,杨慎为李元阳和杨士云编修的嘉靖《大理府志》作序,还有《大理春市因忆李仁甫》③《温泉再过怀李仁甫》④等怀念之作。杨慎在高峣的新居落成,李元阳有《升庵高峣楼成》来贺乔迁之喜;杨慎去世,李元阳有《过升庵杨太史旧居》吊之。杨慎谓李元阳是"狼荒金莫辨,鲛宫珠暗投"⑤,引

---

① 诸葛元声《滇史》载:"嘉靖四年,圣驾幸承天,有司不能承宣德意,纤夫多走渴疫死。大理人李元阳为荆州守,特捐俸四五百金,先期市药,煮参茋置水次,役无病者,全活以万计。"德宏民族出版社1994年版,第337页。

② 转引自蓝华增《云南诗歌史略——赵藩〈仿元遗山论诗绝句论滇诗六十首〉笺释》,云南人民出版社1988年版,第56页。

③ 杨慎《升庵集》卷十九,文渊阁四库全书本。

④ 杨慎《升庵集》卷三十六,文渊阁四库全书本。

⑤ 杨慎《升庵集》卷十九《大理春市因忆李仁甫》,文渊阁四库全书本。

为知己。当杨慎暗自神伤,吟出"京华一朵千金价,肯信空山委路尘"的哀叹,李元阳以诗句"国色名花委路旁,今年花似去年芳。莫言空谷知音绝,也有题诗玉署郎"①来劝勉杨慎;当年迈的修撰悲叹"泉下伤心也泪流"的时候,李元阳以诗句"莫将荣悴尤身世,此道由来合问天"②来宽慰才子,显示出二人惺惺相惜之友情。

由于李元阳经常和杨慎游山玩水,考察地理实际,他们二人还创作了多篇脍炙人口的游记佳作。如杨慎《游点苍山记》云:

> 比入龙尾关,且行且玩。山则苍龙叠翠,海则半月拖蓝;城郭奠山海之间,楼阁出烟云之上;香风满道,芳气袭人。……西南有一溪,叠塄承流,水色莹澈,其中石子粼粼,青碧璀璨,宛如宝玉之丽,其名曰清碧溪。

李元阳《榆城近郭可游山水记》云:

> 若夫苍山之色,春黛而夏绿,秋翠而冬苍,雪壑经朱夏而耀银,溪水下石渠而漱玉。四塔标空,宝顶出入云上;一江涵碧,天镜堕于地中。烟树蔽亏,林峦幽映。

《清溪三潭记》云:

> 水出山石间,涌沸为潭,深丈许,明莹不可藏针。小石布

---

① 李元阳《中溪全集》卷三《和杨太史兴教寺海棠》,明别集成丛刊本。
② 李元阳《中溪全集》卷三《闻升庵太史复还滇成》,明别集成丛刊本。

底，累累如卵如珠，青绿白黑，丽于宝石，错如霞绮。

这些文字，清新明丽，委婉生动，可以和唐宋八大家的散文相媲美。

唐锜，字池南，晋宁人。《云南通志》卷二十一载："嘉靖丙戌进士，知定远县。严明果决，不避权势，行取授御史巡按湖广，政绩考最。转河南按察司佥事，以忤权要归。"著有《池南按陕集》。《河南通志》卷七十三录其《百泉咏》："霭霭苏门山，源泉在其下。百泓翻沙涌，一息未曾舍。吐珠疑蛟龙，毋乃好事者。孰知造化力，一气为陶冶。汇潴涵清深，莽流纵哀泻。日月倒云天，鸾鱼杂萍楯。时生绿发翁，采莲自成把。盘足青石桥，同心共杯斝。长啸入青冥，清风满林野。昔闻荆楚士，音高和弥寡。亦有邵尧夫，寒暑无冬夏。千古羲皇心，浮云薄车马。卫武复寥寥，凭谁陈大雅。月明见太行，澄澄落檐瓦。"《陕西通志》卷九十六录其《扶风》："冯翊废已久，扶风此独存。制严周四辅，守固汉西门。百里今为邑，千家各有村。萧萧寒日暮，烟火正黄昏。"诗风和杨士云大抵相似：既有理学气味，又有才学诗情。

唐锜对杨慎的诗作进行了高度的评价："太史之诗，殆所谓昌其气，达其材，融乎其兴者乎！所谓本乎性，发乎情，止乎礼义，而出于自然者乎！……其思冲冲，其情隐隐，其调闲远悲壮，而使人有奋厉沉窘之心，其寄意与花鸟江山，烟云景候，旅况闺情，无怨怒不平，而有拳拳恋阙之念。……其晋魏以上古乐府、离骚之流，风雅之变乎。"①唐锜认为杨氏词作乃黄钟大吕、希世之音，寄意深

---

① 唐锜《升庵长短句序》，见王文才、张锡厚辑《升庵著述序跋》，云南人民出版社1985年版，第145—146页。

远、怨而不怒,发乎情而止乎礼义。唐锜如此的评语,真可谓杨慎知音。

杨慎也很看重和唐锜的友谊,《登海宝寺望侍御唐池南别业因赠》怀念二人诗书交游云:"忆我频年枉书札,与君连日醉壶觞。诗瓢不似山人瘦,大雅堂高接盛唐。"①《为唐池南题秋江远眺图》为唐锜画作题诗云:"为君走笔赋新诗,却笑萧郎击铜钵。"②他高度评价唐锜诗歌曰:"唐子风流襞锦笺,蟠龙佳句好朱圈。芝田采后香风细,松径归来翠月圆。"③

李元阳《送升庵先生还螳川客寓诗序》曰:

> 一时问字者摩肩山麓。先生今日复至,则曩昔问学之士,皆崭然露头角为闻人矣! 识者谓先生所至,人皆熏其德,而文学用昌,有不及门而兴起者矣,况亲炙之者乎?④

可见,杨慎与诸人交游乃当时艺林佳话,极大地促进了云南当地文化和文学的繁荣发展。

二、"蜀四大家"

"蜀四大家"的提法最早见于《四川通志》卷九上《人物》赵贞吉

---

① 杨慎《升庵集》卷三十一,文渊阁四库全书本。
② 杨慎《升庵集》卷二十四,文渊阁四库全书本。
③ 《海内十首》,转引自陈永祖等编《杨升庵研究论文集》,新都县杨升庵博物馆,1984 年,第 149 页。
④ 李元阳《送升庵先生还螳川客寓诗序》,见李元阳《李元阳文集》,云南大学出版社 2018 年版,第 240 页。

条,谓其"诗文与杨升庵、任少海、熊南沙称蜀四大家。"民国《内江县志》卷四《赵贞吉传》称四人为"西蜀四大家"。

赵贞吉,字孟静,号大洲,四川内江人。嘉靖十四年(1535)进士,明世宗初因嫌其语直,置二甲,寻悔之,改首列庶吉士,授编修。擢左论德、监察御史,奉旨宣谕诸军。会严嵩以事中之,廷杖谪官。后累官至户部侍郎,又因忤嵩而夺职。隆庆初(1567)复起历礼部尚书、文渊阁大学士。万历四年(1576)卒,讣闻,明神宗为之辍朝一日,赠少保,谥文肃。总而言之,赵贞吉是一位"立朝謇谔,遇事慷慨"①、"毅然以天下为己任"②、"好刚使气,动与物忤"③、"正直刚方之气,炳炳朗朗,塞天地,昭日月"④的"社稷臣"⑤。赵贞吉博采众长,"公之学淹贯群流,博综千古,冥搜逖览,靡所不极"⑥,李贽称之"巍巍泰山,学贯千古"⑦。《明史》本传谓赵贞吉"以博洽名,最善王守仁学"。赵贞吉"十五岁读王文成公《传习录》,惊曰:'予固疑物理之远于本也,今获所归矣。'"⑧他早年受阳明之学影

①② 《四川通志》卷九上《人物》,文渊阁四库全书本。

③ 《御批历代通鉴辑览》卷一百十《明世宗皇帝》,文渊阁四库全书本。

④ 李春芳《李文定公贻安堂集》卷十《与赵大洲馆丈》,《四库全书存目丛书》集113,齐鲁书社1995年版。

⑤ 杨廷和曰:"孟静,社稷臣也。"(见查继佐《罪惟录》)胡直《少保赵文肃公贞吉传》云:"公孝友天至,从绾发与弟蒙吉自相师友,刚忠英伟,称其气貌,解褐即身任天下,忧先一世,虽百千挫不回,稍激勇退倬,有凤翔千仞之志。公负特操,不袭人后,而博辨雄深,瑰玮变化如出溟海、起神龙,不可端崖,要归于道。"(焦竑《国朝献征录》卷十七,万历刻本)孙应鳌《赵大洲墓志》云:"真人伦之师表,世儒之筮龟也。"(见彭泰士编《民国内江县志》)李贽《复邓石阳》云:"巍巍泰山,学贯千古。"

⑥ 高启愚《赵文肃公文集序》,赵贞吉《赵文肃公文集》,《四库全书存目丛书》集100,齐鲁书社1997年版,第240页。

⑦ 李贽《李贽文集》第一卷《焚书·复邓石阳》,北京燕山出版社1998年版,第27页。

⑧ 李贽《李贽文集》第四卷《续藏书·少保赵文肃公》,社会科学出版社2000年版,第286页。

响较深,入仕后,又与王门诸子交往频繁,所以"从总体上看,其思想倾向于阳明心学,似无可疑"。①

"有明一代,标举门户,聚会结社,或前后相承,或互相排击,此起彼伏,各树旗幡,基本上是围绕着复古反复古、争唐争宋而展开的。"②在这一发展争斗过程中,赵贞吉虽生活在"唐宋派"与"后七子"活跃时期,但其参与情况无从考察。可见赵贞吉是一个"不袭人后"③的人,其文学归属可如许孚远所言:"文章俱自胸襟流出,追风逐电,不可捉摸,非《史》非《汉》,非韩非苏,而超然远览,睥睨古今,自成一家之文也。诗格韵大似李白,其得诸无意,信口拈成,又绝类寒山、拾得语。"④邓林材在《赵文肃公先生年谱序》中称:"为文章浑朴古拙,自典谟以下与《左氏》、《庄》、《骚》、先秦古文相为后先,遂以道德文章雄视海内,称名家。"⑤赵贞吉有《赵文肃公文集》。其诗文多被黄宗羲《明文海》、陈子龙《皇明经世文编》、徐文驹《明文选》、杜应芳等《补续全蜀艺文志》、何乔远《明文征》、贺复征《文章辨体汇选》、张豫章等《御选明诗》、王夫之《明诗评选》、朱彝尊《明诗综》、陈田《明诗纪事》等选集收录。陈田《明诗纪事》以赵贞吉《王乔洞》"柯烂人归古木寒,绀岩灵壑野云团。骑来黄鹤丹砂顶,飞去青天白玉棺。流水调中春欲半,洞箫声里夜将阑。思轻尘骨超千劫,愿遇金童捧一丸"和《宿苏长公洗墨池亭作》"江空

① 吴震《泰州学案刍议》,《浙江社会科学》2004 年第 2 期。
② 蔡景康编选《明代文论选》前言,人民文学出版社 1993 年版,第 8 页。
③ 《明神宗实录》卷五十七,《明实录》第 52 册,第 1310 页。
④ 许孚远《赵文肃公文集序》,官长驰《赵贞吉诗文集注》前序,巴蜀书社 1999 年版,第 31 页。
⑤ 邓林材《赵文肃公先生年谱》,民国《内江县志》卷七《艺文》,《中国地方志集成》四川府县志辑第 23 册,巴蜀书社 1992 年版,第 857 页。

草绿酒旗风，半醉黄州烟雨中。五百年来名辈尽，有人重唱《大江东》"二诗为证，称："文肃诗豪曲快字，不得以成派绳之。"①

其长篇歌行《眉山歌》云：

> 白帝昔禀鸿濛匠，铸错江山排罔象。赤髓镕成巴字流，青棱幻出峨眉状。峨眉两片翠浮空，日月跳转成双瞳。美人西倚映碧落，昆仑东向悬青铜。嘉陵黛色何窈窕，暮雨朝云青未了。力士空埋玉冶魂，王孙暗转琴心调。可怜烟霭下汀州，望望行人芳意留。香象渡河春泯泯，碧鸡啼晓思悠悠。归来惆怅高唐趾，不愿封侯愿游此。……白榆红雨异凡仙，放光台上一茫然。百千万劫仅弹指，七十二君皆比肩。雪岭星桥殊小小，铜梁玉垒何渺渺。……我来踏破八十四盘旋飞雪之奇踪，一洗灵山少年耻。长卿多病在临邛，倾心缥缈玉芙蓉。抽毫拟作大人赋，折简应招无是公。

钱谦益《列朝诗集小传》说："公为诗骏发，突兀自放，一洗台阁婵媛铺陈之习。其文章尤为雄快，殆千古豪杰之士，读之犹想见其眉宇云。"②官长驰先生认为此评价较为公允，"赵贞吉虽然仕宦于台阁，其诗确乎没有绵软铺陈的习气，而是有真情，去矫饰；有个性，去蹈袭；放纵自如，一泻千里，透露出一种英雄之气"③。

---

① 陈田《明诗纪事》（三）戊签卷十九，上海古籍出版社1993年版，第1774页。赵贞吉《赵立肃公文集》题为《夜宿苏长公洗墨池亭戏作》，且后两句为"五百年前曾洗墨，依稀犹记零堂东"。
② 钱谦益《列朝诗集小传》丁集中《赵宫保贞吉》，汲古阁刻本。
③ 官长驰《赵贞吉诗文集注》前言，巴蜀书社1999年版，第23页。

由于修佛参禅,赵贞吉诗作多有一种空寥寂静的风格,如《枝江紫山怀古》云:

赤甲清江天半垂,紫山黄叶正离披。高鸿已托长风翼,下泽谁听短笛吹。地接山回秦避路,云颓天迥汉留祠。周郎陆弟名空在,细雨荒台猎罢时。①

《钓渔台》云:

醉骨烟云艇慢开,半竿风雨上渔台。无人知是寒山子,明月玉箫呼未回。②

《春望》云:

杖藜到处立苍茫,两脚青山老法幢。飞去白云何处住,一蓑烟雨下吴江。③

江天一色,流云低徊;扁舟系岸,鱼钩坠悬,所有的意象远离喧嚣浮躁,构成圆融自如、和谐空灵的审美意境。

但赵贞吉依然履践儒家诗教,重视文学的社会功能。他曾作诗劝官员了解民情,不可厌世修仙:"会须密宰知民隐,莫学梅君厌世氛。"④当看到边防校场,痛感边防废弛之失,他写下了咏史诗

---

① 《湖广通志》卷八十八《艺文志》,文渊阁四库全书本。

②③ 《御选明诗》卷一百八,文渊阁四库全书本。

④ 赵贞吉《赵文肃公文集》卷二十三,齐鲁书社1997年版,第276页。

《临洮院后半壁古城歌》："君不见秦城万里如游龙，首接洮河尾辽
海。三堵龙头势隐辚，至今不共山河改。何时山外起新陴，围绕古
城当户楣。相逢若识桃源叟，应忆当时征戍儿。"①万里长城只有
三堵突兀的城头供后人凭吊，此诗个中凄凉与沧桑的情怀，不难体
会。王夫之评之曰："大洲诗脱胎刘须溪、谢皋羽间，此犹踔踔入
古。"②认为赵贞吉继承了刘辰翁、谢皋羽以沧桑之感来抒发故国
之思的现实主义精神。《临洮院后较射亭放歌行》云："东风吹泉作
酒香，洮水射河河水黄。落日正挂昆仑傍，手弯劲羽欺垂杨。借君
厩上三飞骠，葱海蹴踏葡萄浆。黄鹄高高摩青苍，弹来一曲堪断
肠。有女肯嫁乌孙王？"③这首诗由眼前的景物联想到自己为国立
功的雄心壮志，豪气纵横，王夫之评之曰："骎骎入汉人，尤大洲之
逸足。"④

　　何良俊《四友斋丛说》载：

　　　　尝问大洲云："老先生与杨升庵同乡，亦尝相见否？"大洲
　　曰："升庵在家时余尚幼，故家中未曾相见。后升庵谪戍，住扎
　　泸州，是云南四川交界之地，乃水次埠头也，四川士夫进京皆
　　至此处下船，在泸州尝一见之。"⑤

　　杨慎《升庵集》卷二十七有《赠赵大洲太史》云：

---

①③　钱谦益《列朝诗集小传》丁集第十一《赵宫保贞吉》，汲古阁刻本。
②　王夫之评选、李金善点校《明诗评选》卷二，河北大学出版社2008年版，第
69页。
④　王夫之评选、李金善点校《明诗评选》卷二，河北大学出版社2008年版，第
70页。
⑤　何良俊《四友斋丛说》卷十八《杂记》，中华书局1959年版，第159页。

起凤才华锦水头，鸣銮仙步上瀛洲。文传庄叔栖云集，赋奏金卿花萼楼。何国白环曾入贡，至今青海未全收。庙堂终用平戎策，未许栖迟老一丘。

杨慎对满腹经纶而不被朝廷重用的赵贞吉寄予同情，亦借他人酒杯，浇自己心中感愤不平之块垒。

任瀚，字少海，号忠斋，自称五岳山人、无知居士。任瀚出身儒学世家，嘉靖八年（1529）进士。改庶吉士，未上，授吏部主事。屡迁考功郎中。累至翰林院检讨。但为人骨鲠自持，性情刚正。任瀚四十岁时，被革职为民，免官归乡，潜心著述，"所著有《春坊集》《钓台集》《河关留著录》《任文逸稿》《任诗逸草》《海鹤云巢对联》诸书，行于世"①。其他诸书皆亡佚，唯《任诗逸草》存。任瀚和熊过、王慎中、唐顺之等人同被列为嘉靖八才子，以文章气节相高。②任瀚的一生，"忧时悼俗，愤顽嫉邪"③，"骨鲠自持，不与权贵人通关节。其考察去者多势门下人，或尝先事以姓名相请托者，一切皆罢去不问"。④其文"高简踔厉，有西汉风"⑤，其诗"老去自吹秦觱篥，西征曾比汉嫖姚"之句，诗家类多称之。⑥友人张含和杨慎听说任瀚被贬之后曾分别作有《得少海遣谪归蜀消息寄赠》《禺山传五岳山人任少海书札兼致问讯因忆》，二人都为任瀚潦倒悲苦的命运鸣不平，为他横溢不羁的才华叫冤屈。任瀚时与升庵相互唱和。

① 蔡毓荣等修纂《四川总志》卷十五《人物》上，清康熙刻本。
② 《广东通志》卷四十七《人物志》，文渊阁四库全书本。
③ 欧阳德《任宫坊集序》，黄宗羲编《明文海》卷二百四十七，文渊阁四库全书本。
④ 王九德《刻任少海稿序》，民国《南充县志》卷十四。
⑤ 万斯同《明史》卷三百八十四《任瀚传》，《续修四库全书》本。
⑥ 朱彝尊《静志居诗话》卷十二，人民文学出版社1990年版，第334页。

任瀚作《寄杨升庵》,升庵以《寄任少海李仁夫》作答。

熊过,字叔仁,又号南沙,四川富顺人。嘉靖八年(1529)中进士,选为翰林院庶吉士。曾任礼部祠祭郎中,后因议论朝政得罪皇帝,被罢官流放云南,从此闭门著书,著有《南沙文集》。熊过与杨慎早年就相识于四川成都。二人之后又都考中进士,在京城为官,经常饮酒唱和,相谈甚欢。嘉靖三年(1524)杨慎贬谪云南永昌,而熊过在嘉靖二十年(1541)也因向世宗进谏被贬谪滇南。两人的命运如此相像,在云南继续诗文往还,友情更笃。晚年之际,熊过还蜀归家,杨慎也于嘉靖三十一年(1552)寓居泸州。嘉靖三十七年(1558)杨慎、熊过二人与曾屿、张佳胤、章懋等成立诗社"汐社",结"紫房诗会"。杨慎和熊过、张佳胤文集有多首诗歌记载当时诗会盛况。杨慎《五言律祖》也是托熊过代为校订完成的。两人惺惺相惜,互相成就,可谓文坛知音。

杨慎有《浪淘沙·富顺县罗汉洞诸公相送》云:

> 良会阻天涯,水渺云赊,归途喜见腊梅花。又醉当时罗汉洞,一曲琵琶。浮客似浮槎,到处为家,鲁峰高兴更南沙。有约肯来无宿诺,细酌流霞。

原注:"徐侍卿世瞻。南沙,熊祠部叔仁也。"对于杨慎这个晚年漂泊的人来说,身世沉浮,犹如浮槎。限于时空,天涯悲沦落,良会难期。有一年冬天,杨慎到富顺访熊过。有友人熊过和徐鲁峰的陪同浏览千佛岩、资国寺、罗浮洞,杨慎兴致很高,把酒细酌,吟赏流霞,姑且忘掉了所有的烦恼。

杨慎《留熊南沙》云:

君来自釜川,我日渡江口。不看中街花,不饮小市酒。爱君名世才,兼是忘怀友。八索续玄经,三传笑墨守。诗句綦毋三,文华欧阳九。画鹄徂东津,青骊遽西首。亦有十洲期,丹成能寄否?

杨慎《春夕闻雨起坐至晓寄熊南沙》云:

半夜风声似水声,五更春雨遍春城。被堤芳草茸茸暗,镜渚夭花灼灼明。墙过村醪仍冻蚁,窗临海树已喧莺。天涯节物催华发,同是怀乡去国情。

杨慎对熊过这个可使作者忘掉心机,文华堪与綦毋潜、欧阳修比肩而同遭贬谪的友人寄予了深刻的同情。

除了"七子""四家",杨慎还和云南木氏土司家族的木公切磋诗艺。木公,字恕卿,号雪山,又号万松、六雪主人,系木泰的孙子。自木氏家族接受明代朝廷的统治之后,木氏土司便开始热衷于学习中原传统文化。"丽阳天末僻壤,士人罕读书,而文人学士亦鲜有至者,以故艺文特少。"①而木公属世家子弟,自小嗜学,常求诗问学,他还与云南著名文人张志淳、张含、李元阳、贾体仁等结为诗文之友,唱酬甚勤,友谊颇深。

木公晚年居丽江雪山,常和诗人张含、左文臣交往。因木公号雪山,张含字禺山,左文臣字黄山,所以时人将木公、张含、左文臣

---

① 清乾隆八年《丽江府志略》,雪山堂藏本。

并称"三山"。因为张含的引荐,木公与杨慎产生了联系,最后二人竟成为文学上的莫逆之交。钱谦益《列朝诗集小传》载:"(木公)尝以诗求正于永昌张司徒及其子愈光,又因愈光以质于杨用修。"①木公之所以能够问学于升庵,乃是因为张志淳父子二人在中牵线搭桥。《丽江府志略·艺文略》载:

> 有明一代,世守十数辈矣,惟雪山振始音于前,生白绍家学于后,与张禺山、李中溪相唱和,用修杨太史亦为揄扬。②

杨慎贬谪云南,木公曾多次修书问候,并且委托使者携带所作诗稿,千里迢迢到昆明问教。木公共有六部诗集,分别为《雪山始音》《隐园春兴》《庚子稿》《万松吟卷》《玉湖游录》《仙楼琼华》。杨慎于嘉靖二十八年(1549)从六部诗集中精心挑选出114首诗歌,汇编成《雪山诗选》,并作序曰:"永昌司徒南园张公序其《雪山始音》,称其诗有似杜者,射的行归,已不迷其始发。南园张公嗣人外史禺山愈光、藩伯贲所愈符兄弟,皆与雪山为文字交,序其《隐园春兴》及《庚子稿》,禺山则称其朗润清越,间发奇句。……侍御中溪李君仁甫,复称其得诗人句法,乐府音节。秋官洱皋贾君体仁序其《玉湖游》诸什,谓得山水之情于形状之外。……夫雪山世守边圉,独稽古嗜学,于轻裘缓带之余,刻烛击钵,于燕寝清香之暇,非其特出之资,尚友之贤,何以继缘情绮靡于古昔,而获美誉擘觊于士林哉!……予感雪山之神交于千里,跫音于空谷,乃因南园诸公之批

---

① 钱谦益《列朝诗集小传》,汲古阁刻本。
② 清乾隆八年《丽江府志略》,雪山堂藏本。

评,选十一于千百。……是足以传矣,岂在多乎?"①

木公的诗歌多收入《列朝诗集》《古今图书集成》《四库全书》《明诗综》《明诗别裁》《云南丛书》《滇南诗略》和《丽郡诗征》等书。由于世胄居高位,他的诗歌多有一种统治者的霸气和上层的优越感。

如《嘉靖恩赐"辑宁边境"四字》云:

> 辑宁边境自天来,跪捧黄章向北开。金画滚龙蟠御字,玉音玺篆焕云雷。②

《华马国》云:

> 政暇西巡华马国,铁桥南渡石门关。北来黑水通巴蜀,东注三危万里山。③

此外,木公的诗作也多写自然景物,寄情山水。如五律《游十九峰深处》云:

> 探幽远入林,僻径转难寻。云漏斜晖影,山藏古雪阴。茑萝悬树密,潭水出溪深。阒地无人到,寒猿日自吟。④

《江村》云:

---

① 云南省文史研究馆《云南丛书》47 册,中华书局 2009 年版,第 24983 页。
② 云南省文史研究馆《云南丛书》47 册,中华书局 2009 年版,第 24992 页。
③ 《云南通志》卷五十二,文渊阁四库全书本。
④ 《云南通志》卷二十九,文渊阁四库全书本。

江上层云合,村村结暮阴。渔灯半明灭,风雨苇花深。①

《春居玉山院》云:

玉岳崚嶒映雪堂,年年有约赏春光。飞红舞翠秋千院,击鼓鸣钲蹴鞠场。迟日醉听群鸟弄,暖风时送百花香。好山好地堪为乐,莫厌尊前累尽觞。②

大都清淡闲远,笼罩着禅宗韵味。

木公还有一些描写生活场景的诗歌,写风俗人情,多直抒胸臆。如《览镜》诗:"借览青铜镜,香奁出绣枕。喜看今日面,不改旧时红。"③《病起》诗:"临晓新梳发,呼儿卷幔纱。平生行乐惯,病起即看花。"④《冬日喜饮》诗:"暖阁熏香雪未晴,浅斟脍炙舞茵横。侍儿斜立朱帏下,十指红蚕弄锦筝。"⑤大都乡土气息浓郁,即事而发,不假雕琢,自然本色。和杨慎推崇清新自然之诗学宗旨遥相呼应。

"七子""四家"和木公诸人之所以能聚集在杨慎的周围,应是受到了杨慎学识与人格的双重影响。这些人和杨慎年纪相仿,志趣相投。杨慎也很看重和滇地诸人的友谊,其《梦游感通寺简诸友》云:"李白题诗寺,文箫写韵楼。海光浮树杪,山翠滴床头。热想寒泉濯,春曾暖谷游。暝钟萝月下,清梦一相求。"⑥他们陪伴着

---

① 《云南通志》卷二十九,文渊阁四库全书本。
② 《御选明诗》卷八十,文渊阁四库全书本。
③ 《御定佩文斋咏物诗选》卷二百六,文渊阁四库全书本。
④ 《御选明诗》卷九十八,文渊阁四库全书本。
⑤ 《御选明诗》卷一百八,文渊阁四库全书本。
⑥ 杨慎《升庵集》卷十九《梦游感通寺简诸友》,文渊阁四库全书本。

风烛残年的杨慎,慰藉着他脆弱的心灵,使得他暂时忘却离国之痛、思乡之苦。"绿樽共喜日日醉,华发那畏星星侵"①"光尊寺里桃应笑,回首东风九度春"②"与君连日镜中行,何羡霞标挂赤城""万里烟波际绿芜,天然图画胜西湖""自是人生不行乐,莼鲈何必羡江东"③。正是有了诸友人的陪伴,杨慎对滇蜀的湖光山色、风俗人情发生了浓厚的兴趣和由衷的喜爱,把异乡当作故乡。

郭英德《中国古代文人集团与文学风貌》将文人结社为四种类型:"纯粹之诗社"、"怡老之会社"、"文社"和"政治会社"④,那么也许我们这么界定杨慎之交游:早期的丽泽社和翰林时期的结社,虽然也多涉及文学活动,但更多的还是政治方面的因缘际会;而贬谪滇南和往返滇蜀的时候,杨慎和诸人交游的目的则有着更多的怡老和文社的性质。而且尤为难能可贵的是,杨慎的诗学交游并非尽如学人所说的"一部明代文学史,殆是文人分门立户,标榜攻击的历史"⑤"各立户庭,同时并角,其议如讼"⑥。杨慎的结交师友和奖掖后进,更多的是以文会友,以文论文,并没有太多的门户之见。

杨慎读书讲学,求学访友,踏遍名山大川,访尽古寺名刹,这些文化和学术活动极大地促进了云南文化和中原文化的融合。学人评价杨慎对于云南文化发展的贡献说:

---

① 杨慎《升庵集》卷三十《孟春与叶桐冈迎王钝庵于郊即事》,文渊阁四库全书本。
② 杨慎《升庵集》卷三十四《光尊寺别张愈光》,文渊阁四库全书本。
③ 杨慎《升庵集》卷三十六《白江川之微江赠王廷表并柬董云汉》,文渊阁四库全书本。
④ 详见郭英德《中国古代文人集团与文学风貌》,北京师范大学出版社1998年版。
⑤ 郭绍虞《照隅室古典文学论集》(上),上海古籍出版社1983年版,第513页。
⑥ 范景文《范文忠公文集》卷六《葛震甫诗序》,文渊阁四库全书本。

开滇以来,弘正前文物尚未盛,盖民故夷蛮,军皆戎伍,风教卒未洽也。逮嘉靖初,黔国沐文楼敦尚儒雅,而用修以一代名儒淹迹兹土,滇人士闻风兴起,如李中溪元阳、高阳川葑、张南禺含英华并起,几埒中州。①

杨升庵谪滇南以后,以其状元名声,提倡风雅,对明代云南地方文学活动,影响甚大。惟当时道士风气,流播于士大夫间,加以此类土知府,实属世袭农奴主,吟风弄月与修真养性交杂为文,故其诗境界亦甚低下也。但中原文化,得杨升庵而在西南边陲地区得以加强,其意义亦未可没。②

据史料统计,云南在元代之前,著书者凤毛麟角,整个元代,总计可考的著述只有8种。明初至正德150年间,文士渐出,但著书者也仅二十余人,著述四十余种。嘉靖以后情况就大大不同了,至明末其间120余年,著书者竟达159余人,著述达260多种。而嘉靖稍后一段时间的著述,就有100余种,这些作者多直接或间接地受到杨慎的影响。这充分地说明了杨慎、杨门七子及其弟子对发展云南地方文化的确起了很大的作用,有很大的贡献。③

杨慎一生中的大半时光都在云南,他以儒家思想为本,融贯三教,纵情山水,足迹遍布云南。在那里,他与各界人士交游往来,探讨研习,这些丰富的交游和学术交流,极大地促进了云南文化与中原文化的交流与交融。

---

① 刘亚朝校点、诸葛元声著《滇史》,德宏民族出版社1994年版,第338—339页。
② 李一氓著,吴泰昌辑《一氓题跋》,三联书店1981年版,第153页。
③ 李义让《状元杨慎》,四川人民出版社2001年版,第56页。

第四章 《升庵诗话》的多维思想建构

　　杨慎著作等身,思想驳杂,在中国文化史上具有非常重要的地位和影响。杨慎思想的形成是一个发展的过程,和他生活的那个时代,尤其是和他充满传奇色彩的一生是紧密联系在一起的。杨慎的思想,有着他所处时代的文化思想的影响,和他幼年所受的教育有着密切的关系,还受到他晚年所处的地理环境的影响。这些因素反映在杨慎一生的思想当中,呈现出一种儒家思想为本、道释并存、融通三教、从容自适的态势,儒家思想、道家思想和佛学思想各在不同时期占有主导地位。

第一节 儒士本色 兼济理念

　　杨慎生活在程朱理学盛行的明代中期,他又出生在一个官宦世家、书香门第。杨慎早年参加科举考试要读钦定的《四书大全》,必然会受到理学的影响。在"议大礼"事件之前,杨慎对程朱理学是坚决拥护的。他曾经大声疾呼:"臣等与萼辈,学术不同,议论亦异。臣等所执者,程颐、朱熹之说也。萼等所执者,冷褒、段犹之余也。今陛下既超擢萼辈,不以臣等言为是,臣等不能与同列,愿赐罢斥。"(《明史·杨慎传》)在杨慎身上,我们能够明显地感受到先代文人积极入世的思想和建功立业的意识的一脉相承。和曹植要"建永世之业,流金石之功",而不"以翰墨为勋绩、辞赋为君子"(《昭明文选·与杨德祖书》)的观点一样,杨慎早年也积极用世,"男子志四方,焉能守一丘"①。杨慎处于逆境尚以程颐之言自勉,不甘为"天地之一蠹"②,以著述为寄托,立德、立言,也说明儒家修齐治平的观念对他的影响。

　　然而即便是杨慎著作等身,也无法掩饰他在仕途上的惨败。所以他认为孔融"以文章之末技,而掩其立身之大闲,可惜也"③。李贽认为:"先生谓逸少'识虑精深,有经济才,而为书名所盖,后世但以翰墨称之,艺之为累大哉!'卓吾子曰:'艺又安能累人?凡艺之极精者,皆神人也,况翰墨之为艺哉! 先生偏矣!'或曰:'先生盖自寓也。'"④杨慎极为首肯和认同"太上有立德,其次有立功,其次有立言"的儒家"三不朽"生命价值取向和以建功立业为生命价值追求的终极目标,至于说著作等身,也只是他在百般无奈情况下的一种消耗生命的方式而已。通观杨慎的一生,从他那种"如欲平治天下,当今之世,舍我其谁也"(《孟子·公孙丑》下)的入世精神和"知其不可而为之"(《论语·宪问》)的斗争的顽强性中,可以看到儒家精神始终在杨慎早期的政治生涯中占着主导的地位。

　　杨慎还忠实地继承了儒家所谓"醇正"的诗教。七律《病中永诀李张唐三公》云:"怨诽不学离骚侣,正葩仍为风雅仙。"⑤"正"是

①　杨慎《升庵集》卷十六《东望楼》,文渊阁四库全书本。
②　王文才《升庵著述序跋》,云南人民出版社1985年版,第88—89页。
③　杨慎《丹铅余录》,文渊阁四库全书本。
④　李贽《李贽文集·焚书》,北京燕山出版社1998年版,第257—258页。
⑤　杨慎《升庵集》卷三十《病中永诀李张唐三公》,文渊阁四库全书本。

内容的醇正,"葩"是辞采的华艳。《诗经》正是因为符合儒家"温柔敦厚"的诗教,才被杨慎在批评文学时奉为圭臬的。杨慎评王维《和太常韦主簿五郎温汤寓目之作》诗云:

> 予尝爱王维《温泉寓目赠韦五郎》诗云(略)。唐至天宝,宫室盛矣。秦川八百里,而夕阳一半开,则四百里之内皆离宫矣。此言可谓肆而隐,奢丽若此,而犹以汉文惜露台之费比之,可谓反而讽。末句欲韦郎效子云之赋,则其讽谏可知。言之无罪,闻之可戒,得扬雄之旨者,其王维乎?①

杨慎还连连夸道杜甫《赠花卿》一诗:

> 唐人乐府多唱诗人绝句,王少伯、李太白为多。杜子美七言绝近百,锦城妓女独唱其《赠花卿》一首,所谓"锦城丝管日纷纷,半入江风半入云。此曲只应天上有,人间能得几回闻"也。盖花卿在蜀,颇僭用天子礼乐,子美作此讽之,而意在言外,最得诗人之旨。②

> 杜公此诗讥其僭用天子礼乐也,而含蓄不露,有风人言之无罪,闻之者足以戒之旨。公之绝句百余首,此为之冠。③

---

① 杨慎《升庵集》卷五十三《上林赋》,文渊阁四库全书本。
② 丁福保辑《历代诗话续编》(中),中华书局1983年版,第903页。
③ 丁福保辑《历代诗话续编》(中),中华书局1983年版,第644页。当然,对于此诗意旨,人们分为两派。一派认为此诗为单纯赠诗,花卿为歌姬,乐曲之悦耳动听,如胡应麟《诗薮》:"(杜甫七绝)惟'锦城丝管'一首近太白。杨复以措大语释之,何杜之不幸也!"仇兆鳌《杜诗详注》:"《列子》:耳目所观听,皆非人间之有。"黄生在《杜诗说》中提出迥异于以上两种说法的观点:"予谓当时梨园弟子,流落人间者不少,如《寄郑(转下页)

李白七绝《巴陵赠贾舍人》感情凄婉深微,讽刺意味委婉而深长,杨慎赞之曰:"太白此诗解其怨嗟也,得温柔敦厚之旨矣。"①所谓"言之无罪",所谓"温柔敦厚",所谓"思无邪",这些传统诗教特有的范畴和词汇,都是儒家思想在杨慎文学思想上的影响和体现。

"从实质上讲,大礼议可以视之为是帝王之势与儒者之道的又一次较量。"②家族的荣辱兴衰和杨慎在"大礼议"中株守程朱理学后经历的悲惨遭遇,以及明代中期心学的兴起和理学的分化等一系列事件,让他对程朱理学的合理性产生怀疑,进而从程朱理学的

(接上页)(审)李(之芳)百韵》诗'南内开元曲,当时弟子传。'自注云:'都督伯中丞筵,闻梨园弟子李仙奴歌。'所云'天上有'者,亦即此类。盖赞其曲之妙,应是当时供奉所遗,非人间所得常闻耳。按顾况《李供奉箜篌歌》云:'除却天上化下来,若向人间实难得。'盖以天乐比之,杜甫正与此类。"另一派认为此诗含蓄讽刺花卿僭越失礼。北宋胡仔《苕溪渔隐丛话》前集卷十四《杜少陵九》云:"苕溪渔隐曰《戏作花卿歌》云:'成都猛将有花卿,学语小儿知姓名。用如快鹘风火生,见贼唯多身始轻。绵州副使着柘黄,我卿扫除即日平。子章髑髅血模糊,手提掷还崔大夫。李侯重有此节度,人道我卿绝世无,天子何不唤取守京都?'细考此歌,想花卿当时在蜀中,虽有一时平贼之功,然骄恣不法。人甚苦之。故子美不欲显言之,但云'人道我卿绝世无',既称绝世无,'天子何不唤取守京都',语句含蓄,盖可知矣。"南宋陈善《扪虱新语》:"世人谓杜子美《赠花卿》诗有'此曲只应天上有,人间那(能)得几回闻'之句,因而误认为花卿为歌妓者多矣。按花卿盖四川牙将,尝与四川节度崔光远平段子璋,遂大掠东川。故子美复有《戏作花卿歌》其卒章云'人道我卿绝世无,天子何不唤取守东都'。当时花卿跋扈不法,有僭用礼乐之意,子美所赠,盖微而显者也,不然,岂'天上有曲'而人间不得闻乎"。明代后,除杨慎外,焦竑曰:"花卿恃功骄恣,杜公讥之,而含蓄不露,有'诗人言之无罪,闻之者足戒'之旨。公之绝句,百余首,此为之冠。"(仇兆鳌《杜诗详注》卷十《赠花卿》引)唐汝询《唐诗解》云:"少陵语不轻造,意必有托。若以'天上'一联为目前语,有何意味耶?元瑞复以用修解为'措大'语,是不知解者。汉人叙三百篇,作讽刺者十居七,孰非'措大'语乎?杨伦《杜诗镜铨》:"似谀似讽,所谓言之者无罪,闻之者足以戒也。此等绝句,亦复何减龙标、供奉!"王尧衢《古唐诗合解》:"杜工部诗称诗史,于此一绝便见。施补华《岘佣说诗》:"少陵七绝,槎枒粗硬,独《赠花卿》一首,最为婉而多讽。"

① 丁福保辑《历代诗话续编》(中),中华书局 1983 年版,第 652 页。
② 左东岭《王学与中晚明士人心态》,人民文学出版社 2000 年版,第 277 页。

桎梏中脱离出来,逐渐改变了原来的观点,发出了"儒术于吾有何哉"①的感慨,并转而寻求抨击理学的武器。杨慎对宋代理学的两个分支即朱熹偏重"道问学"的倾向和陆九渊偏重"尊德性"的倾向都进行了批评:

> 骛于高远,则有躐等凭虚之忧;专于考索,则有遗本溺心之患。故曰:"君子以尊德性而道问学。"故高远之弊,其究也,以六经为注脚,以空索为一贯,谓形器法度皆刍狗之余,视听言动非性命之理,所谓其高过于大,学而无实,世之禅学以之。考索之弊,其究也,涉猎记诵以杂博相高,割裂装缀以华靡相胜,如华藻之绘明星,伎儿之舞研鼓,所谓其功倍于小学而无用,世以俗学以之。②

杨慎在这里指出陆学之弊在于"以空索为一贯",趋简凭虚而入于禅,"学而无实",明代陈献章、王守仁继之;朱学之弊在于"以杂博相高",遗本溺心而流于俗,"学而无用",明代朱门末学继之。在他看来,"经学之拘晦,实自朱始""新学削经铲史,驱儒归禅"③,两者对学术风气和儒学的发展都产生了不良影响。这样,杨慎便全面否定了宋儒所倡的理学:

> 或问杨子曰:"子于诸经,多取汉儒,而不取宋儒,何哉?"答之曰:"宋儒言之精者,吾何尝不取? 顾宋儒之失,在废汉儒

---

① 王文才《杨慎词曲集》,四川人民出版社 1984 年版,第 37 页。
② 杨慎《升庵集》卷七十五《禅学俗学》,文渊阁四库全书本。
③ 杨慎《升庵集》卷六《答重庆太守刘嵩阳书》,文渊阁四库全书本。

而自用己见耳。吾试问汝,六经作于孔子,汉世去孔子未远,
传之人虽劣,其说宜得其真。宋儒去孔子千五百年矣,虽其聪
颖过人,安能一旦尽弃旧而独悟于心邪? 六经之奥,譬之京师
之富丽也。谈京师之富丽,河南山东之人得其十之六七,若云
南贵州之人得其十之一二而已。何也? 远近之异也。以宋儒
而非汉儒,譬云贵之人不出里闬,坐谈京邑之制,而反非河南
山东之人,其不为人之贻笑几希。"①

　　朱熹经学在明代有着独尊的地位。朱元璋也曾借助于政权的
力量推广朱熹学说,"即位之初,首立太学,命许存仁为祭酒,一宗
朱氏之学,令学者非五经、孔孟之书不读,非濂、洛、关、闽之学不
讲;成祖文皇帝益张而大之,命儒臣辑《五经四书大全》及《性理全
书》,颁布天下",②奠定程朱理学在明代的统治地位。嘉靖皇帝亦
曾诏令天下曰:"朕历览近代诸儒,惟朱熹之学醇正可师,祖宗设科
取士,经书义一以《朱子传注》为主。……今后若有创为异说,诡道
背理,非毁朱子者,许科道官指名劾奏。"③学者若不读孔孟之书,
不讲程朱之学,便会被斥之为"异端"而遭到严酷制裁。文徵明说:
"夫自朱氏之学行世,学者动以根本之论,劫持士习,谓《六经》之
外,非复有益,一涉词章,便为道病。言之者自以为是,而听之者不
敢以为非。虽当时名世之士,亦自疑其所学非出于正,而有'悔却
从前业小诗'之语。沿讹踵敝,至于今渐不可革。"④但是杨慎却说

---

① 杨慎《升庵集》卷四十二《日中星鸟》,文渊阁四库全书本。
② 陈鼎《东林列传》卷二,文渊阁四库全书本。
③ 余继登《典故纪闻》,中华书局1981年版,第311—312页。
④ 文徵明《甫田集》卷十七《晦庵诗话叙》,文渊阁四库全书本。

朱熹:"必欲别立一说以胜前人,故不自知其说之害理至此也。"又谓:"大儒如朱子犹售其欺,学术害人惨于洪水猛兽,信哉!"①他认为朱熹学说的影响如洪水猛兽,害人不浅。杨慎认为儒学本是"明明白白,平平正正","内外一者也",而它的两个分支——不论心学还是道学,由于只是"使人领会于渺茫恍惚之间,而无可捉摸",造成了人们"阔论高谈"、空虚不实的学风,因此成了"圣王之所必诛而不以赦"的"乱民之俦"。杨慎认为,朱熹的诗歌的确有一些佳作,在思想性方面继承了《离骚》的爱国思想,在"剖析性理""穷诘邪说"的同时,能做到文道合一,文质彬彬,是"枝必类本,响必报声"的"善学"之类。②但是朱熹出于弥补陈子昂"不精于理"③的缺憾而作"盖以寓夫求放心、复常性之微意"的《拟招》,却是与《楚辞》的精神背道而驰的。杨慎谓之曰:"譬之青裙白发之节妇,乃与靓妆袨服之宫娥争妍取怜,埒材角妙,不惟取笑旁观,亦且自失所守。"④可谓是学习屈原的败笔了。

杨慎《升庵集》卷七十五《道学》将明世流行的儒学的新形态"道学"和"心学"等量齐观地进行批判:

> 或问何谓道学?曰:天下之达道五,能行五者于天下,而又推类以尽其余,道学尽于是矣。何谓心学?曰:道之行也,存主于内,无一念而非道,发达于外,无一事而非心,表里贯彻,无载尔伪,心学尽于是矣。故道学、心学,理一名殊。明明

---

① 杨慎《谭苑醍醐》卷二《噬嗑解》,文渊阁四库全书本。
② 杨慎《丹铅余录》卷六,文渊阁四库全书本。
③ 朱熹《晦庵集》卷四《斋居感兴二十首》,文渊阁四库全书本。
④ 杨慎《升庵集》卷五十七《感遇诗》,文渊阁四库全书本。

白白,平平正正,中庸而已矣。更无高远含妙之说,知易而行难,内外一者也。彼外之所行,颠倒错乱,于人伦事理大戾。顾异巾诡服,阔论高谈,饰虚文美观而曰"吾道学、吾心学",使人领会于渺茫恫忱之间,而无可捉摸,以求所谓禅悟。此其贼道丧心已甚,乃欺人之行,乱民之俦,圣王之所必诛而不以赦者也。何道学、心学之有?

而心学更甚于道学:

> 伊川谓治经遗道,引《韩非子》买椟还珠,然犹知有经也。后世治经求仕者,则所谓得鱼而忘筌,犹以筌得鱼也。今之学者谓:六经皆圣人之迹,不必学。又谓:格物者,非穷理也,格物者,格其物之心也。致知者,致其物之知也。诚意者,诚其物之意也。正心者,正其物之心也。修身者,修其物之身也。齐家者,齐其物之家也。治国者,治其物之国也。平天下者,平其物之天下也。是全不在我,全不用工,是无椟而欲市珠,无筌而欲得鱼也。谓其说之新可听则可,当于理则未也。①

既然儒学的新形态不能为人们排忧解纷,杨慎便要寻求新的理论武器,而能为人们解决普遍的精神危机提供帮助的老庄思想和佛学思想就顺理成章地进入了杨慎的视野。

---

① 杨慎《升庵集》卷七十五《珠椟鱼筌》,文渊阁四库全书本。

第二节 庄老风韵 委运任化

作为封建社会的士大夫,杨慎的思想不单单属于儒家的范畴,还混杂有庄老思想。"表面看来,儒、道是离异而对立的,一个入世,一个出世;一个乐观进取,一个消极退避;但实际上它们刚好相互补充而协调。不但'兼济天下'与'独善其身'经常是后世士夫的互补人生路途,而且悲歌慷慨与愤世嫉俗,'身在江湖'而'心存魏阙',也成为中国历代知识分子的常规心理以及其艺术意念。"①杨慎早年有出仕救世之志,但在中年遭遇挫折时,便转向道家,追求老庄超凡脱俗的意境,维护自身独立的人格。正所谓"失志于时而谋其身,则好庄、列"②,亦即"达则兼济天下,穷则独善其身"的意思。与看重人的社会属性、带有强烈政治色彩的儒家思想相比,老庄哲学则强调人的自然本性,关怀人的生命和精神,这一点对于晚年的杨慎尤为重要。

杨慎的易学思想有两个来源:其一是地域文化的影响。黄开国《元明清的巴蜀学术》谓明代巴蜀学术的三个特点之一是"在研究儒家五经的学者群中,仍以《易》学学者占绝大多数。《四川通志》载明代研究儒经的学者达十七人之多,其中就有十二人治《易》或有《易》学专著,占 70% 以上"③。这自然会影响到其时四川学子的治学风气。其二是其家学渊源。杨慎的祖父杨春就对易学颇为精通。李东阳《留耕轩记》谓其"惟旧藏《周易》一部,手自披诵,遂

① 李泽厚《美的历程》,文物出版 1981 年版,第 53 页。
② 王夫之《诗广传·大雅》四十八,中华书局 1964 年版,第 135 页。
③ 黄开国《元明清的巴蜀学术》,《中华文化论坛》2000 年第 3 期。

以取乡举","其教子亦以易学"①。杨慎《升庵经说》卷二"舟楫之利"条曾云:"此予少时《易》义中语也。"②由此可以看出,《周易》已对年少的杨慎产生了巨大的影响。

　　杨慎《升庵经说》开篇便以《周易》为首,卷一"羲皇心易"条说:

　　　　陈希夷言:学《易》者当于羲皇心地上驰骋,无于周孔注脚下盘旋。朱子云:非周孔之注,安知羲皇之心乎?陆象山六经注脚及糟粕之说,正出于此。周孔且注脚,六经尚糟粕,况其余乎?

　　杨慎置《易》于《六经》之首,把《易经》抬高到了其他诸经无法企及的高度,说明他对《易经》之重视。本卷"卦爻名义"条云:

　　　　易者,庐蝘之名,守宫是也。守宫即蜥蜴也,与龙通气,故可祷雨;与蚪同形,故能呕雹。身色无恒,日十二变。是则易者,取其变也。

《谭苑醍醐》卷六曰:

　　　　孔颖达曰:"卦者、挂也,挂之于壁也,盖悬物之杙也。"诸儒皆用其说,无有他解,予以为非。杙则可挂于壁,易卦岂可挂于壁乎?卦者,圭也。古者造律制量,六十四黍为一圭,则

---

①　李东阳《怀麓堂集》卷六十六,文渊阁四库全书本。
②　杨慎《升庵经说》卷二《舟楫之利》,李调元《函海》本。

六十四象,总名为卦可也。应劭曰"圭者,自然之形,阴阳之始",卦者亦自然之形,阴阳之象。其为字也,从卜为义,从圭为声,亦兼义也。古文圭亦音卦,今挂字,从手为义,从圭为声,则圭即音卦,可证矣。

这些对《易》和卦的解释和演绎,可谓奇特。
杨慎《升庵集》卷四十七《希夷〈易图〉》云:

陈希夷曰:"《易》学,意、言、象、数,四者不可阙一。"其理具见于圣人之经,不烦文字解说。止有一图,谓《先天方圆图》也。以寓阴阳消长之说,与卦之生变图,亦非创意以作,孔子《系辞》述之明矣。又作《易龙图》序曰:"龙图者,天散而示之,伏羲合而用之,仲尼默而形之。希夷以授穆伯长,伯长以授李挺之。"挺之即邵康节师也。挺之谓邵雍曰:"科举外有义理之学,义理外有物理之学,物理外有性命之学。"雍悉传之,作《后天图》,见于邵伯温之序。朱子因其出于希夷而讳之,殆掩耳盗铃也。后作《周易启蒙》,指孔子《系辞传》天地定位,曰:"此先天之学,帝出乎震一节。"曰:"此后天之学,数往者顺一节。"曰:"直解图意,庾辞误人。"似说《易》元有此图矣。盖康节因孔子《易传》难明,因希夷之图,又作《后天图》以示人,如周子因孔子"易有太极"一句而作《太极图》,今便谓先有《太极图》而后有《易传》,可乎? 如《诗集传》有七月流火图,便谓先有此图而后作七月诗,可乎? 今程文及举业,有用《先天》《后天》及《横图》《圆图》直解图意字于破题者,皆不通古今者也。

同卷《〈易图〉考证》云：

> 胡一桂云："宋一代之《易》学，希夷《先天一图》开象数之门，至邵子《经世书》，而硕大光明，周子《太极》一图，洪理义之门，至程子《易传》，而浩博弘肆。"愚观此言，《易图》先天始于希夷，而后天续于康节，朱子所以不明言者，非为康节，直以希夷恐后人议其流于神仙也，藏头露尾亦何益哉！

宋代《易》学出于对河图洛书这一问题的认识不同，将易学学派划分为两个不同的流派："图书派"和"义理派"。图书派重在对《易经》中图形和象数的研究，又称为象数派。义理派重在对《易经》的内在含义、思想和规律的研究。杨慎这里引用元代学者胡一桂关于宋代《易》学的成说，认为朱熹《易学启蒙》中先有易图后有《系辞》的观点是不对的，而对陈抟的象数理论进行首肯。他还考证了《易经》的经文[①]，显示了对于《易经》的熟稔。

杨慎认为《庄子》一文是智能的化身，充满着辩证法。杨慎极为喜爱《庄子》，曾专门撰写《庄子阙误》一书来阐述发明《庄子》之要义。杨慎在论述"诗史"问题时，即引用《庄子》区分各种文体之不同特点，辨明诗歌非史书，可见他对庄子的认同。杨慎毫不讳言对庄子的热爱和推崇，并且认为《庄子》和儒学有相通之处。他还首肯黄几复对"逍遥"的理解："消者如阳动而冰消，虽耗也不竭其本，摇者如舟行而水摇，虽动而不伤其内，游于世者若是，唯体道者

---

① 杨慎《升庵集》卷四十一《杨梯柳稊》，文渊阁四库全书本。

能之。"①深得庄学安时处顺、哀乐不入的养性保生之旨。

杨慎认为"得失蕉鹿也,物我蝴蝶也,荣枯黄粱也,情感巫峡也"②,可谓领会了庄子齐大小、有无、美丑、是非、荣辱、死生、贵贱、寿夭等种种位于相对两极价值观念的主旨。杨慎《丹铅余录》卷十三云:

> 宠辱若惊:言宠即辱也,惊宠是惊辱也。贵大患若身:言身即大患也,贵身是贵患也。惊宠与辱同,则无辱矣。贵身与患同,则无患矣。何谓宠辱?宠非宠也,实乃辱也。分宠与辱,妄见也;以宠为辱,真见也。宠为下,言福兮祸所伏也。……失之若惊,惊而悲也,悲其忽然胡为而去也,不知天去其辱矣,是为宠辱若惊。

我们可以从中觅到老庄齐万物、一死生的逍遥踪影。

由于庄老逍遥哲思的涤荡,杨慎的文学作品也极多地折射出庄老逍遥处世的风韵。如七律《病中永诀李张唐三公》:

> 魑魅御客八千里,羲皇上人四十年。怨诽不学离骚侣,正葩仍为风雅仙。知我罪我《春秋》笔,今吾故吾《逍遥》篇。中溪半谷池南叟,此意非公谁与传。

由早年《春秋》微言大义的笔法转变为羲皇上人的逍遥之篇,

---

① 杨慎《升庵集》卷四十六《逍遥游》,文渊阁四库全书本。
② 杨慎《升庵集》卷七十三《梦说》,文渊阁四库全书本。

难道还能说他依然是以儒家自居吗？想必在杨慎后半生将近四十年的贬谪生涯中，更多的是老庄优哉游哉的逍遥起着关键性的作用罢。"从某种意义上说，道家哲学是一种困境哲学，其主要精神就是引导人们如何在乱世或险境中全身远祸，如何在困境或逆境中求得解脱，保持一种安时处顺、随遇自适的精神状态。"①

杨慎词作《山城子·丙戌九日》：

> 客中愁见菊花黄，近重阳，倍凄凉。强欲登高，携酒望吾乡。玉垒青城何处是？山似戟，割愁肠。寒衣未寄早飞霜，落霞光，暮天长，戍角一声，吹起水茫茫。关塞多愁人易老，身健在，且疏狂。②

又如《临江仙·可渡桥喜晴》：

> 万里云南可渡，七旬老叟华颠。金羁翠帽杏花鞯，还家剑峰画，出塞马蹄穿。旧家店主人争羡，升翁真是神仙。东征西走几多年，风霜知自保，穷达任皇天。③

岁月不居人易老，年近七旬、头发花白的杨升庵以他乡为故乡，及时行乐，疏狂作达，不再悲戚于外物，从容自适，连驿站的店主都夸赞升庵先生真是神仙啊！所谓神仙，就是能逍遥自在的安

---

① 张玉璞《三教融摄与宋代士人的迁谪心态——以苏轼为中心的考察》，《复旦学报》（社会科学版）2018 年第 2 期。
② 王文才《杨慎词曲集》，四川人民出版社 1984 年版，第 28 页。
③ 王文才《杨慎词曲集》，四川人民出版社 1984 年版，第 117 页。

时处顺、委运任化，如此的洒脱、豪迈，在杨慎后期作品极为多见。

此外，在杨慎的审美思想中，我们也可以清楚地看到这种影响。由于受到庄子非功利的文学观的影响，杨慎非常重视文学之审美功能：

> 论文或尚繁，或尚简。予曰：繁非也，简非也，不繁不简亦非也。或尚难，或尚易，予曰：难非也，易非也，不难不易亦非也。繁有美恶，简有美恶；难有美恶，易有美恶。惟求其美而已。故博者能繁，命之曰"该赡"，左氏、相如是也，而清客者顷刻能千言；精者能简，命之曰"要约"，公羊、穀梁是也，而曳白者终日无一字；奇者工于难，命之曰"复奥"，庄周、御寇是也，而郫谟、刘辉亦诡而晦。辨者工于易，张仪、苏秦是也，而张打油、胡钉铰亦浅而露。论文者当辨其美恶，而不当以繁简难易也。①

杨慎认为丰赡是一种美，要约也是一种美；汪洋恣肆是一种美，纵横开阖也是一种美。文学没有别的功利性目的，就是"惟求其美而已"。这一点和老庄美学无功利性的本质是吻合的，这在严格遵循"陈言事理，并要直言简易，每事各开前件，不许虚饰繁文"②的明代，尤为难能可贵。

第三节　佛禅意趣　豁达超脱

随着杨慎眼界的扩大、阅历的加深和对宦海升沉、世情冷暖的

---

① 杨慎《升庵集》卷五十二《论文》，文渊阁四库全书本。
② 怀效锋点校《大明律附大明令问刑条例》，辽沈书社 1990 年版，第 92 页。

体察,他的思想逐渐趋向开放和驳杂。除了儒学、道学之外,晚年的杨慎对佛学也产生了浓厚的兴趣。历代咏史怀古的诗词较著名的有杜甫的《蜀相》《八卦阵》《诸葛孔明》《咏怀古迹》,杜牧的《赤壁》,苏轼的《念奴娇》,可是哪一首也不及杨慎的《临江仙》那般四大皆空的超脱:

> 滚滚长江东逝水,浪花淘尽英雄。是非成败转头空,青山依旧在,几度夕阳红。白发渔樵江渚上,惯看秋月春风。一壶浊酒喜相逢,古今多少事,都付笑谈中。①

这种参透生死的旷达的胸襟,简直可以使杨慎傲视一切磨难,从而达到谈笑死生、履险如夷的人生境界。在杨慎看来,佛学的豁达是通向内心和人际和谐的坦途,可以化解烦恼,排除杂念。正如陈垣在《明季滇黔佛教考》一书所云:“人当得意之时,不觉宗教之可贵也,惟当艰难困苦颠沛流离之际,则每思超现境而适乐土,乐土不易得,宗教家乃予以心灵上之安慰,此即乐土也。故凡百事业丧乱则萧条,而宗教则丧乱归依者愈众。”②正是被贬戍滇这个反常的“艰难困苦颠沛流离之际”,才为杨慎提供了接触佛教的重要契机。相对于老庄和儒学,佛学对杨慎的影响是在他被贬到云南之后。其中有着多重的原因。

原因之一是在明代中期,随着阳明心学的发展,在思想领域出现了援佛入儒的思潮。杨慎虽然曾一针见血地指出了阳明心学援

---

① 王文才《杨慎词曲集》,四川人民出版社1984年版,第293页。
② 陈垣《明季滇黔佛教考》,河北教育出版社2000年版,第452页。

佛入儒对于世道人心的破坏作用,甚至认为离经即是叛道:"逃儒叛圣者以六经为注脚,倦学愿息者谓志言为妙筌。"①但杨慎也不得不承认阳明心学在刚开始流行的时候,在某种程度上也符合士大夫阶层的欣赏口味:"宋儒'格物致知'之说,久厌听闻,'良知'及'知行合一'之说一出,新人耳目。如时鱼鲜笋,肥美爽口。盘肴陈前,味如嚼冰。若久而厌饫,依旧是鹅鸭菜蔬上也。"②虽然最终人们对于阳明心学久而生厌。但是心学在刚开始的时候,依然"如时鱼鲜笋,肥美爽口",对士人产生重要的影响。杨慎自然也难以免俗,受到其中佛学思想的影响。

原因之二是明代云南佛教的盛行。云南虽然地处边陲,但佛教却于七世纪即早早传入云南,八至九世纪已在各地得以迅速地发展和传播。元代郭松年《大理行记》载:"此邦之人,西去天竺为近,其俗多尚浮屠法,家无贫富,皆有佛堂。人不以老壮,手不释数珠。一岁之间,斋戒几半,绝不茹荤饮酒,至斋毕乃已。沿山寺宇极多,不可殚记。中峰之下有庙焉,是为点苍山神,亦号中岳。中峰之北有崇圣寺,中有三塔,一大二小。大者高二百余尺,凡一十六级,样制精巧,即唐遣大匠恭韬、徽义所造。塔成,韬、义乃去。中峰之南,有玉局寺。又西南有上山寺。凡诸寺宇,皆有得道居之。得道者,非师僧之比也。师僧有妻子,然往往读儒书。段氏而上有国家者,设科选士,皆出此辈。今则不尔。其得道者戒行精严,日中一食,所诵经律,一如中国。所居洒扫清洁,云烟静境,花木禅房,水循堂厨,至其处者,使人名利之心俱尽。"③推而广之,我

---

① 杨慎《升庵集》卷二《周官音诂序》,文渊阁四库全书本。
② 杨慎《升庵集》卷七十五《蒋北潭戏语》,文渊阁四库全书本。
③ 鄂尔泰等《云南通志》卷二十九,文渊阁四库全书本。

们可以想象当时云南本地的崇佛盛况。身处此地的杨慎,自然而然地会将他的注意力转移到佛教上。

原因之三是和杨慎交往的好友大多是佛教信徒,如纳西族的木氏家族除了信奉东巴教之外,更倾向于信奉内地佛教。史载木氏土司不仅拜佛念经,且大兴土木,四处捐资建寺,以弘扬佛家文化而自许。李元阳也是"平生禄入,尽归梵宫"①。李元阳《李中溪全集》中有《赠老衲》《无台老禅同居白鸥院》《广通弥陀庵访元瑖老禅不遇令君送酒》等与僧人酬唱之作,为数甚多。在和他们的交往中,杨慎对佛学也有所耳濡目染。

总观佛学对杨慎思想的影响,大约有三:

其一,到了晚年,杨慎的心思不再戚戚于庙堂之上的得失,而是选择远离朝廷、贴近于自然山川,从而找寻到了释放内心苦痛的途径。

明中期社会禅风浸盛,文人名士"以谈禅为风流逸事,以交禅为雅洁荣耀"②。禅风波及滇南,对佛禅相关生命体验的书写亦构成了此一阶段杨慎诗文作品中的独特风景。七律《中岩留别余方池草池兄弟》云:"又别中岩二十春,禅枝忍草几昏晨。三生水月淹留地,万里江山感慨身。楚泽羁累吟北渚,谢家兄弟饯南津。酣杯且喜朱颜在,览镜休惊白发新。"③且喜朱颜,休惊白发,真可谓"白发渔樵江渚上,惯看秋月春风"的真实写照。他暂时可以避开乱世的嘈杂,于自然胜景中领悟宇宙人生的奥妙:"赫曦改东陆,鲜飚转南薰。炎歊深城府,清冷阻江濆。隐几倦文竹,绁书厌香芸。眷言

---

① 李贽《李贽文集·焚书》,北京燕山出版社1998年版,第150页。
② 葛兆光《禅宗与中国文化》,上海人民出版社1986年版,第68页。
③ 杨慎《升庵集》卷二十七,文渊阁四库全书本。

承明侣,肃此尘外群。仙梯驾虹出,梵阁排霞分。攀楹低白日,对槛俯朱云。圆方鹄举见,参差鸾歌闻。意树鸣天籁,禅枝绕烟芬。斜景敛平霭,飞雨洒高雯。金罍引清酌,玉尘生凉氛。"①杨慎经常游历名山大川,履迹遍布云南本地的寺庙道观——宝珠寺、观音寺、云房寺、清净寺、宝印寺、宝昙寺、圆照寺、筇竹寺、正觉寺、海源寺、妙高寺等在他的诗歌中都有具体而独到的描绘。据沈德潜《万历野获编》卷二十七《感通寺》记载:"云南大理府城西南十里有感通寺,一名荡山,杨用修成滇中,寓此寺最久。"②杨慎《感通寺》景物描写显得顺手拈来:"岳麓苍山半,波涛黑水分。传灯留圣制,演梵听华云。壁古仙苔见,泉香瑞草闻。花宫三十六,一一远人群。"③其余诸如《游崇圣寺》"尘劫非人境,烟霞是佛都。山开银色界,海涌玉浮图"④;《妙高寺》"绝顶愁飞鸟,丹霞隐林杪。孤僧早闭门,荧荧佛灯小"⑤;《新春始泛歌》之一"螳螂川水青如苔,曹溪寺花红满台。韶光满眼莫惜醉,几个扁舟乘兴来"⑥;《集弘法寺后圃小山》"黄鸟语春晚,青林生夏阴。禅宫静钟梵,宁知车马音"⑦,都可以看出杨慎对寺庙环境的熟悉和对山中修禅生活的热爱。

其二,杨慎在考据著作中显示深厚的佛学修养。杨慎曾多次阅览《华严经》和《传灯录》等佛学著作。正因为熟悉佛学著作,他才以《谭苑醍醐》为自己考证著作之名。杨慎以杜诗来证佛经"四

---

① 杨慎《升庵集》卷二十二《夏日登毗卢阁》,文渊阁四库全书本。
② 沈德潜《万历野获编》,中华书局1959年版,第681页。
③ 杨慎《升庵集》卷十九,文渊阁四库全书本。
④ 杨慎《升庵集》卷十一,文渊阁四库全书本。
⑤ 杨慎《升庵集》卷三十二,文渊阁四库全书本。
⑥ 杨慎《升庵集》卷十二,文渊阁四库全书本。
⑦ 杨慎《升庵集》卷十五,文渊阁四库全书本。

果之义"①。他还发现有以佛经字义命名的情况②。杨慎《丹铅余录》卷十三云："佛教、佛声盛于晋宋齐梁之后,至唐尤多,故恒以佛经字义命名。"③《升庵集》卷七十六《八功德水》考证佛教"八水"之由来④。《丹铅余录》卷八考证"军持"为佛教中的净瓶⑤。诸如此类,都可以从中看出杨慎深厚的佛学修养。

其三,杨慎从文学的角度来阐释佛经。其《丹铅总录》卷十四《悠字单用》论述佛经的押韵,《丹铅总录》卷二十《佛经似诗句》论证佛经和唐人乐府的相似性,《升庵集》卷六十五《佛书四六》论证佛经和四六文的关系。他还能极其精辟以带有"禅机"色彩和辩证意味的话来解疑:"有僧问:'蚯蚓截为两段,首尾皆动,佛性在首在尾?'古未有答也。伯清举以余,余曰:'薪尽火传,灰烬犹热;桴停鼓歇,音响犹轰。'"⑥杂剧《洞天玄记》描写形山道人在昆仑山修道,收袁忠、马志、闻聪、睹亮、孔道、常滋等六弟子,降东海苍龙和西林怪虎,最后功成行满而得道升仙的故事。六弟子即佛教所谓"六贼",指色、声、香、味、触、法。它们以眼、耳、鼻、舌、身、意这"六根"为媒介扰乱人心,使人失去智慧、定力等"善法"。在杨慎看来,形山道人收降六贼,就是奉劝世人不再执著色、声、香、味、触、法这六种尘境,领悟佛教四大皆空的教义。在剧中,杨慎借道人之口阐述了"三教道一"的观念:"夫天地之始,道本无名。于吾道则曰'杳杳冥冥,寂然不动,感而遂通';修儒道则曰'仰之弥高,钻之弥坚。

---

① 杨慎《丹铅余录》卷十七,文渊阁四库全书本。
② 杨慎《升庵集》卷五十《以佛书命名》,文渊阁四库全书本。
③ 杨慎《丹铅余录》卷十三,文渊阁四库全书本。
④ 杨慎《升庵集》卷七十六,文渊阁四库全书本。
⑤ 杨慎《丹铅余录》卷八,文渊阁四库全书本。
⑥ 杨慎《升庵集》卷七十三《佛性》,文渊阁四库全书本。

瞻之在前,忽焉在后';释门则曰'一切有为法,如梦幻泡影,如露亦如电,应作如是观'。岂有名乎? 所言虽异,其旨若合符节。……释氏以明心见性,儒则穷理尽性,我道以修真养性,意颇云同。"①因此,杨慎认为儒、释、道三教"为教虽三,其道则一",表现出"三教道一"的思想倾向。

宋凤翔曾评论杨慎此一文化现象说:

世传用修戍滇南,常傅胡粉,支发为两角髻,行歌滇市中。余窃疑之,谓贤达何放废如是? 及得董昭侯评刻用修《史略词话》,喟然叹曰:用修行吟自废,岂无意欤! 夫世之删史者,不过节约其文与事,备劝诫、便观览而已。用修不然,先之以声歌,继之以序说,杂以里语街谈,隐括参差,自然成韵,似正似谐,似俗似雅,似近似远,其意岂徒以自广已哉! 盖痛古今之须臾,悲死生之倏忽,而横目之民,悠悠以难悟也。故为曼声以送之,使言者足以感,闻者足以思。……夫用修以元辅子,擢制策首,其一时宠遇岂不盛哉。及一朝遣戍,终老南裔,无望赐还。彼聪明才悟,殆有过人者也,见夫菀枯(原作祜)华落,倏忽不恒,陵谷变迁,转眼无定,不以此一死生,齐物化,而徒怨叹感愤,以怼君父,而夭其生,则已愚矣。故托往事藏来者,短咏长歌,傀儡千古,披发行吟以自全,而不以为耻。②

张三异也说:

---

① 《孤本元明杂剧》(二),中国戏剧出版社 1958 年版,第 7 页。
② 宋凤翔《杨用修史略词话序》,见王文才、张锡厚辑《升庵著述序跋》,云南人民出版社 1985 年版,第 151—152 页。

　　时际休隆，珥笔纂述，则即以胸中瑰玮，发为文章，彤管流徽，赓扬盛事，此遇之顺而文之正也。不幸而为孤臣孽子，忧谗畏讥，或招沉湘，或悲赋鵩，致寄慨于虫鱼，因寓情于草木，其遇则逆，其文则变，所固然也。①

　　正是融摄三教思想而形成的文化人格和人生境界让杨慎既不汲汲于富贵也不戚戚于贫贱，所以也可以把杨慎后半生的遭遇和刘勰的"江山之助"理论关联起来。②政治上的不幸遭遇，促成杨慎在文学史上和文化史上占据着重要的地位。如果说簪花过市是庄子式的逍遥，那么《临江仙》则更多的是佛学的解脱，是诗人用生命熔铸出的伤怀与体悟。"外以儒行修其身，中以释教治其心"（白居易《醉吟先生墓志铭》）、"外服儒风，内宗梵行"（白居易《和梦游春诗一百韵》）。此一思想武器加强了杨慎的乐观精神，使他能在逆境中齐宠辱、忘得失，加强生活信心，"参儒家与佛老而互用，兼此岸与彼岸而通融，既是入世者的超脱情怀，又是出世者的随物悲喜。"③保持清醒的认识，以求内心安然，进而达到对苦难人生的超越。诚然，"三教人生哲学的融通互用，可以帮助士人在通达与穷愁之间自由转换心境，平衡心理，更为圆通、机变地应对各种环境和人事。特别是在迁谪时期，他们能积极吸纳佛、道思想中利于精神超越、利于生存需要的合理因素，在谪居时保持一种比较稳定、

　　①　张三异《廿一史弹词注序》，见王文才、张锡厚辑《升庵著述序跋》，云南人民出版社 1985 年版，第 163 页。
　　②　对"江山之助"多误解，参阅汪春泓《关于〈文心雕龙〉"江山之助"的本义》，《文学评论》2003 年第 3 期。
　　③　韩经太《宋代诗歌史论》，吉林教育出版社 1995 年版，第 96 页。

平和、旷达的心态,随遇而安,平稳度过这段人生的低谷期。"①也正是在老庄和佛学的双重养料下,杨慎才有着如芥子纳须弥般"老而不衰,穷而不蹙,厄而不悯"②的豁达的人生境界,才能在前程似锦的中年却被贬谪云南之后完成了《滇程记》《滇候记》《滇载记》《六书博证》《转注古音略》《奇字韵》《古音余》《古音猎要》《古音略》《丹铅录》《谭苑醍醐》《异鱼图赞》《词品》等诸多在中国文化史上有着举足轻重的地位的著作。

---

① 张玉璞《三教融摄与宋代士人的迁谪心态——以苏轼为中心的考察》,《复旦学报》(社会科学版)2018 年第 2 期。
② 王文才《升庵著述序跋》,云南人民出版社 1985 年版,第 142 页。

第五章 《升庵诗话》及其考据诗学

　　杨慎出生于书香世家，好学穷理，涉猎十分广泛，简绍芳《升庵年谱》谓其"凡宇宙名物，草木虫鱼，靡不究心多识，阐其理，博其趣，而订其讹谬"。[①]杨慎考据方面的著作有《丹铅总录》二十七卷、《续录》十二卷、《余录》十七卷、《新录》七卷等。值得指出的是，由于杨慎博学多闻，他的诗学亦打上了考据的烙印。何良俊《四友斋丛说》卷二十四谓《升庵诗话》云："真有妙解处，且援证该博。"[②]王世贞《艺苑卮言》卷一说："杨用修搜遗响，钩匿迹，以备览核，如二酉之藏耳，其于雌黄曩哲，橐钥后进，均之乎未暇也。手宋人之陈编，辄自引寐。"[③]顾起纶《国雅品》谓《升庵诗话》为明代中期文学批评五大著作之一："若夫品之源流，前贤叙论，代有高鉴，惟严仪卿一家，颇称指南。至我盛明弘嘉间，又谆谆启迪。如昌谷《谈艺》，足起膏肓；茂秦《诗说》，切于针砭；用修《诗话》，深于辩核；子循《新语》，详析品汇；元美《卮言》，独擅雌黄。五家大备，将何复

---

① 王文才《杨升庵丛书》，四川人民出版社 2002 年版，第 1273 页。
② 何良俊《四友斋丛说》卷二十四《诗》一，中华书局 1959 年版，第 219 页。
③ 王世贞《弇州四部稿》卷一百四十四《艺苑卮言》卷一，文渊阁四库全书本。

云?"①在明代心学思潮泛滥、学子束书不观的学术大环境中,杨慎《升庵诗话》能做到"援证该博""深于辩核",其考据诗学的意义不言自明。本节拟就杨慎《升庵诗话》的考据诗学这一问题展开论述。

第一节　杨慎考据诗学之博学基础

《四库全书总目·卷首·凡例第三则》:

> 前代藏书率无简择,萧兰并撷,珉玉杂陈,殊未协别裁之义。今诏求古籍,特创新规,一一辨厥妍媸,严为去取。其上者悉登编录,罔致遗珠。其次者亦长短兼胪,见瑕瑜之不掩。其有言非立训,义或违经,则附载其名,兼匡厥缪。至于寻常著述,未越群流,虽咎誉之咸无,要流传之已久,准诸家著录之例,亦并存其目,以备考核。等差有辨,旌别兼施,自有典籍以来,无如斯之博且精矣。

如果从杨慎学术特点之博和精相结合的角度来考察,皇皇巨著如《升庵集》《升庵诗话》和《诗话补遗》等18部作品被收录在《四库全书》自然在情理之中。

《四库全书总目提要·升庵集》云:

> 至于论说考证,往往恃其强识,不及检核原书,至多疏舛。

---

① 丁福保辑《历代诗话续编》(中),中华书局1983年版,第1090页。

《四库全书总目提要·诗话补遗》云：

> 引据疏舛，然其赅博渊通，究在明人诸家之上。

《四库全书总目提要·墨池琐录》云：

> 尝语人曰："资性不足恃，日新德业，当自学问中来。"故好学穷理，老而弥笃。

《四库全书总目提要·丹铅总录》云：

> 慎博览群书，喜为杂著，计其平生所叙录不下二百余种。

《四库全书总目提要·古音丛目》云：

> 以其援据繁富，可备节取焉。……以其引证颇博，亦有足资考证者，故顾炎武作《唐韵正》犹有取焉。

"博""精"得当，那些"漫然搜辑，不择精粗者"[①]也是会受到批评的。"然其中清词佳句，采掇颇精，亦足资后学之触发，故于近人诗话之中，终为翘楚焉。"[②]

何良俊《四友斋丛说》直接把杨慎《升庵集》卷七十五《禅学俗

---

①　《四库全书总目提要·浩然斋雅谈》，文渊阁四库全书本。

②　《四库全书总目提要·渔洋诗话》，文渊阁四库全书本。

学》的原话拿来论证"博""约"之关系：

> 杨升庵云："骛于高远，则有躐等凭虚之忧；专于考索，则
> 有遗本溺心之患。故曰：'君子以尊德性而道问学。'盖高远之
> 弊，其究也以六经为注脚，以空索为一贯，谓形器法度皆刍狗
> 之余，视听言动非性命之理，所谓其高过于大，学而无实，世之
> 禅学以之。考索之弊，其究也，涉猎记诵以杂博相高，割裂装
> 缀以华靡相胜，如华藻之绘明星，伎儿之舞矸鼓，所谓其功倍
> 于小，学而无用，世之俗学以之。"①

只关注"博"，则是属于"骛于高远，躐等凭虚"；太专注"约"，恐
有"遗本溺心"，不见泰山之患。

明末大儒黄宗羲曾经以杨慎《升庵集》作为博学凭证：

> 某幼时喜博览，每举《杨用修集》。②

杨慎《升庵诗话》中有近四十条材料论及博学的重要性。尤其
需要指出的有两条，它们以讽刺挖苦的抨击方式，精辟地指出苦吟
诗人的可笑之处。一条是《升庵诗话》卷四"晚唐两诗派"条：

> 晚唐之诗分为二派：一派学张籍，则朱庆余、陈标、任蕃、

---

① 何良俊《四友斋丛说》卷四《经》四，《元明史料笔记丛刊》，中华书局1959年版，
第36—37页。

② 黄宗羲著、沈芝盈点校《明儒学案》卷五十一《文裕黄泰泉先生佐》，中华书局
1985年版，第1199页。

章孝标、司空图、项斯其人也；一派学贾岛，则李洞、姚合、方
干、喻凫、周贺"九僧"其人也。其间虽多，不越此二派。学乎
其中，日趋于下。其诗不过五言律，更无古体。五言律起结皆
平平，前联俗语十字，一串带过。后联谓之颈联，极其用工。
又忌用事，谓之点鬼簿，惟搜眼前景而深刻思之，所谓"吟成五
个字，捻断数茎须"也。余尝笑之，彼之视诗道也，狭矣。三百
篇皆民间士女所作，何尝撚须？今不读书而徒事苦吟，撚断肋
骨亦何益哉？晚唐惟韩柳为大家。韩柳之外，元白皆自成家。
余如李贺、孟郊，祖骚宗谢；李义山、杜牧之，学杜甫；温庭筠、
权德舆，学六朝；马戴、李益，不坠盛唐风格，不可以晚唐目之。
数君子真豪杰之士哉！彼学张籍、贾岛者，真处裈中之虱也。
二派见《张泊集》序项斯诗，非余之臆说也。①

另一条是《升庵诗话》卷九"假诗"条：

黄鄮山评翁灵舒戴式之诗云："近世有江湖诗者，曲心苦
思，既与造化迥隔，朝推暮敲，又未有以溉其本根，而诗于是乎
始卑。"然予以为其卑非自江湖始，宋初九僧已为许洞所困，又
上溯于唐，则大历而下，如许浑辈，皆空吟不学，平生镂心呕
血，不过五七言短律而已。其自状云："吟安一个字，捻断数行
须。"不知李杜长篇数千首，安得许多胡须拪扯也。苦哉！又
云："诗在灞桥风雪中，驴子背上。"不思周人《清庙》，汉代《柏
梁》，何必尔耶？又曰："寻常言语口头话，便是诗家绝妙词。"

① 丁福保辑《历代诗话续编》(中)，中华书局 1983 年版，第 851 页。

又云:"诗从乱道得。"又自云:"我平生作诗,得猫儿狗子力。"
噫!此等空空,知万卷为何物哉!然犹是形月露而状风云,咏
山水而写花木。今之作赝诗者异此,谓诗必用语录之话,于是
无极、先天、行窝、弄丸,叠出层见。又云:"须夹带禅和子语。"
于是打乖、打睡、打坐、样子、撇子、句子,朗诵之有矜色,疾书
之无怍颜,而诗也扫地矣。①

杨慎不但首肯黄震对江湖派诗人"朝推暮敲"苦吟式的创作手
法的批评,而且还指出,晚唐许浑一生"镂心呕血,不过至五七言短
律而已",其病正在空疏不学,不知万卷为何物,当然只会作"得猫
儿狗子力"之类的"寻常言语口头话"的卑下假诗、赝诗。而能"溉
其本根"、遏止诗风卑下的根本做法,便是要求诗人的学识渊博,必
须"知万卷为何物"。杨慎认为博学不但是诗歌创作的前提,还是
提高鉴赏水平的重要途径,他还反复强调通过读书来提高鉴赏
水平。

《升庵诗话》卷十四"莺啼修竹"条云:

杜子美《滕王亭》诗:"春日莺啼修竹里,仙家犬吠白云
间。""修竹"用梁孝王事,"犬吠云中"用淮南王事,人皆知之
矣。予尝怪"修竹"本无"莺啼"字也,后见孙绰《兰亭诗》"啼莺
吟修竹,游鳞戏澜涛。"乃知杜老用此也。读书不多,未可轻议
古人。②

---

① 丁福保辑《历代诗话续编》(中),中华书局1983年版,第812—813页。
② 丁福保辑《历代诗话续编》(中),中华书局1983年版,第930页。

《升庵诗话》卷五"杜诗野艇字"条云：

> 杜诗古本"野艇恰受两三人"，浅者不知"艇"字有平音，乃妄改作"航"字，以便于读，谬矣。古乐府云："沿江有百丈，一濡多一艇。上水郎担篙，何时至江陵。"艇音廷，杜诗盖用此音也。故曰："胸中无国子监，不可读杜诗。"彼胸中无杜学，乃欲订改杜诗乎？①

宋人所谓"胸中无国子监，不可读杜诗"，虽然有强调以才学为诗的不良倾向，但是在一定程度上，亦有合理之处。也就是说博学是鉴赏的基础，文学鉴赏要求甚解，须知其所以然。大量阅读作品是提高鉴赏能力的重要途径。舍此而外，想要在鉴赏水平方面有所提高，那真是缘木求鱼。

第二节　杨慎考据诗学的具体表现

（一）考证字的音、形、意以及名物

杨慎考据的一大贡献就是"正文字，明音义"②。杨慎自幼"嗜六书之艺，枕藉《说文》"③，对字学做过深入的研究，有《六书索隐》《六书博证》《分隶同构》《石鼓文音释》《俗言解字》《奇字韵》

---

① 丁福保辑《历代诗话续编》（中），中华书局1983年版，第733—734页。
② 丰家骅《杨慎评传》，南京大学出版社1998年版，第308页。
③ 杨慎十分推崇《说文解字》和《尔雅》："《说文》之解字，《尔雅》之训诂，上以解经，下以修辞，岂不简易哉！世之有《说文》《尔雅》，犹中原人之正音也。……汉唐以下解经率用《说文》《尔雅》，匪惟解经为然也，鸠摩罗什以汉语译梵书，亦用《说文》《尔雅》，可见二书可通行百世矣！"见杨慎《升庵集》卷四十五《活泼泼地》，文渊阁四库全书本。

等著作。他以"上以解经,下以修辞"的方法来考究诗词用字之音、形、意。如《升庵诗话》卷一"天窥象纬逼"条考据"天窥"一词之义云:

> 杜工部《龙门奉先寺》诗"天窥象纬逼",或作"天阙",殊为牵强。张表臣《诗话》据旧本作"天窥",引《史记》"以管窥天"之语,其见卓矣。余又按《文选》潘岳《闲居赋》"窥天文之秘奥",注引陆贾《新语》:"楚王作乾溪之台窥天文。"杜子美精熟《文选》者也。其用"天窥"字,正本此,况天文即象纬也,不但用其字,亦用其义矣。子美复生,必以余为知言。①

杨慎印证杜甫诗歌之"天窥象纬逼"字义皆从《文选》而出,如此解诗,方为杜甫千古知音。

《升庵诗话》卷三"古诗"条从音义角度来解释相思之义云:

> 古诗:"文彩双鸳鸯,裁为合欢被。著以长相思,缘以结不解。"著,昌虑切。郑玄《仪礼注》:"著,充之以絮也。"缘以绢也,郑玄《礼记注》:"缘,饰边也。"长相思,谓以丝缕络绵交互网之,使不断,长相思之义也。结不解,按《说文》结而可解曰纽,结不解曰缔。缔谓以针缕交锁连结,混合其缝,如古人结绸缪,同心制,取结不解之义也。既取其义以著爱而结好,又美其名曰相思,曰不解云。②

---

① 丁福保辑《历代诗话续编》(中),中华书局 1983 年版,第 656 页。
② 丁福保辑《历代诗话续编》(中),中华书局 1983 年版,第 689—690 页。

《升庵诗话》卷四"帆字音"条之解"帆"之音云：

　　帆字，符咸切，舟上幔也。又扶泛切，使风也。舟幔则平声，使风则去声，盖动静之异也。刘熙《释名》曰："随风张幔曰帆。"注去声。《广韵》曰："张布障风曰帆，音与梵同。"《左传》宣十三年注："拔斾投衡上，使不帆风。"谓车斾之受风，若舟帆之帆风也。舟帆之帆平声，帆风之帆去声。①

《升庵诗话》卷十二"绿沉"条考证"绿沉"乃一种颜色云：

　　杜少陵《游何将军山林》诗："雨抛金锁甲，苔卧绿沉枪。"竹坡周少隐《诗话》云："甲抛于雨，为金所锁。枪卧于苔，为绿所沉。有将军不好武之意。"此瞽者之言也。薛氏《补遗》云："绿沉，精铁也。"引《隋书》文帝赐张渊绿沉之甲。赵德麟《侯鲭录》谓绿沉为竹，引陆龟蒙诗"一架三百竿，绿沉森杳冥"。虽少有据，然亦非也。予考"绿沉"乃画工设色之名。《邺中记》云："石虎造象牙桃枝扇，或绿沉色，或木兰色，或紫绀色，或郁金色。"王羲之《笔经》云："有人以绿沉漆管见遗。"《南史》梁武帝西园食绿沉瓜，是绿沉即西瓜皮色也。梁简文诗："吴戈夏服箭，骥马绿沉弓。"虞世南诗："绿沉明月弦。"刘邵《赵都赋》："弩有黄间绿沉。"若如薛与赵之说，铁与竹岂可为弓弦耶？杨巨源诗："吟诗白羽扇，校猎绿沉枪。"与杜少陵之句同，

---

　　①　丁福保辑《历代诗话续编》(中)，中华书局1983年版，第699页。

皆谓以绿沉色为漆饰枪柄。①

周紫芝认为绿沉就是精铁,赵德麟《侯鲭录》说绿沉为竹,杨慎旁征博引,以刘邵《赵都赋》、陆翙《邺中记》、王羲之《笔经》并梁简文帝、虞世南、杨巨源诗歌综合考察,认定绿沉乃是指绿沉漆。结合《隋书·音乐志》:"正一品,铙及节鼓,朱漆画,饰以羽葆。余鼓吹并朱漆。四品,铙及工人衣服同三品。余鼓皆绿沉。"与"绿沉"对应的是"朱","绿沉"色作为漆的一种颜色,应该是不错的。再如唐薛韬《赠郑女郎》诗中有"堂前锦褥红地炉,绿沉香榼倾屠苏",榼是盛酒的器具,绿沉香榼是指漆作绿色的酒器。绿色的酒器与红色的地炉相映衬,烘托出吉庆气氛。可见,杨慎的引据最为全面,他所得出的结论也应该是最贴近本意的。

《升庵诗话》卷六"泥人娇"条解释"泥"为"柔言索物"云:

> 俗谓柔言索物曰泥,乃计切,谚所谓软缠也。杜子美诗"忽忽穷愁泥杀人",元微之《忆内》诗"顾我无衣搜画匣,泥他沽酒拔金钗",《非烟传》诗曰"郎心应以琴心怨,脉脉春情更泥谁",杨乘诗"昼泥琴声夜泥书",元邓文原《赠妓》诗"银灯影里泥人娇",柳耆卿词"泥欢邀宠最难禁"。字又作詉,《花间集》"黄莺娇啭詉芳妍",又"记得泥人微敛黛"。字又作妮,王通叟诗"十三妮子绿窗中",今山东目婢曰小妮子,其语亦古矣。②

---

① 丁福保辑《历代诗话续编》(中),中华书局 1983 年版,第 878 页。
② 丁福保辑《历代诗话续编》(中),中华书局 1983 年版,第 748—749 页。

《升庵诗话》卷十一"瑟瑟"条曰"瑟瑟"为"珍宝",取其"色碧"之意:

> 白乐天《琵琶行》:"枫叶荻花秋瑟瑟。"此句绝妙。枫叶红,荻花白,映秋色碧也。瑟瑟,珍宝名,其色碧,故以瑟瑟影指"碧"字。读者草草,不知其解也。今以问人,辄答曰:"瑟瑟者,萧瑟也。"此解非是。何以证之?乐天又有《暮江曲》云:"一道残阳照水中,半江瑟瑟半江红。"此瑟瑟岂萧瑟哉?正言残阳照江,半红半碧耳。乐天有灵,必惊予为千载知音矣。①

《升庵诗话》卷十二"赵李"条考证"赵李"非赵飞燕、李夫人:

> 阮籍《咏怀》诗:"西游咸阳中,赵李相经过。"颜延年以为赵飞燕、李夫人。刘会孟谓"安知非实有此人,不必求其谁何也",不详诗意。"咸阳""赵李"谓游侠近幸之俦,《汉书·谷永传》"小臣赵李从微贱尊宠,成帝常与微行"者。籍用赵李字正出此。若如颜延年说赵飞燕、李夫人,岂可言经过?如刘会孟言当时实有此人,唐王维诗亦有"日夜经过赵李家",岂唐时亦实有此人乎?乃知读书不详考深思,虽如延年之博学,会孟之精鉴,亦不免失之,况下此者耶?②

杨慎引用《汉书》考证二人非赵飞燕、李夫人,而是来自《汉

---

① 丁福保辑《历代诗话续编》(中),中华书局 1983 年版,第 860 页。
② 丁福保辑《历代诗话续编》(中),中华书局 1983 年版,第 874—875 页。

书·谷永传》之游侠近幸之臣赵季、李欵。后顾炎武、梁章钜等人亦在考辨"赵李"时服膺杨慎观点。

《升庵诗话》卷一"十样鸾笺"条考证何谓"十样鸾笺"：

> 韩浦诗云："十样鸾笺出益州。"《成都古今记》载其目，曰深红，曰粉红，曰杏红，曰明黄，曰深青，曰浅青，曰深绿，曰浅绿，曰铜绿，曰浅云，凡十样。又有松花、金沙、流沙、彩霞、金粉、桃花、冷金之别，即其异名。①

其余诸如卷二谓"不借""军持"分别为草鞋和净瓶，卷十二"选诗补注"条考订"格泽"为星名，并且旁征博引、用多种证据以证成其说，都可以帮助人们理解诗歌的内容。

（二）探究诗歌本事以及典故

诗歌本事大致能勾勒作者当时的写作缘起以及基本目的，通过对本事的考证，读者可以发掘诗歌更本真的面貌。杨慎作为博学大家，自然会极力追问诗歌的原本意义。而对于典故，由于时代久远再加上阅读者的学力所限，读者不能理会其蕴涵在内的旨意，杨慎在评析诗歌的时候，对这两方面也颇为关注。

出于对李白的喜爱，杨慎在李白之籍贯方面的考据尤为用力②。

《升庵诗话》卷二"太白怀乡句"条曰：

> 太白《渡金门》诗："仍怜故乡水，万里送行舟。"《送人之罗

---

① 丁福保辑《历代诗话续编》（中），中华书局 1983 年版，第 637 页。
② 参见拙文《杨慎"李杜优劣"论》，《名作欣赏》2010 年第 2 期。

浮》诗:"尔去之罗浮,余还憩峨眉。"又《淮南卧病怀寄蜀中赵征君蕤》诗云:"国门遥天外,乡路远山隔。朝忆相如台,夜梦子云宅。"皆寓怀乡之意。赵蕤,梓州人,字云卿,精于数学,李白齐名。苏颋《荐西蜀人才疏》云:"赵蕤术数,李白文章。"宋人注李诗遗其事,并附见焉。①

《升庵诗话》卷六"东山李白"条曰:

　　杜子美诗:"近来海内为长句,汝与东山李白好。"流俗本妄改作"山东李白"。按乐史序《李白集》云:"白客游天下,以声妓自随,效谢安石风流,自号'东山',时人遂以'东山李白'称之。"子美诗句,正因其自号而称之耳,流俗不知而妄改。近世作《大明一统志》,遂以李白入山东人物类,而引杜诗为证,近于郢书燕说矣。噫,寡陋一至此哉!②

　　杨慎以李白诗句和苏颋奏疏两条资料互证,指出"东山"乃用谢安典故,批评了流俗版本改"东山"为"山东"的错误做法,考订李白为四川人,并为宋人注李诗补注,显示了杨慎一以贯之的博学主张。

　　其余如《升庵诗话》卷二"太白梁甫吟"考据《梁甫吟》:"手接飞猱搏雕虎,侧足焦原未言苦。"盖用《尸子》载中勇士黄伯能左接飞猱、右搏斑驳猛虎及莒国之勇夫事。③《升庵诗话》卷二"王昌龄殿前曲"条考证"昨夜风开露井桃,未央前殿月轮高。平阳歌舞新承

---

①　丁福保辑《历代诗话续编》(中),中华书局1983年版,第658页。
②　丁福保辑《历代诗话续编》(中),中华书局1983年版,第757页。
③　丁福保辑《历代诗话续编》(中),中华书局1983年版,第659页。

宠,帘外春寒赐锦袍"。杨慎认为此诗"借汉为喻"也,借咏汉代赵飞燕事,来影射唐代开元末纳玉环事。①《升庵诗话》卷三"戎昱霁雪诗"条考证"风卷残云暮雪晴,江烟洗尽柳条青。檐前数片无人扫,又得书窗一夜明"一诗暗用孙康映雪夜读之事,颇妙。②《升庵诗话》卷三"白头乌"条考证杜工部诗"长安城头头白乌,夜上延秋门上呼"。盖用《三国典略》典故,以侯景比安禄山之篡位也。③《升庵诗话》卷四考据"近水楼台"之本事,卷十谓张正见《咏鸡》诗"蜀郡随金马,天津应玉衡"。上句用"金马碧鸡"事,下句用纬书《春秋运斗枢》玉衡星精散为鸡事。④《升庵诗话》卷十二"碑生金"条考证阴铿诗"表柱应堪烛,碑书欲有金"。上句用张华燃烛化狐事,下句碑生金事。⑤诸如此类,在考证的同时,援引大量的诗歌作为证据,令人心服口服。

(三) 考察版本与文字校勘

古代的诗歌作品在传抄、刊刻的过程中,由于种种原因,难免鲁书燕说,个别的字句会变得面目全非、张冠李戴。杨慎《升庵诗话》中多处强调原始文献对于正确理解作品思想艺术成就的重要性,尤其反感后人妄改古书文字,书中类似之论不乏其例。

《升庵诗话》卷八"书贵旧本"云:

观乐生爱收古书,尝言古书有一种古香可爱。余谓此言

---

① 丁福保辑《历代诗话续编》(中),中华书局1983年版,第671页。
② 丁福保辑《历代诗话续编》(中),中华书局1983年版,第677页。
③ 丁福保辑《历代诗话续编》(中),中华书局1983年版,第684页。
④ 丁福保辑《历代诗话续编》(中),中华书局1983年版,第709页。
⑤ 丁福保辑《历代诗话续编》(中),中华书局1983年版,第878页。

末矣,古书无讹字,转刻转讹,莫可考证。余于滇南见故家收《唐诗纪事》抄本甚多,近见杭州刻本,则十分去其九矣。刻《陶渊明集》,遗《季札赞》。《草堂诗余》旧本,书坊射利,欲速售,减去九十余首,兼多讹字,余抄为《拾遗辩误》一卷。先太师收唐百家诗,皆全集,近苏州刻则每本减去十之一,如《张籍集》本十二卷,今只三四卷,又傍取他人之作入之;王维诗取王涯绝句一卷入之,诡于人曰此维之全集,以图速售,今王涯绝句一卷,在《三舍人集》之中,将谁欺乎?此其大关系者。若一句一字之误尤多。略举数条,如王涣《李夫人歌》"修嫮秾华销歇尽","修嫮"讹作"德所";武元衡诗"刘琨坐啸风清塞",讹作"生苑",琨在边城,则"清塞"字为是,焉得有苑乎?杜牧诗"长空澹澹没孤鸿",今妄改作"孤鸟没",平仄亦拗矣;杜诗"七月六日苦炎蒸",俗本"蒸"作"热";"纷纷戏蝶过开幔",俗本"开"作"闲",不知子美父名闲,诗中无"闲"字;"邀欢上夜关",今俗本作"卜夜间";"曾闪朱旗北斗殷",妄改"殷"作"闲",成何文理?前人已辩之矣。刘巨济收许浑诗"湘潭云尽暮烟出",今俗本"烟"作"山",亦是浅人妄改。湘水多烟,唐诗"中流欲暮见湘烟"是也。"烟"字大胜"山"字。李义山诗:"瑶池宴罢留王母,金屋妆成贮阿娇。"俗本作"玉桃偷得怜方朔",直似小儿语耳。陆龟蒙《宫人斜》诗"草着愁烟似不春",俗本作"草树如烟似不春",尤谬。小词如周美成"愔愔坊曲人家","坊曲"妓女所居,俗改"曲"作"陌"。张仲宗词"东风如许恶",俗改"如许"作"妒花",平仄亦失贴。孙夫人词"日边消息空沉沉",俗改"日"作"耳"。东坡"玉如纤手嗅梅花",俗改"玉如"作"玉奴",其余不可胜数也。书所以贵旧本者,可以订讹,不独古香可爱而已。①

又如《升庵诗话》卷六"明驼使"条云：

> 《木兰辞》："愿借明驼千里足，送儿还故乡。"今本或改
> "明"作"鸣"，非也。驼卧，腹不帖地，屈足漏明，则走千里，故
> 曰明驼。唐制，驿置有明驼使，非边塞军机，不得擅发。杨妃
> 私发明驼使赐安禄山荔枝，见小说。②

杨慎根据古本考证"明驼"之意为"屈足漏明，则走千里"之意。
《升庵诗话》卷七"泉明"条云：

> 李太白诗："昔日绣衣何足荣，今朝赘酒与君倾。且就东
> 山赊月色，酣歌一夜送泉明。"泉明即渊明，唐人避高祖讳，改
> 渊为泉也。今人不知，改泉明作泉声，可笑。③

宋谢薖《谢幼槃文集》卷二"洽闻强记，于书无所不通，尤爱渊
明诗"④，宋王楙《野客丛书》记载："叶廷珪《海录碎事》谓渊明一字
泉明，李白诗多用之。不知称渊明为泉明者，盖避唐高祖讳耳。犹
杨渊之称杨泉，非一字泉明也。"⑤周密《齐东野语》："高祖讳渊，渊

---

①　丁福保辑《历代诗话续编》(中)，中华书局1983年版，第794—795页。
②　丁福保辑《历代诗话续编》(中)，中华书局1983年版，第744页。
③　丁福保辑《历代诗话续编》(中)，中华书局1983年版，第766页。
④　谢薖《谢幼槃文集》，中华书局1985年版，第14页。
⑤　王楙《野客丛书》，文渊阁四库全书本。

字尽改为泉。"①依此,杨慎认为"泉明即渊明,唐人避高祖讳,改渊为泉也"。后明清两代直接用"泉明"指代"渊明",如乾隆《御制诗五集》卷六《题林逋诗帖卷五叠前韵》:"却惜柴桑未经到,泉明孤醉东篱菊。"《御制诗初集》卷三十《菊泉歌题邹一桂所画》:"伯始饮之但增羞,不如泉明花下坐。"可见"泉明"已经成为约定俗成的一个称谓。

《升庵诗话》卷九"粘天"条对"粘天"之由来的考订:

> 庾阐《扬都赋》:"涛声动地,浪势粘天。"本自奇语。昌黎祖之曰:"洞庭漫汗,粘天无壁。"张祜诗"草色粘天鹧鸪恨",黄山谷"远山粘天吞钓舟",秦少游小词"山抹微云,天粘衰草",正用此字为奇。今俗本作"天连",非矣。②

杨慎不厌其烦地搜罗前人诗句,以求"粘天"之具体含义,从而看出他对版本之讲究和对原始文献之重视。

(四)溯源诗歌体式

杨慎极为重视古体诗歌的形式,对诗歌体式之流变进行了梳理,诸如:

> 晋傅咸作《七经》诗,其《毛诗》一篇,略曰:"聿修厥德,令终有淑。勉尔遁思,我言维服。盗言孔甘,其何能淑?谗人罔极,有腼面目。"此乃集句诗之始。或谓集句起于王安石,非

---

①　周密《齐东野语》,中华书局1983年版,第56页。

②　丁福保辑《历代诗话续编》(中),中华书局1983年版,第810页。

也。(《升庵诗话》卷一"七经诗集句之始"条)①

任昉云:"六言诗始于谷永。"慎按《文选注》引董仲舒《琴歌》二句,亦六言,不始于谷永明矣。乐府《满歌行》尾一解"命如凿石见火,居世竟能几时。"亦六言也。(《升庵诗话》卷一"六言诗始"条)②

古有三句之诗,意足词赡,盘屈于二十一字之中,最为难工。遍检前贤诗,不过四五首而已。岑之敬《当垆曲》云:"明月二八照花新,当垆十五晚留宾,回眸百万横自陈。"最为绝倡。唐传奇无名氏《春词》云:"杨柳袅袅随风急,西楼美人春梦中,绣帘斜卷千条入。"一作《杨妃舞曲》,后跋云:"三句之诗,妙绝古今。"《幽怪录》所载同。宋谢皋羽《寄邓牧心》云:"杜鹃花开桑叶齐,戴胜芊生药草肥,九锁山人归未归?"洪武中詹天臞《寄山中友人》云:"桂树苍苍月如雾,山中故人读书处,白露湿衣不可去。"一本有"虽佳,比之唐人则恶矣"。又《古步虚词》云:"三十六天高太清,元君夫人踏云语,吟风飒飒吹玉笙。"近日云南提学彭纲《咏刺桐花》云:"树头树底花楚楚,风吹绿叶翠翩翩,露出几枝红鹦鹉。"亦风韵可爱也。刺桐花,云南名为鹦哥花,花形酷似之。彭公此诗本四句,命吏写刻于匾,遗其一句,复诵之,自觉意足,乃不更改。余闻之晋宁侍御唐池南云。(《升庵诗话》卷一"三句诗"条)③

杨慎以博学为基础,从求实的考据角度出发,指出集句诗、六

---

① 丁福保辑《历代诗话续编》(中),中华书局 1983 年版,第 638 页。

② 丁福保辑《历代诗话续编》(中),中华书局 1983 年版,第 650 页。

③ 丁福保辑《历代诗话续编》(中),中华书局 1983 年版,第 647—648 页。

言诗、三句诗的渊源流变。从这些诗话条目中,我们不仅看出其渊博的学养,也可知其融会了通变的观点,杨慎并不排斥唐以外的诗歌,不似七子复古之专事模拟,希望以宏观的视角,探索古体诗歌之形式,于李何之外另辟蹊径。

(五)发掘诗句含义之源流

由于博览群书,杨慎往往能看到诗歌之间的继承关系,他的这种追根溯源的品评对于读者深刻地理解诗意也有一定的促进作用。

《升庵诗话》卷一"八咏"条云:

> 沈约《八咏》诗云:"……夕行闻夜鹤,晨征听晓鸿。解佩去朝市,被褐守山东。"……"夕夜""晨晓"四字,似复非复,后人决难下也。东坡诗"朝与鸟鹊朝,夕与牛羊夕",二句尤妙,亦祖沈意。①

《八咏诗》是南朝文学家沈约受到乐府诗启发而创作的一组杂言体的组诗,包括《登台望秋月》《会圃临春风》《岁暮悯衰草》《霜来悲落桐》《夕行闻夜鹤》《晨征听晓鸿》《解佩去朝市》《被褐守山东》等八首诗。此组诗脍炙人口,影响极大,被收入《玉台新咏》《汉魏六朝百三家集》《古诗纪》和《石仓历代诗选》等著名诗歌选本。当然也有学人有着不同的看法,如胡应麟《少室山房笔丛》卷二十三《艺林学山》五:"'夕夜晨晓'叠用,自是六朝诗病,老坡二句是文法,尤远于诗。《八咏》各为诗题,故篇中前六句皆时令语。又'夕

---

① 丁福保辑《历代诗话续编》(中),中华书局 1983 年版,第 639 页。

行''晨征''解佩''朝市'皆平头也,四声八病起于休文,此可为律祖耶?"①又说:"休文'夕行闻夜鹤,晨征听晓鸿',当句自犯,尤为语病。用修复以为工,惟六朝故,若出宋人,不知何等掊击矣。"②王夫之《古诗评选》中沈约《九日侍宴乐游苑》也谓:"休文一切文笔,文者必酸,质者必俗,独于此体得其最优,使他皆侠,四言独传,讵不生人企想,乃令《六忆》《八咏》流声俗耳。约之不幸,岂徒不死于永元之前,以副蔡兴宗'人伦师表'之誉哉!"③沈约《八咏诗》虽有平头之诗病,并未尽善尽美,不甚合后世五律平仄格律,但亦为后代律诗的定型做了开创性的贡献和探索,杨慎《词品》卷六"八咏楼"谓:"沈休文《八咏诗》,语丽而思深,后人遂以名楼,照映千古。"④

其他诸如《升庵诗话》卷一"尹式诗"条云:

尹式《和宋之问》诗:"愁发含霜白,衰颜寄酒红。"杜子美云:"发短何须白,颜衰肯再红。"宋陈后山云:"短发愁催白,衰颜酒借红。"皆互相取用,各不失为佳。⑤

《升庵诗话》卷二"太白句法"条云:

太白诗:"天山三丈雪,岂是远行时。"又云:"水国秋风夜,

① 见胡应麟《少室山房笔丛》,文渊阁四库全书本。
② 胡应麟《诗薮》外编卷二《六朝》,中华书局 1958 年版,第 144—145 页。
③ 王夫之评选、张国星校点《古诗评选》,河北大学出版社 2008 年版,第 119 页。
④ 杨慎撰、陈颖杰校释《词品》卷六"八咏楼",北方文艺出版社 2000 年版,第 271 页。
⑤ 丁福保辑《历代诗话续编》(中),中华书局 1983 年版,第 651 页。

殊非远别时。""岂是""殊非",变幻二字,愈出愈奇。孟蜀韩琮诗:"晚日低霞绮,晴山远画眉。青青河畔草,不是望乡时。"亦祖太白句法。①

《升庵诗话》卷二"王粲用刘歆赋语"条云:

> 刘歆《遂初赋》:"望亭隧之嶕嶢兮,飞旗帜之翩翩。"王粲《七哀》诗:"登城望亭隧,翩翩飞羽旗。"实用刘歆语。②

《升庵诗话》卷二"王昌龄长信秋词"条云:

> "芙蓉不及美人妆,水殿风来珠翠香。却恨含情掩秋扇,空悬明月待君王。"司马相如《长门赋》:"悬明月以自照兮,徂清夜于洞房。"此用其语,如李光弼将子仪之师,精神十倍矣。③

这几条资料都是指出,诗人在创作的时候都有对前代诗歌诗意进行承袭和借鉴的情况。

《升庵诗话》卷十二"夺胎换骨"条云:

> 汉贾捐之《议罢珠崖疏》云:"父战死于前,子斗伤于后,女子乘亭鄣,孤儿号于道,老母寡妇饮泣巷哭,遥设虚祭,想魂乎

---

① 丁福保辑《历代诗话续编》(中),中华书局1983年版,第658—659页。
② 丁福保辑《历代诗话续编》(中),中华书局1983年版,第668页。
③ 丁福保辑《历代诗话续编》(中),中华书局1983年版,第671页。

万里之外。"《后汉·南匈奴传》、唐李华《吊古战场文》全用其语意,总不若陈陶诗云:"誓扫匈奴不顾身,五千貂锦丧胡尘。可怜无定河边骨,犹是春闺梦里人。"一变而妙,真夺胎换骨矣。①

杨慎所谓"夺胎"和"换骨",就是指借鉴前人的文意,而用自己新鲜的语言去表达,进而起到深化思想和开拓意境等作用。

《升庵诗话》卷十一"晚见朝日"条云:

> 谢灵运诗:"晓闻夕飙急,晚见朝日暾。"此语殊有变互。凡风起必以夕,此云"晓闻夕飙",即杜子美之"乔木易高风"也。"晚见朝日",倒景反照也。孟郊诗:"南山塞天地,日月石上生。高峰夕驻景,深谷夜先明。"皆自谢诗翻出。②

谢灵运以山水诗来娱情适性,突破汉儒诗歌"美刺比兴"传统,表现出对人性的一种解放。杜甫对此是欣赏和接受的,并将这种特色归纳为"陶冶性灵"。其《解闷十二首》之七曰:"孰知二谢将能事",并将之付诸诗歌创作实践中。杜诗那些"清词丽句"的作品,受到谢灵运诗歌很多的影响。杨慎能看到二人诗歌的前后继承关系,可谓别具慧眼。

其余如《升庵诗话》卷八"素足女"谓李白诗"东阳素足女,会稽素舸郎。相看月未堕,白地断肝肠"之句,来自谢灵运《东阳江中赠

① 丁福保辑《历代诗话续编》(中),中华书局 1983 年版,第 877—878 页。
② 丁福保辑《历代诗话续编》(中),中华书局 1983 年版,第 850 页。

答》"可怜谁家妇,缘流洗素足。明月在云间,迢迢不可得。"《升庵诗话》卷八"梁简文和萧侍中子显春别"条谓"别观蒲桃带实垂,江南豆蔻生连枝。无情无意尚如此,有心有恨徒自知"来自《诗》云:"隰有苌楚,猗傩其枝。夭之沃沃,乐子之无知。"《升庵诗话》卷九"鱼若乘空"谓柳子厚《小石潭记》"潭中鱼可百许头,皆若空游无所依"本之郦道元《水经注》:"俯视游鱼,类若乘空。"杨慎能看到文学作品的前后继承关系,可谓别具慧眼。

　　杨慎"以一代伟才,志尚古学"①,人们佩服他的博学,所以大都把考据学风开山祖师爷的帽子戴到了杨慎的头上。或谓"首开考据之风的应推明正德年间的学人杨慎"②,或谓"并开创数百年考据学风之贡献"③,或谓"中国经学的发展由汉唐注疏之学,到宋明义理之学,再到清代考据之学,经历了一个否定之否定的过程。而杨慎学术思想的价值就在于它倡导回归汉唐之学,从而开启了清代考据学的先河"④云云。但袁枚的"考据之学最后,始于郑、马,盛于邢、孔"⑤的论断也许更符合历史实际一些。

第三节　杨慎考据诗学的历史评价

　　人们佩服杨慎的博学,但也不吝指出他的疏漏和牵强。如王

---

　　①　王夫之评选、张国星校点《古诗评选》,河北大学出版社 2008 年版,第 59 页。
　　②　段超《晚明"学风空疏"考辨》,《社会科学战线》1998 年第 1 期。
　　③　林庆彰《明代考据学研究》,华东师范大学出版社 2016 年版,第 47 页。
　　④　姜广辉《中国经学思想史(第三卷)》,中国社会科学出版社 2010 年版,第 1123 页。
　　⑤　袁枚《随园尺牍》卷八《寄奇方伯》,转引自叶庆炳、吴宏一编《清代文学批评资料汇编》,台湾成文出版社 1979 年版,第 480 页。

世贞《弇州山人续稿》谓杨慎"疏卤百出，检点不堪"①，《艺苑卮言》卷六谓："杨（慎）工于证经而疏于解经，博于稗史而忽于正史，详于诗事而不得诗旨，精于字学而拙于字法，求之宇宙之外而失之耳目之前。凡有援据，不妨墨守，稍涉评击，未尽输攻。"②胡应麟《丹铅新录序》指出："余尝窃窥杨子之癖，大概有二：一曰命意太高，一曰持论太果。太高则迂怪之情合，故有于前人之说，浅也凿而深之，明也汩而晦之。太果则灭裂之衅开，故有于前人之说，疑也骤而信之，是也骤而非之。"③胡震亨《唐音癸签》卷三十二中云："明兴，说诗者以博推杨用修（慎）。……用修之书，搜隐摘奇，往往任胸援引，非必尽确，后贤訾驳正未已。"④四库馆臣也说："慎以博洽冠一时，使其覃精研思，网罗百代，竭平生之力以成一书，虽未必追踪马、郑，亦未必遽在王应麟、马端临下。而取名太急，稍成卷帙，即付枣梨，饾饤为编，只成杂学。王世贞谓其工于证经而疏于解经，详于稗史而忽于正史，详于诗事而略于诗旨，求之宇宙之外而失之耳目之内，亦确论也。又好伪撰古书以证成己说，睥睨一世，谓无足以发其覆，而不知陈耀文《正杨》之作，已随其后。虽有意求瑕，诋諆太过，毋亦木腐虫生，有所以召之之道欤！然渔猎既富，根柢终深。故疏舛虽多，而精华亦复不少，求之于古，可以位置郑樵、罗泌之间。其在有明，固铁中铮铮者矣。"⑤周中孚对此曾表示过不同意见，其《郑堂读书记》说："升庵精于考证，故说经之书，俱能引

①　王世贞《弇州山人续稿》卷二零六，文渊阁四库全书本。
②　王世贞《弇州山人四部稿》，文渊阁四库全书本。
③　林庆彰《明代考据学研究》，华东师范大学出版社 2016 年版，第 239 页。
④　胡震亨《唐音癸签》，文渊阁四库全书本。
⑤　《四库全书总目提要·丹铅余录十七卷、续录十二卷、摘录十三卷、总录二十七卷》，文渊阁四库全书本。

据确切,独申己见,殊胜于株守传注,曲为附会者。王弇州(世贞)谓其工于证经而疏于解经。夫证经即所以解经,其致一也,弇州离而二之,岂知升庵者哉。"①

的确,杨慎在考据方面也有勉强相连甚至张冠李戴之处,有些连杨慎自己也感觉未免太拘泥了。②如《升庵诗话》卷八"唐诗主情""唐诗翻三百篇意"等条,把唐诗附会到《诗经》的具体篇章,谓唐人闺情诗"袅袅庭前柳,青青陌上桑。提笼忘采叶,昨夜梦渔阳"和"莺啼绿树深,燕语雕梁晚。不省出门行,沙场知近远"等即《卷耳》诗之章节,"春潮带雨晚来急,野渡无人舟自横"本于《诗经》"泛彼柏舟"。可谓牵强。

而且对于杨慎援引考据法入诗歌研究的做法,明清学者确实很反对。如王世贞《艺苑卮言序》中自述其写作该书的主要目的之一,是要以补严羽、杨慎、徐祯卿诗论之"未备者"。王世贞谓"杨(慎)工于证经而疏于解经,博于稗史而忽于正史,详于诗事而不得

---

① 周中孚《郑堂读书记》,商务印书馆 1959 年版,第 37 页。
② 《升庵诗话》卷二"北走"条记载:李文正尝与门人论诗曰:"杜子美诗'北走关山开雨雪'与'胡骑中宵堪北走',两'北走'字同乎?"慎对曰:"按字书,疾趋曰走,上声,驱之走曰奏,去声。北走关山,疾走之走也,如《汉书》'北走邯郸道'之走。胡骑北走,驱而走之也,如《汉书》'季布北走胡'之走,是疑不同。"先生曰:"尔言甚辨,然吾初无此意。"卢师邵侍御在侧曰:"恐杜公亦未必有此意。"盖如此解诗,似涉于太凿耳。见丁福保辑《历代诗话续编》(中),中华书局 1983 年版,第 674 页。又《升庵诗话》卷七"飞霜殿"记载:《范元实诗话》:"白乐天《长恨歌》工矣,而用事微误。'峨眉山下少人行。'明皇幸蜀,不行峨眉山也,当改云剑门山。'七月七日长生殿,夜半无人私语时。'长生殿乃斋戒之所,非私语地也。华清宫自有飞霜殿,乃寝殿也,当改'长生'为'飞霜'则尽矣。"按郑嵎《津阳门》诗:"金沙洞口长生殿,玉蕊峰头王母祠。"则长生殿乃在骊山之上,夜半亦非上山时也。又云:"飞霜殿前月悄悄,迎风亭下风飚飚。"据此,元实之所评信矣。见丁福保辑《历代诗话续编》(中),中华书局 1983 年版,第 769 页。如此种种,不一而足,都可以看出杨慎解诗歌太过于"详于诗事而不得诗旨",偏离了诗歌"兴观群怨"之诗教传统。

诗旨,精于字学而拙于字法,求之宇宙之外而失之耳目之前。凡有援据,不妨墨守,稍涉评击,未尽输攻。"①他在论述王维桢对杜甫诗歌的阐释时说"王允宁生平所推伏者,独杜少陵。其所好谈说,以为独解者,七言律耳。大要贵有照应、有开阖、有关键、有顿挫。其意主兴、主比,其法有正插、有倒插。要之,杜诗亦一、二有之耳,不必尽然。予谓允宁释杜诗法如朱子注《中庸》一经,支离圣贤之言,束缚小乘律,都无禅解。"王世贞指出王维桢《杜律颇解》,关于杜诗的种种见解和朱熹对《中庸》的阐释一样,支离破碎,都没有真正领悟作者的原意。王世贞这里虽然只是就朱熹对《中庸》一书的解释而言,但值得注意的是,他批评朱熹思想"支离"一语,正是心学理论先驱陆九渊指责朱熹思想的重要观点。王世贞以"格调"论诗,主张不能拆解杜诗,使其支离破碎,不见诗篇,只见文字。

钱谦益反对以考据的方法来解诗,他在《增城集序》说:

> 《书》有之:"诗言志,歌永言。"……世之称诗者,较量比兴,拟议声病,丹青而已尔,粉墨而已尔。其属情藉事,不可考据也。②

王夫之《姜斋诗话》卷一云:

> 陶冶性情,别有风旨,不可以典册、简牍、训诂之学与焉者也。③

---

① 王世贞《弇州四部稿》卷一百四十九《艺苑卮言》卷六,文渊阁四库全书本。
② 钱谦益《牧斋初学集》,上海古籍出版社1985年版,第958页。
③ 戴鸿森《姜斋诗话笺注》,人民文学出版社1981年版,第1页。

叶燮《原诗》卷三谓：

> 后世评诗者……动以某人之诗如某某，或人、或神仙、或事、或动植物，造为工丽之辞，而以某某人之诗，一一分而如之。泛而不附，缛而不切。……我故曰：历来之评诗者，杂而无章，纷而不一，诗道之不能常振于古今者，其以是故欤！①

三人都排斥对诗歌作品进行知性阅读，认为诗歌是为了表达感情，别有韵味，不能从考据的方法入手来解诗。"以为诗的精微奥妙可意会而不可言传，如经科学分析，则如七宝楼台，拆碎不成片段"②，可谓与严羽《沧浪诗话》之"别材别趣"说一脉相承。袁枚更是从性灵的角度出来认为"凡诗之传者，都是性灵，不关堆垛"③，"著作之文形而上，考据之学形而下。各有资性，两者断不能兼。"④以考据入诗实质上是炫耀学识而缺乏才情，所以"考据之学，离诗最远"⑤。

但是杨慎对于诗文的考证辨订亦不乏可圈可点之处，"其所论，多为明清注家之所取资；亦启后世学人争相继述：如焦竑《笔乘》，胡震亨《唐音癸签》、王世贞《渔洋诗话》、吴景旭《历代诗话》等，其征故实、辨名物、考音训，多用升庵之说。……总之，升庵以

---

① 王夫之《清诗话》，中华书局 1963 年版，第 600 页。
② 朱光潜《朱光潜美学文集》第二卷《诗论·抗战版序》，上海文艺出版社 1982 年版，第 3 页。
③ 袁枚《随园诗话》卷五，文渊阁四库全书本。
④ 袁枚《小仓山房续文集》卷二十八《随园随笔序》，上海古籍出版社 1988 年版，第 1766 页。
⑤ 袁枚《随园诗话补遗》卷二，文渊阁四库全书本。

经史考据之法治诗,其所成就,远过前人。"①值得后人学习。钱穆认为:"考据仅为从事学问之一方法,学问已入门,遇有疑难,必通过考据。"②诚然,如果我们能避免"把诗只看成考据校勘或笺证的对象,而忘了它还是一首整体的诗","目无全牛,像一个解剖的医生,结果把美人变成了骷髅"③的极端做法,去从另一个角度来思考的话,考据的理论方法也有它自身的价值所在,因为"考据乃一种治学方法,其本身并无特定学科对象,亦无是非善恶之别"④。

胡晓明《考据的诗学如何可能?》一文指出:

> 即便是"诗有别才,非关知也,诗有别趣,非关学也",但是诗有史,史即事,事有时、地、人,即决定了解诗之法,务须考据。浅言之,要知作诗之时与写诗之人,材料之搜集,即是最初之证据与考释。何况,材料与材料之间,线索与线索之间,如乱麻如谜团,抽丝剖茧,剥蕉至心,皆是考据。……考据本身,即是诗意本身。考据的过程,即想象、情感、记忆与美感经验的过程,即考据即诗意。……考据不只是手段、前提,而且即是诗意本身,不是得鱼的筌,而即是鱼本身。⑤

梁启超在《中国历史研究法》中说:"治科学者——无论其为自然科学,为社会科学,罔不恃客观所能得之资料以为其研究对象",

---

① 王仲镛《升庵诗话笺证》,上海古籍出版社1987年版,第10页。
② 钱穆《新亚学报》发刊词,《新亚学报》1955年第1卷第1期。
③④ 王瑶《邂逅斋说诗缀忆》,《北京文学杂志》,1949年第5期。
⑤ 胡晓明《考据的诗学如何可能》,项念东《20世纪诗学考据学之研究——以岑仲勉、陈寅恪为中心》序,安徽教育出版社2014年版,第3页。

"史料为史之组织细胞，史料不具或不确，则无复史之可言。"①一般来说，文学史料学的研究方法基本上是一种考据研究。因为"文学是艺术，但关于文学研究，却是科学"②。科学自然要求严谨和实证，考据恰恰可以做到这一点。"由于训诂能还原古典原义，它就不再是一门辅助的或无足轻重的学科。这种还原过程再和对六经日益增长的谨严的、批评性的考辨结合起来，就唤起一种批判意识，向过去至高无上的经典权威挑战。清儒认为，考证是义理的最终裁定者，这种要求揭示出考证学隐寓的社会和政治意义。"③确凿的史料在中国古代文学的研究中具有无可争议的重要性。"狭义地说，注释是对作品文本做语言和历史背景之类的诠释……注释不应该与审美性质的解说有所区别……在很多版本的注释里，版本校勘、文学史上特殊形式的起源研究，语言和历史背景的诠释以及审美性质的评注往往混杂在一起。这似乎是一种尚未有定论的文学研究方式。"④它是一种"文学研究方式"，是"考据与文学批评水乳一体的一种'文学考据学'，一种值得研究的文学批评方法"⑤。葛晓音说："版本和考据工作最终仍是要为解决文学问题服务的。"⑥文学史料的研究无疑应当构成文学研究的重要一环，甚至是文学研究的坚实基础。"如旨酒之不离乎糟粕，嘉禾之不离

---

① 梁启超《中国历史研究法》，东方出版社 1996 年版，第 43、44 页。

② 王瑶《论考据在古典文学研究工作中的地位与作用》，见《关于中国古典文学问题》，上海古典文学出版社 1956 年版，第 110 页。

③ （美）艾尔曼《从理学到朴学》，南京江苏人民出版社 1995 年版，第 21 页。

④ 刘象愚等译，韦勒克、沃伦著《文学理论》，江苏教育出版社 2005 年版，第 62—63 页。

⑤ 项念东《20 世纪诗学考据学之研究——以岑仲勉、陈寅恪为中心》后记，安徽教育出版社 2014 年 8 月版。

⑥ 葛晓音《关于未来十年的三点想法》，《古代文学前沿与评论》，2018 年第 1 期。

乎粪土。"①研究者凭借深厚的博学基础和学术修养,运用生平考证、年谱编纂、版本考证、文字校勘、句读笺注等方法,挖掘并整理有关历史资料,借以考证作家的生平行实、创作过程,考证作品的系年、甄别版本,梳通作品的字词与语句,梳理文学理论的各种观点,描述整个文学发展的基本流变。在这一点上,"深于辩核"的《升庵诗话》开了考据文学作品的先河,可谓一大功臣。对此,王仲镛指出,《升庵诗话》最大的成就在于:"探究源流,以明诗史""精研李杜大家,渐成专门之学""于诗之文字校正,考证疏释,用力最勤,收获独多"②,可谓中肯。

---

① 章学诚《文史通义》,中华书局 1985 年版,第 477 页。
② 王仲镛《升庵诗话笺证》,上海古籍出版社 1987 年版,第 10 页。

第六章 《唐诗品汇》与《升庵诗话》

　　高棅《唐诗品汇》是一部规模宏大、眼光独具的唐代诗歌选集。高棅把唐诗分为初唐、盛唐、中唐、晚唐四个时期①，每一种诗歌题材又分为正始、正宗、大家、名家、羽翼、接武、正变、余响、旁流等九格。其《凡例》："大略以初唐为正始，盛唐为正宗、大家、名家、羽翼，中唐为接武，晚唐为正变、余响，方外、异人诗为旁流。间有一二成家特立与时异者，则不以世次拘之。"这样的四唐九格对每一个诗人进行了一目了然的界定，便于后学者取法"第一义之悟"，学习唐诗。"其所选《唐诗品汇》《唐诗正声》，终明之世，馆阁宗之"（《明史·高棅传》），一直是明代人学习诗歌的通用教材，其影响之大，地位之高，罕有匹者。②杨慎也继承了这样的分期，在严羽《沧浪

---

① 应该说，四唐分期说是高棅继承严羽、方回和杨士弘等人学说基础之上提出来的。南宋严羽《沧浪诗话》提出"唐初"、"盛唐"和"晚唐"的分期。宋元之际方回的《瀛奎律髓》首次提出了"中唐"的概念，其他"唐初""盛唐""中唐""晚唐"多次出现。元代杨士弘《唐音》分唐诗为"始音""正音""遗响"，但是上述诸人并未严格从历时阶段来划分唐诗。

② 但明末清初一些诗评家对此书却不满意。如钱谦益在《唐诗鼓吹序》中说："盖三百年来，诗学之受病深矣。馆阁之教习，家塾之程课，咸禀承严氏之诗法，高氏之《品汇》，耳濡目染，镌心刿骨，学士大夫生而堕地，师友熏习，隐隐然有两家种子盘亘于藏识之中。迨其后时，知见日新，学殖日积。洄盘起伏，只足以增长其邪根谬种而（转下页）

诗话》、杨士弘《唐音》、高棅《唐诗品汇》以来的诗学框架中论唐诗。

第一节 杨慎对高棅诗学体系的接纳

杨慎基本上认同高棅《唐诗品汇》的四唐分期说。他对初唐
（贞观）、盛唐（开元、天宝）、中唐（大历、贞观）、晚唐（元和、开成）的
大致论述基本上也是沿着高棅以盛唐诗歌为最佳的思路而来。

杨慎《升庵诗话》卷七"徐凝宫词"条云：

> "水色帘前流玉霜，汉家飞燕在昭阳。掌中舞罢箫声绝，
> 三十六宫秋夜长。"徐凝诗多浅俗，《瀑布》诗为东坡所鄙，独此
> 诗有盛唐风格。①

徐凝《庐山瀑布》原诗为"虚空落泉千仞直，雷奔入江不暂息。
今古长如白练飞，一条界破青山色"。相较而言，李白的《望庐山瀑
布》有描绘，有夸张，有比喻，让读者产生丰富的联想，瀑布如在目
前。而徐凝从视觉和听觉上对瀑布的震撼壮阔和雄伟气势进行描
绘，虽然也有夸张的成分，但是并没有什么诗情画意，所以苏轼予
以批评。再联系这首《宫词》，作者以"飞燕"作意象，运用对比反衬

（接上页）已矣。嗟夫！唐人一代之诗，各有神髓，各有气候。今以初、盛、中、晚，厘为界
分，又从而判断之曰：此为妙悟，彼为二乘；此为正宗，彼为羽翼，支离割剥，俾唐人之面目
蒙幕于千载之上，而后人之心眼沉锢于千载之下，甚矣诗道之穷也。"关于《唐诗品汇》，后
人虽有争议，但它在我国的唐诗选本中，有着极其重要的地位。在它前后，虽然有王安石
《唐百家诗选》、元好问《唐诗鼓吹》、李攀龙《唐诗选》、沈德潜《唐诗别裁》等著名唐诗选本，
但在作品的广泛、体系的完整、理论的阐述等方面，它们均未能超过《唐诗品汇》。

① 杨慎《升庵诗话》卷七"徐凝宫词"条，丁福保辑《历代诗话续编》（中），中华书局
1983年版，第785页。《全唐诗》第四百七十四卷第20首著录此诗，名为《汉宫曲》。

的艺术手法,把宫女们深长的幽怨生动地表现了出来,意在言外,婉转含蓄。由此,所谓"盛唐气象",应该是昂扬的时代精神、崭新的心灵体验通过意象的运用和意境的营造而呈现出来的审美风格,即高棅所谓"声律风骨始备"是也。

又如《升庵诗话》卷一"文与可"条云:

> 其五言律有韦苏州、孟襄阳之风,信坡公不虚赏也。今录其数首于此。……此八诗置之开元诸公集中,殆不可别,今曰"宋无诗",岂其然乎![1]

此条明确以盛唐之韦应物韦苏州、孟浩然为品诗之圭臬。

又如《升庵诗话》卷八"桃花诗"条云:

> 唐自贞观至景龙,诗人之作,尽是应制。命题既同,体制复一,其绮绘有余,而微乏韵度,独苏颋"东望望春春可怜"一篇,迥出群英矣。予又见中宗赏桃花,应制凡十余人,最后一小臣一绝云:"源水丛花无数开,丹趺红萼间青梅。从今结子三千岁,预喜仙游复摘来。"此诗一出,群作皆废,中宗令宫女唱之,号"桃花行"[2],惜不知作者名。然宋元近时选唐诗者将百家,无有选此者。未之见耶? 不之识耶?[3]

----

① 杨慎《升庵诗话》,丁福保辑《历代诗话续编》(中),中华书局 1983 年版,第 654 页。
② 此诗《全唐诗》三见,分别为第二十八卷第 66 首署名徐彦伯杂曲歌辞《桃花行》,第七十六卷第 30 首署名徐彦伯《侍宴桃花园》,第七百八十四卷第 2 首署名神龙从臣《侍宴桃花园咏桃花应制》。
③ 杨慎《升庵诗话》卷八"桃花诗",丁福保辑《历代诗话续编》(中),中华书局 1983 年版,第 787 页。

此条可以一分为二地来剖析。其一,"唐自贞观至景龙,诗人之作,尽是应制。命题既同,体制复一,其绮绘有余,而微乏韵度"。此一部分,杨慎首肯高棅关于四唐的分法,初唐沾染六朝余习,"绮绘有余,而微乏韵度"。其二,对包括《唐诗品汇》在内的"宋元近时选唐诗者将百家"选编者"无眼力"的遗漏表示遗憾。

又如《升庵诗话》卷十四"谢皋羽诗"条云:

> 谢皋羽《晞发集》诗皆精致奇峭,有唐人风,未可例于宋视之也。予尤爱其《鸿门燕》一篇:"天云属地汗流宇,杯影龙蛇分汉楚。楚人起舞本为楚,中有楚人为汉舞。䴔鸊淬光雌不语,楚国孤臣泣俘虏。君看楚舞如楚何,楚舞未终闻楚歌。"此诗虽使李贺复生,亦当心服。李贺集中亦有《鸿门燕》一篇,不及此远甚,可谓青出于蓝矣。……虽未足望开元天宝之萧墙,而可以据长庆、宝历之上座矣。①

杨慎认为南宋诗人谢翱的诗歌有唐人之风,虽然不足以与盛唐大家名家相抗衡,但是可以称得上是中唐诗歌的最佳者。

对于晚唐诗歌的衰落,杨慎还是有着非常清醒的认识,他在《升庵诗话》卷三"司空图论诗"条首肯司空图对大历诗人的评价诸如"陈杜滥觞之余,沈宋始兴之后,杰出于江宁,宏思于李杜,极矣!右丞、苏州趣味澄夐,若清沇之贯达。大历十数公,抑又其次""尤见卓识,宜其一鸣于晚唐也。……胡致堂评其清节高致,为晚唐第

---

① 杨慎《升庵诗话》,丁福保辑《历代诗话续编》(中),中华书局 1983 年版,第916 页。

一流人物,信矣"①。还是非常到位的。对于晚唐诗歌中的劣作,杨慎还是极为不满的,如说:"喻凫诗'雁天霞脚雨,渔夜苇条风',上句绝妙,下句大不称,此所以为晚唐也。"②

当然,杨慎并没有拘泥于《唐诗品汇》的论诗基调,而是加入了自己的理性思考。杨慎认为各个时期都有佳作,不能偏狭地认为只有盛唐的诗歌为最好。他认为初唐自有佳作,如《升庵诗话》卷二"王邱《东山诗》"条谓其《东山诗》"清新俊逸,太白之先鞭也"③,《升庵诗话》卷二"玉华仙子歌"谓李康成《玉华仙子歌》"工不可言,惟初唐有此句法"④,《升庵诗话》卷八"望行人"条谓王建诗"有初唐之风,当表出之"⑤,《升庵诗话》卷十一"无名氏杨柳枝"条:"'万里长江一带开,岸边杨柳是谁栽?锦帆未落西风起,惆怅龙舟更不回。'此吊隋炀帝也。俯仰感慨,盖初唐之诗。后世《柳枝词》皆祖之。"⑥

---

① 杨慎《升庵诗话》,丁福保辑《历代诗话续编》(中),中华书局 1983 年版,第 686 页。
② 杨慎《升庵诗话》,丁福保辑《历代诗话续编》(中),中华书局 1983 年版,第 842 页。
③ 杨慎《升庵诗话》,丁福保辑《历代诗话续编》(中),中华书局 1983 年版,第 665 页。
④ 杨慎《升庵诗话》,丁福保辑《历代诗话续编》(中),中华书局 1983 年版,第 677 页。
⑤ 杨慎《升庵诗话》,丁福保辑《历代诗话续编》(中),中华书局 1983 年版,第 805 页。
⑥ 杨慎《词品》卷二"柳枝词"条云:唐人柳枝词,刘禹锡、白乐天而下,凡数十首。予独爱无名氏云:"万里长江一带开,岸边杨柳是谁栽。锦帆落尽西风起,惆怅龙舟更不回。"此词咏史咏物,两极其妙。首句见隋开汴通江。次句"是谁栽"三字作问词,尤含蓄。不言炀帝,而讥吊之意在其中。末二句俯仰今古,悲感溢于言外。若情致则"清江一曲柳千条,十五年前旧板桥。曾与情人桥上别,更无消息到今朝"。此词,小说以为刘采春女周德华之作。又云刘禹锡,然刘集中不载也。柳词当以二首为冠。清沈雄《古今词话·词辨》上卷"柳枝寿杯词"条:乐府作折杨柳,为汉饶歌横吹曲,"上马不捉鞭,反拗杨柳枝。蹀坐吹长笛,怨杀行客儿。"盖边词别曲也。旧词如刘禹锡云:"清江一曲柳千条,二十年前旧板桥。曾与美人桥上别,更无消息到今朝。"一曰寿杯词,如:"千门万户喧歌吹,富贵人间只此声。年年织作昇平字,高映南山献寿觞。"语意自别。唐无名氏柳枝云:"万里长江一带开,岸边杨柳是谁栽。锦帆落尽西风起,惆怅龙舟更不回。"尽推此曲为第一。然不若薛能杨柳枝云:"汴水高悬百万条,风清两岸一时摇。隋家力尽虚栽得,无限春风属圣朝。"更得大体。

因此他被后人目为六朝初唐派。

中唐也可以有佳诗。《升庵诗话》卷十"曹松警句"条认为："'华岳影寒清露掌，海门风急白潮头。'松诗多浅俗，此二句差有中唐之意。"①以"中唐之意"誉晚唐曹松工巧与淡泊之风韵。《升庵诗话》卷十"张李诗"条云："张子容诗：'海气朝成雨，江天晚作霞。'李嘉佑诗：'朝霞晴作雨，湿气晚生寒。'二诗语极相似，然盛唐、中唐分焉，试辨之。"②张子容约盛唐开元前后在世，李嘉佑是中唐大历时人，所以二人的咏物诗，一为雄浑，一为丽婉，此乃盛唐中唐之分界也。

晚唐亦有佳作，如《升庵诗话》卷十一"晚唐两诗派"亦曰："晚唐惟韩、柳为大家。韩、柳之外，元、白皆自成家。余如李贺、孟郊祖《骚》宗谢；李义山、杜牧之学杜甫；温庭筠、权德舆学六朝；马戴、李益不坠盛唐风格，不可以晚唐目之。数君子真豪杰之士哉！"③可谓把晚唐之著名诗人囊括殆尽。又如《升庵诗话》卷五"李端古别离诗"条评价晚唐诗之佳作李端的《古别离》诗云："其诗真景实情，婉转惆怅。"卷八又谓晚唐唐彦谦诗"用事隐僻，而讽谕悠远""首首有酝藉、堪吟咏"④。卷十一又说许浑《莲塘》、韦庄《忆昔》、罗隐《梅花》、李郢《上裴晋公》"皆晚唐之绝唱，可与盛唐峥嵘"⑤。

---

①　杨慎《升庵诗话》，丁福保辑《历代诗话续编》(中)，中华书局 1983 年版，第 855 页。

②　杨慎《升庵诗话》，丁福保辑《历代诗话续编》(中)，中华书局 1983 年版，第 828 页。

③　杨慎《升庵诗话》曾举马戴《楚江怀古》"猿啼洞庭树，人在木兰舟"一联，谓"虽柳吴兴无以过也"。严羽《沧浪诗话》说："马戴在晚唐诸人之上。"纪昀《瀛奎律髓刊误》认为"晚唐诗人，马戴骨格最高"。翁方纲《石洲诗话》亦云马戴"直可与盛唐诸贤侪伍，不当以晚唐论矣"。杨慎之观点可谓承上启下。

④　杨慎《升庵诗话》，丁福保辑《历代诗话续编》(中)，中华书局 1983 年版，第 805 页。

⑤　杨慎《升庵诗话》，丁福保辑《历代诗话续编》(中)，中华书局 1983 年版，第 850 页。

他也对盛唐诗歌提出了尖锐的批判,如《升庵诗话》卷四"劣唐诗"条云:

> 学诗者动辄言唐诗,便以为好,不思唐人有极恶劣者,如薛逢、戎昱,乃盛唐之晚唐。晚唐亦有数等,如罗隐、杜荀鹤,晚唐之下者;李山甫、卢延逊,又其下下者,望罗、杜又不及矣。其诗如"一个祢衡容不得",又"一领青衫消不得"之句。其他如"我有心中事,不向韦三说。昨夜洛阳城,明月照张八",又如"饿猫窥鼠穴,饥犬舐鱼砧",又如"莫将闲话当闲话,往往事从闲话生",又如"水牛浮鼻渡,沙鸟点头行",此类皆下净优人口中语,而宋人方采以为诗法,入《全唐诗话》,使观者曰:是亦唐诗之一体也。如今称"燕赵多佳人",其间有跛者,眇者,尫羸者,疥且痔者,乃专房宠之,曰"是亦燕、赵佳人之一种",可乎?①

杨慎认为正如燕赵多佳人并不等于燕赵皆佳人一样,唐诗多佳作,并不是唐诗皆佳作;盛唐多佳诗,并不是盛唐皆佳作。严羽《沧浪诗话》云:"戎昱在盛唐为最下,已滥觞晚唐矣。戎昱之诗有绝似晚唐者。"②辛文房《唐才子传》谓:"昱诗在盛唐,格气稍劣,中间有绝似晚作。"③薛逢的诗歌成就主要集中在七律上。沈德潜评价薛逢的诗"犹有盛唐人气息"④,他的七律诗被《唐音癸签》《唐诗

①　杨慎《升庵诗话》,丁福保辑《历代诗话续编》(中),中华书局1983年版,第700页。
②　严羽《沧浪诗话》卷一,文渊阁四库全书本。
③　辛文房《唐才子传》卷二,文渊阁四库全书本。
④　沈德潜《唐诗别裁》,《历代诗别裁集》,浙江古籍出版社1998年版,第152页。

别裁》等理论著作提及,这说明薛逢对律诗的发展曾起到了推动作用。但是对于他的诗歌,杨慎一分为二地进行评判,谓其有些诗作并不能全部代表盛唐精神,也难怪乎高棅《唐诗品汇》将薛逢七律收入晚唐"余响"一品。

《升庵诗话》卷二"方泽杜常"条云:

> 《诗话》云:杜常、方泽,在唐诗人中,名姓不显,而诗句惊人,今惟存《华清宫》一首。《孙公谈圃》亦以为宋人,近注《唐诗三体》者,亦引《谈圃》,而不正指其非唐人,盖不欲显选者之失耳。予又见范蜀公文集中有《手记》一卷,记其一时交游名流,中有杜常名姓,下注曰:"诗学。"又《宋史》有《杜常传》云:杜常,太后之侄,能诗。以史与《谈圃》《手记》参之,为宋人无疑矣。如唐诗《鼓吹》以宋胡宿诗入唐选。宿在《宋史》有传,文集今行于世,所选诸诗在焉,观者不知其误,何耶?《鼓吹》之选,皆晚唐之最下者,或疑非遗山,观此益知其伪也。①

《唐诗鼓吹》为唐代七律选集,传为金代元好问编选。入选者大都为中唐晚唐诗人,对晚唐许浑、陆龟蒙、杜牧、李商隐等人作品选录尤多。杨慎对此表示怀疑:"《鼓吹》之选,皆晚唐之最下者,或疑非遗山,观此益知其伪也。"

杨慎还肯定了《唐诗品汇》保存诗歌文献之功劳,《升庵诗话》卷六"京师易春晚"条云:

---

① 杨慎《升庵诗话》,丁福保辑《历代诗话续编》(中),中华书局1983年版,第673页。

杜审言诗:"始出凤凰池,京师易春晚。"奇句也。盖言繁华之地,流景易迈。李颀诗:"好在长安行乐地,空令岁月易蹉跎。"亦此意耳。近刻本改作"阳春晚",非也。幸《唐诗品汇》可证。余尝言古书重刻一番,差讹一番,一苦于人之妄改,二苦于匠之刀误,书所以贵旧本,以此。①

《升庵诗话》卷十一"叶晦叔论诗"条云:

晦叔云:"七言律大抵多引韵起,若以侧句入,尤峻健。如老杜'幽栖地僻'是也,然犹是对偶。若以散句起,又佳,如'苦忆荆州醉司马'是也。"洪容斋《送晦叔》诗:"此地相从今岁晚,登临况是客归时。却将襟抱向谁可,正尔艰难惟子知。情到中年工作恶,别于生世易为悲。梅花尽醉清江上,黯淡西风冻雨垂。"正用此体。予谓绝句如刘长卿"天书远召沧浪客"一诗,尤奇。七言律,自初唐至开元,名家如太白、浩然、韦、储集中,不过数首,惟少陵独多至二百首。其雄壮铿锵,过于一时,而古意亦少衰矣。譬之后世举业,时文盛而古文衰废,自然之理。②

《升庵诗话》卷十二"蔡孚打毬篇"条云:

"德阳宫北苑东陬,云作高台月作楼。金锤玉蓥千金地,

---

①   杨慎《升庵诗话》,丁福保辑《历代诗话续编》(中),中华书局1983年版,第741页。
②   杨慎《升庵诗话》,丁福保辑《历代诗话续编》(中),中华书局1983年版,第855页。

宝杖琱纹七宝毬（球）。窦融一家三尚主，梁冀频封万户侯。
容色从来荷恩顾，意气平生事侠游。共道用兵如断蔗，俱能走
马入长楸。红鬃锦鬣风骤骤，黄络青丝电紫骝。奔星乱下花
场里，初月飞来画杖头。自有长鸣须决胜，能驰迅足满先筹。
曹王漫说弹棋妙，剧孟休矜六博投。薄暮汉宫愉乐罢，还归尧
室晓垂旒。"七言排律，唐人亦不多见。初唐有此首及谢偃《新
曲》、崔融《从军行》，可谓绝唱。其后则杜工部《清明》二首。
此外何其寥寥乎？杨伯谦选《唐音》乃取王建二首，丑恶之甚，
观者自能识之。中唐则僧清江一首、温庭筠一首，皆隽永可
诵。伯谦纵不能取初唐三首，独不可取清江、庭筠之二首乎？
何所见之不同也。清江、庭筠诗，《品汇》已收，兹不书。①

　　排律是中国古典诗歌的一种体裁，是近体诗中律诗的延长，又
叫长律。初唐前期已经有了声律颇为严整的七言排律，诸如谢偃
《乐府新歌应教》、崔融《从军行》和张说《遥同蔡起居偃松篇》等大
量佳作，李白、杜甫为七言排律的发展做出了多方面的贡献，元白
和王建的七律已然是中唐的代表，而韩偓、温庭筠的七律则是晚唐
的代表。其名称当在元代杨士弘的《唐音》中得到确定，但是《唐
音》卷五"七言排律"只收录中唐王建《寄贺田侍中功成》和《送裴相
公上太原》两首，的确失察。在这一点上，高棅《唐诗品汇》卷九十
分别选取四唐的崔融《从军行》、僧清江《月夜有怀黄端公兼简朱孙
二判官》、王建《送裴相公上大原》和温庭筠《秘书省有贺监知章草
题诗笔力遒健风尚高远拂尘寻玩因有此作》来对排律做沿波讨源

---

① 杨慎《升庵诗话》，丁福保辑《历代诗话续编》（中），中华书局 1983 年版，第 882 页。

式的探索,尤为科学。

李调元《升庵诗话序》有谓:

> 明自正嘉以来,言诗者一本严羽、杨士宏、高棣之说,以唐为宗,以初、盛为正始、正音,中、晚为步武、遗响,斤斤权格调之高低,必一于唐而后快。甚或取诗之先后乎唐者,皆庋阁勿观。呜呼! 亦思唐人果读何书,使何事,而遂成一代之作者乎? 升庵先生作诗不名一体,言诗不专一代,兼收并蓄,待用无遗。①

他对于杨慎《升庵诗话》之于高棣《唐诗品汇》诗学精神的扬弃,评论可谓深中肯綮。

第二节　杨慎对高棣纰漏的批评

受时代宗唐影响,杨慎对高棣《唐诗品汇》的唐诗学是大体接受的,但是杨慎对高棣的批评也是全方位的。

首先,杨慎批评了高棣由于读书不多而导致的基本错误。

他认为高棣褒唐而贬六朝、尊唐诗而轻《选》诗的根本路径是错误的:"诗之高者,汉魏、六朝,而宋人谓诗至《选》为一厄,而学诗者但知李、杜而已。高棣不知诗者,反谓由汉魏而入盛唐,是由周孔而入颜孟也。"②

---

① 李调元《升庵诗话序》,王文才、张锡厚辑《升庵著述序跋》,云南人民出版社1985年版,第171页。

② 杨慎《升庵集》卷五十二《文字之衰》,文渊阁四库全书本。

如《升庵诗话》卷十三"卫象吴宫怨"条云：

> "吴王宫阙临江起，不卷珠帘见江水。晓气晴来双阙间，潮声夜落千门里。勾践城中非旧春，姑苏台上起黄尘。只今惟有西江月，曾照越王宫里人。"此诗与王子安《滕王阁》诗相似，少诵之，知为初唐人无疑，而未有明证。偶阅《李峤集》，有《咏卫象饧丝结》，知为巨山同时。高棅选唐诗，乃收之晚唐，不考之甚矣。①

杨慎批评高棅见识浅薄，竟然认为初唐万象为晚唐诗人，并认为其风格近似王勃之《滕王阁》诗。实际上卫象并非初唐或晚唐人，他生活在建中、贞元年间，属中唐初期。

总而言之，高棅犯这样的低级错误，乃是因为读书不多。前代陆机云"伫中区以玄览，颐情志于典坟"（《文赋》），刘勰谓"积学以储宝，酌理以富才，研阅以穷照，驯致以绎辞"（《文心雕龙·神思》）。可见大家有一个共识：文学批评的基础就是要广闻博识，"操千曲而后晓音，观千剑而后识器"（《文心雕龙·知音》）。杨慎不但是这样主张的，而且他也身体力行先博学而后才能鉴赏的观点。通观《升庵诗话》，我们可以发现杨慎大量援引医学术语、书法术语、绘画术语以及宗教术语进入诗学领域，增强了诗学范畴的表达张力，真可谓"心中没有国子监，不能读杜诗"②。

---

① 杨慎《升庵诗话》，丁福保辑《历代诗话续编》（中），中华书局1983年版，第900页。
② 因地处滇南，检书不便，唯凭腹笥，杨慎误记也有很多。如《升庵诗话》卷五"姑苏台"条谓"无端春色上苏台，郁郁芊芊草不开。无风自偃君知否，西子裙裾拂过来。此初唐人诗也。白乐天诗'草绿裙腰一道斜'，祖其意也。"此诗全文见《全唐诗》（转下页）

其次，杨慎批评高棅辨体不精。

杨慎对古近体诗体差异的辨析非常严格，他认为"五言短古，盛于八代；唐人近体，源溯齐、梁"。也就是说，唐人五律的渊源有二，分别是从汉魏五古与六朝短古的基础上演变发展而来。他慧眼独具地指出，初、盛唐五律有不少是从六朝短古中演变而来的新体律诗，虽不尽合于唐人近体格律，但与汉魏相沿而来的五古有明显的文体差异。杨慎编选《五言律祖》就大量收录这种尚未完全定型的律诗，而认为高棅编选《唐诗正声》把它们都选入五古是辨体不精。

《升庵诗话》卷七"高棅选唐诗正声"条云：

> "五言古诗，汉魏而下，其响绝矣。六朝至初唐，止可谓之半格。"又曰："近体，作者本自分晓，品者亦能区别。"高棅选《唐诗正声》，首以五言古诗，而其所取，……皆律也。而谓之古诗，可乎？譬之新寡之文君，屡醮之夏姬，美则美矣，谓之初笄室女，则不可。于此有盲妁，取损罐而充完璧，以白练而为黄花，苟有孱婿，必售其欺。高棅之选，诚盲妁也。近见苏刻本某公之序，乃谓《正声》"其格浑，其选严"。噫！

（接上页）第 356 卷第 23 首刘禹锡的《忆春草》："忆春草，处处多情洛阳道。金谷园中见日迟，铜驼陌上迎风早。河南大尹频出难，只得池塘十步看。府门闭后满街月，几处游人草头歇。馆娃宫外姑苏台，郁郁芊芊拨不开。无风自偃君知否，西子裙裾曾拂来。"又如《升庵诗话》卷七"南州行"条云："'摇艇至南国，国门连大江。中洲两边岸，数步一垂杨。金钏越溪女，罗衣胡粉香。织缣春卷幔，采蕨暝提筐。弄瑟娇垂幌，迎人笑下堂。河头浣衣处，无数紫鸳鸯。此二诗，一见《英华》，一见《乐府》。盖初唐人作也。所谓暗中摸索，亦可知者。高棅乃选之于中唐，真无见哉。"徐延寿，江宁人。开元间处士。《全唐诗》存其诗三首。此首诗为一首，高棅认为徐为中唐诗人，并无大碍。杨慎所谓"暗中摸索，亦可知者"为初唐诗人，则属误判。

是其孱婿乎！①

此处高棅所说的"半格"当指此时的诗歌从体制上来讲并未完全成熟，只是位于从古诗到律诗的中间过渡阶段。杨慎也认为，此时的诗歌虽然也很重要，在词采的华艳、声律的运用方面，为唐人五律的繁荣积累了丰富的艺术经验，"今日雕龙名家，凌云鸿笔，寻滥觞于景云、垂拱之上，著先鞭于延清、必简之前"②，但是以律诗当古诗，则不可也。③

再次，杨慎批评高棅拿来主义的懒惰作风。《升庵诗话》卷十四"韩退之别盈上人"条云：

宋人诗话取韩退之"一间茅屋祭昭王"一首，以为唐人万首之冠。今观其诗只平平，岂能冠唐人万首？而高棅《唐诗品汇》取其说。甚矣，世人之有耳而无目也！④

---

① 杨慎《升庵诗话》，丁福保辑《历代诗话续编》(中)，中华书局 1983 年版，第 784 页。

② 杨慎《升庵集》卷二《五言律祖序》，文渊阁四库全书本。

③ 当然，对于杨慎如此粗俗的比喻，学人也有批评的声音。叶权《贤博编》云："杨升庵诗话谓高棅所选《唐诗正声》，首以五言古诗，如陈子昂'故人江北去'、李太白'去国登兹楼'，刘眘虚'沧溟千万里'，崔曙'空色不映水'，本是近体，原非古诗，病其不当分品，使观者自为区别，此言良是。但以新寡之文君，屡醮之夏姬，移怒子昂、太白，且有盲妁孱婿，损罐完璧，白练黄花之谕，乃闾阎轻薄子平康争博之言，即古人有误，谈艺者何忍痛骂至此极耶？……一切圈点极赞，谓是六朝事，六朝句法，六朝遗音，遂以六朝为诗人一定之式则，是唐诗不当蹈袭，六朝特可蹈袭矣。又若所选《皇明诗抄》，二百年间仅仅收此，然非诸公极致未能高出唐人，痛骂高棅何以服其心耶！此如短檠不工于自照也。"见叶权《贤博编》，《元明史料笔记丛刊》本，中华书局 1987 年版，第 14—15 页。

④ 杨慎《升庵诗话》，丁福保辑《历代诗话续编》(中)，中华书局 1983 年版，第 920 页。

尤其让杨慎反感的是高棅的选编原则为习俗所左右。《升庵诗话》卷九"许浑"条：

> 唐诗至许浑，浅陋极矣，而俗喜传之，至今不废。高棅编《唐诗品汇》，取至百余首。甚矣，棅之无目也。棅不足言，而杨士弘选《唐音》，自谓详于盛唐而略于晚唐，不知浑乃晚唐之尤下者，而取之极多。士弘之赏鉴，亦羊质而虎皮乎？陈后山云："近世无高学，举俗爱许浑。"斯卓识矣。孙光宪云："许浑诗，李远赋，不如不做。"当时已有公论，惜乎伯谦辈之懵于此也！①

《升庵诗话》卷一"三千歌舞"条云：

> 许浑《凌歊台》诗曰："宋祖凌歊乐未回，三千歌舞宿层台。"……浑非有意于诬前代，但胸中无学，目不观书，徒弄声律以侥幸一第，机关用之既熟，不觉于怀古之作亦发之，而后之浅学如杨士弘、高棅、郝天挺之徒，选以为警策，而村学究又诵以教蒙童，是以流传，至此不废耳。②

高棅《唐诗品汇·七律叙目》说："元和后律体屡变，其间有卓然成家者，皆自鸣所长，若李商隐长于咏史，许浑、刘沧之长于怀

---

　　①　杨慎《升庵诗话》卷九"许浑"，丁福保辑《历代诗话续编》(中)，中华书局1983年版，第822—823页。
　　②　杨慎《升庵诗话》卷一"三千歌舞"，丁福保辑《历代诗话续编》(中)，中华书局1983年版，第646页。

古,此其著也……三子者,虽不足以鸣乎大雅之音,亦变风之得其正者矣。"①而在杨慎看来,山水诗方为许浑所擅场,如其《秋晚云阳驿西亭莲池》之"为忆莲塘秉烛游,叶残花败尚维舟。烟开翠扇清风晓,水泛红衣白露秋。神女暂来云易散,仙娥终去月难留。空怀远道难持赠,醉倚西阑尽日愁","为《许丁卯集》中第一诗。……晚唐之绝唱,可与盛唐峥嵘,惟具眼者知之。"②

高棅的《唐诗品汇》《唐诗正声》是以编选的方式完成了对严羽宗唐理论的实践。他明确地把唐诗分为初唐、盛唐、中唐和晚唐四个阶段,从而确立了以盛唐为主、以李杜为宗的原则,对当时及后世的诗歌创作和诗学理论产生了重要影响。③《四库全书总目提要·唐诗品汇》云:"李梦阳、何景明等摹拟盛唐,名为崛起,其胚胎实兆于此。平心而论,唐音之流为肤廓者,此书实启其弊;唐音之不绝于后世者,亦此书实衍其传,功过并存,不能互掩,后来过毁过誉皆门户之见,非公论也。"高棅标举盛唐,原为纠正宋末诗风的卑杂琐细和元代诗风的华丽诡奇之弊,而后成为明代前后七子"诗必盛唐"主张的先导。它在明代作为馆阁、家塾刻本,流传颇广,影响甚大,其开创的四唐九格的体例,被后代的唐诗论者奉为圭臬。但是高棅也有明显的错误,比如谓张志和为盛唐诗人,把晚唐诗人一律列入"余响",不予重视,"至于章怀太子《黄台瓜词》,沈佺期《古意》之类,或点窜旧文;康宝月、刘令娴之类,或泛收六代。杜常、胡

---

① 高棅《唐诗品汇叙目》,文渊阁四库全书本。
② 杨慎《升庵集》卷五十七"晚唐绝唱",文渊阁四库全书本。
③ 如明代中期俞宪选编《盛明百家诗》有着"崇汉尊唐"的选诗标准,将明代诗歌比拟唐诗。朱之蕃编有《盛明百家诗选》,朱翊鈏编《盛明十二家诗选》十二卷,陈荚编《盛明九家诗选》,明末清初苏之琨《明诗话》模仿高棅《唐诗品汇》的"四唐"分法,也按诗的流衍分初明、盛明、中明、晚明四卷。

宿之类，或误采宋人"等，都是有失偏颇的做法。杨慎对此类纰漏进行批评，显示了他作为一位博古学家的只眼和敢于向权威挑战的勇气。①

---

①　陈田《明诗纪事》甲签卷十"高廷礼"条云："漫士选唐诗，自是雅裁，明时如杨升庵、谢在杭已有异议，要是小疵，不害其为佳选也。诗断自唐以上，前后七子亦隐宗之，其所异者，七子探源汉魏，十子（闽中十子）株守唐一代耳。"见陈田《明诗纪事》，上海古籍出版社1993年版，第229页。

第七章 从《怀麓堂诗话》到《升庵诗话》

　　沈德潜《明诗别裁集序》谓:"永乐以还,体崇台阁,骫骳不振。"①"永乐以还,尚台阁体,诸大老倡之,众人靡然和之,相习成风,而真诗渐亡矣。"②台阁主要指当时的内阁与翰林院,又称为"馆阁"。当时以杨士奇、杨荣、杨溥等人(号称"三杨")为代表的台阁诗文内容贫乏,题材单一,多是"颂圣德,歌太平"③的平正典雅之作。三杨反复强调诗文就是要"皆出于性情之正",抒写"爱亲忠君之念,咎己自悼之怀"④,内容上抒写平和之思,艺术上追求平正典雅。学人对于台阁诗文的评价不高,谓"这是一种由压抑的道德和平庸的人格出发的文学,既缺乏对自我内在情感的切入,也缺乏对社会生活的关怀,并且缺乏艺术创造的热情"⑤,成为粉饰太平的工具。这种"阗冗肤廓,万喙一音"⑥的沉闷局面直到成化时期

---

①　沈德潜《明诗别裁集》,上海古籍出版社 2008 年版,第 1 页。
②　沈德潜《明诗别裁集》,上海古籍出版社 2008 年版,第 59 页。
③　袁行霈《中国文学史》(四),高等教育出版社 2003 年版,第 78 页。
④　杨荣《杨文敏集》卷十一《省愆集序》,文渊阁四库全书本。
⑤　章培恒、骆玉明《中国文学史》(下),复旦大学出版社 2004 年版,第 226 页。
⑥　《四库全书总目提要·倪文僖集》,文渊阁四库全书本。

李东阳等人出现才得到改变,"如老鹤一鸣,喧啾俱废"①。正是由于李东阳等人"力挽一发回千钧"②,明代诗文才走向正途。

李东阳居内阁首辅十八载,又执文坛之牛耳四十余年,喜奖掖后进,天下文士遂进趋其门,一时成为文坛主流,荡涤明初重道轻文的诗坛不良倾向。《明史·李东阳传》评:"自明兴以来,宰臣以文章领袖缙绅者,杨士奇后,东阳而已。"李东阳论诗提倡宗唐师杜,强调音调法度,重视审美意蕴,欲以此恢复《诗经》以来的"温柔敦厚"诗教传统和"浑厚雅正"审美典范,在一定程度上冲击了台阁体的颓风陋习。李东阳一生创作了大量的诗歌作品,收入《怀麓堂全集》中《诗前稿》《诗后稿》的诗作也有一千多首。他作诗转益多师,"出入宋、元,溯流唐代"③,"原本少陵、随州、香山,以迨宋之眉山、元之道园,兼综而互出之。"④李东阳诸多名篇如《浮客户》《茶陵竹枝歌》《游岳麓寺》《寄彭民望》《风雨叹》《夜过仲家浅闸》等,比起以往的台阁之作来说,都是感情真挚的关注现实之作。诚如杨一清在《石淙类稿》中这样评价李东阳:"西涯先生高才绝识,独步一时,诗文深厚雄浑,不为倔奇可骇之辞,而法度森严,意味隽永,古意犹存。"⑤

明代前期的诗话,基本上沿袭宋元诗话的特点,一是以叙述诗本事的纪事为主,兼及诗论;二是沿袭宋人习尚,诗法著作较为繁荣。李东阳《怀麓堂诗话》则代表着明中期诗话鲜明的转变风格:

---

① 沈德潜《明诗别裁集》,上海古籍出版社 2008 年版,第 75 页。
② 李梦阳《空同集·凌溪先生墓志铭》,文渊阁四库全书本。
③ 张廷玉《明史》列传第一百七十三《文苑》一,中华书局 1974 年版,第 7307 页。
④ 钱谦益《列朝诗集小传》丙集《李少师东阳》,汲古阁刻本。
⑤ 见陈田《明诗记事》,上海古籍出版社 1993 年版,第 931 页。

所论诗学问题由前代的叙述诗歌本事、重视诗歌技法转向诗歌的
创作技巧和美学风格,理论化色彩增加,因而诗学价值亦随之增
加。李东阳也顺应了明代前期诗歌发展的潮流,他的诗学思想由
典雅和格调两方面组成,融合了各派的文学思想和自己的创作体
会,"虽诗家三昧不尽于是,要亦深知甘苦之言矣"①。郑振铎《插
图本中国文学史》说:"李东阳的诗论也只是中庸平正之论,没有什
么惊人的主张,所以,也不能成为一派一宗。……可惜他自己只是
随感的笔录,而其后也更无批评家为之发扬光大之,此论遂成'昙
花一现'"。②其实,李东阳的诗论既是对明代前期诗学经验的总
结,又以他丰富的诗学思想对明代中后期的诗学产生了广泛而
深远的影响,诸如李梦阳、何景明、杨慎等人对李东阳的诗学皆
有所发扬光大,并非如郑振铎所谓的"昙花一现"。李东阳与杨
慎的诗学交游,本书第三章《〈升庵诗话〉的当代诗学渊源》已有
论及,限于主题以及篇幅,未能展开,在此节做更进一步的研讨
和深入。

　　每一个论述明代文学批评史的人都把有明一代的文学思潮界
定为复古,而提及复古也仅仅把文学复古的上限和聚焦点集中到
七子身上。如陈书录《明代诗文的演变》从文学发展的外部因素与
内在联系上分析了明代复古思潮兴盛的原因。他认为:

　　　　前七子掀起以复古为革新的文学热潮,是他们在刘瑾专
权、武宗荒淫等特定背景下将王朝中兴希望的转移,寄托着他

---

① 《四库全书总目提要·怀麓堂诗话》,文渊阁四库全书本。
② 郑振铎《插图本中国文学史》,中华书局 2016 年版,第 925—926 页。

们以文学托讽补世的苦心孤诣。

前七子文学复古思潮的涌现,离不开当时抗倭驱虏、重振国威的群体情绪的影响。

前七子文学意义上的复古,乃是当时文士中对八股文的逆反心理的反映。①

也许廖可斌《明代文学复古运动研究》的评价更加符合明代诗文运动的实质:

只有把明代复古运动放到整个中国古典审美理想和古典诗歌发展变迁这一深广的背景中考察,我们才能真正认清它的来龙去脉与重要意义。②

廖可斌把古典审美理想概括成"情与理的统一"、"美与善的统一"、"意与象的统一"和"诗乐结合"四个范畴,从先秦的"比兴说"、六朝的"情景说"、盛唐的"意境说"、中唐以至南宋"理性化与俗化"倾向的文风,为读者展现出中国古典诗歌审美理想由盛而衰的轨迹,进而将明代文学复古运动分为三次高潮,并把以李东阳为首的茶陵派视为整个复古运动的滥觞,从而展现出明代复古运动内在的纵向发展轨迹。这样宏观与微观相结合的探索,使读者全面而系统地对明代复古运动有了更进一步的认识。概而言之,李东阳的诗论具有明显的古典主义审美理想,对杨慎的影响也可以说是

① 陈书录《明代诗文的演变》,江苏教育出版社1996年版,第187—189页。
② 廖可斌《明代文学复古运动研究》,商务印书馆2008年版,第5页。

全方位的，从诗歌创作到诗学理论，杨慎都是深得茶陵真传。具体就《怀麓堂诗话》对杨慎《升庵诗话》的直接影响来说，主要有以下几个方面。

第一节　以声辨诗　首倡格调

李东阳最重要的文学主张，就是诗文有别。他在《镜川先生诗集序》中说：

> 《诗》与诸经同名而异体，盖兼比兴、协音律、言志厉俗，乃其所尚。后之文皆出诸经，而所谓诗者，其名固未改也，但限以声律，例以格式，名虽同而体尚亦各异。①

又在《怀麓堂诗话》中重申云：

> 诗与文不同体，昔人谓杜子美以诗为文，韩退之以文为诗，固未然。然其所得所就，亦各有偏长独到之处。近见名家大手以文章自命者，至其为诗，则毫厘千里，终其身而不悟。然则诗果易言哉？②

明代初期，官方意识形态提倡程朱理学，道学家、理学家、性气诗派推崇"文以载道"，根本就不注意"文"内部各种文体的本质区

---

①　李东阳《怀麓堂集》卷二十八，文渊阁四库全书本。
②　李东阳《怀麓堂诗话》，文渊阁四库全书本。

别,并且有意模糊各种文体的区别,将它们混为一谈,然后又将诗歌与散文混为一谈,从而抹杀了诗歌的审美特性和美学特质,进而否定了诗歌的独立性。李东阳的诗论则非常注重诗歌本身的音乐性。他在《怀麓堂诗话》中反复强调:

> 观《乐记》论乐声处,便识得诗法。
> 陈公父论诗专取声,最得要领。
> 作诗不可以意徇辞,而须以辞达意。辞能达意,可歌可咏,则可以传。王摩诘"阳关无故人"之句,盛唐以前所未道。此辞一出,一时传诵不足,至为三叠歌之。后之咏别者,千言万语,殆不能出其意之外。必如是方可谓之达耳。
> 诗之为妙,固有咏叹淫泆,三复而始见,百过而不能穷者。然以具眼观之,则急读疾诵,不待终篇尽帙,而已得其意。

先秦时期诗乐舞三位一体,后世作者剥离了诗歌与音乐的天然关系,使得《乐记》《诗经》以来的诗乐传统有所失落了。李东阳认为诗歌与其他文体相区别的最重要的特征之一在于音乐性以及这种音乐性对读者所产生的巨大的感染力。李东阳对诗歌的音乐性极为强调,以致被后人评价为"他特别强调诗歌中的声调作用","主要精神在于论述诗歌的形式问题"①,"他论诗的艺术观点多半是附和严羽,但在谈论诗歌音调的轻重、清浊、高下、缓急,以及作诗用字的虚实、结构的起承转合上面,多少有一点自己的体会。他强调宗法杜甫,也更多是从音调、法度着眼。这些观点对前后七子

---

① 刘大杰《中国文学发展史》(下卷),上海古籍出版社 1997 年版,第 998 页。

有明显的影响"①。其实，我们从诗歌发展的历史来看，诗歌的音乐性和诗歌的缘情特征是紧密地联系在一起的，并不单单是形式主义的内容。文有章而诗有声，李东阳所谓的"声"是紧密结合"情感"而体现和表达出来的，指的是"有意味的形式"：

> 古律诗各有音节，然皆限于字数，求之不难。惟乐府长短句，初无定数，最难调叠。然亦有自然之声。古所谓"声依永"者，谓有长短之节，非徒永也，故随其长短，皆可以播之律吕，而其太长太短之无节者，则不足以为乐。今泥古诗之成声，平侧短长，句句字字，摹仿而不敢失，非惟格调有限，亦无以发人之情性。若往复讽咏，久而自有所得，得于心而发之乎声，则虽千变万化，如珠之走盘，自不越乎法度之外矣。如李太白《远别离》，杜子美《桃竹杖》，皆极其操纵，曷尝按古人声调？而和顺委曲乃如此。固初学所未到，然学而未至乎是，亦未可与言诗也。

李东阳主张诗歌要"得于心而发之乎声"，批评那些泥古之诗"非惟格调有限，亦无以发人之情性。"他也多次强调创作诗歌要"内取达意，外求合律"②，"天机物理之相感触，则有不烦绳墨而合"③，要流畅表达内心的情思意志，外在形式也要符合律吕声韵。

---

① 游国恩，王起，萧泽非，季镇淮，费振刚主编，《中国文学史》(修订本)(四)，人民文学出版社 2004 年版，第 62 页。
② 钱谦益《列朝诗集小传》丙集《李少师东阳》，汲古阁刻本。
③ 李东阳《沧洲诗集序》，蔡景康编选《明代文论选》，人民文学出版社 1993 年版，第 86 页。

李东阳所谓的"合律",不单单是指唐代成熟的律诗,而是指前代所有可以合乐歌唱的古风民谣、乐府声调和诗词曲赋。在李东阳看来,只要有长短节奏,可以按节拍以传唱,就可以称之为"乐",而凡是合乎这些音乐规定的诗歌就是格调之作。这些诗歌的音调长短和抑扬变化发自人的情性,是真正的"心声",所以其内在的音乐性自然也"不越乎法度之外"。

其《春雨堂稿序》更进一步指出:

> 夫文者,言之成章,而诗又其成声者也。章之为用,贵乎纪述铺叙,发挥而藻饰;操纵开阖,惟所欲为,而必有一定之准。若歌吟咏叹,流通动荡之用,则存乎声,而高下长短之节,亦截乎不可乱。虽律之与度未始不通,而其规制则判而不合。及乎考得失、施劝戒,用于天下则各有所宜,而不可偏废。古之六经,《易》《书》《春秋》《礼》《乐》皆文也,惟《风》《雅》《颂》则谓之诗。今其为体固在也。近代之诗,李、杜为极,而用之于文,或有未备。韩、欧之文亦可谓至矣,而诗之用,议者犹有憾焉。况其下者哉!①

在《沧洲诗集序》中他又说:

> 诗之体与文异,故有长于记述,短于讽咏,终其身而不能变者,其难如此。……盖其所谓有异于文者,以其有声律风

---

① 李东阳《春雨堂稿序》,蔡景康编选《明代文论选》,人民文学出版社1993年版,第89页。

韵,能使人反复讽咏以畅达情思,感发志气。①

在李东阳看来,诗文创作的目的和功用虽然都是"考得失、施劝戒",但是各种文体具有不同的本质特征和内在规定,所以才"用于天下则各有所宜"。对于诗歌这一文体来说,首先要发人性情,抒写感情,其次要自然不越声调音韵之法度,"乐始于诗,终于律",方可播之律吕。如果诗歌仅有"格律"而无乐,则仍不过是"俳偶之文"。

李东阳《怀麓堂诗话》还多次指出诗歌的"言志""畅达情思""陶写情性,感发志意,动荡血脉,流通精神"的抒情功用和特征:

> 诗在六经中别是一教,盖六艺中之乐也。乐始于诗,终于律。……后世诗与乐判而为二,虽有格律而无音韵,是不过为俳偶之文而已。使徒以文而已也,则古之教何必以诗律为哉。

> 诗有三义,赋止居一,而比兴居其二。所谓比与兴者,皆托物寓情而为之者也。盖正言直述,则易于穷尽,而难于感发。惟有所寓托,形容摹写,反复讽咏,以俟人之自得,言有尽而意无穷,则神爽飞动,手舞足蹈而不自觉,此诗之所以贵情思而轻事实也。

> 诗有别材,非关书也;诗有别趣,非关理也。……彼小夫

---

① 李东阳《沧洲诗集序》,蔡景康编选《明代文论选》,人民文学出版社1993年版,第86页。李东阳此句远绍《礼记·乐记》之"乐者,音之所由生也,其本在人心之感于物也"和"凡音者,生人心者也。情动于中,故形于声。声成文,谓之音",近宗郑樵《通志·乐略正声序》:"诗之本在声,声之本在兴。"

贱隶妇人女子,真情实意,暗合而偶中,固不待于教。

长歌之哀,过于痛哭,歌发于乐者也。而反过于哭,是诗之作也。七情具焉,岂独乐之发哉?惟哀而甚于哭,则失其正矣。善用其情者,无他,亦不失其正而已矣。

李东阳立足于诗歌创作和审美鉴赏本身,认为古典诗歌之意象"贵在浑成劲健",有"天真自然之趣",不能"太著",要"意象超脱,直到人不能道处耳",他还对意象合一的特征进行了探索,认为"诗贵意,意贵远不贵近,贵淡不贵浓。浓而近者易识,淡而远者难知"。"音韵铿锵,意象具足",方为佳作。

学人一般认为李东阳于明代首倡"格调"说。①李东阳的"格调"说侧重点在声调而非格律。声调与格律是两个不同的概念,前者指诗歌用字的"轻重、清浊、长短、高下、缓急之异",即现实中每一个字固有的读音高低升降的变化,而格律仅有平仄、押韵、对仗等要求。因此李东阳更重声调,强调"求声于诗"不仅能"陶写情性,感发志意",更重要的是,读者还可以通过"具眼"和"具耳"辨别体格:

长篇中须有节奏,有操有纵,有正有变,若平铺稳布,虽多无益。唐诗类有委曲可喜之处,惟杜子美顿挫起伏、变化不测,可骇可愕。盖其音响与格律正相称,回视诸作,皆在下风。然学者不先得唐调,未可遽为杜学也。五七言古诗,仄韵者上

① 参见成复旺等《中国文学理论史》(三),北京出版社 1987 年版,第 64 页。又见陈文新《明代诗学》,湖南人民书版社,2000 年版,第 262 页。

句末字类用平声,惟杜子美多用仄,如《玉华宫》《哀江头》诸作,概亦可见。其音调起伏顿挫,独为矫健,以别出一格。回视纯用平字者,便觉萎弱无生气。自后则韩退之、苏子瞻有之,故亦健于诸作。此虽细故末节,盖举世历代而不之觉也。偶一启钥,为知音者道之。若用此太多过于生硬,则又矫枉之失,不可不戒也。

古诗与律不同体,必各用其体乃为合格。然律犹可间出古意,古不可涉律。古涉律调,如谢灵运"池塘生春草""红药当阶翻",虽一时传诵,固已移于流俗而不自觉。若孟浩然"一杯还一曲,不觉夕阳沉",杜子美"独树花发自分明,春渚日落梦相牵",李太白"鹦鹉西飞陇山去,芳洲之树何青青",崔颢"黄鹤一去不复返,白云千载空悠悠",乃律间出古,要自不厌也。予少时尝曰:"幽人不到处,茅屋自成村。"又曰:"欲往愁无路,山高溪水深。"虽极力摹拟,恨不能万一耳。

今之歌诗者,其声调有轻重、清浊、长短、高下、缓急之异,听之者不问而知其为吴为越也。汉以上古诗弗论,所谓律者,非独字数之同,而凡声之平仄,亦无不同也。然其调之为唐为宋为元者,亦较然明甚。此何故耶? 大匠能与人以规矩,不能使人巧。律者,规矩之谓,而其为调,则有巧存焉。苟非心领神会,自有所得,虽日提耳而教之无益也。

古律诗各有音节,然皆限于字数,求之不难。惟乐府长短句,初无定数,最难调叠。然亦有自然之声。古所谓"声依永"者,谓有长短之节,非徒永也,故随其长短,皆可以播之律吕,而其太长太短之无节者,则不足以为乐。今泥古诗之成声,平侧短长,句句字字,摹仿而不敢失,非惟格调有限,亦无以发人之情性。若往复讽咏,久而自有所得,得于心而发之乎声,则虽千变万化,如珠之走盘,自不越乎法度之外矣。如李太白《远别离》,杜子美《桃竹杖》,皆极其操纵,曷尝按古人声调?而和顺委曲乃如此。固初学所未到,然学而未至乎是,亦未可与言诗也。

陈公父论诗专取声,最得要领。潘祯应昌尝谓予诗宫声也,予讶而问之,潘言其父受于乡先辈曰:"诗有五声,全备者少,惟得宫声者为最优,盖可以兼众声也。李太白杜子美之诗为宫,韩退之之诗为角,以此例之,虽百家可知也。"予初欲求声于诗,不过心口相语,然不敢以示人。闻潘言,始自信以为昔人先得我心,天下之理,出于自然者,固不约而同也。

《刘长卿集》凄婉清切,尽羁人怨士之思,盖其情性固然,非但以迁谪故。譬之琴有商调,自成一格。

李东阳认为杜甫长篇之所以"顿挫起伏,变化不测,可骇可愕",原因就是"其音响与格律正相称"。"回视诸作,皆在下风",因为后学只是从杜诗入手,便远离"唐调"。李东阳认为"古诗与律不同体,必各用其体乃为合格",所以他主张近体诗应当诗法盛唐,但古诗、乐府则应效仿汉魏,在此种意义上不可混淆。但他还主张不应亦步亦趋地模拟古诗,而要通过"长短之节""自然之声"来表达自我的感情,自然"出门合辙"。非但如此,李东阳还从声调来辨别"为吴为越"的地域风格和"为唐为宋为元"的时代风格以及李白杜甫的"宫"调、韩愈的"角"调以及刘长卿的"商"调的个人风格。李东阳论诗重声,亦重格。格含义颇广,举凡地域、诗人、诗派、时代之特点在诗歌中的显现均可称格。如其《怀麓堂诗话》论流派风格:

柳子厚"回看天际下中流,岩上无心云相逐",坡翁欲削此二句,论诗者类不免矮人看场之病。予谓若止用前四句,则与晚唐何异?然未敢以语人。儿子兆先一日过庭,辄目及此,予颇讶之。又一日忽曰:"刘长卿'白马翩翩春草细,邵陵西去猎平原',非但人不能道,抑恐不能识。"因诵予《桔槔亭》曰:"闲行看流水,随意满平田。"《响闸》曰:"津吏河上来,坐看青草短。"《海子》曰:"高楼沙口望,正见打鱼船。"《夜坐》曰:"寒灯照影独自坐,童子无语对人闲。"以为三四年前,尚疑此语不可解,今洒然矣。予乃顾而笑曰:"有是哉。"

唐诗李杜之外,孟浩然王摩诘足称大家。王诗丰缛而不华靡,孟却专心古澹,而悠远深厚,自无寒俭枯瘠之病。由此言之,则孟为尤胜。储光羲有孟之古而深远不及,岑参有王之缛而又以华靡掩之。故杜子美称"吾怜孟浩然",称"高人王右丞",而不及储岑,有以也夫。

李长吉诗有奇句,卢仝诗有怪句,好处自别。若刘叉《冰柱》《雪车》诗,殆不成语,不足言奇怪也。如韩退之《效玉川子》之作,斫去疵类,摘其精华,亦何尝不奇不怪?而无一字一句不佳者,乃为难耳。

举凡柳宗元、刘长卿的田园诗派,王维、孟浩然的山水诗派以及李贺、卢仝、刘叉苦吟奇崛诗派都被李东阳网罗殆尽。

其《怀麓堂诗话》也关注到了诗歌的时代风格:

诗必有具眼,亦必有具耳。眼主格,耳主声(调)。闻琴断,知为第几弦,此具耳也。月下隔窗辨五色线,此具眼也。

费侍郎廷言尝问作诗,予曰:"试取所未见诗,即能识其时代格调,十不失一,乃为有得。"费殊不信。一日与乔编修维翰观新颁中秘书,予适至,费即掩卷问曰:"请问此何代诗也?"予取读一篇,辄曰:"唐诗也。"又问何人,予曰:"须看两首。"看毕曰:"非白乐天乎?"于是二人大笑,启卷视之,盖《长庆集》,印本不传久矣。

诗之为妙,固有咏叹淫泆,三复而始见,百过而不能穷者。然以具眼观之,则急读疾诵,不待终篇尽帙,而已得其意。譬之善记者,一目之间,数行可下。然非其人,亦岂可强而为之哉?萧海钓文明尝以近作试予,止诵一句,予遽曰:"陆鼎仪。"海钓即笑而止。

李东阳认为"诗之为物也,大则关气运,小则因土俗,而实本乎人之心"①,将明初高棅《唐诗品汇总序》所谓"今试以数十百篇之诗,隐其姓名,以示学者,须要识得何者为初唐,何者为盛唐,何者为中唐,为晚唐……辨尽诸家,剖析毫芒,方是作者"的辨体理论落实到格调论中。李东阳强调诗歌的音乐性,这对于纠正"台阁体"以文为诗的倾向有一定的积极意义。而他"尽管多谈汉魏、唐诗的法度、韵律、格调,却反对摹拟,这与后来前后七子的拟古主义是截然不同的。"②而且他对诗歌音乐性的强调,对诗歌艺术美的探索,"折衷议论,俱从阅历甘苦中来"③,在中国诗学史上占有重要的历

---

① 李东阳《赤城诗集序》,蔡景康《明代论文选》,人民文学出版社 1993 年版,第 91 页。
② 蔡镇楚《中国诗话史》,湖南文艺出版社 1988 年版,第 150—152 页。
③ 鲍廷博《麓堂诗话跋》,文渊阁四库全书本。

史地位。

李东阳强调诗歌的声调,并非如上述学人批评所言,不注重诗歌的内容。如他在《怀麓堂诗话》曾经说过:

> 作诗不可以意徇辞,而须以辞达意。辞能达意,可歌可咏,则可以传。王摩诘"阳关无故人"之句,盛唐以前所未道。此辞一出,一时传诵不足,至为三叠歌之。后之咏别者,千言万语,殆不能出其意之外。必如是方可谓之达耳。
>
> 古诗歌之声调节奏,不传久矣。比尝听人歌《关雎》《鹿鸣》诸诗,不过以四字平引为长声,无甚高下缓急之节。意古之人,不徒尔也。今之诗,惟吴越有歌,吴歌清而婉,越歌长而激,然士大夫亦不皆能。予所闻者,吴则张亨父,越则王古直仁辅,可称名家。亨父不为人歌,每自歌所为诗,真有手舞足蹈意。仁辅性亦僻,不时得其歌。予值有得意诗,或令歌之,因以验予所作,虽不必能自为歌,往往合律,不待强致,而亦有不容强者也。
>
> 今之歌诗者,其声调有轻重、清浊、长短、高下、缓急之异,听之者不问而知其为吴为越也。汉以上古诗弗论,所谓律者,非独字数之同,而凡声之平仄,亦无不同也。然其调之为唐为宋为元者,亦较然明甚。此何故耶?大匠能与人以规矩,不能使人巧。律者,规矩之谓,而其为调,则有巧存焉。苟非心领神会,自有所得,虽日提耳而教之,无益也。
>
> 诗者,言之成声,而未播之乐者也。其为教,本人情,该物理,足以考政治,验风俗。人能学诗,则事理通达,心气平和而能言。

　　　　予与方石先生同试礼部时……又尝观三百篇之旨，根理
　　道，本情性，非体与格之可尽。

　　以上可以看出，李东阳并非只是偏重形式的东西而忽视内容，
他也反对枝枝叶叶的字斟句酌，注重诗歌整体的意蕴之美。而在
实际批评中他又时时从字法、句法入手，使人们获得一个比较具体
可操、容易明白的学诗途径，并非如他的理论那般的空洞而迂阔。
　　杨慎精于古韵学，有"韵学七书"传世①，对陈第、顾炎武等明
清音韵学家产生了较大影响。李东阳虽非音韵学家，但他重视和
强调诗歌声韵，当对杨慎研究古音学有启发作用。
　　《升庵诗话》卷七"音韵之原"条云：

　　　　或问余音韵之原，余曰：唐虞之世已有之矣，《舜典》曰"声
　　依永，律和声"是也。"元首喜哉，股肱起哉，百工熙哉。"又：
　　"元首明哉，股肱良哉，庶事康哉。"熙之叶"喜""起"，明之叶
　　"良""康"，即吴才老韵之祖也。"日出而作，日入而息，凿井而
　　饮，耕田而食，帝于我有何力哉。"即沈约韵之祖也。王充《论
　　衡》作"帝于我有何力哉"，力与上文"息""食"为韵。《列子》作
　　"帝力于我何有哉"，恐是传写之倒。大凡作古文赋颂，当用吴
　　才老古韵，作近代诗词，当用沈约韵。近世有倔强好异者，既
　　不用古韵，又不屑用今韵，惟取口吻之便，乡音之叶，而著之诗

———————————

　　①　清代李调元《函海》中曾辑《升庵韵学七种》；《四库全书》中的六种，即《转注古
音略》五卷；《古音丛目》五卷；《古音猎要》五卷；《古音附录》一卷；《古音余》五卷；《奇字
韵》五卷；《古音略例》一卷。另外，还增补附《古音后语》一卷，共七种。

焉,良为后人一笑资尔。①

　　杨慎认为作古文赋颂,当用吴才老古韵;作近代诗词,当用沈约韵。若惟取口吻之便,作诗就会贻笑大方。

　　不唯如此,杨慎还在诗学中发展了李东阳的"求声于诗"说。如《升庵诗话》卷三"古诗用古韵"条云:

　　　　南平王刘铄《过历山湛长史草堂》诗云:"兹山蕴灵诡,凭览趣亦赡。九峰相接连,五渚逆萦浸。层阿疲且引,绝崑畅方禁。溜泉夏更寒,林交昼长荫。伊予久缁涅,复得味苦淡。愿逐安期生,于焉惬高枕。""赡"音"慎","淡""枕"与"浸""荫",皆相叶为韵,盖用古韵也。又庾信《喜晴应诏》诗云:"御辩诚膺箓,维皇称有建。柏梁骖四马,高陵驰六传。河堤崩故柳,秋水高新堰。王城水斗息,洛浦《河图》献。伏泉还习坎,阴风已回巽。桐枝长旧围,蒲节抽新寸。山薮欣藏疾,幽栖得无闷。有庆兆民同,论年天子万。"亦古韵也。吴才老《韵补》,自谓博极群书,而不引此,何邪? 刘铄,字休玄,《文选》载其《拟古》二首,其别诗惟见此首耳。湛长史,名茂之,其《酬休玄》诗云:"闭户守玄漠,无复车马迹。衰废归邱樊,岁寒见松柏。身惭淮阳老,名忝梁园客。习隐非市朝,追赏在山泽。离离插天树,磊磊间云石。将此怡一生,伤哉驹过隙。"六朝诗今罕传,并纪于此。②

────────

　　① 丁福保辑《历代诗话续编》(中),中华书局 1983 年版,第 776 页。
　　② 丁福保辑《历代诗话续编》(中),中华书局 1983 年版,第 691 页。

《升庵诗话》附录"子山诗用古韵"条：

> 庾子山《喜晴》诗："王城水斗息，洛浦河图献。伏泉还习坎，阴风已回巽。桐枝长旧围，蒲节抽新寸。山薇欣藏疾，幽栖得无闷。有庆兆民同，论年天子万。"巽音旋，寸音断，闷音慢，皆古韵也。《韵补》失引，今著之于此。①

杨慎论诗颇重古韵，《升庵诗话》也屡次提及"险韵奇句"②"用韵古"③"用韵甚古"④"五言八韵之律，今所传省题诗，多不工"⑤"微乏韵度"⑥"气韵沉雄"⑦"体物既工，用韵又奇"⑧"画贵神，诗贵韵"⑨。如此种种，均可以看出李东阳"求声于诗"说对杨慎的影响。

第二节　以声为教　推崇雅正

乐教，早在传说中的唐尧、虞舜时代即已有之。《尚书·舜典》中有这样的记载，"帝曰：'夔！命汝典乐，教胄子，直而温，宽而栗，刚而无虐，简而无傲。诗言志，歌永言，声依永，律和声。八音克谐，无相夺伦，神人以和。'"在这里，帝舜认为要通过"八音克谐，无

---

① 丁福保辑《历代诗话续编》(中)，中华书局1983年版，第944页。
② 丁福保辑《历代诗话续编》(中)，中华书局1983年版，第666页。
③ 丁福保辑《历代诗话续编》(中)，中华书局1983年版，第737页。
④ 丁福保辑《历代诗话续编》(中)，中华书局1983年版，第795页。
⑤ 丁福保辑《历代诗话续编》(中)，中华书局1983年版，第773页。
⑥ 丁福保辑《历代诗话续编》(中)，中华书局1983年版，第787页。
⑦ 丁福保辑《历代诗话续编》(中)，中华书局1983年版，第790页。
⑧ 丁福保辑《历代诗话续编》(中)，中华书局1983年版，第861页。
⑨ 丁福保辑《历代诗话续编》(中)，中华书局1983年版，第897页。

相夺伦"的优美的音乐旋律来完成对贵族男子的道德教育。《礼记·乐记》亦有所言:"诗,言其志也;歌,咏其声也;舞,动其容也。三者本于心,然后乐器从之。"正如楼宇烈所言,中国文化中人文精神的养成主要通过传统的礼乐教育。"礼乐教育一方面讲的是'礼',体现出一种伦理的精神;另一方面是'乐',体现出一种艺术的精神。"①"乐教"极为特殊,它既为"六艺"之一,又为"六经"之一,兼具内容和形式的双重功能。蔡元培说:"中国人是最看重音乐的,二千年前,把乐与礼、射、御、书、数并列为六艺,把《乐》经与《易》《诗》《书》《礼》《春秋》并列为六经。"②这样,诗歌和音乐就发生了直接的关联。

李东阳《怀麓堂诗话》云:

诗在六经中别是一教,盖六艺中之乐也。乐始于诗,终于律。人声和则乐声和,又取其声之和者以陶写情性,感发志意,动荡血脉,流通精神,有至于手舞足蹈而不自觉者。后世诗与乐判而为二,虽有格律而无音韵,是不过为俳偶之文而已。使徒以文而已也,则古之教何必以诗律为哉。观《乐记》论乐声处,便识诗法。

陈公父论诗专取声,最得要领。潘祯应昌尝谓予诗宫声也,予讶而问之,潘言其父受于乡先辈曰:"诗有五声,全备者少,惟得宫声者为最优,盖可以兼众声也。李太白杜子

---

① 楼宇烈《立于礼,成于乐——中国文化"礼教"与"乐教"的统一》,《北京日报》2017-10-09。

② 《王光祈先生追悼会致词》,《蔡元培美学文选》,北京大学出版社1983年版,第216页。

美之诗为宫,韩退之之诗为角,以此例之,虽百家可知也。"
予初欲求声于诗,不过心口相语,然不敢以示人。闻潘言,
始自信以为昔人先得我心,天下之理,出于自然者,固不约
而同也。

他又在《拟古乐府引》中重申:

　　予尝观汉魏间乐府歌辞,爱其质而不俚,腴而不艳,有古
诗言志依永之遗意,播之乡国,各有攸宜。嗣以是还,作者代
出,然或重袭故常,或无复本义,支离散漫,莫知所归;纵有所
发,亦不免曲终奏雅之诮。唐李太白才调虽高,而题与义多仍
其旧。张籍、王建以下,无讥焉。元杨廉夫力去陈俗,而纵其
辩博,于声与调或不暇恤。……延至于今,此学之废,盖亦久
矣。间取史册所载,忠臣义士,幽人贞妇,奇踪异事,触之目而
感之乎心,喜愕忧惧,愤懑无聊不平之气,或因人命题,或缘事
立义,托诸韵语,各为篇什。……内取达意,外求合律。虽不
敢希古作者,庶几得十一于千百。讴吟讽诵之际,亦将以自考
焉。……其或刚近虐,简而似傲,乐而易失之淫,哀而不觉其
伤者,知言君子,幸有以正我云。①

　　上述几段话可以看作是李东阳对《尚书·舜典》之"诗言志,歌
永言,声依永,律和声"思想、《孟子》之"仁言不如仁声之入人深也"
思想(《孟子·尽心上》)、荀子之"夫声乐之入人也深,其化人也速"

---

① 周寅宾编,钱振民校点,李东阳撰《李东阳集》(一),岳麓书社 2008 年版,第 3 页。

思想(《荀子·乐论》)、司马迁之"故音乐者,所以动荡血脉,通流精神而和正心也"思想(《史记·乐书论》)、欧阳修《书梅圣俞稿后》之"八音五声……至乎动荡血脉,流通精神,使人可以喜,可以悲,或歌或泣,不知手足鼓舞之所然。……盖不可得而言也,乐之道深矣。……盖诗者,乐之苗裔欤!汉之苏李、魏之曹刘,得其正始,宋齐而下得其浮淫流佚,唐之时,子昂、李、杜、沈、宋、王维之徒,或得其淳古淡泊之声,或得其舒和高畅之节,而孟郊、贾岛之徒又得其悲愁郁堙之气……今圣俞亦得之。然其体,长于本人情,状风物,英华雅正,变态百出;哆兮其似春,凄兮其似秋,使人读之可以喜,可以悲,陶畅酣适,不知手足之将鼓舞也,斯固得深者邪!其感人之至,所谓与乐同其苗裔者"①之思想的发挥和例证。李东阳所云:"六艺中之乐也",则开门见山地将诗归入乐内,将诗歌纳入乐教体系之中,与传统的乐教精神一脉相承。读者按律唱歌,明辨音调,反复讽咏、熟悉音韵,串联起读者与作者的感情,"动荡血脉",无形中可感受到创作者的志意。

以《尚书·尧典》所谓"歌永言,声依永,律和声"为论诗宗旨,李东阳强调创作诗歌要抒发人的"喜愕忧惧,愤懑无聊不平之气",要"内取达意,外求合律",要流畅表达内心的情思志意,外在形式也要符合律吕声韵。李东阳所谓的"合律",不单单是指唐代成熟的律诗,而是指前代所有可以合乐歌唱的古风民谣、乐府声调和诗词曲赋。在李东阳看来,只要有长短节奏,可以按节拍以传唱,就可以称之为"乐"。而凡是合乎这些音乐规定的诗歌就是格调之作。这些诗歌的音调长短和抑扬变化发自人的情性,是真正的"心

---

① 欧阳修《欧阳修全集》卷七十二《书梅圣俞稿后》,文渊阁四库全书本。

声",所以其内在的音乐性自然也"不越乎法度之外"。李东阳将声音分为人声与乐声,择取其中诗乐和奏之作品,吟诵歌咏,始可陶冶情操,涵养情性。而那些徒具平仄律法而绝无音韵之美感的作品,只不过是华靡字句的堆垛。这样就区分了文章和诗歌。诗在六经的地位和作用等同于六艺中之乐,因此诗乐实则一体,只不过实现的途径和手段不一样。

黑格尔有句名言:"通过音乐来打动的就是最深刻的主体内心生活:音乐是心情的艺术,它直接针对着心情。"①苏珊·朗格(Susanne K.Langer)也认为"音调结构"与"人类的情感形式"在逻辑上有着高度相似性,二者皆有"增强与减弱,流动与休止,冲突与解决,以及加速、抑制、极度兴奋、平缓而微妙的激发、梦的消失等等形式——在逻辑上有着惊人的一致。这种一致恐怕不是单纯的喜悦与悲哀,而是与二者或其中一者在深刻程度上,在生命感受到的一切事物的强度、简洁和永恒流动中的一致。这是一种感觉的样式或逻辑形式。音乐的样式正是用纯粹的、精神的声音和寂静组成的相同形式,音乐是情感生活的音调摹写。"②现代学人也有这样的认识:"宫、商、角、徵、羽五声,本为中国古代音乐术语。诗作为一种语言的艺术,本无所谓五声。但诗是可讽咏的;更重要的是,在诗中寄寓着一个人乃至一个时代的情感、情绪:这正是与音乐相通的地方。因此,反复讽咏、进入诗的情感、情绪以后,也会感觉到一种或低回宛转、或高亢激越之类的感受,就像听一首歌、一支曲那样。在这个意义上,诗似乎也就具有了五声。"③李东阳上

① ［德］黑格尔著,朱光潜译《美学》(第三卷)上,商务印书馆1979年版,第235页。
② ［美］苏珊·朗格《情感与形式》,中国社会科学出版社1986年版,第36页。
③ 成复旺《中国文学理论史》(三),北京出版社1987年版,第57页。

述几段话也强调情感与音乐之间有着密不可分的联系:"声音"和"情感"有着某种相似性,经由这种在逻辑结构上的相似性或者一致性,二者才能产生互动。这种互动在中国传统文化中也有着悠远的历史追溯和表达。如《礼记·乐记》曰:"乐也者,情之不可变者也……礼乐之说贯乎人情矣。"(《乐情》)"夫民有血气心知之性,而无哀乐喜怒之常,应感起物而动,然后心术形焉。是故志微噍杀之音作,而民思忧;啴谐慢易繁文简节之音作,而民康乐;粗厉猛起奋末广贲之音作,而民刚毅;廉直劲正庄诚之音作,而民肃敬;宽裕肉好顺成和动之音作,而民慈爱;流辟邪散狄成涤滥之音作,而民淫乱。"(《乐言》)音乐是人情感的表现,情感能影响音乐,音乐也能影响情感,所以"乐者,音之所由生也,其本在人心之感于物也。是故其哀心感者,其声噍以杀;其乐心感者,其声啴以缓;其喜心感者,其声发以散;其怒心感者,其声粗以厉;其敬心感者,其声直以廉;其爱心感者,其声和以柔。"(《乐本》)不同的情感可以从不同的音乐中表现出来,不同的音乐也表现不同的情感。"治世之音安以乐,其政和;乱世知音怨以怒,其政乖;亡国之音哀以思,其民困。声音之道,与政通矣。"(《乐本》)有什么样的"世",就会有什么样的音乐,也就是"乐与政通","是故审声以知音,审音以知乐,审乐以知政,而治道备矣。"(《乐本》)统治者一方面通过音乐观风俗、知盛衰,另一方面可以防范乱世之音、亡国之音的出现。音乐可以潜移默化地使人"承听"和顺,使社会呈现一种内和而外顺的礼乐之治和升平景象。

李东阳活动的主要时期是成化、弘治年间,其时政治太平,国运强盛。李东阳为内阁首辅,政治体制、典章制度、阁中疏草多出其手,其诗歌文章为盛世的和鸣也在情理之中。台阁诗或

"浑厚醇雅"①，或"和平雅正"②，或"渢渢雅音"③，或"春容典雅之音"④，皆"温厚疏畅而不雕刻，平易正大而不险怪；雍雍乎足以鸣国家之盛。"⑤在李东阳看来，台阁之弊并不在于"春容和雅"⑥和"雍容太平之象"⑦，而是千篇一律地缺乏感情和"兴象不存"⑧，缺少"真情实意"和"天真兴致"。所以就这一点来说，李东阳也是传统儒家诗教的倡导者和践行者，他提出的"诗在《六经》中别是一教"可以说既丰富和发展了温柔敦厚的儒家诗教，又兼顾和维护了诗歌的审美特征，标志着教化理论与审美理论的完美融合。"在总的政治和思想文化背景有所松动的条件下，摆脱了理学统绪，因而能在一定程度上突破程朱理学文学观的束缚，对文学特别是诗歌本身的审美特征和要求进行探讨，是茶陵派有别于台阁体的主要特征。"⑨可见李东阳也并不是完全反对台阁体。他在《怀麓堂诗话》中曾说："作山林诗易，作台阁诗难。山林诗或失之野，台阁诗或失之俗。野可犯，俗不可犯也。盖惟李杜能兼二者之妙。若贾浪仙之山林，则野矣；白乐天之台阁，则近乎俗矣。况其下者乎？"

李东阳对诗歌的政治社会功用是很重视的：

---

① 《四库全书总目提要·西隐集》，文渊阁四库全书本。
② 彭时《杨文定公诗集序》，黄宗羲《明文海》卷二六〇，文渊阁四库全书本。
③ 《四库全书总目提要·杨文敏集》，文渊阁四库全书本。
④ 《四库全书总目提要·东里集》，文渊阁四库全书本。
⑤ 彭时《杨文定公诗集序》，《明文海》卷二六〇，文渊阁四库全书本。
⑥ 《四库全书总目提要·明诗综》，文渊阁四库全书本。
⑦ 《四库全书总目提要·心远堂诗集》，文渊阁四库全书本。
⑧ 《四库全书总目提要·明诗综》，文渊阁四库全书本。
⑨ 廖可斌《明代文学复古运动研究》，商务印书馆2008年版，第46页。

夫奇胜之在天下,凡征夫贾客、樵童渔叟,由之而不知,道流、释徒雄据独占而无所有得,虽骚人墨士操铅椠而携壶觞者,亦不过流连放浪,同归于无用之地。若长安之日,太行之云,魏子牟富国之心,范文正庙堂之忧,随所感遇皆可以寄君亲之念。以至于司马迁之探禹穴、杜子美之观巫峡、苏子瞻之泛南海,其发诸文章、见诸歌咏者,皆足以寓彝伦、系风化、为天下重,岂徒为耳目之快,情欲之乐而已哉!(《送伍广州诗序》)

今圣天子孝理隆洽,法制精密,善必闻,闻必劝。……古者,国有美政,乡有善俗,必播诸诗歌以风励天下,薰陶诱掖。盖有深于教令者,吾党则有不得而辞焉。(《邵孝子诗序》)

若先生孝义清白,不失世守,而所为诗文,和雅冲泊,粹然不戾乎正。(《青岩诗集序》)

先生自为诸生时,所为诗文已迥出流俗……及其章成而声协,足以上鸣国家之盛,而下为学者指归,其可谓一代之杰作也已。(《春雨堂稿序》)

晦翁深于古诗,其效汉魏,至字字句句平侧高下,亦相依仿,命意托兴,则得之三百篇者为多。观所著《诗传》,简当精密,殆无遗憾,是可见已。感兴之作,盖以经史事理播之吟脉,岂可以后世诗家者流例论哉?(《怀麓堂诗话》)

李东阳认为诗歌既要吟咏山水,亦须迩事父,远事君,"以鸣国家之盛"。在李东阳看来,朱熹那些依仿汉魏古体的诗歌并无太大的成就,而那些学习《诗经》性情之正的感兴之作都"以经史事理,播之吟咏"①。因此他将朱熹置于《诗经》后"诗家者流"之上，从理学角度抬高宋诗。②究其原因，不过是因为朱熹所持有的儒家诗教观。朱熹在诠释孔子"兴于《诗》"时曾云："兴，起也。《诗》本性情，有邪有正，其为言既易知，而吟咏之间，抑扬反复，其感人又易入。故学者之初，所以兴起其好善恶恶之心，而不能自已者，必于此而得之。"③人们之所以要"兴于诗"，其实就是养性情之正，进而沿着修齐治平的阶梯达到圣人境界。朱熹在阐释"思无邪"时，也说"凡诗之言，善者可以感发人之善心，恶者可以惩创人之逸志，其用归于使人得其情性之正而已。"④他解释孔子"《关雎》乐而不淫，哀而

---

① 对于《诗经》抒发的"性情之正"，学人时有论述。如黄淮《读杜诗愚得后序》云："其铺叙时政，发人之所难言，使当时风俗世故，了然如指诸掌。忠君忧国之意，常拳拳于声嗟气叹之中，而所以得夫性情之正者，盖有合乎三百篇之遗意也。"见黄淮《读杜诗愚得后序》，单复《读杜诗愚得》卷末，《四库全书存目丛书》，齐鲁书社 1997 年版，第341 页。

② 李东阳还对朱熹、陈献章、庄昶等理学家的诗歌和诗论给予了较多的赞扬，论诗也主张"典则正大"一体（《怀麓堂集》卷二十九）。从某种意义上说，李东阳主持的茶陵派也算是一种台阁体。但是有学者将杨慎也并入茶陵派，却也并非妥帖。郑礼炬《明代洪武至正德年间的翰林院与文学》第九章《成化、弘治年间的翰林作家》第三节《李东阳及其门人的创作》谓："成化、弘治之时的文坛崛起了以李东阳为首的'茶陵派'，这是一个以翰林作家为主要成员的创作团体，其中翰林的创作主将有倪岳、程敏政、吴宽、王鏊、陆釴、张泰、陈音、吴俨、张弼、李杰、林瀚、彭教、傅瀚、林俊、吴俨等友人以及他的学生石珤、邵宝、陆深、吴一鹏、张邦奇、罗玘、顾清、钱福、谢迁、鲁铎、杨慎、储巏等"将杨慎也并入其中，也许诗歌流派的标准和范围太过于宽泛了。弘治年间，杨慎只不过是从一个呱呱坠地的婴儿成长为一个弱冠之年的青少年，诗歌创作也摹写多家，诗学思想尚未臻于完善。

③ 朱熹《四书章句集注》，中华书局 1983 年版，第 104 页。

④ 朱熹《朱子语类》卷二十三《论语》五，文渊阁四库全书本。宋代理学家黄庭坚《山谷集》卷二十六《书王知载朐山杂咏后》说："诗者，人之情性也。非强谏争于廷，怨忿诟于道，怒邻骂坐之为也。其人忠信笃敬，抱道而居，与时乖违，遇物悲喜，同床而不察，并世而不闻，情之所不能堪，因发于呻吟调笑之声，胸次释然，而闻者亦有所劝勉，比律吕而可歌，列干羽而可舞，是诗之美也。其发为讪谤侵陵，引颈以承戈，披襟而（转下页）

不伤"时也曾言:"盖淫者乐之过,伤者哀之过,独为是诗者,得其性情之正,是以哀乐中节,而不至于过耳。"①以善恶和适度来区分性情之正否。

李东阳也提倡诗歌要表达情性之正:既要缘情而发,又要有儒家诗教"温柔敦厚"之意。如《赤城诗集序》云:

> 诗之为物,大则关气运,小则关土俗,而实本乎人之心。……其音多慷慨激烈,而不失其正。

其《联句录序》又云:

> 夫诗之气格、声韵,虽俱称大家,不能相合。合数人而为诗,往复唱和,兴出一时,而感时触物,喜怒忧佚,不平之意,亦或错然有以自见,所谓变而不失其正者。

《孔氏四子字说》云:

> 诗者,言之成声,而未播之乐者也。其为教,本人情,该物理,足以考政治,验风俗。人能学诗,则事理通达,心气平

(接上页)受矢,以快一朝之忿者,人皆以为诗之祸,是失诗之旨,非诗之过也。"从诗乃人之性情的观点出发,黄庭坚认为诗歌抒写的性情应该符合温柔敦厚的诗教原则。张栻《论语解》卷一曾云:"《诗》三百篇,美恶怨刺虽有不同,而其言之发,皆出于恻怛之公心,而非有他也,故'思无邪'一语可以蔽之。学者学夫《诗》,则有以识夫性情之正矣。然学《诗》者非平心易气、反复涵泳之,则亦莫能通其旨也。"其《孟子说》卷六亦云:"《诗》三百篇,夫子所取,以其本于性情之正而已,所谓'思无邪'也。"分别见于《张栻全集》,长春出版社 1999 年版,第 74—75 页、第 450 页。

　　①　唐顺之《稗编》卷八朱熹《诗序辩》,文渊阁四库全书本。

和而能言。

儒家诗教所谓"温柔敦厚",孔颖达的解释是:"温谓颜色温润,柔谓性情和柔。诗依违讽谏,不指切事情,故云:温柔敦厚,诗教也。""《诗》主敦厚。若不节之,则失在于愚。""此一经以《诗》化民,虽用敦厚,能以义节之;欲使民虽敦厚,不至于愚。则是在上深达于《诗》之义理,能以《诗》教民也。故云深于《诗》者也。""然《诗》为乐章,《诗》乐是一,而教别者:若以声音干戚以教人,是乐教也。若以《诗》辞美刺讽谕以教人,是《诗》教也。此为政以教民,故有六经。……此六经者,惟论人君施化,能以此教民,民得从之;未能行之至极也。若盛明之君为民之父母者,则能恩惠下及于民。则《诗》有好恶之情,《礼》有政治之体,《乐》有谐和性情,皆能与民至极,民同上情。故《孔子闲居》云:'志之所至,《诗》亦至焉。《诗》之所至,礼亦至焉。礼之所至,乐亦至焉。'是也。其《书》《易》《春秋》,非是恩情相感与民至极者,故《孔子闲居》无《书》《易》及《春秋》也。"①朱自清在《诗言志辨·诗教》的第三部分对"温柔敦厚"的诗教进行了透彻地分析。他首先厘清了诗教与乐教的关系,一来声音感人比文辞广博得多,二来以声为用的《诗》的传统——也就是乐的传统——比以义为用的《诗》的传统久远得多,影响大得多,所以诗教若只着眼在意义上,就未免显得单薄和狭隘。由此,他得出结论:"'温柔敦厚'该是个多义语:一面指'《诗》辞美刺讽喻'的作用,一面还映带着那'《诗》《乐》是一'的背景。……'温柔

---

① 孔颖达《十三经注疏·礼记注疏·经解》卷五十,文渊阁四库全书本。

敦厚’是‘和’，是‘亲’、也是‘节’、是‘敬’也是‘适’、也是‘中’”。①
儒家重"中庸"之道，就是继承这种传统思想。以上可以看出，李东
阳论诗，在关于诗歌的声韵以及内容字句功用上，主张情与志之间
必须取得平衡，也就是上溯《诗经》"中庸之德"，以"人声和，则乐声
和"来作为基准，则自然发乎性情、自然合乎音韵和法度，进而取得
"自然之妙"的神韵之美。

　　杨慎有乐府诗《扶南曲》云："清歌开皓齿，一夜足欢娱。誓好
同心结，迎祥百子图。千金当一刻，城上莫啼乌。"王夫之评曰
"雅"。②另外一首乐府诗《大堤曲》云："大堤二三月，垂杨千万把。
上枝堪藏鸦，下根堪系马。藏鸦系马晚楼边，沉水香焚清酒传。红
霞宛宛歌声外，汉水团团明镜前。夜饮朝眠欢不足，秋去春来芳草
绿。只知郎橐尽黄金，不道妾颜销白玉。江有方洲岸有沙，牙樯丝
缆各天涯。钗横花困惊残梦，不信行人不忆家。"王夫之评曰"凄清
以洁"③。杨慎歌行《青海引》云："长白山前号黑风，桔槔火照甘泉
红。五千貂锦血边草，单于夜帐移湟中。华林酒艳长庚醉，沉香春
浓海棠睡。金马门如万里遥，那知青海城头事。"王夫之评曰"掉回
有雅力"④。《夕泊江陵》云："西陵白雪晴，南浦绿波生。海燕先春
至，沙禽恒夜惊。竹房灯下市，菱舫月中筝。且醉桑郎酒，休伤萍
客情。"王夫之评曰"晴洁"⑤。所谓"雅"，所谓"洁"，其实都是指杨
慎诗文内容的雅正和审美上的不坠诗教传统。

　　杨慎自己也不满那些空疏作诗、以村野俚俗之言为诗的做法。

---

① 　朱自清《诗言志辨》，华东师范大学出版社 1996 年版，第 125—132 页。
②③ 　王夫之评选、李金善点校《明诗评选》，河北大学出版社 2008 年版，第 29 页。
④ 　王夫之评选、李金善点校《明诗评选》，河北大学出版社 2008 年版，第 60 页。
⑤ 　王夫之评选、李金善点校《明诗评选》，河北大学出版社 2008 年版，第 257 页。

如他在《升庵诗话》卷五"宋人论诗"条批评宋人以寻常口头语入诗的习气："圣人之心如化工,然后矢口成文,吐辞为经,自圣人以下,必须则古昔,称先王矣。若以无出处之语皆可为诗,则凡道听途说,街谈巷语,酗徒之骂坐,里媪之詈鸡,皆诗也。亦何必读书哉?此论既立,而村学究从而演之曰:'寻常言语口头话,便是诗家绝妙辞。'噫!三百篇中,如《国风》之微婉,二《雅》之委蛇,三《颂》之简奥,岂寻常语口头话哉?"①杨慎反对的"粗俗",不只包括"侮慢之词,流俗鄙俚之谈"②,也包括"凡道听途说,街谈巷语,酗徒之骂坐,里媪之詈鸡""下净优人口中语"③等卑下之语意。这也说明了他主张儒家"温柔敦厚"之诗教,认为诗歌不但要抒发"性情之正",而且还要有典则正大的审美风格。杨慎的诗文被目为"古雅奥丽"之作④,说明他的诗歌创作也很好地实践了典则雅正的审美原则。

第三节 崇尚唐音 不废宋元

"国家休明之运,萃于成、弘,公以金钟玉衡之质,振朱弦清庙之音,含咀宫商,吐纳和雅,渢渢乎,洋洋乎,长离之和鸣,共命之交响也。"⑤李东阳的诗歌是盛世的和鸣,是金声玉振之庙堂雅音,与

---

① 杨慎《升庵诗话》,丁福保辑《历代诗话续编》(中),中华书局1983年版,第719页。

② 杨慎《丹铅总录》卷二十三,文渊阁四库全书本。

③ 杨慎《升庵诗话》卷四"劣唐诗",《历代诗话续编》(中),中华书局1983年版,第700页。

④ 游居敬《翰林修撰升庵杨公墓志铭》,见黄宗羲《明文海》卷四百三十四,文渊阁四库全书本。

⑤ 钱谦益《列朝诗集小传》丙集《李少师东阳》,汲古阁刻本。

国家的"休明之运"相连接,因而被赋予格外崇高的意义和价值。以声为论诗的出发点,李东阳也像严羽和高棅一样,强调诗歌鉴赏要"熟参",要具备"具眼"和"具耳",眼主格、耳主调。通过这种"熟参",他发现中国古典诗歌的声调审美特质是从中唐特别是宋代后开始丧失的。因此,李东阳以声论诗,提出了近似严羽"第一义"的看法,主张雅正的唐世之音。

> 六朝、宋、元诗,就其佳者,亦各有兴致,但非本色,只是禅家所谓"小乘",道家所谓"尸解仙"耳。
> 宋诗深,却去唐远;元诗浅,去唐却近。顾元不可为法,所谓"取法乎中,仅得其下"耳。

刘勰《文心雕龙·通变》"夫青生于蓝,绛生于茜,虽逾本色,不能复化。"刘勰此处"本色"指物品原来的颜色,用"本色"来比喻文之自然本质。宋陈师道以"本色"论诗词:"退之以文为诗,子瞻以诗为词,如教坊雷大使舞,虽极天下之工,要非本色。"(陈师道《后山诗话》)他的"本色"指诗和词在文体上所固有的艺术特征。正是以唐音为典范,才有李东阳以佛教的"小乘"和道教的"尸解仙"来对应六朝、宋、元诗。

李东阳肯定李杜,推崇盛唐,也是从声调入手:

> 近代之诗,李杜为极。(《春雨堂诗稿》)
> 二公齐名并价,莫可轩轾。(《怀麓堂诗话》)
> 长篇中须有节奏,有操有纵,有正有变,若平铺稳布,虽多无益。唐诗类有委曲可喜之处,惟杜子美顿挫起伏、变化不

测,可骇可愕。盖其音响与格律正相称,回视诸作皆在下风。然学者不先得唐调,未可遽为杜学也。

五七言古诗,仄韵者上句末字类用平声,惟杜子美多用仄,如《玉华宫》《哀江头》诸作,概亦可见。其音调起伏顿挫,独为矫健以别出一格。回视纯用平字者,便觉萎弱无生气。自后则韩退之、苏子瞻有之,故亦健于诸作。此虽细故末节,盖举世历代而不之觉也。偶一启钥,为知音者道之。若用此太多过于生硬,则又矫枉之失,不可不戒也。(《怀麓堂诗话》)

古律诗各有音节,然皆限于字数,求之不难。惟乐府长短句,初无定数,最难调叠。然亦有自然之声,古所谓"声依永"者。谓有长短之节,非徒永也,故随其长短,皆可以播之律吕,而其太长太短之无节者,则不足以为乐。今泥古诗之成声,平侧短长,句句字字,摹仿而不敢失,非惟格调有限,亦无以发人之情性。若往复讽咏,久而自有所得,得于心而发之乎声,则虽千变万化,如珠之走盘,自不越乎法度之外矣。如李太白《远别离》,杜子美《桃竹杖》,皆极其操纵,曷尝按古人声调?而和顺委曲乃如此。固初学所未到,然学而未至乎是,亦未可与言诗也。(《怀麓堂诗话》)

陈公父论诗专取声,最得要领。潘祯应昌尝谓予诗宫声也,予讶而问之,潘言其父受于乡先辈曰:"诗有五声,全备者少,惟得宫声者为最优,盖可以兼众声也。李太白、杜子美之诗为宫,韩退之之诗为角,以此例之,虽百家可知也。"予初欲求声于诗,不过心口相语,然不敢以示人。闻潘言,始自信以为昔人先得我心,天下之理,出于自然者,固不约而同也。(《怀麓堂诗话》)

诗用实字易,用虚字难。盛唐人善用虚,其开合呼唤,悠扬委曲,皆在于此。用之不善,则柔弱缓散,不复可振,亦当深戒,此予所独得者。夏正夫尝谓人曰:"李西涯专在虚字上用工夫,如何当得?"予闻而服之。(《怀麓堂诗话》)

"宫"音为五音之主、五音之君,统帅众音。《国语·周语下》曰:"夫宫,音之主也,第以及羽。"《礼记·乐记》曰:"宫为君、商为臣、角为民。"宫是我国古代音乐中最基本的调式,调性典雅沉重,代表唐诗那种宽宏而丰富的时代格调,因此说"最优""可以兼众声"。李、杜之诗是我国古代诗歌的典范,风格壮阔而丰富,即正调,故比之为宫,韩愈比之为"角",刘长卿比之为"商"。李东阳以李杜为声调中的"宫"调,自然在众人之上。

明初诗学承袭元代诗学而来,基本上对宋诗一概而论地进行否定和批评。李东阳对宋诗并非全盘否定,而是以唐诗为典范,来界定诗歌何者为佳作:

严沧浪"空林木落长疑雨,别浦风多欲上潮",真唐句也。(《怀麓堂诗话》)

天文惟雪诗最多,花木惟梅诗最多。雪诗自唐人佳者已传不可偻数,梅诗尤多于雪。惟林君复"暗香""疏影"之句为绝倡,亦未见过之者,恨不使唐人专咏之耳。杜子美才出一联曰:"幸不折来伤岁暮,若为看去乱乡愁。"格力便别。(《怀麓堂诗话》)

风雨字最入诗。唐诗最妙者,曰"风雨时时龙一吟",曰"江中风浪雨冥冥",曰"笔落惊风雨"。他如"夜来风雨声",

"洗天风雨几时来","山雨欲来风满楼","山头日日风和雨","上界神仙隔风雨",未可偻数。宋诗惟"满城风雨近重阳"为诗家所传,余不能记也。(《怀麓堂诗话》)

关于晚唐诗对应元诗,李东阳说:

元诗:"山中乌喙方尝胆,台上蛾眉正捧心。""空怀狗监知司马,且喜龙门识李膺。""生藏鱼腹不见水,死抱龙髯直上天。"皆得李义山遗意。(《怀麓堂诗话》)

李东阳反对宋诗,主要是因为宋诗缺乏内在的音乐美感,缺失"唐调":

杨廷秀学李义山,更觉细碎;陆务观学白乐天,更觉直率,概之唐调,皆有所未闻也。(《怀麓堂诗话》)

李东阳《怀麓堂诗话》对宋诗有着非常多的批评:

《中州集》所载金诗,皆小家数,不过以片语只字为奇。求其浑雅正大,可追古作者,殆未之见。元诗大都胜之。外邦僻处固不足深论,意者土宇有广狭,气运亦随之而升降耶?

韩苏诗虽俱出入规格,而苏尤甚。盖韩得意时,自不失唐诗声调。如《永贞行》固有杜意,而选者不之及,何也?杨士弘乃独以韩与李杜为三大家不敢选,岂亦有所见耶?

欧阳永叔深于为诗,高自许与。观其思致,视格调为深。

然校之唐诗,似与不似,亦门墙籓篱之间耳。梅圣俞云:"永叔要做韩退之,硬把我做孟郊。"今观梅之于孟,犹欧之于韩也。或谓梅诗到人不爱处,彼孟之诗,亦曷尝使人不爱哉?

熊蹯鸡跖,筋骨有余,而肉味绝少。好奇者不能舍之,而不足以厌饫天下,黄鲁直诗大抵如此,细咀嚼之可见。

昔人论诗,谓"韩不如柳,苏不如黄"。虽黄亦云"世有文章名一世,而诗不逮古人者,殆苏之谓也",是大不然。汉魏以前,诗格简古,世间一切细事长语,皆著不得。其势必久而渐穷,赖杜诗一出,乃稍为开扩,庶几可尽天下之情事。韩一衍之,苏再衍之,于是情与事,无不可尽。而其为格,亦渐粗矣。然非具宏才博学,逢原而泛应,谁与开后学之路哉?

柳子厚"回看天际下中流,岩上无心云相逐",坡翁欲削此二句,论诗者类不免矮人看场之病。予谓若止用前四句,则与晚唐何异?

明诗缺乏声调之美,作诗之人用"俗句俗字"充斥全篇,诗"格"大坏。对此,李东阳恨不得以盛唐诗法"为之点化":

京师人造酒,类用灰,触鼻蜇舌,千方一味,南人嗤之。张汝弼谓之"燕京琥珀"。惟内法酒脱去此味,风致自别,人得其方者,亦不能似也。予尝譬今之为诗者,一等俗句俗字,类有"燕京琥珀"之味,而不能自脱,安得盛唐内法手为之点化哉?虞伯生《画竹》曰:"古来篆籀法已绝,祗有木叶雕蚕虫。"《画马》曰:"貌得当时第一匹,昭陵风雨夜闻嘶。"《成都》曰:"赖得郫筒酒易醉,夜归冲雨汉州城。"真得少陵家法。世人学杜,未

得其雄健，而已失之粗率；未得其深厚，而已失之臃肿。如此者未易多见也。(《怀麓堂诗话》)

以上可以看出，李东阳论诗承继严羽和高棅，以盛唐为宗，但李东阳认为"六朝唐宋元诗，各自为体，譬之方言"，并不可偏废：

今之为诗者，能轶宋窥唐，已为极致，两汉之体，已不复讲。而或者又曰：必为唐，必为宋，规规焉，俛首蹜步，至不敢易一辞出一语。纵使似之，亦不足贵矣，况未必似乎！说者谓诗有别才，非关乎书；诗有别趣，非关乎理。然非读书之多，识理之至，则不能作。必博学以聚乎理，取物以广夫才，而比之以声韵，和之以节奏，则其为辞，高可讽，长可咏，近可以播而远亦可以传矣。岂必模某家效某代，然后谓之诗哉？①

汉魏六朝唐宋元诗，各自为体，譬之方言，秦晋吴越闽楚之类，分疆画地，音殊调别，彼此不相入。此可见天地间气机所动，发为音声，随时与地，无俟区别，而不相侵夺。然则人囿于气化之中，而欲超乎时代之外，不亦难乎？(《怀麓堂诗话》)

六朝宋元诗，就其佳者，亦各有兴致。(《怀麓堂诗话》)

或乃谓古今文章，扃时代，关气运，断不相及，遂不复致力其间，亦自弃之甚矣。然此犹以体格言之。又尝观三百篇之旨，根理道，本情性，非体与格之可尽。②

---

① 李东阳《镜川先生诗集序》，蔡景康编选《明代文论选》，人民文学出版社1993年版，第87—88页。

② 李东阳《桃溪杂稿序》，文渊阁四库全书本。

　　李东阳取法较宽，博采众长于汉魏古体、盛唐李杜、中唐白居易和李贺、晚唐李商隐、宋代苏轼、元代虞集等人，并未仅仅取法盛唐。李东阳崇格调浑雅、内容雅正之诗歌，他认为只要"博学以聚乎理，取物以广乎才，而比之以声韵，和之以节奏，则其为辞高可讽，长可咏"，不必"模某家、效某代，然后谓之诗"，这样的话，"纵使似之，亦不足贵矣，况未必似乎？"①李东阳《西山和汪时用兵部韵》诗云："半岭香台石磴斜，诸空缥缈送天花。新开塔寺雄西郭，旧赐经幢出内家。避暑亭前泉带雨，回龙殿下水明霞。太平天子无巡幸，头白山僧诵《法华》。"王夫之评曰："亦台阁，亦风流。虽稍从宋人入，亦不许唐人相做。西涯幸有此手笔；乃于五言古体、乐府歌行，通身插入宋人窠臼，拈眉弹舌。"②可见李东阳诗歌亦台阁亦山林，取法多家，转益多师。

　　在这一点上，杨慎也深得其师之真传，并不取李何等人不观宋诗的偏激做法。他也喜爱《古诗十九首》。王夫之评杨慎《折杨柳·白雪新年尽》一诗云："真钧天之奏，非人间思路也。才说到折处便休，无限无穷，天流神动，全从《十九首》来。以古诗为近体者，惟太白间能之，尚有未纯处。至用修而水乳妙合，即谓之千古第一诗人可也。"③杨慎也有一些学习李贺的诗作，如《红蕖引用李长吉体》《集李长吉句》二首等等。王世贞《明诗评》卷一中说："又其微趣，多在长吉。振奇之士，卑其刻羽雕叶；陋中之徒，骇其牛鬼蛇神。班郢之思独苦，膏肓之病难医，良可叹也。"杨慎指出很多元代

诗人"元则虞道园兄弟、邓文原父子,不陨其掞藻,以开皇明……卓
然名家"。和李东阳一样,杨慎"承认尊唐者所建立的以唐诗为继
承的审美价值体系,而强调宋诗对于唐诗传统的继承关系。……
这样肯定宋诗,是在不改变尊唐诗的价值系统的前提下,通过强调
宋诗对唐诗的继承关系,将宋诗纳入唐诗传统中来,以确定宋诗的
地位,赋予宋诗以地位"①。其诗论"一方面是对时人过度轻视宋
诗的反驳,另一方面又没有从根本上超越崇唐抑宋的时代风气,而
在选诗标准上持以唐存宋的态度"②。如前所述,杨慎谈诗亦以唐
诗为圭臬,但是能"言诗不专一代"③,兼收并蓄,辨尽众体,将唐诗
之源流上溯至缘情绮靡的六朝风致、简直高古的汉魏风骨以及含
蓄蕴藉的诗教传统,这些应该都和李东阳诗学之间存在着千丝万
缕的联系。

第四节　诗法杜甫　反对泥古

　　李东阳肯定"法"的作用,他每每以杜甫诗句为例说明诗歌创
作还是要先学"法",然后舍筏登岸,由有法进入无法,恣肆于诗歌
本身音乐的取舍、开合等变化多样的写作,自然能达到调和顺适、
委曲婉转、抑扬不绝的艺术效果:

　　　诗用倒字倒句法,乃觉劲健。如杜诗"风帘自上钩""风窗

---

　　①　张健《清代诗学研究》,北京大学出版社 1999 年版,第 378、379 页。
　　②　申屠青松《明代宋诗选本论略》,《南京师范大学文学院学报》2007 年第 4 期。
　　③　李调元《升庵诗话序》,王文才、张锡厚辑《升庵著述序跋》,云南人民出版社
1985 年版,第 171 页。

展书卷""风鸳藏近渚","风"字皆倒用。至"风江飒飒乱帆秋",尤为警策。予尝效之曰:"风江卷地山蹴空,谁复壮游如两翁。"论者曰:"非但得倒字,且得倒句。"予不敢应也。论者乃举予西涯诗曰:"不知城外春多少,芳草晴烟已满城。"以为此倒句非耶。予于是得印可之益,不为少矣。(《怀麓堂诗话》)

诗贵意,意贵远不贵近,贵淡不贵浓。浓而近者易识,淡而远者难知。如杜子美"钩帘宿鹭起,丸药流莺啭","不通姓字粗豪甚,指点银瓶索酒尝","衔泥点涴琴书内,更接飞虫打著人";李太白"桃花流水杳然去,别有天地非人间";王摩诘"返景入深林,复照莓苔上",皆淡而愈浓,近而愈远,可与知者道,难与俗人言。王介甫得之,曰:"坐看苍苔色,欲上人衣来。"虞伯生得之,曰:"不及清江转柁鼓,洗盏船头沙鸟鸣。"曰:"绣帘美人时共看,阶前青草落花多。"杨廉夫得之,曰:"不及清江转柁鼓,洗盏船头沙鸟鸣。"曰:"绣帘美人时共看,阶前青草落花多。"杨廉夫得之,曰:"南高峰云北高雨,云雨相随恼杀侬。"可谓闭户造车,出门合辙者矣。(《怀麓堂诗话》)

宋释道原《景德传灯录·卷十九·余杭大钱山从袭禅师》:"闭门造车,出门合辙。"朱熹《中庸或问》谓:"古语所谓'闭门造车,出门合辙',盖言其法之同也。"朱熹的意思是只要按照同一规格,即使是关起门来做的车子,出门用起来也能自然合辙。这是因为其有一定的规格、尺寸作为标准的缘故。

李东阳虽然主张作诗有法,但是他反对泥古不化。《怀麓堂诗话》云:

　　诗贵不经人道语。自有诗以来,经几千百人,出几千万诗,而不能穷,是物之理无穷,而诗之为道亦无穷也。

　　汉、魏、六朝、唐、宋、元诗,各自为体。譬之方言,秦、晋、吴、越、闽、楚之类,分疆画地,音殊调别,彼此不相入,此可见天地间气机所动,发为音声,随时与地,无俟区别,而不相侵夺。然则人囿于气化之中,而欲超乎时代土壤之外,不亦难乎。

　　或者又曰:必为唐,必为宋,规规焉,俯首缩步,至不敢易一辞,出一语。纵使似之,亦不足贵矣,况未必似乎!

　　今泥古诗之成声,平侧短长,句句字字,摹仿而不敢失,非惟格调有限,亦无以发人之情性。若往复讽咏,久而自有所得,得于心而发之乎声,则虽千变万化,如珠之走盘,自不越乎法度之外矣。如李太白《远别离》,杜子美《桃竹杖》,皆极其操纵,曷尝按古人声调? 而和顺委曲乃如此。固初学所未到,然学而未至乎是,亦未可与言诗也。

　　他认为最可取的是守"法"而不泥于"法",于拟议之中有变化。例如,"律诗起承转合,不为无法,但不可泥。泥于法而为之,则撑柱对待,四方八角,无圆活生动之意。然必待法度既定,从容闲习之余,或溢而为波,或变而为奇,乃有自然之妙,是不可以强致也。若并而废之,亦奚以律为哉?"(《怀麓堂诗话》)

　　李东阳主张作诗要"往复讽咏,久而自有所得,得于心而发之乎声,则虽千变万化,如珠之走盘,自不越乎法度之外矣"。李东阳认为宋诗太过于讲究诗法而变得"琐碎",太过于主理,而缺少"真情实意"和"天真兴致":

唐人不言诗法,诗法多出宋,而宋人于诗无所得。所谓法者,不过一字一句,对偶雕琢之工,而天真兴致,则未可与道。其高者失之捕风捉影,而卑者坐于黏皮带骨,至于江西诗派极矣。惟严沧浪所论,超离尘俗,真若有所自得,反覆譬说,未尝有失。顾其所自为作,徒得唐人体面,而亦少超拔警策之处。予尝谓识得十分,只做得八九分,其一二分乃拘于才力,其沧浪之谓乎?若是者往往而然。然未有识分数少而作分数多者,故识先而力后。(《怀麓堂诗话》)

李长吉诗,字字句句欲传世,顾过于刿钺,无天真自然之趣。(《怀麓堂诗话》)

李东阳对于李贺诗歌过分讲究技巧的倾向提出了批评。他主张有法但是又反对拘泥于法:"字拟坡书聊共戏,诗于昆法敢相讥。休夸鞶裹才无敌,未必葫芦样可依。"因为世界有万物,感情有万端,"诗贵不经人道语。自有诗以来,经几千百人,出几千万语,而不能穷,是物之理无穷,而诗之为道亦无穷也。"唯有创新,才是诗道之所在。

李东阳主张以盛唐为法,学习李白杜甫诗歌的意象营造:

诗贵意,意贵远不贵近,贵淡不贵浓。浓而近者易识,淡而远者难知。如杜子美"钩帘宿鹭起,丸药流莺啭","不通姓字粗豪甚,指点银瓶索酒尝","衔泥点涴琴书内,更接飞虫打着人";李太白"桃花流水杳然去,别有天地非人间";王摩诘"返景入深林,复照青苔上",皆淡而愈浓,近而愈远,可与知者道,难与俗人言。(《怀麓堂诗话》)

相对于李白诗歌出神入化、天才放逸的艺术风格,李东阳认为杜甫诗歌的艺术魅力在于金针可度、有迹可循:

> 长篇中须有节奏,有操,有纵,有正,有变。若平铺稳布,虽多无益。唐诗类有委曲可喜之处,惟杜子美顿挫起伏,变化不测,可骇可愕,盖其音响与格律正相称。回视诸作,皆在下风。然学者不先得唐调,未可遽为杜学也。(《怀麓堂诗话》)

李东阳序丘浚《琼台吟稿》云:"昔人谓必行万里道,读万卷书,乃能读杜诗。盖杜之为诗也,悉人情,该物理,以极乎政事风俗之大,无所不备,故能成一代之制作,以传后世。"举凡"清绝如……富贵如……高古如……华丽如……斩绝如……奇怪如……浏亮如……委曲如……后逸如……温润如……感慨如……激烈如……萧散如……沉着如……精炼如……惨戚如……忠厚如……神妙如……雄壮如……老辣如……执此以论,杜真可谓集诗家之大成者矣"①。胡应麟说:"盛唐一味秀丽雄浑。杜则精粗、巨细、巧拙、新陈、险易、浅深、浓淡、肥瘦,靡不毕具。参其格调,实与盛唐大别。其能荟萃前人在此,滥觞后世亦在此。"②可谓和李东阳诗论一脉相承。

他提倡学习"集大成"之杜甫诗:

> 文章如精金美玉,经百炼历万选而后见。今观昔人所选,

---

① 李东阳《怀麓堂集》卷二十七,文渊阁四库全书本。
② 胡应麟《诗薮》内编卷四,中华书局1958年版,第68页。

虽互有得失,至其尽善极美,则所谓凤凰芝草,人人皆以为瑞,阅数千百年几千万人而莫有异议焉。如李太白《远别离》《蜀道难》、杜子美《秋兴》《诸将》《咏怀古迹》《新婚别》《兵车行》,终日诵之不厌也。(《怀麓堂诗话》)

　　杜子美漫兴诸绝句,有古《竹枝》意,跌宕奇古,超出诗人蹊径。(《怀麓堂诗话》)

李东阳反对从形式上模仿杜甫,指出了作为反面教材的林鸿、袁凯诸人不能自抒胸臆,宛若旧本:

　　林子羽《鸣盛集》专学唐,袁凯《在野集》专学杜,盖皆极力摹拟,不但字面句法,并其题目亦效之,开卷骤视,宛若旧本。然细味之,求其流出肺腑,卓尔有立者,指不能一再屈也。(《怀麓堂诗话》)①

　　若非集大成手,虽欲学李杜,亦不免不如稊稗之诮。(《怀麓堂诗话》)

因为学习杜甫并不是枝枝叶叶地仅从形式上模拟,而是要学习其发自肺腑的缘情之作。李东阳对于如何学古习杜提出了许多具体的意见,如他指出可以从句法和字法等方面入手:

　　人但知律诗起结之难,而不知转语之难,第五第七句尤宜

---

① 四库馆臣认为林鸿等人"论诗惟主唐音"(《四库全书总目》卷一六九《鸣盛集》提要),袁凯"古体多学《文选》,近体多学杜甫"(《四库全书总目》卷一六九《海叟集》提要),诚然不虚。

著力。如许浑诗，前联是景，后联又说，殊乏意致耳！（《怀麓堂诗话》）

诗有纯用平侧字而自相谐协者。如"轻裾随风还"，五字皆平；"桃花梨花参差开"，七字皆平；"月出断岸口"一章，五字皆侧。惟杜子美好用侧字，如"有客有客字子美"，七字皆侧，"中夜起坐万感集"，六字侧者尤多。"壁色立积铁"，"业白出石壁"，至五字皆入而不觉其滞。此等虽难学，亦不可不知也。（《怀麓堂诗话》）

五七言古诗仄韵者，上句末字类用平声。惟杜子美多用仄，如《玉华宫》《哀江头》诸作，概亦可见。其音调起伏顿挫，独为遒健，似别出一格。回视纯用平字者，便觉萎弱无生气。自后则韩退之、苏子瞻有之，故亦健于诸作。此虽细故末节，盖举世历代而不之觉也。偶一启钥，为知音者道之。若用此太多，过于生硬，则又矫枉之失，不可不戒也。（《怀麓堂诗话》）

李东阳《春兴八首》其七曰："瓮山西望接平坡，匹马双童几度过。十载衣冠朋旧少，五更风雨梦魂多。湖边渔榜惊鸥鸟，树里僧房隐薜萝。飞尽桃花还燕子，一年春事竟如何？"王夫之评曰："高情远韵，不落古今，正尔赅存千载。"①李东阳《春兴八首》其八曰："小叠峰峦浅作池，幽堂长是见春迟。风传翠筱声先到，雨换青松叶未知。江上帆樯经几驻，城南第宅已三移。君恩若放山林去，始是云霄得意时。"王夫之评曰："亦是杜陵的传。北地得杜喉，此得

---

① 王夫之评选、李金善点校《明诗评选》，河北大学出版社 2008 年版，第 351 页。

杜脾。"①意谓李梦阳仅得杜诗之文辞，而李东阳则得杜诗之神髓。对于李东阳《怀麓堂诗话》提及的"法杜"的诗学主张和诗歌创作实践，李、何以及其追随者走向了极端。他们摹拟剽窃、生造杜撰、尺尺寸寸，使得读者"开卷骤视，宛若旧本"，可见忘了李东阳"论剽窃摹拟之非"的忠告。

王夫之《明诗评选》谓杨慎《雨夕梦安公石张习之二公情话移时觉而有述因寄》："体兼韩、杜。然为杜学者，必此乃有渊源。大骨粗皮、长鼻肥胫如老象者，不知取益于杜者也。'薰华晨逗雨'二句，说尽武宗、世宗新故之际，大礼争嫡之由，文约而旨深。作长篇者无此极简极严处，即不成诗矣。"②杨慎在晚年孤苦伶仃地客游异乡的时候，颇能体会到杜甫的忧患意识和漂泊感受，诗风多受到杜甫影响③。杨慎也曾仿杜甫《秋兴》而写出被后人誉为"杜甫夔州以后诗"的《春兴》八首④，但他能客观辩证地看待杜甫，提醒人们不要盲目迷信杜诗。杨慎认为杜甫虽然有"含蓄蕴藉者"，也有"直陈时事，类于讪讦"之"下乘末脚"⑤；既有早年之"精细"，又有"晚年横逸不可当"⑥；杜律《玉台观》"皆玉瑕锦类，不可效尤也"⑦；

①　王夫之评选、李金善点校《明诗评选》，河北大学出版社 2008 年版，第 352 页。

②　王夫之评选、李金善点校《明诗评选》，河北大学出版社 2008 年版，第 264 页。

③　王廷表《南中续集序》："至其迁谪南中，益老益工，入玄入妙，其杜陵夔州之作乎？"

④　陈文烛《杨升庵文集序》，王文才《杨慎学谱》，上海古籍出版社 1988 年版，第473 页。

⑤　杨慎《升庵诗话》卷十一"诗史"，《历代诗话续编》（中），中华书局 1983 年版，第868 页。

⑥　杨慎《升庵诗话》卷十三"学选诗"，《历代诗话续编》（中），中华书局 1983 年版，第 899 页。

⑦　杨慎《升庵诗话》卷三"玉瑕锦类"，《历代诗话续编》（中），中华书局 1983 年版，第 677 页。

因为不满意杜甫的"以韵语记时事",杨慎主张"永言缘情,效杜陵以上四始"①。相较李、何诸人而言,虽然同为李东阳学生,但是杨慎能自觉维护李东阳的理论主张,推崇盛唐杜甫,他也看到老师对于杜甫为诗歌"变体"的真实态度。这些诗歌理论最终渐渐偏离了其师的法则和范式,形成了别具一格的诗学面貌,也对七子的诗论产生了有益的影响。

李东阳对杨慎的影响,也体现在提倡乐府声调方面。一提到明代中后期民歌的繁荣,学人们每每提及"七子"之李何,说"在弘治、正德年间或稍后,于当时不同类型的知识阶层中,已出现了对文化下移趋势做出积极反响的各种举措,广涉文学、儒学、宗教诸领域,并为以后更为深入与长期展布的民间化运动设定了一个不可更改的基调……具体到文学领域,则以李、何等前七子派的表现最为显著,他们处于时代嬗变之际,在观念的诸多方面都有开辟,包括提出向民间学习的口号,及以自己的诗文、曲艺活动传布各种民间观念与价值,从而形成了明中期以来发生在知识阶层中的、第一次有规模化效应的民间化运动"②。比较著名的论据是李梦阳《缶音序》征引孔子"礼失而求之野"的概念。他在《诗集自序》中云:"夫诗者,天地自然之音也。今途咢而巷讴,劳呻而康吟,一唱而群和者,其真也,斯之谓'风'也。孔子曰:'礼失而求之野。'今真诗乃在民间。"③谓真诗在民间,是因为民歌延续了《诗经》之"国风"传统。其实这个口号,李东阳早已提及。李东阳对于源于民间

---

① 杨慎《升庵集》卷六《答重庆太守刘嵩阳书》,文渊阁四库全书本。

② 黄卓越《明中后期文学思想研究》,北京大学出版社2005年版,第61页。

③ 李梦阳《诗集自序》,蔡景康编选《明代文论选》,人民文学出版社1993年版,第102页。

的《诗经》的重视，对于诗歌音乐性的重视，对于后来的李何等人都起到了导夫先路的启迪意义。如李东阳指出"质而不俚，是诗家难事"，"古歌辞贵简远，《大风歌》止三句，《易水歌》止二句，其感激悲壮，语短而意益长。《弹铗歌》止一句，亦自有含悲饮恨之意。后世穷技极力，愈多而愈不及"，"质厚近古，愈读而愈见其妙"。(《怀麓堂诗话》)他以为诗歌之妙并不在于读书穷理，而是发自真情："诗有别材，非关书也。诗有别趣，非关理也。……彼小夫贱隶，妇人女子，真情实意，暗合而偶中，固不待于教。而所谓骚人墨客，学士大夫者，疲神思、弊精力，穷壮至老，而不能得其妙，正坐是哉！"(《怀麓堂诗话》)李东阳肯定了民间小夫贱隶、妇人女子率真自然的真情之作，开创了李梦阳"真诗乃在民间"之先河。李东阳乐府如《长沙竹枝歌》《茶陵竹枝歌》等作品都清新质朴，体现出了取法民歌的艺术特色。

杨慎对乐府民歌也同样别具钟情。其《升庵诗话》卷二"太白用古乐府"以李白学习和继承了汉乐府的优秀传统而"意益显，妙益见"为例，来反对那些生吞活剥、师其辞而遗其神的剽窃摹拟者："信口无非妙道，岂生吞义山、拆洗杜诗者比乎？"[1]杨慎甚至用"有古乐府之意""有乐府声调"来夸奖诗人，可见他对乐府民歌的重视。杨慎也创作了大量的乐府古体诗，他的诗"较多受到乐府民歌的影响。在保持辞采华美的风格的基础上，要显得流丽轻松一些"[2]。所谓流丽轻松，即没有太多的学问加持，没有太多的礼教比附，正是前文李东阳提到的"质而不俚"。

---

[1] 杨慎《升庵诗话》，《历代诗话续编》(中)，中华书局1983年版，第660页。又见杨慎《丹铅总录》卷十二《太白杨叛儿曲》和《丹铅总录》卷十八《李白诗祖乐府》。
[2] 廖可斌《明代文学复古运动研究》，商务印书馆2008年版，第190页。

　　李东阳过世之后，文坛开始从政治作为到诗文创作和理论创见等方面对李东阳进行全方位的批判，如钱谦益引李开先语谓"西涯为相，诗文取絮烂者，人才取软滑者，不惟诗文靡败，而人才亦从之"①。但是何良俊《四友斋丛说》卷八云："李文正当国时，每日朝罢，则门生群集其家，皆海内名流，其座上常满，殆无虚日，谈文讲艺，绝口不及势利，其文章亦足领袖一时。正恐兴事建功，或自有人，若论风流儒雅，虽前代宰相中，亦罕见其比也。"②平心而论，李东阳既上溯儒家传统诗教的基本宗旨，又高度重视诗歌的审美艺术特征，于明代首创格调说，提倡恢复浑雅正大的风格，实为整个明中叶文学复古思潮的发起者。"其间立论皆先生所独得，实有发前人之所未发者。"（王铎《怀麓堂诗话序》）鲍廷博《跋》亦谓："俾与《沧浪诗话》《白石诗说》鼎峙骚坛，为风雅指南。"这并不是阿谀之词。③钱谦益《初学集》卷八十三《题怀麓堂诗钞》云："近代诗病，其症凡三变：沿宋、元之窠臼，排章俪句，支缀蹈袭，此弱病也；剽唐、《选》之余沈，生吞活剥，叫号嚣突，此狂病也；搜郊、岛之旁门，蝇声蚓窍，晦昧结惛，此鬼病也。救弱病者，必之乎狂；救狂病者，必之乎鬼。传染日深，膏肓之病日甚。"④而唯有西涯足以荡治之。所以也难怪"嘉定四先生"之一的程嘉燧把李东阳的诗歌当作医病之良药，说西涯之诗"此引年之药物，亦攻毒之箴砭"⑤。王世贞认为

---

　　①　钱谦益《列朝诗集》丙集第五《何侍郎孟春》，汲古阁刻本。
　　②　何良俊《四友斋丛说》卷八《史》四，元明史料笔记丛刊，中华书局1959年版，第67页。
　　③　郭绍虞《中国文学批评史》（下），商务印书馆2010年版，第181页。
　　④　钱谦益《牧斋初学集》，上海古籍出版社1985年版，第1757页。
　　⑤　钱谦益《牧斋初学集》卷八十三《题怀麓堂诗抄》，上海古籍出版社1985年版，第1758页。

"长沙之于何、李",犹"陈涉之启汉高"①。胡应麟也强调"成化以还,诗道旁落,唐人风致,几于尽隳。独李文正才具宏通,格律严整,高步一时,兴起李、何,厥功甚伟"(《诗薮·续编》卷一)。

诚然,李东阳是一个不彻底的改革者,其诗学理论带有鲜明的从初期到中期过渡的痕迹:他一方面反对台阁体,另一方面也提倡"浑雅正大"的审美风格;他一方面提倡浑成劲健,另一方面也主张炼字炼句;他一方面主张诗歌要遵循"畅达情思,感发志气"、要言志抒情的创作意旨,另一方面又要兼顾"兼比兴、协音律"的审美特质;他一方面宣称"贵情思而轻事实",但另一方面更提倡"考得失、施劝戒"、言志厉俗的社会功用;他一方面主张"博学以聚乎理,取物以广夫才",另一方面又要"比之以声韵,和之以节奏",要流播众口、流传后世。究其原因,是"李东阳的文学理论有两个出发点,一是儒家的教化说,一是严羽诸人对诗的艺术特征的强调。他正是要把这两方面结合起来,引导诗歌走上既服从于封建政治、又符合于诗之特征的道路"②。王运熙、顾易生主编《中国文学批评通史·明代卷》对李东阳的评价为:"他是成化、弘治间文学风尚转变时期的代表人物。"③李东阳的诗学和创作一方面对台阁体有矫枉之效,另一方面对七子有导引之功,善莫大焉。

---

① 王世贞《弇州四部稿》卷一百四十八《艺苑卮言》卷六,文渊阁四库全书本。

② 成复旺等《中国文学理论史》(三),北京出版社 1987 年版,第 51 页。

③ 王运熙、顾易生主编《中国文学批评通史·明代卷》,上海古籍出版社 1996 年版,第 91 页。

第八章 《升庵诗话》与"六朝派"的确立

提及杨慎,从明代伊始,学人都将其与六朝文学紧密联系在一起。如周复俊《刻南中集钞叙》评杨慎诗"驱驰汉魏,肯与颜谢比肩;掩抑齐梁,何啻阴徐接垒"。①张含《南中集序》记载:"杨子尝谓含曰:'诗吾愧风雅,独夷鲍谢辞',杨子所变而雅也;鲍谢,杨子所谦而自谓也。"②王世贞《明诗评》卷一云:"凡所取材,六朝为冠,固一代之雄匠哉!"③后来王世贞又在《艺苑卮言》予以修正:"徐昌谷有六朝之才而无其学,杨用修有六朝之学而非其才。薛君采才不如徐,学不如杨,而小撮其短,又事事不如何、李,乐府、五言古可得伯仲耳。"胡应麟亦评杨慎曰"精新绮褥,独掇六朝之秀""错采镂金,雕绘满眼耳"④。钱谦益《列朝诗集小传》丙集十五云:"沉酣六朝,揽采晚唐,创为渊博靡丽之词,其意欲压倒李、何,为茶陵别张

---

① 周复俊《刻南中集钞叙》,见黄宗羲《明文海》卷二百四十七,文渊阁四库全书本。
② 王文才、张锡厚《升庵著述序跋》,云南人民出版社 1985 年版,第 1 页。
③ 见沈节甫《纪录汇编》卷之一百二十,王世贞《明诗评》卷一《杨修撰慎》,文渊阁四库全书本。
④ 胡应麟《诗薮》续编卷一,中华书局 1958 年版,第 332—333 页。

壁垒,不与角胜口舌间也。"①王士禛《香祖笔记》卷五云:"明诗至杨升庵,另辟一境,真以六朝之才,而兼有六朝之学者。"②沈德潜《明诗别裁》评杨慎曰:"五言非其所长,以过于秾丽,失穆如清风之旨也。"③《四库全书总目·升庵集提要》说:"慎以博洽冠一时,其诗含吐六朝,于明代独立门户。"陈田《明诗纪事》戊签卷一云:"升庵诗,早岁醉心六朝,艳情丽曲,可谓绝世才华。"④今人王文才编选《杨慎诗选》,分别选了五言古诗、乐府歌行、五言律排、七言律诗、五七言绝句及六言杂体共 139 首,并论曰:"杨慎以其卓绝的诗才,深研六朝的新体,具有深厚广博之学,创为渊雅靡丽之词。"⑤可见与李东阳追慕汉唐的创作风格相比,杨慎的作品以规模六朝、初唐风格著称。关于前七子派和杨慎的六朝习尚情况,学界已有较为详细的讨论,如廖可斌《明代文学复古运动研究》第三章第五节"余波:六朝初唐派与中唐派"以及第五章"复古运动第一次高潮的诗文创作"之顾璘、郑善夫、杨慎、薛蕙部分⑥,黄卓越《明永乐至嘉靖初诗文观研究》第三章"明弘治间审美主义倾向之流布"和第四章"前七子复古主义观考辨"中亦涉及六朝派⑦。孙学堂《崇古理念的淡退》一书第一章第四节第三部分"六朝中唐派的艺术追

① 钱谦益《列朝诗集小传》,汲古阁刻本。

② 王士禛《香祖笔记》卷五,文渊阁四库全书本。

③ 沈德潜《明诗别裁》,商务印书馆 1933 年版,第 106—107 页。

④ 陈田《明诗纪事》,上海古籍出版社 1993 年版,第 1399 页。

⑤ 王文才选注《杨慎诗选》,四川人民出版社 1981 年版,第 14 页。

⑥ 廖可斌《明代文学复古运动研究》,上海古籍出版社 1994 年版,第 82—85 页,第 168—186 页。

⑦ 黄卓越《明永乐至嘉靖初诗文观研究》,北京师范大学出版社 2001 年版,第 118—164 页,第 180—192 页。

求"一节均对六朝文风有所涉及和论证①。查清华《明代唐诗接受史》中有"六朝派的宗唐观"一节,集中论述六朝派的代表杨慎之唐诗观②。雷磊《杨慎诗学研究》第六章"明代六朝派的演进"③和陈斌《明代中古诗歌接受与批评研究》第二章"嘉靖六朝派及其诗学承担"已有非常详尽的论述④。但是前人的研究仍然有可供进一步讨论的空间,如历代文人对于六朝文学评价和接受的双重悖论,明代中期文人对六朝华丽文风的有意模仿,明代中期博学风气和六朝博物观的遥相呼应,以及杨慎对六朝文学的评价和对六朝风气的刻意模仿等问题,都需要重新审视和评价。

第一节　六朝文学:历代评价与接受的双重悖论

文学发展的历史表明,先秦时期的文学艺术尚处于滥觞时期,诗乐舞合一的特点尤为显著。两汉时期的文学以歌功颂德的辞赋为主。"至于建安,曹氏基命,二祖、陈王,咸蓄盛藻,甫乃以情纬文,以文被质。"(沈约《宋书·谢灵运传》)六朝时期,儒家思想的权威性遭到严重削弱,使得这一时期的文学能够摆脱过去经学著作的束缚而独立发展,进而自成领域。此时的文学呈现出一种情文兼具、文质相称的新兴态貌,加之玄学正大为盛行、佛学广泛传播、隐逸思想流行等诸多内外因素,使得文学题材更加丰富。与之相

---

① 孙学堂《崇古理念的淡退》,天津古籍出版社 2004 年版,第 46—67 页。
② 查清华《明代唐诗接受史》,上海古籍出版社 2006 年版,第 98—101 页。
③ 详见雷磊《杨慎诗学研究》第六章《明代六朝派的演进》,中国社会科学出版社 2006 年版,第 145—180 页。
④ 陈斌《明代中古诗歌接受与批评研究》第二章《嘉靖六朝派及其诗学承担》,上海三联书店 2009 年版,第 97—185 页。

应的是文学体裁更加多样,文学作品的语言也更加精致。而且这一时期社会中包括许多帝王在内的上层贵族士人普遍热心于文学创作。他们周围聚集了一批文人,结成了历史上第一批重要的文学集团。诸如"建安七子""竹林七贤""二十四友""竟陵八友"等文学集团的活跃在很大程度上刺激了文学艺术的繁荣和兴盛。这些文学现象,推动了文学批评家对文学特点、写作方法、文体风格等文学内部规律进行探讨。至此,文学才显现出独立和自觉的状态。学人宗白华谓:"汉末魏晋南北朝是中国政治上最混乱、社会上最苦痛的时代,然而却是精神史上极自由、极解放,最富于智能,最浓于热情的一个时代,因此也就是最富有艺术精神的一个时代。"①这一时期的文学艺术取得了巨大的成就,"无不是光芒万丈,前无古人,奠定了后代文学艺术的根基与趋向"②。诚然,魏晋南北朝是中国文学史上第一个色彩纷呈的"文学的自觉时代",人们不再过多强调文学的政教实用的功能,而开始强调和重视文学的审美和愉悦功能,开始关注和探讨文学的内部规律。六朝时期出现了第一部从文学创作的内部规律对文学创作进行总结和概括的文论作品《文赋》、集古代神话传说之大成的《搜神记》、最早的文言志人小说集《世说新语》、第一部理论系统、结构严密、论述细致的文学理论专著《文心雕龙》、第一部诗论专著钟嵘《诗品》、第一部以"小说"命名的短篇小说集《殷芸小说》、最早的一部诗文总集《昭明文选》等等。

与秦汉人把自己人生的全部价值界定为一名宗法社会的合格角色不同,魏晋六朝的士人已经开始意识到自己作为个体的人的

---

①② 宗白华《美学散步》,上海人民出版社 1981 年版,第 177 页。

价值。他们有着各自的秉性、爱好,过着与别人大相径庭的生活,在不同程度上摆脱了对社会政治道德的依附。他们感到生不逢时,怀才不遇,于是借诗歌来书写情怀,倾吐心声,或流连哀思,或情灵摇荡,或抨击黑暗的现实,或揭发礼教的虚伪,或慷慨以任气,或磊落以使才,或清峻,或遥深,或"四声"或"八病",或"玄言"或"宫体",五七言格律诗已初具胚胎。可以说,如果没有六朝人的崇尚华丽和讲究形式主义的诗风,今人恐怕也无缘读到后来精美的唐诗宋词了。

尽管六朝文学取得如此辉煌的成就,但是历代对六朝文学的评价,总体上依然是贬多于褒,毁多于誉,在某些特定的时期,几乎全盘否定。刘勰《文心雕龙·情采》篇说:"故为情者要约而写真,为文者淫丽而烦滥。而后之作者,采滥忽真,远弃风雅,近师辞赋,故体情之制日疏,逐文之篇愈盛。"已经把批评的矛头指向"为文而造情"的六朝文学。南朝齐梁裴子野《雕虫论》从儒家道德教化的文艺观出发,对南朝文学"摈落六艺,吟咏情性。……淫文破典,斐尔为功,无被于管弦,非止乎礼义"①的文风进行批判,并主张全面恢复儒家"劝美惩恶"的诗教传统。

颜之推《颜氏家训·文章》也有着横扫一切浮靡文风的魄力和气势:

> 阮籍无礼败俗,嵇康凌物凶终,傅玄忿斗免官,孙楚矜夸凌上,陆机犯顺履险,潘岳干没取危,颜延年负气摧黜,谢灵运空疏乱纪,王元长凶贼自诒,谢玄晖侮慢见及。……每

---

①　李昉等《文苑英华》卷七百四十二,文渊阁四库全书本。

尝思之,原其所积,文章之体,标举兴会,发引性灵,使人矜伐,故忽于持操,果于进取。今世文士,此患弥切,一事惬当,一句清巧,神厉九霄,志凌千载,自吟自赏,不觉更有傍人。……文章当以理致为心肾,气调为筋骨,事义为皮肤,华丽为冠冕。今世相承,趋末弃本,率多浮艳,辞与理竞,辞胜而理伏;事与才争,事繁而才损,放逸者流宕而忘归,穿凿者补缀而不足。①

隋代李谔《上隋高祖革文华书》曰:

> 江左齐梁,其弊弥甚。贵贱贤愚,惟务吟咏。遂复遗理存异,寻虚逐微,竞一韵之奇,争一字之巧。连篇累牍,不出月露之形;积案盈箱,惟是风云之状。世俗以此相高,朝廷据兹擢士。禄利之路既开,爱尚之情愈笃。于是闾里童昏,贵游总丱,未窥六甲,先制五言。至如羲皇、舜、禹之典,伊、傅、周、孔之说,不复关心,何尝入耳。以傲诞为清虚,以缘情为勋绩,指儒素为古拙,用词赋为君子。故文笔日繁,其政日乱,良由弃大圣之轨模,构无用以为用也。捐本逐末,流遍华壤,递相师祖,久而愈扇。②

李谔不但评判了文风,而且对六朝的社会风气也大加鞭挞。
王通的《中说·事君》几乎抨击了所有六朝文学的代表作家:

---

① 颜之推《颜氏家训》卷上《文章篇》第九,文渊阁四库全书本。
② 李昉等《文苑英华》卷六百七十九,文渊阁四库全书本。

子谓文士之行可见:"谢灵运,小人哉! 其文傲,君子则谨。沈休文,小人哉! 其文冶,君子则典。鲍照、江淹,古之狷者也,其文急以怨。吴筠、孔珪,古之狂者也,其文怪以怒。谢庄、王融,古之纤人也,其文碎。徐陵、庾信,古之夸人也,其文诞。"或问孝绰兄弟,子曰:"鄙人也,其文淫。"或问湘东王兄弟,子曰:"贪人也,其文繁。""谢朓,浅人也,其文捷。江总,诡人也,其文虚。皆古之不利人也。"①

同颜之推《颜氏家训·文章》之横扫六朝的魄力遥相呼应。
《隋书·文学传序》也从"音之道与政通""亡国之音哀以思"的儒家诗教出发,将文学与世运结合起来:

文之为用,其大矣哉! 上所以敷德教于下,下所以达情志于上;大则经纬天地,作训垂范;次则风谣歌颂,匡主和民。②

并进而对六朝比较有代表性的文人大张挞伐,以示儆戒:

梁自大同之后,雅道沦缺,渐乖典则,争驰新巧。简文、湘东,启其淫放,徐陵、庾信,分路扬镳。其意浅而繁,其文匿而彩,词尚轻险,情多哀思。格以延陵之听,盖亦亡国之音乎!③

初唐魏征《梁书·帝纪论》曰:

---

① 王通《文中子中说》卷三《事君》篇,四部丛刊本。
② 《隋书》,中华书局 1973 年版,第 1729 页。
③ 《隋书》,中华书局 1973 年版,第 1730 页。

太宗(萧纲)多闻博达,富赡词藻。然文艳用寡,华而不实,体穷淫丽,义罕疏通,哀思之音,遂移风俗。①

陈子昂《与东方左史虬修竹篇序》也说:"齐梁间诗,彩丽竞繁,而兴寄都绝,每以永叹。思古人,常恐逶迤颓靡,风雅不作,以耿耿也。"②他从语言到内容全面否定六朝诗,标举"汉魏风骨""正始之音",鼓倡经世致用的诗教传统。殷璠在《河岳英灵集序》里进一步批评南朝诗"都无兴象,但贵轻艳","萧氏以还,尤增矫饰"。《集论》云:"齐、梁、陈、隋,下品实繁,专事拘忌,弥损厥道。"③

中唐韩愈曾断言:"齐梁及陈隋,众作等蝉噪。搜春摘花卉,沿袭伤剽盗。"④以韩愈为领袖的古文运动的最大特点是提倡以儒家先王之"道"来充实"文"的内容,以纠正六朝以来言之无物的形式主义和骈偶文风,提倡散体。白居易倡导的新乐府运动,也反对六朝以来脱离现实脱离政治的"嘲风雪、弄花草"的倾向,主张"文章合为时而著,诗歌合为事而作。"⑤

宋石介云"齐梁无骏骨"⑥,苏轼谓"正齐梁间小儿所拟作"⑦。叶梦得曾云:"文章自东汉后顿衰,至齐梁而扫地。"⑧陈绎曾《诗谱》云:"齐梁诸家……但理不胜情,气不胜辞耳。"⑨吕本中《吕氏

① 《南史》卷八《梁本纪下》,中华书局 1975 年版,第 252 页。
② 陈子昂《陈拾遗集》卷一,文渊阁四库全书本。
③ 殷璠《河岳英灵集》,文渊阁四库全书本。
④ 韩愈《荐士》,《全唐诗》卷三百三十七,文渊阁四库全书本。
⑤ 白居易《白氏长庆集》卷第二十八,四部丛刊本。
⑥ 石介《徂来集》卷四《近体诗》,文渊阁四库全书本。
⑦ 郎晔《经进东坡文集事略》卷第四十六《答刘沔书》,四部丛刊本。
⑧ 叶梦得《岩下放言》卷上,文渊阁四库全书本。
⑨ 陈绎曾《诗谱》,丁福保辑《历代诗话续编》(中),中华书局 1983 年版,第 625 页。

童蒙训》曾云:"大概学诗须以《三百篇》《楚辞》及汉、魏间人诗为主,方见古人妙处,自无齐梁间绮靡气味也。"①朱弁《风月堂诗话》卷之上谓:"齐梁已下不足道矣。"②胡仔《苕溪渔隐丛话》后集卷三十三"张芸叟"条谓:"李太白诗,逸态凌云,照映千载;然时作齐梁间人体段,略不近浑厚。"③周必大《跋刘仲威兰亭叙》云:"齐梁小儿伪妄之作。"④魏庆之《诗人玉屑》卷十"绮丽"条谓:"上自齐梁诸公,下至刘梦得、温飞卿辈,往往以绮丽风花,累其正气,其过在于理不胜而词有余也。"⑤同书卷十三载朱熹云:"齐梁间人诗,读之使人四肢皆懒慢不收拾。"⑥韩淲云:"齐梁小儿体,往往不足观。"⑦如此种种,不一而足。我们可以看出,无论是文章派还是政治家,都代表着宋代士人对六朝的批判态度,更遑论代表宋代官方意识形态的理学家们了。

明初的林鸿曰:

　　晋祖玄虚,宋尚条畅,齐、梁以下,但务春华,殊欠秋实。唯李唐作者可谓大成。⑧

李东阳《怀麓堂诗话》云:

① 阮阅《诗话总龟》后集卷三十一《格致门》,文渊阁四库全书本。
② 朱弁《风月堂诗话》,中华书局1988年版,第99页。
③ 胡仔纂集,廖德明校点《苕溪渔隐丛话》,人民文学出版社1962年版,第377页。
④ 周必大《文忠集》卷十六《跋刘仲威兰亭叙》,文渊阁四库全书本。
⑤ 魏庆之《诗人玉屑》,上海古典文学出版社1958年版,第204页。
⑥ 魏庆之《诗人玉屑》,上海古典文学出版社1958年版,第277页。
⑦ 韩淲《涧泉集》卷四,文渊阁四库全书本。
⑧ 高棅《唐诗品汇·凡例》,文渊阁四库全书本。

六朝宋元诗,就其佳者,亦各有兴致,但非本色,只是禅家所谓"小乘",道家所谓"尸解仙"耳。

在他看来,只有唐诗才可谓"大乘",才可谓"本色"。

李梦阳《章园饯会诗引》承认六朝文学"自是天地间一种文字",也赞誉六朝之于唐代李杜的开启功绩:

李杜二子往往推重鲍、谢,用其全句甚多。①

但言语之中依然流露出贬低之意:

六朝之调凄惋,故其弊靡;其字俊逸,故其弊媚。……夫溯流而上,不能不犯险者,势使然也。兹欲游艺于骚雅、籀颉之间,其不能越是以往,明矣。②

何景明也对六朝从社会风俗到诗歌作品一概批驳:

晋逮六朝,作者益盛,而风益衰。其志流,其政倾,其俗放,靡靡乎不可止也。③

既然如此多的文坛领袖都对六朝持批判态度,那么我们可以推想整个明代文学领域对六朝风气的贬抑之甚。

---

① ② 李梦阳《空同集》卷五十六《章园饯会诗引》,文渊阁四库全书本。
③ 何景明《大复集》卷三十四《汉魏诗集序》,文渊阁四库全书本。

　　但是,任何一个时代的文学都是在继承并发扬了前代文学遗产的基础上有所创新和发展,全盘否定魏晋六朝文学是历史虚无主义的偏狭表现。所以文学领域历来也有学习六朝的传统。初唐以"绮错婉媚"为特征的上官体和沈佺期、宋之问的诗歌便是直接继承了六朝宫廷诗的靡丽浮艳的诗风。即使是以突破、改革六朝文为主的四杰,亦"时带六朝锦色"。①比较明显的例子便是王勃的《临高台》《采莲曲》《秋夜长》都还若有若无地保留一些六朝的华丽色彩。李白反对六朝的"绮丽",曾说:"自从建安来,绮丽不足珍。"但他依然潜心钻研六朝优秀的文学遗产,"前后三拟《文选》,不如意,悉焚之。"②并屡屡称赞建安诗歌以及阮籍、陶渊明、谢灵运、谢朓、鲍照等人的诗作,其作品也颇具六朝风致。杜甫对六朝文学的态度,一方面是"恐与齐梁作后尘",但是另一方面还是"清词丽句必为邻",也"宪章汉魏而取材于六朝"(严羽《沧浪诗话·诗辩》),

----

　　①　陆时雍《诗镜总论》,丁福保辑《历代诗话续编》(下),中华书局 1983 年版,第 1411 页。刘大白《中国文学史》云:"虽然上承六朝底遗风,依然不脱绮错的习惯,然而却是比较地波澜老成了。"见刘大白《中国文学史》,知识产权出版社 2012 年版,第 194 页。陆侃如、冯沅君《中国诗史》干脆把四杰界定为"继承齐梁的诗人",见陆侃如、冯沅君编著《中国诗史》(中),作家出版社 1956 年版,第 417—418 页。马茂元《论骆宾王及其在"四杰"中的地位》中也说四杰未尽脱六朝余习:"当文学史上处于重大的变革之际,艰巨而复杂的历史任务,往往要通过不同流派的作家群分途努力才能逐渐完成。如果说,陈子昂的主要贡献是力崇汉魏,鄙弃齐、梁,在诗歌发展方向上开辟了一条康庄大道的话,则'四杰'以及稍后于'四杰'的沈、宋的贡献,主要在于继承和发展了六朝的技巧,奠定了唐代'今体诗'的形式。……'四杰'虽不满于上官体,但旗帜并不像陈子昂那样鲜明。他们的制作,也未尽脱六朝余习。他们的缘情绮丽的诗风,和陈子昂那种指陈时事,深切著明,不尚藻饰的风格也是各异其趣的。可是'四杰'的继承六朝,并不是陈陈相因,而是因中有变,在某种程度上也具有革新的意义。"见马茂元《马茂元说唐诗》,上海古籍出版社 1999 年版,第 4 页。
　　②　段成式《酉阳杂俎》,文渊阁四库全书本。

"别裁伪体"地进行传承和创新。①中唐王孟一派的山水田园诗则明显地继承了六朝的山水诗成就,特别是在谢灵运、陶渊明诗的基础上有所创新。此外,韦应物的诗歌各体俱长,七言歌行,音调流美,宋吕本中《吕氏童蒙训》云:"自李杜以来,古人诗法尽废,惟苏州有六朝风致,最为流丽。"②其诗闲澹简远,人比之陶潜。中唐时期谢灵运十世孙皎然《诗式》对六朝的很多诗人大加赞赏,尤其对谢灵运的诗歌推崇备至,认为"其格高、其气正、其体贞、其貌古、其词深、其才婉、其德宏、其调逸、其声谐","能上蹑风骚,下超魏晋",是"诗中之日月"③。中唐权德舆《玉台体十二首》,则刻意摹仿齐梁纤艳绮靡的诗风,不仅脂粉气浓郁,还间杂有色情描写,读之恍如六朝之宫体。《升庵诗话》卷十一曾云:"温庭筠、权德舆学六朝。"④如权氏的《离合诗赠张监阁老》《春日雪酬潘孟阳回文》《数名诗》《星名诗》《古人名诗》《州名诗寄道士》《卦名诗》《药名诗》等作品,是着意效仿齐梁的游戏之作。

　　唐代还有其他诗人热衷于对六朝齐梁体的摹写,如岑参的《夜过盘石隔河望永乐寄闺中效齐梁体》、刘禹锡的《和乐天洛城春齐梁体八韵》、陆龟蒙的《寄题天台国清寺齐梁体》、皮日休的《寄题天

---

　　① 杨慎也发现了李杜对于六朝文学自相矛盾的态度:"天下之言诗者则李杜而已矣。李之言曰:'大雅久不作,吾衰竟谁陈。'又曰:'自从建安来,绮丽不足珍。'杜之言曰:'欲攀屈宋宜方驾,恐与齐梁作后尘。'慎诵而疑之,夫挟天子以令诸侯,诸侯莫敢不服。然谓之真尊天子则不可。挟风雅、屈宋令建安、齐梁,则戚矣。谓之真尊风雅、屈宋则不可,挟之为病也大矣。卑之无甚高论,可乎?观李之作,则扬阮、左之洪波,览江、鲍而动色,同建安之影响也。观杜之作,则颜、谢之孤高,杂徐、庾之靡丽,实齐梁之后尘也。前哲欺予哉!"杨慎《自知堂集序》,蔡汝楠《自知堂集》,明嘉靖三十七年刻本。

　　② 胡仔《渔隐丛话前集》卷十五《韦苏州》,文渊阁四库全书本。

　　③ 皎然著,李壮鹰校注《诗式校注》,人民文学出版社 2003 年版,第 118 页。

　　④ 丁福保辑《历代诗话续编》(中),中华书局 1983 年版,第 852 页。

台国清寺齐梁体》、贯休的《拟齐梁体寄冯使君三首》、晚唐曹邺的
《霁后作齐梁体》等等,多有六朝之文风。

　　高仲武《中兴间气集》选诗的标准是"体格风雅,理致清新",强
调诗歌的清丽婉转。他赞美皇甫冉"终篇奇丽",钱起"体格新奇,
理致清赡",崔峒"文采炳然",张南史"物理俱美,情致兼深"①等
等,表现了和皎然大致相同的崇尚六朝的审美倾向。

　　晚唐李商隐情深词婉的七律融合了齐梁诗的艳丽和六朝民歌
的清丽,呈现出一种成熟的新风格,"文字血脉与齐梁人相接"②。
和李商隐并称的温庭筠才情绮丽,诗风秾艳,可谓六朝的忠实信
徒。韩偓《香奁集》写男女之情,风格纤巧,则从宫体一脉而来。吴
融的诗歌基本上属于晚唐温庭筠、李商隐一派,多流连光景、艳情
酬答之吟唱,很少触及重大社会主题,辛文房《唐才子传》评为:"靡
丽有余,而雅重不足。"③

　　宋人佚名《雪浪斋日记》云:"昔人有言:《文选》烂,秀才半。正
为《文选》中事,多可作本领尔。余谓欲知文章之要,当熟看《文
选》。盖《选》中自三代涉战国秦汉晋魏六朝以来文字皆有。在古
则浑厚,在近则华丽也。"④

　　宋许顗《彦周诗话》曰:"六朝诗人之诗,不可不熟读。如'芙蓉
露下落,杨柳月中疏。'锻炼至此,自唐以来,无人能及也。退之云:
'齐梁及陈隋,众作等蝉噪。'此语吾不敢议,亦不敢从。"⑤对韩愈

　　①　高仲武《中兴间气集》,文渊阁四库全书本。
　　②　冯班《钝吟杂录》卷七,文渊阁四库全书本。
　　③　辛文房《唐才子传》卷九,文渊阁四库全书本。
　　④　转引自阮阅《诗话总龟》后集卷八,文渊阁四库全书本。
　　⑤　宋许顗《彦周诗话》,文渊阁四库全书本。

批评六朝的意见作了驳正。

其后宗尚六朝的习气依然如草蛇灰线,绵延不绝。明初高启诗歌艺术风格多样,主张取法于汉魏六朝唐各代。钱谦益《列朝诗集小传》甲集引谢徽评高启诗云:"季迪之诗,缘情随事,因物赋形,横纵百出,开合变化。其体制雅醇,则冠裳委蛇,佩玉而长裾也。其思致清远,则秋空素鹤,回翔欲下,而轻云雾月之连娟也。其文采缛丽,如春花翘英,蜀锦新濯。其才气俊逸,如泰华秋隼之孤骞,昆仑八骏追风蹑电而驰也。"《四库全书总目·大全集》赞高启为:"其于诗,拟汉魏似汉魏,拟六朝似六朝,拟唐宋似唐宋。凡古人之所长,无不兼之,振元末纤秾缛丽之习,而返之于古,启实为有力。"晚明夏完淳早期的诗歌追踪六朝,内容多数流于单薄,写"醒来锦袖飘歌院,醉后红牙唱酒楼"的贵公子生活。姚燮的骈文深得汉魏六朝风骨气韵,于整饬流丽中蕴藏真情实感。清代"汉魏六朝诗派"的代表作家王闿运的诗歌以摹拟汉魏六朝为主,崇尚庾信、鲍照,为晚清拟古派所推崇。

对于历代诗歌创作实践和主流诗学观之间的割裂,明代中期顾璘予以深刻地揭示:"举六朝则曰靡弱,论唐初则曰变体未纯,虽承先生之常谈,其实确论乎!外是谬矣。奈何临楮洒翰,率就其非而弃其所是,缀迭双声,比合五色,虽呈灿烂,实昧性情,岂中道难从,而偏长易勉乎?"①这也给我们提供了一种理解此类现象的视角。以"三不朽"为人生目标的士人知道诗歌要"兴观群怨",要抒写思想、抱负、志向,要关注民生,要干预社会而不能无病呻吟,嘲弄风月。但是一旦进入创作激情之中,他们也必然遵循诗歌创作要"缘

---

① 顾璘《顾华玉集·息园存稿文》卷一,文渊阁四库全书本。

情绮靡"、要"为情造文"的原则,要感发读者的感情,给予他们精神上的享受,自然会流连忘返于声律和用典,斤斤计较于对偶和藻饰,进而追求风韵之美。这正是六朝诗风延绵不绝的一个重要因素。

第二节　明代中期文坛的六朝习气

明代对六朝文学的喜爱从未断绝,六朝文风在当时文坛上依然占有一定的席位。黄卓越《明中后期文学思想研究》一书将明中期的吴中文人群体划分为三代:第一代以沈周为核心,将正统前后出生的朱存理、史鉴、朱凯等归于其列。第二代以成化十五年出生的徐祯卿为下限,按出世年岁排列的话,其主要的成员有杨循吉、都穆、祝允明、唐寅、文徵明、蔡羽、钱同爱、徐祯卿、邢参、阎秀卿等。再往下第三代的主要人物有陈淳、汤珍、黄省曾、王守、王宠、陆治等。①

对于这一点,明人每每有所论述。不但文坛盟主李东阳是:

> 始为翰林时,诗学靡丽,文体萎弱。②
> 方工雕浮靡丽之词,取媚于时眼。③

其余文坛巨子也是唯六朝是习,如李梦阳:

> 王廷相云:"献吉游精于秦汉,割正于六朝。"(《明诗综》卷二十九)

---

① 黄卓越《明中后期文学思想研究》,北京大学出版社 2005 年版,第 85—86 页。
② 《四库全书总目·渼陂集》,文渊阁四库全书本。
③ 李梦阳《空同集》卷四十七《凌溪先生墓志铭》,文渊阁四库全书本。

王廷相云："仲默侵谟匹雅，欻骚俪选，遐追汉魏，俯视六朝，温醇典雅。丰容色泽靡不备举；规治古调，无所不及。"（《明诗综》卷三十）

杨慎云："空同以复古鸣弘、德间。观其乐府，幽秀古艳，有铙歌童谣之风。其古诗缘情绮靡，有徐、庾、颜、谢之韵。"（《明诗综》卷二十九）

李梦阳《空同集》卷五十六《章园饯会诗引》指出：

囊予会升之河西关，有倾盖之雅。是时升之书学欧阳询，诗吾不知其谁学，知其为唐也。今其书若诗，吾不知其谁学，知其为六朝也。说者谓文气与世运相盛衰，六朝偏安，故其文藻以弱，又谓六书之法，至晋遂亡。而李、杜二子往往推重鲍、谢，用其全句甚多。梁武帝谓逸少书如龙跃虎卧，历代宝之，永以为训。此又何说也？今百年化成，人士咸于六朝之文是习是尚。其在南都为尤盛，予所知者顾华玉（顾璘）、升之（朱应登）、元瑞（刘麟）皆是也。南都本六朝地，习而尚之，固宜。庭实齐人也，亦不免。何也？大抵六朝之调凄婉，故其弊靡；其字俊逸，故其弊媚。诗云："乐彼之园，爱有树檀，其下维萚。"择而取之，存诸人者也。夫沂流而上，不能不犯险者，势使然也。①

---

① 李梦阳《空同集》卷五十六《章园饯会诗引》，文渊阁四库全书本。钱谦益《列朝诗集小传》丁集第七《金陵社集诗》亦对明代中期南京文士的六朝习气有相应的总结和概括："海宇承平，陪京佳丽，仕宦者夸为仙都，游谈者指为乐土。弘、正之间，顾华玉、王钦佩以文章立坛，陈大声、徐子仁以词曲擅场。江山妍丽，士女清华，才俊翕集，风流弘长。嘉靖中年，朱子价、何元朗为寓公，金在衡、盛仲交为地主，皇甫子循、黄淳父之流为旅人，相与授简分题，征歌选胜。秦淮一曲，烟水竞其风华；桃叶诸姬，梅柳滋其妍翠。此金陵之初盛也。"

　　李梦阳指出了两点:第一,由于地域的影响,南方士人耳濡目染华丽文风,自然而然产生并促进了学习和摹拟六朝文学的思潮和风尚,其中以顾璘、朱应登等为代表。其二,边贡本来是山东人,也不能"免俗","才情甚富,故能于沉稳处见其流丽"①,可见习尚六朝的风气不单单在南方文坛,这种风尚是全国性的。究其原因,盖因当时主流七子倡言古体法汉、魏,近体师盛唐。效法六朝是由唐而汉魏的桥梁,是复古难以跨越的一个阶段,亦是师古的必然趋势。

　　顾璘也发现了明初至弘治间的诗风转变,他说:

　　　　夫国朝之文,本取醇厚为体,其敝也朴;弘治间,诸君饰以文藻盛矣,所贵混沌犹存可也。然华不已则实日伤,雕不已则本日削。②

并批评时人学六朝的风气:

　　　　今人论文于宋齐梁陈之间,率皆丑其不振,徐取其业观之,则尽是物也。③

　　　　举六朝则曰靡弱,论唐初则曰变体未纯,虽承先生之常谈,其实确论乎! 外是谬矣。奈何临楮洒翰,率就其所非而弃

_____

　　① 朱彝尊《明诗综》卷三十六。此外,学人还有相似言论。如顾起纶《国雅品》评论云:"又'鲁连箭灭遗书在,微子城荒故堞留','千盘鸟道悬云上,五色龙江抱日流',应是豪华语。《厄言》云庭实如五陵裘马,千金少年。信然。"《四库全书总目》云:"陈子龙《明诗选》则曰:'尚书才情甚富,能于沉稳处见其流丽,声价在昌谷之下,君采之上。'⋯⋯当以子龙为持平矣。"
　　② 顾璘《顾华玉集》卷二《重刻刘芦泉集序》,文渊阁四库全书本。
　　③ 顾璘《顾华玉集》卷一《息园存稿文》,文渊阁四库全书本。

其所是，缀迭双声，比合五色，虽呈灿烂，实昧性情，岂中道难从，而偏长易勉乎？

> 诗之为道，贵于文质得中。过质则野，过文则靡；无气弗壮，无才弗华，无情弗蕴。①

但是顾璘自己也难于免俗，他曾经创作《懊恼曲效齐梁体》四首②。检阅其诗作，《山中集》所写的都是品茗焚香、洗砚拭几、侍草弄花等江南文人之雅习。钱谦益《列朝诗集》评顾璘诗"才情烂然，以风调胜"③，大抵谓其诗歌所具有的六朝俊爽流丽之余风。

又如张治道《对山集序》云：

> 国初作者尚复浑厚，及于弘治，气渐纷靡，斗巧争能，芜没先世。竞一韵之艰，争一字之巧，上倡下和，一趋百随。

顾起纶也发现了明代中期文风绮艳的一面，他说李东阳"学既该博，词颇弘丽"；李梦阳、何景明二学宪"如航琛越海，辇赆逾峤，琳阙珠房，辉烂朗映"；王九思"才隽思逸，锐于绮丽"；夏言"自成别调，颇多艳藻"；顾起纶《国雅品》士品三所引用的杨慎之诗句如"罗衣香未歇，犹是汉宫恩""石帆风外蠹，沙镜雨中明""汀洲春雨搴芳杜，茅屋秋风带女萝""夜夜月为青冢镜，年年雪作黑山花"④等，全是六朝风格。

---

① 顾璘《顾华玉集》卷一《息园存稿文》，文渊阁四库全书本。
② 见《御选明诗》卷九，文渊阁四库全书本。
③ 钱谦益《列朝诗集小传》，汲古阁刻本。
④ 顾起纶《国雅品·士品三》，文渊阁四库全书本。

王世贞《徙倚轩稿序》云：

> 当德、靖间，承北地、信阳之创而秉觚者，于近体畴不开元
> 与少陵之是趣，而其最后稍稍厌于剽拟之习，靡而初唐，又靡
> 而梁陈月露，其拙者又跳而理性。于鳞起济南一振之，即不佞
> 亦获与盟焉。①

他认为"后七子"的崛起和当时文坛上或以六朝的轻靡奇丽为
尚、或以宋诗的言性谈道为宗等不良风气有关。

"吴中四子"生活在经济发达、文化气氛浓郁的苏州，诗酒风
流，追求自由洒脱的文士生活情趣。清人赵翼《廿二史札记》卷三
十四《明中叶才士傲诞之习》谓：

> 吴中自祝允明、唐寅辈，才情轻艳，倾动流辈，放诞不羁，
> 每出名教外。②

郑振铎称之：

> 以抒写性情为第一义，每伤绮靡，亦时杂凡俗语，却处处
> 见出他们的天真来。在群趋于虚伪的拟古运动之际而有他们
> 的挺生其间，实在可算是沙漠中的绿洲。③

---

① 王世贞《弇州四部稿·弇州续稿》卷四十一，文渊阁四库全书本。
② 赵翼著，王树民校证《廿二史札记校证》卷三十四《明代文人不必皆翰林》，中华
书局 1984 年版，第 783 页。
③ 郑振铎《插图本中国文学史》，北京出版社 1999 年版，第 838 页。

他们四人的文风并不刻意追踪秦汉盛唐,而表现出不同程度
追承六朝风格的倾向。

顾璘谓祝允明:

> 学务师古,吐词命意,迥绝俗界,效齐梁月露之体,高者凌
> 徐、庾,下亦不失皮、陆。①

王世贞《艺苑卮言》卷五曰:

> 吴中祝允明始仿诸子,习六朝,材更僻涩不称,皆似是而
> 非者。②

《四库全书总目·怀星堂集》评祝允明的诗风曰:

> 所作骨力稍弱,虽未能深入堂奥,而风神清隽,含茹六朝,
> 亦殊为超然拔俗也。

王夫之评祝允明的《乙巳闰九月十三夜梦中为游仙诗》云:

> 以三谢华情,写玄儒微理,旷古寥寥,文心孤映。③

唐寅的创作"尤工四六藻思丽色,翩翩有奇气。"④何良俊《四

---

①　钱谦益《列朝诗集小传》"列朝祝允明"条,汲古阁本。
②　王世贞《弇州四部稿》卷一百四十八《艺苑卮言》卷五,文渊阁四库全书本。
③　王夫之评选、李金善点校《明诗评选》,文化艺术出版社 1997 年版,第 159 页。
④　袁袠《唐伯虎集序》,黄宗羲《明文海》卷二百四十四,文渊阁四库全书本。

友斋丛说》评价唐寅诗风说：

> 唐六如尝作《怅怅词》，其词曰："怅怅莫怪少时年，百丈游
> 丝易惹牵。何岁逢春不惆怅，何处逢情不可怜。杜曲梨花杯
> 上雪，灞陵芳草梦中烟。前程两袖黄金泪，公案三生白骨禅。
> 老去思量应不悔，衲衣持钵院门前。"此诗才情富丽，亦何必减
> 六朝人耶。①

徐祯卿所作《谈艺录》，只论汉魏，无视六朝以后。其诗格调高
雅，虽刻意复古，但仍不失六朝风韵。②他的诗歌如"文章江左家家
玉，烟月扬州树树花"之句，为人所称道，"中原诸子咸推先生主齐
盟，名在大梁、信阳间矣"③，谓其文章"藻丽如梁、陈间语"④，"其语
高者，上仿佛齐梁，下亦不失温李以为快"⑤。黄节《诗学》论徐祯
卿："观其《鹦鹉编》《焦桐集》《花间集》《野兴集》《自惭集》等篇，多
属艳冶，类于短词，有六朝晚唐之风。"⑥可谓中肯。

王世贞《艺苑卮言》卷六云：

> 昌谷少即摘词，文匠齐梁，诗沿晚季……其乐府、选体、歌

---

① 何良俊《四友斋丛说》卷二十六《诗》三，元明史料笔记丛刊，中华书局1959年
版，第239页。

② 胡应麟《诗薮》外编卷四谓"明诗流谈汉、魏者徐昌谷……然昌谷才本丽而澄之
使清，故其为汉、魏，间出齐、梁"。

③ 文震孟《吴中小志续编》，广陵书社2013年版，第42页。

④ 皇甫汸《皇甫少玄集》卷二，文渊阁四库全书本。

⑤ 王世贞《弇州续稿》卷一百四十八，文渊阁四库全书本。

⑥ 黄节《诗学诗律讲义·诗学》，时代文艺出版社2009年版，第222—225页。

行、绝句,咀六朝之精旨,采唐初之妙则。天才高朗,英英
独照。

王世贞《答王贡士文禄》论述明代文学流变的时候说:

> 国初诸公,承元习一变也,其才雄,其学博,其失冗而易;
> 东里再变之,稍有则矣,旨则浅,质则薄;献吉三变之,复古矣,
> 其流弊蹈而使人厌;勉之诸公四变而六朝,其情辞丽矣,其失
> 靡而浮;晋江诸公又变之为欧、曾,近实矣,其失衍而卑。故国
> 初之业,潜溪为冠,乌伤称辅。台阁之体,东里辟源,长沙导
> 流。先秦之则,北地反正,历下造玄;理学之逃,新建造基,晋
> 江、毗陵藻梲;六朝之华,昌谷示委,勉之泛澜,如是而已。①

他认为明代中期学习六朝诗风以黄省曾、徐祯卿为代表。
钱谦益《列朝诗集小传·列朝徐祯卿》也如是评价其六朝
风气:

---

① 王世贞《弇州四部稿》卷一百二十七《答王贡士文禄》,文渊阁四库全书本。此
句话最早的表述,应该是唐锜。杨慎《升庵诗话》卷七"胡唐论诗"条:唐子元荐与予书,
论本朝之诗:"洪武初,高季迪袁可潜一变元风,首开大雅,卓乎冠矣。二公而下,又有林
子羽、刘子高、孙炎、孙蒉、黄元之、杨孟载辈羽翼。近日好高论者曰'沿习元体',其失
也瞽。又曰'国初无诗',其失也聋。一代之文,曷可诬哉!永乐之末至成化之初,则微
乎貌矣。弘治间,文明中天,古学焕日:艺苑则李怀麓、张沧洲为赤帜,而和之者多失于
流易;山林则陈白沙、庄定山称白眉,而识者皆以为傍门。至李何二子一出,变而学杜,
壮乎伟矣。然正变云扰,而剽袭雷同,比兴渐微,而风骚稍远,唐子应德箴其偏焉。嘉靖
初,稍稍厌弃,更为六朝之调,初唐之体,蔚乎盛矣,而纤艳不逞,阐缓无当,作非神解,传
同耳食。陈子约之议其后焉。"见丁福保辑《历代诗话续编》(中),中华书局 1983 年版,
第 774 页。

　　　　沉酣六朝，散华流艳。……标格清妍，摘词婉约，绝不染
　　中原伧父槎牙㮯兀之习，江左风流，故自在也。①

　　皇甫汸以六朝文风写就《解颐新语》，何良俊《四友斋丛说》谓
之："不但文字藻丽，而诠品亦精确，可为诗家指南。"②王世贞云：
"子循今体风调，颇似钱、刘。"③胡应麟谓之："皇甫子循之诗之于
中唐也，之文之于六代也，至矣。诗调本中唐，而取材齐梁，取韵韦
柳，故五言律高华迥出，闲远有余。视大历诸子，情致少乏而品格
过之。文四六偶俪之中，有翩翩自得之妙。"④皇甫汸也存在着"文
多骈偶，往往以辞累气，此又王世贞所谓'学六朝而时时失步者
也'"⑤的缺憾。钱谦益《列朝诗集小传》谓皇甫汸："子循少与伯仲
氏及中表二黄称诗，掉鞅词苑五十余年。其在燕中，则有高叔嗣、
王慎中、唐顺之、陈束；在留署，则有蔡汝楠、许谷、王廷幹、施峻、侯
一元、中山徐京；再赴阙下，则有谢榛、李攀龙、王世贞；而谪楚，则
交王廷陈，迁滇，则交杨慎，咸相与上下其议论，疏通其声律。其自
叙以为本之二京、参之列国、江左、关洛、燕齐楚蜀之音，无所不备，

---

　　①　钱谦益《列朝诗集小传》，汲古阁刻本。
　　②　何良俊《四友斋丛说》卷二十四《诗》一，中华书局 1959 年版，第 224 页。
　　③　见朱彝尊《明诗综》卷五十。钱起风格清空闲雅、流丽纤秀，高仲武《中兴间气
集》曰"体格新奇，理致清澹"。钱起也以二谢的清丽秀美、精巧典雅的风格为楷模，曾言
"芙蓉洗清露，愿比谢公诗"。刘长卿诗风清丽洗练，温雅闲旷，也是学习六朝的结果。
陆时雍《诗镜总论》"'黄叶寒余年'，的是庾信王褒语气。'老至居人下，春归在客先'，
'春归'句何减薛道衡《人日思归》语？《四库全书总目·御定全唐诗》也指出"薛道衡《昔
昔盐》误作刘长卿之类。"可见刘长卿的六朝风格。
　　④　胡应麟《少室山房集》卷一百五《题皇甫司勋集》，文渊阁四库全书本。
　　⑤　《四库全书总目·百泉子绪论》，文渊阁四库全书本。

变亦尽矣,心良苦矣。"①皇甫汸的诗作最能体现六朝初唐派的诗学主张和诗歌创作特色,这些对杨慎也有着极重要的影响。皇甫汸《七夕叹》:"朱明早谢清商变,衡纪年华递如箭。新月初悬天上钩,寒涛欲涌江间练。玉井轻销桐叶声,金塘细委莲花片。鸣鸣不断绿阴蝉,去去谁留紫泥燕。沙塞音书催捣衣,彩楼风物羞穿线。镜中潘鬓飞素丝,箧内班肠裂纨扇。抚幕空房妾更悲,驱鞍远道君应恋。试看星牛夜度缘,可怪人情重相见?"②若置之于六朝文集,并不显得突兀。

以王慎中、唐顺之为代表的"唐宋派",在早年也曾被卷入此种习气之中。钱谦益评王慎中云:"诗体初宗艳丽,工力深厚。"③又谓唐顺之曰:"正、嘉之间,为诗者踵何、李之后尘,剿窃云扰,应德与陈约之辈一变为初唐,于时称其庄严宏丽,咳唾金璧。"④

谢榛也对六朝诗歌把玩不已。其《答武进李宰元素惠六朝诗》云:

> 故人送我六朝诗,夜半灯前坐读时。清庙朱弦弹古调,玉楼琼树发春姿。共言苏李传骚雅,那识曹刘是路歧。极望江山增感慨,长风吹雁报君知。⑤

此外,朱曰藩也是学习六朝的一个重要的代表。王世贞评朱

① 钱谦益《列朝诗集小传》丁集上"皇甫金事汸"条,汲古阁刻本。
② 皇甫汸《七夕叹》,《皇甫司勋集》卷十二,文渊阁四库全书第 1275 册。
③ 钱谦益《列朝诗集小传》丁集《王参政慎中》,汲古阁刻本。
④ 钱谦益《列朝诗集小传》丁集《唐金都顺之》,汲古阁刻本。
⑤ 谢榛《四溟集》卷五,文渊阁四库全书本。

曰藩:"吸月露,间齐梁。又所与倡和相慕悦者为博南山人也。"①
博南山人就是杨慎。朱所著诗话《七言律细》受到杨慎极深的影
响。杨慎赞许他说:"盖取材《文选》、乐府,而宪章于六朝、初唐,不
事蹈袭,不烦绳削。"②孙镀《书画题跋》卷一《朱射陂卷》云:"朱子
价,余犹及见之。诗多效六朝体。此卷谓是齐梁乐府语,固是合
作,盖见时人学盛唐未似,欲出其上,不得已逃而之六朝。嘉靖中
年,多有此风。"陈文烛评其诗云:"古诗宗六朝,律则初唐之才藻,
而盛唐诸家之体裁。"③这是说他在保持了乃父"北学"宗"盛唐体
裁"的同时,又趋向了新起的初唐、六朝派。钱谦益《列朝诗集小
传》"列朝朱曰藩"条云:"其为诗,取材《文选》、乐府,出入六朝、初
唐,风华映带,轻俊自赏。"他的诗歌受到杨慎激赏④,同时他也引
杨慎为知己。嘉靖三十八年己未(1559)人日,与文士雅集南京,悬
用修画像于寓斋,焚香品茗以纪念杨慎,并赋《人日草堂》诗,画《人
日草堂图》,作《人日草堂引》以记文坛韵事。⑤

　　汤显祖《答张梦泽》说自己青年时代"已熟骚、赋、六朝之文",
长于作赋,"以博洽奇诡特著",偏向于六朝华丽的风格,因此被王
世贞《艺苑卮言》诟病。汤显祖所作《牡丹亭》也是"掇拾本色,参错
丽语"(王骥德《曲律》)。

　　胡应麟《少室山房集》卷四十六《效阴铿安乐宫体十首》小序
云:"暇日辄取汉魏六朝唐宋宫苑之瑰艳者,仿安乐体成赋十章,聊

----

①　王世贞《弇州四部稿》卷一百二十六《朱客部子价丈》,文渊阁四库全书本。
②　杨慎《山带阁诗序》,载朱曰藩《山带阁集》卷首,四库全书存目丛书本。
③　陈文烛《山带阁诗序》,载朱曰藩《山带阁集》卷首,四库全书存目丛书本。
④　陈斌《明代中古诗歌接受与批评研究》,上海三联书店 2009 年版,第 118—
119 页。
⑤　黄宗羲《明文海》卷二百六十六朱曰藩《人日草堂引》,文渊阁四库全书本。

用自娱,匪求多于曩哲也。"

不仅如此,文论方面也有人在为六朝大声疾呼。如南北朝时就颇为习用的"性灵"①,明代中后期在王世懋、屠隆等人的诗文评中又使用得多起来。

屠隆《论诗文》谓六朝之文为"有瑕之玉":

> 文莫古于《左》、《国》、秦、汉,而韩、柳、大苏之得意者亦自不可废;莫质于西京,而丽如六朝者亦自不可废。……赋莫庄于扬、马,而绮艳如江、鲍者,亦自不可废;诗莫天然于十九首,而雕饰如三谢者,亦自不可废。②

其《文论》曰:

> 由建安下逮六朝,鲍、谢、颜、沈之流,盛粉泽而掩质素,绘面目而失神情,繁枝叶而离本根,周、汉之声,荡焉尽矣。然而秾华色泽,比物连汇,亦种种动人。譬之南威、西子,丽服靓妆,虽非姜、姒之雅,端人庄士,或弃而不眄,其实天下之丽,洵美且都矣!③

----

① 如刘勰《文心雕龙·原道》"仰观吐曜,俯察含章,高卑定位,故两仪既生矣。惟人参之,性灵所钟,是谓三才";《文心雕龙·宗经》"洞性灵之奥区,极文章之骨髓者也","性灵熔匠,文章奥府";颜之推《颜氏家训》"陶冶性灵""引发性灵";庾信《赵国公集序》"含吐性灵,抑扬词气";李延寿《南史·文学传叙》"申舒性灵"等,大都指人的主体的精神领域,其含义略与"性情"相近。

② 见蔡景康编选《明代文论选》,人民文学出版社 1993 年版,第 269—270 页。

③ 见蔡景康编选《明代文论选》,人民文学出版社 1993 年版,第 255 页。

所谓"秾华色泽""比物连汇""种种动人""洵美且都",都是屠隆对六朝文学的赞誉。出于对六朝文学的喜爱,屠隆的诗文也呈现出六朝之华美风格,王世贞谓:"长卿诗语秀逸……文尤瑰奇横逸。"沈明臣亦云:"长卿诗文宏肆巨丽,高华秀美,烨然动人心目。"①

此外,出于对元代清空和雅正的审美趣味的反动,以及在理学大力提倡禁欲主义的思想桎梏下,明人认为"词者,乐府之变也。……故词须宛转绵丽,浅至儇俏。挟春月烟花于闺帏内奏之,一语之艳,令人魂绝;一字之工,令人色飞,乃为贵耳。至于慷慨磊落、纵横豪爽,抑亦其次。不作可耳。作则宁为大雅罪人,勿儒冠而戎服也"②。当时的人们主张词"以婉丽流畅为美"③,而不喜慷慨磊落的豪放之气,倾向于《花间集》和《草堂诗余》的浅近香艳的风格。明代词坛以婉约为正宗的定位也是六朝诗风在明代抬头的一个体现。

但是从明末的钱谦益一直到纪昀,在总结明诗之嬗变的时候,主流诗学基本上都无视杨慎六朝派的存在。

如钱谦益《列朝诗集小传》云:

中郎之论出,王、李之云雾一扫,天下之文人才士始知疏瀹心灵,搜剔慧性,以荡涤摹拟涂泽之病,其功伟矣。机锋侧出,矫枉过正,于是狂瞽交扇,鄙俚公行,雅故灭裂,风华扫地。

<hr/>

① 转引自陈田《明诗纪事》己签卷六,上海古籍出版社1993年版,第1959页。
② 王世贞《弇州四部稿》卷一百五十二《艺苑卮言附录一》,文渊阁四库全书本。
③ 何良俊《草堂诗余序》,施蛰存主编《词籍序跋萃编》,中国社会科学出版社1994年版,第670页。

竟陵代起,以凄清幽独矫之,而海内之风气复大变。①

朱彝尊《静志居诗话》卷二一条云:

明三百年诗凡屡变,洪、永诸家称极盛,微嫌尚沿元习。
迨宣德十子一变而为晚唐,成化诸公再变而为宋,弘、正间三
变而为盛唐,嘉靖初,八才子四变而为初唐,皇甫兄弟五变而
为中唐,至七才子已六变矣。久之公安七变而为杨、陆,所趋
卑下,竟陵八变而枯槁幽冥,风雅扫地矣。②

《明史》卷二百八十五《文苑传》云:

明初,文学之士承元季虞、柳、黄、吴之后,师友讲贯,学有
本原。宋濂、王袆、方孝孺以文雄,高、杨、张、徐、刘基、袁凯以
诗著。其他胜代遗逸,风流标映,不可指数,盖蔚然称盛已。
永、宣以还,作者递兴,皆冲融演迤,不事钩棘,而气体渐弱。
弘、正之间,李东阳出入宋、元,溯流唐代,擅声馆阁。而李梦
阳、何景明倡言复古,文自西京,诗自中唐而下,一切吐弃,操
觚谈艺之士翕然宗之。明之诗文,于斯一变。迨嘉靖时,王慎
中、唐顺之辈,文宗欧、曾,诗仿初唐。李攀龙、王世贞辈,文主
秦、汉,诗规盛唐。王、李之持论,大率与梦阳、景明相倡和也。
归有光颇后出,以司马、欧阳自命,力排李、何、王、李,而徐渭、

① 钱谦益《列朝诗集小传·袁稽勋宏道》,汲古阁刻本。
② 朱彝尊《静志居诗话》,人民文学出版社1990年版,第636页。

汤显祖、袁宏道、钟惺之属,亦各争鸣一时,于是宗李、何、王、李者稍衰。至启、祯时,钱谦益、艾南英准北宋之矩矱,张溥、陈子龙撷东汉之芳华,又一变矣。有明一代,文士卓卓表见者,其源流大抵如此。

即便到了清中叶官方修订《四库全书》,纪昀立足于各个时期新变的特点考察了明诗各个时期的创作时说:

> 明诗总杂,门户多歧。约而论之,高启诸人为极盛。洪熙、宣德以后,体参台阁,风雅渐微。李东阳稍稍振之,而北地、信阳已崛起与争,诗体遂变。后再变而公安,三变而竟陵。①

《四库全书总目提要·明诗综》又说:

> 明之诗派,始终三变。洪武开国之初,人心浑朴,一洗元季之绮靡。作者各抒所长,无门户异同之见。永乐以迄弘治,沿三杨台阁之体,务以舂容和雅,歌咏太平。其弊也冗杳肤廓,万喙一音,形模徒具,兴象不存。是以正德、嘉靖、隆庆之间,李梦阳、何景明等崛起于前,李攀龙、王世贞等奋发于后,以复古之说,递相唱和,导天下无读唐以后书。天下响应,文体一新。七子之名,遂竟夺长沙之坛坫。渐久而摹拟剽窃,百弊俱生,厌故趋新,别开蹊径。万历以后,公安倡纤诡之音,竟陵标幽冷之趣,幺弦侧调,嘈囋争鸣。佻巧荡乎人心,哀思关

---

① 《四库全书总目提要·御定四朝诗》,文渊阁四库全书本。

平国运,而明社亦于是乎屋矣。大抵二百七十年中,主盟者递相盛衰,偏袒者互相左右。①

纪昀指出明诗三变,并没有将杨慎"六朝"纳入考察的范围。在《爱鼎堂遗集序》中,纪昀也有类似论述:

> 明二百余年,文体亦数变矣。其初,金华一派蔚为大宗。由三杨以逮茶陵,未失古格。然日夕相沿,群以庸滥肤廓为台阁之体。于是乎北地、信阳出焉,太仓、历下又出焉,是皆一代之雄才也。及其弊也,以诘屈聱牙为高古,以抄撮饾饤为博奥。余波四溢,沧浪横流,归太仆断断争之弗胜也。公安、竟陵乘间突起,幺弦侧调,伪体日增,而泛滥不可收拾矣。②

四库纂官对明诗发展脉络的梳理更加清晰简明,但是这一次还是丝毫没有提及杨慎六朝诗派。虽然前有王世贞屡屡提及六朝文风,但是明清官方意识形态和诗学的主流观点对六朝文风仍是表现出有意的淡忘和漠视③。究其实质,则是封建士人在儒家诗

---

① 《四库全书总目提要·明诗综》,文渊阁四库全书本。

② 纪昀著,孙致中等校点《纪晓岚文集》(一),河北教育出版社 1991 年版,第188—189 页。

③ 当然,王世贞对六朝文风也并不是有着最高的评价。如王世贞《弇州续稿》卷四十《袁鲁望集序》谓:"余窃谓天下以文名家者,未易屈指数。然大要不过二三端:高者探先秦,撼西京,挟建安,俯大历,次乃沿六季华靡之好,以饾饤组绣相豪倾;其下始托于理,务于简俭以逃拙。"他对六朝派的定位也影响到后来人的评价。如孙鑛《与余君房论诗文书》:"我朝诗,成、弘以前,大约沿宋元习气,虽格卑语弱,然道情事亦真率可喜。自空同倡为盛唐汉魏之说,大历以下悉捐弃,天下靡然从之,此最是正路,无可议者。然天下事但入正路即难,即作人亦如此。久之,觉束缚不堪,则逃而之初唐,已又进之六朝,在嘉靖中最盛。"也难怪后世对六朝派的关注并不是太多。

教一以贯之的思想牢笼下的必然表现。明代中期六朝派的出现，与七子之文宗汉魏、诗宗盛唐形成分庭抗礼之势，对于明诗多彩纷呈的多元构成和创作实践，对于六朝文学的接受与阐释史而言，都具有重要的意义。在四库纂官为杨慎《升庵集》所作的提要中，其实已经肯定杨慎高标独立并引领一场新的诗学风尚，最终"于明代独立门户"①。清末陈田在《明诗纪事》中论道明诗发展，也特别肯定杨慎地位："至升庵、子业诸公，藻艳撷乎齐梁，简质得自魏晋，冲淡趋于陶、韦，沉雅参之杜、韩，灭灶再炊，异军特起。"②并将杨慎这种"清新绮缛，独缀六朝之秀"的行为称之"豪杰能自树立者，类不随风转移也"③。

廖可斌《明代文学复古运动研究》认为："李、何等人衡制颓波，力倡复古，在理论主张和创作实践上不免有矫枉过正之失。六朝初唐派和中唐派作家总结其经验教训，在某些方面便可后出转精。""李、何等人古体学汉魏，近体学盛唐，取法过于狭窄，便不免剿袭雷同之弊。高叔嗣等人则把取法的范围延至六朝初唐和中唐。"④杨慎等人引领一代诗风，厥功至伟。

第三节　杨慎与六朝文学

钱锺书先生说："一个艺术家总在某些社会条件下创作，也总在某种文艺风气里创作。"⑤一代文学艺术风气的形成，大凡都取

---

① 《四库全书总目提要·升庵集》，文渊阁四库全书本。
② 陈田《明诗纪事》，上海古籍出版社 1993 年版，第 1395 页。
③ 陈田《明诗纪事》，上海古籍出版社 1993 年版，第 1399 页。
④ 廖可斌《明代文学复古运动研究》，上海古籍出版社 1994 年版，第 183 页。
⑤ 钱锺书《七缀集·中国诗与中国画》，三联书店 2002 年版，第 1、2 页。

决于传统与时风之影响。学者蒋寅亦云："任何时代、任何作家都
有自己特定的审美趣味和价值标准,它们取决于由一定的社会
思潮和个性特征熔铸成的文化—心理结构。"①由于受到前代以
及嘉靖、弘治年间华美文风的影响,再加上杨慎本人对六朝文学
的喜爱以及他与江南文士密切的诗学交游,杨慎对六朝文学极
为激赏。

首先,杨慎为六朝风气正名,并进一步为六朝诗歌平反。

> 六朝风气,论者以为浮薄,败名检,伤风化,固亦有之。然
> 予核其实,复有不可及者数事。一曰尊严家讳也,二曰矜尚门
> 第也,三曰慎重婚姻也,四曰区别流品也,五曰主持清议也。
> 盖当时士大夫,虽祖尚玄虚,师心放达,而以名节相高,风义自
> 矢者,咸得径行其志。至于冗末之品,凡琐之材,虽有陶、猗之
> 资,不敢妄参乎时彦,虽有董、邓之宠,不敢肆志于清流,而朝
> 议之所不及,乡评巷议犹足倚以为轻重,故虽居偏安之区,当
> 陆沉之后,而人心国势犹有与立,未必非此数者补救之功、维
> 持之效也。

来驳论《晋书》卷五的观点:

> 风俗淫僻,耻尚失所。学者以老庄为宗,而黜六经;谈者
> 以虚荡为辨,而贱名检;行身者以放浊为通,而狭节信;进仕者
> 以苟得为贵,而鄙居正;当官者以望空为高,而笑勤恪。

---

① 蒋寅《大历诗风》,凤凰出版社 2009 年版,第 33 页。

《升庵诗话》卷二《五言律起句》几乎网罗了所有的六朝作家：

> 五言律起句最难，六朝人称谢朓工于发端。如"大江流日夜，客心悲未央"，雄压千古矣。唐人多以对偶起，虽森严，而乏高古。宋周伯弼选《唐三体诗》，取起句之工者二："酒渴爱江清，余酣漱晚汀。"又"江天清更愁，风柳入江楼"是也。语诚工，而气衰飒。余爱柳恽"汀洲采白苹，日落江南春"；吴均"咸阳春草芳，秦帝卷衣裳"，又"春从何处来，拂水复惊梅"；梁元帝"山高巫峡长，垂柳复垂杨"……虽律也，而含古意，皆起句之妙，可以为法，何必效晚唐哉？①

杨慎认为很多文体都可以在六朝找到它的源头。如《词品序》中，杨慎把六朝陶弘景的《寒夜怨》、梁武帝的《江南弄》等称为"填词之体已具矣"。杨慎还编撰《五言律祖》一书，专选六朝诗歌之和律者，并尝试以通变的视角去搜寻考察诗歌发展的源流："寻滥觞于景云、垂拱之上，着先鞭于延清、必简之前，远取宋、齐、梁、陈，径造阴、何、沈、范，顾于先律，未有别编。"②对此，晚明胡应麟颇有独到而中肯之论："杨用修生平嗜古，盘胸纠腹，皆秦汉、六朝，而尤好纂集。……指南来学，标识前闻，厥功伟矣。"③

韩世英《五言律祖后序》亦云：

---

① 胡应麟《诗薮》外编卷二《六朝》云：'"千虑集日夜，万感盈朝昏'、'早闻夕飙出，晚见朝日暾'，康乐此类甚夥，虽六朝人例尔，然诸谢不尽然也。休文'夕行闻夜鹤，晨征听晓鸿.'当句自犯，尤为语病，用修复以为工，惟六朝故，若出宋人，不知何等掊击矣。"

② 杨慎《升庵集》卷二《五言律祖序》，文渊阁四库全书本。

③ 胡应麟《艺林学山》之二，第六一《五言律祖》，文渊阁四库全书本。

升庵杨子,天才秀逸,博极群书。在滇时尝选六朝之诗,得其体之合律者,凡一百八十七首,釐为六卷,题曰《五言律祖》。别其源流,断自风雅,根柢有据,非随人妍媸者。予偶得其稿,读而悦之,遂谋诸梓,以贻同好。呜呼久矣,古诗之不作也。杨子之选,独取夫律,不及于唐,而祖之云者,其有意于复古乎? 溯源探本,反之于《选》,以归于三百篇,以究于康衢之谣,庆云之歌,万世之祖,于是乎在。而兴观者之华胄不失,坠绪可寻,此则杨子之意也。①

在杨慎《丹铅余录》卷十三说:"文之古者,《左氏》《国语》。……诗之高者,汉魏六朝。"《升庵诗话》卷十二"刘禹锡诗"条誉刘禹锡为"宛有六朝风致,尤可喜也"②。《升庵诗话》卷十二"刘须溪"条杨慎批评刘辰翁溪学习古人只知近流,而不知远源:"世以刘须溪为能赏音,为其于《选》诗、李杜诸家皆有批点也。予以为须溪元不知诗,其批《选》诗首云:'诗至《文选》为一厄。五言盛于建安,而勃窣为甚。'此言大本已迷矣。须溪徒知尊李杜,而不知《选》诗又李杜之所自出。予尝谓须溪乃开剪截罗缎铺客人,元不曾到苏杭南京机坊也。"③刘辰翁只知道李白、杜甫,岂不知李杜二人正因为能继承秦汉六朝的优秀成果,才取得如此的成绩。

当然,杨慎对六朝文学也不是全盘肯定的。如他极为服膺裴子野《雕虫论》中"言晋宋以降之文弊。其略曰:悱恻芳芬,靡曼容与。蔡应等之俳优,扬雄悔为童子。深心主卉木,远致极风云。其

---

① 王文才、张锡厚辑《升庵著述序跋》,云南人民出版社 1985 年版,第 200 页。
② 丁福保辑《历代诗话续编》(中),中华书局 1983 年版,第 890 页。
③ 丁福保辑《历代诗话续编》(中),中华书局 1983 年版,第 888 页。

兴浮,其志弱。荀卿有言:乱代之征,文章匮采。斯岂近之乎"①的
观点。而裴子野对刘宋以后的文学,基本上是持否定态度的。可
见杨慎对所宗之六朝还是有所保留的。

杨慎认为在某些方面,六朝诗歌有悖于传统的诗教:

> 盖缘情绚靡之说胜,而温柔敦厚之意荒矣。

他也承认在某些方面,六朝诗歌"不纯于古法",有悖于《诗经》
以来的温柔敦厚之诗教传统,但他仍然明确指出六朝诗歌对唐诗
的开拓意义:

> 乃知六代之作,其旨趣虽不足以影响大雅,而其体裁实景
> 云、垂拱之先驱,天宝、开元之滥觞也,独可少此乎哉!②
> 昧者顾或尊唐而卑六代,是以枝笑干,从潘非渊也,而可
> 乎哉?……此非有秦焚之厄,汉挟之禁也,直由好者亡几,致
> 流传靡余,惜哉。……陋儒不足论大雅,乃谨唐人而略先世,
> 遂使古调声阒,往体景灭,悲夫。③

杨慎认为六朝之诗作在旨趣上诚然不足以与《诗经》相媲美,
两者在诗歌体裁以及审美风格方面和唐诗比较起来就好像是青涩
的及笄室女与美艳的文君、夏姬的区别。但是六朝"高妙奇丽"的
时代艺术风格却启发了唐代诗歌的繁荣,具有导夫先路的筚路蓝

---

① 杨慎《丹铅余录》卷十四,文渊阁四库全书本。
② 杨慎《升庵集》卷二《选诗外编序》,文渊阁四库全书本。
③ 杨慎《升庵集》卷二《选诗拾遗序》,文渊阁四库全书本。

缕之功。宗唐而忽略六朝,就好比于卖花担上欣赏桃李,哪里能寻觅到六朝文学之真精髓、活精神?

杨慎《山带阁诗序》也对为何要倡行六朝、初唐诗风有着非常详细的论述:

> 呜呼,诗之说多矣,古不暇枚数,近日士林多宗杜陵子矫健高古,不为无助,而蹈袭其字,剪裁其句,与题既不相似,与人亦不相值,曰吾学杜也,可乎? 吾友松溪安石公语余曰:"论诗如品花,牡丹、芍药,下逮苦楝、刺桐,皆具有天然一种风韵。今之学杜者,纸牡丹、芍药耳,而轻薄者不肖,拆洗杜诗,活剥子美之嘲。"噫,是诗法一变,而一蔽生也。余方欲铲其蔽,以俟知音,独见射陵子之诗,犁然当于心,盖取材《文选》、乐府,而宪章于六朝、初唐,不事蹈袭,不烦绳削,可以鸣世,可以兴后矣。曾以诧于泉山张子。张子曰:"太白以建安绮丽不足珍,昌黎以六朝众作拟蝉躁,子何尊六朝之甚也。"余应之曰:"文人抑扬太过,每每如此。太白之诗仅可及鲍、谢,去建安尚远。昌黎之视六朝,则秦越矣。如刘越石之高古,陶渊明之冲澹,可以六朝例之哉! 为此言者,昌黎误宋人,宋人又误今人也。今之学诗者,避宋如避瘟,而伐柯取则,犹承宋人余窍之论,毋乃过乎?"①

为了纠正全盘否定六朝文学史文人之"抑扬太过"的错误做法,为了避免李何诸人学唐之杜甫而陷于剽窃雷同、徒有其形之

---

① 杨慎《山带阁诗序》,载朱曰藩《山带阁集》卷首,四库全书存目丛书本。

"弊",杨慎认为"取材《文选》、乐府,而宪章于六朝、初唐,不事蹈袭,不烦绳削"是拯救时弊的正途。

《升庵诗话》卷四《君攸桂楫泛中河》云:

> "黄河曲渚通千里,浊水分流引八川。仙槎逐源终未返,苏亭遗迹尚依然。眇眇云根侵远树,苍苍水气合遥天。波影杂霞无定色,湍文触岸不成圆。赤马青龙交出浦,飞云盖海远凌烟。莲舟渡沙转不碍,桂櫂距浪弱难前。风重金乌翅自转,汀长锦缆影微悬。榜人欲歌先扣枻,津吏犹醉强持船。河堤极望今如此,行杯落叶讵虚传。"此六朝诗也。七言律未成而先有七言排律矣,雄浑工致,固盛唐老杜之先鞭也。①

《四库提要·雅论》:"杨慎虽有《五言律祖》,然齐、梁但有永明体、宫体之名,无律之名。而以五言律诗始见齐、梁,排律之名始于杨士宏之《唐音》,古无是称,而以为始见于唐。"诚然,排律为近体诗之一种,在唐代才逐渐趋于定型。它要求作者严格遵守平仄、对仗、押韵等规则和限制,极其考验其功力才气,还容易显得堆砌死板,因此历来极少名篇。即便是"晚节渐于诗律细"、以律诗著称的杜甫,集中也只有数首。这里杨慎将《乐府诗集》卷七十四"杂曲歌辞"之十四沈君攸的这首不甚合音律的古诗称之为"七言排律",并谓之杜甫律诗之"先鞭",其用意在于提高六朝文学的地位和价值。杨慎曾选编《五言律祖》大量收录六朝时期尚未完全定型的律诗,胡应麟《少室山房笔丛·艺林学山》卷八谓:"此编辑六朝近律者,以明

唐体所自出。入门士熟习下手,足可尽涮晚近尘陋;超而上之,舍律
而古,当涂典午,始基在焉。用修之识,至足仰也。"①

《升庵诗话》卷四"江总《怨诗》"条云:

> "采桑归路河流深,忆昔相期柏树林。奈许新缣伤妾意,
> 无由故剑动君心。"六朝之诗,多是乐府,绝句之体未纯,然高
> 妙奇丽,良不可及。泝流而不穷其源,可乎? 故特取数首于卷
> 首,庶乎免于"卖花担上看桃李"之诮矣。古乐府《下山逢故
> 夫》诗曰:"新人工织缣,旧人工织素。"故剑,用干将莫邪雌雄
> 二剑离而复合事。②

杨慎认为如果能够深研六朝诗歌,或可避免"卖花担上看桃
李"之弊病。

杨慎《升庵集》卷五十二《文字之衰》说:

> 苏子瞻云:"文字之衰,未有如今日者也。其原出于王氏。
> 王氏之文,未必不善也,而患在于好使人同己。自孔子不能使
> 人同。颜渊之仁,子路之勇,不能以相移,而王氏欲以其学同
> 天下。地之美者,同于生物,而不同于所生。惟荒瘠斥卤之
> 地,弥望皆黄茅白苇,此则王氏之同也。"然是时学者不敢异王
> 氏者,畏其势也。南渡以后,人人攻之矣。今之学者,黄茅白
> 苇甚矣。予尝言:"宋世儒者失之专,今世学者失之陋。失之

---

① 胡应麟《少室山房笔丛》,文渊阁四库全书本。
② 杨慎《升庵诗话》卷四,丁福保辑《历代诗话续编》(中),中华书局 1983 年版,第
707 页。

专者，一骋意见，扫灭前贤。失之陋者，惟从宋人，不知有汉唐前说也。宋人曰是，今人亦曰是，宋人曰非，今人亦曰非。高者谈性命，祖宋人之语录。卑者习举业，抄宋人之策论。其间学为古文歌诗，虽知效韩文、杜诗，而未始真知韩文、杜诗也，不过见宋人尝称此二人而已。"文之古者，《左氏》《国语》，宋人以为衰世之文，今之科举以为禁约。诗之高者，汉魏、六朝，而宋人谓诗至《选》为一厄，而学诗者但知李杜而已。高棅不知诗者，反谓由汉魏而入盛唐，是由周孔而入颜孟也，如此皆宋人之说误之也。吁，异哉！①

杨慎这段话虽以苏轼《答张文潜县丞书》批评王安石导入，论述宋儒和明儒之鄙陋。但是最后的落脚点处他却笔锋一转，指出学界眼界狭小、不研读六经经典，并进而指出刘辰翁否定取法《文选》的诗学歧途，也认为高棅扬唐而贬六朝、尊唐诗而轻《选》诗的根本路径是错误的。

在《选诗外编序》中杨慎曾说：

> 齐梁之间，固已有不纯于古法者。……然以艺论之，杜陵诗宗也，固已赏夫人之清新俊逸，而戒后生之指点流传。②

杨慎认为近体诗之近源当在六朝诗歌。他也承认在某些方面，六朝诗歌有悖于传统的诗教，但他并不因此就全盘否定之，转

---

① 杨慎《升庵集》卷五十二《文字之衰》，文渊阁四库全书本。
② 杨慎《升庵集》卷二《选诗外编序》，文渊阁四库全书本。

而指出：

> 六代之作，其旨趣虽不足以影响大雅，而其体裁实景云、垂拱之先驱，天宝、开元之滥觞也，独可少此乎哉！①

> 昧者顾或尊唐而卑六代，是以枝笑干，从潘非渊也，而可乎哉？……此非有秦焚之厄，汉挟之禁也，直由好者亡几，致流传靡余，惜哉。……陋儒不足论大雅，乃谨唐人而略先世，遂使古调声阒，往体景灭，悲夫。②

《升庵诗话》卷五"李太白论诗"条云：

> 李太白论诗云："兴寄深微，五言不如四言，七言又其靡也，况使束于声调俳优哉？"故其赠杜甫诗有"饭颗"之句，盖讥其拘束也。余观李太白七言律绝少，以此言之，"未窥六甲，先制七言"者，视此可省矣。③

李白也称自己："五岁诵六甲，十岁观百家。"可见，学习六朝诗歌是唐诗达到高峰的必然途径。

《升庵诗话》卷十"黄鹤楼"条将《黄鹤楼》与《古意》进行比较，认为各有特色，"未易优劣"。清人潘德舆指出："升庵不置优劣，由其好六朝、初唐之意多耳。"④杨慎在审美趣味上偏好冲淡清远或

---

① 杨慎《升庵集》卷二《选诗外编序》，文渊阁四库全书本。
② 杨慎《升庵集》卷二《选诗拾遗序》，文渊阁四库全书本。
③ 丁福保辑《历代诗话续编》(中)，中华书局1983年版，第723页。
④ 潘德舆《养一斋诗话》卷八，郭绍虞编选、富寿荪校点《清诗话续编》，上海古籍出版社1983年版，第2133页。

藻思丽逸，而不甚喜雄壮铿锵、沉郁顿挫。庾信"绮而有质，艳而有骨，清而不薄，新而不尖"的诗风正好符合他的审美理想。

针对前后七子主张"谨唐人而略先世""尊唐而卑六代"的昧者之见，杨慎主张应向六朝文学学习，因为六朝文学直接承继了《诗经》的优秀传统，并且对于彬彬之盛的唐诗来说，具有导夫先路之用和筚路蓝缕之功。

其次，杨慎很重视《文选》。

《昭明文选》是我国现存最早的一部诗文总集。其选文范围，上起周代，下迄梁朝。基本上七八百年间文章的英华，收录在《文选》一书里。《文选》编成以后，"后进英髦，咸资准的"（李善《上〈文选〉注表》），成了士子案头必备必读之书，在我国古典文学的发展中产生很大的影响。李白少年曾三次拟作《文选》诗文，杜甫更明确地宣称要"熟精《文选》理"，在宋代甚至还出现了"《文选》烂，秀才半"的谚语。

明代科举考试题目多取自《四书》，"其文略仿宋经义，然代古人语气为之，体用排偶，谓之八股，通谓之制义"，即是所谓"代圣贤立言"。士人读书的范围仅局限在与科举相关的教材之内，而与科举无关的诗歌则被排斥在外。田艺蘅说："昔人言'《文选》烂，秀才半'，盖《选》中自三代涉战国、秦、汉、晋、魏六朝以来文字皆有，可作本领耳。在古则浑厚，在近则华丽也。嗟乎，今之能学举子业者，即谓之秀才。至于《文选》则生平未始闻知其名，况能烂其书，析其义乎？虽谓之蠢才可也。……郑奕以《文选》教子，其兄曰：'何不教他读《孝经》《论语》也，免学沈、谢，嘲风咏月，污人行止。'"[①]因与

---

① 　田艺蘅《留青日札》卷五《谈诗初编》，明万历刻本。

科举无关,明人对《文选》的评价普遍较低,《选》学益废。杨慎却于流俗之外,极力推崇并精研《文选》:他肯定萧统《文选》的"典丽"思想,并认为《文选》具有较高的文献价值;杨慎主张作家在创作上要重视《文选》,极力推崇《文选》作为后世师法的模板;杨慎的诗歌创作也明显地继承了《文选》的优秀传统,带有"兴寄"与"彩丽"合二为一的《选》体意味。所有这些做法都极大地推动了明代《文选》学的发展。

杨慎对《文选》全方位的观照如下。

其一、杨慎以《文选》作为自己进行考据诗学实践的文献基础。如《升庵诗话》卷一"七平七仄诗句"条云:

> "吐舌万里唾四海。"(宋玉《大言赋》)"七变入白米出甲。"(纬书)"一月普见一切水,一切水月一月摄。"(佛经)"离袿飞髾垂纤罗。"(《文选》)"梨花梅花参差开。"(崔鲁)"有客有客字子美。"(杜)①

又如《升庵诗话》卷一"文选生烟字"条云:

> 宋人小说谓刘禹锡《竹枝词》"瀼西春水縠文生",乃"生熟"之"生",信是。《文选》谢朓诗:"远树暧芊芊,生烟纷漠漠。"亦然。小谢之句,实本灵运。灵运《撰征赋》云:"披宿莽以迷径,睹生烟而知墟。"②

---

① 丁福保辑《历代诗话续编》(中),中华书局1983年版,第638页。
② 丁福保辑《历代诗话续编》(中),中华书局1983年版,第654页。

又如《升庵诗话》卷一"天窥象纬逼"条云：

　　杜工部《龙门奉先寺》诗"天窥象纬逼"，或作"天阙"，殊为牵强。张表臣《诗话》据旧本作"天窥"，引《史记》"以管窥天"之语，其见卓矣。余又按《文选》潘岳《闲居赋》"窥天文之秘奥"，注引陆贾《新语》："楚王作乾溪之台窥天文。"杜子美精熟《文选》者也。其用"天窥"字，正本此，况天文即象纬也，不但用其字，亦用其义矣。子美复生，必以余为知言。①

又如《升庵诗话》卷三"古书不可妄改"条云：

　　古书不可妄改，聊举二端。如曹子建《名都篇》："脍鲤臇胎虾，寒鳖炙熊膰。"此旧本也。五臣妄改作"炰鳖"。盖"炰鳖脍鲤"，《毛诗》旧句，浅识者孰不以为"寒"字误而从"炰"字邪？不思"寒"与"炰"字形相远，音呼又别，何得误至于此？《文选》李善注云："今之时饷谓之寒，盖韩国馔用此法。"《盐铁论》"羊淹鸡寒"，《崔骃传》亦有"鸡寒"，曹植文"寒鸱蒸麚"，刘熙《释名》"韩鸡为正"，古字"寒"与"韩"通也。王维《老将行》"耻令越甲鸣吾君"，此旧本也。近刊本为不知者改作"吴军"，盖"越甲""吴军"，似是连对，不思前韵已有"诏书五道出将军"，五言古诗有用重韵，未闻七言有重韵也。维岂谬至此邪！按刘向《说苑》："越甲至齐，雍门子狄请死之，曰：'昔者王田于圃，左毂鸣，车右请死之，曰：吾见其鸣吾君也。今越甲至，其鸣君，岂左

_____

　　①　丁福保辑《历代诗话续编》（中），中华书局 1983 年版，第 656 页。

縠之下哉！'"正其事也。见其事与字之所出,始知改者之妄。①

又如《升庵诗话》卷十一"偃曝"条云：

> 孟浩然："草堂时偃曝,兰枻日周旋。"偃曝,谓偃卧曝背
> 也。用《文选》王僧达"寒荣共偃曝"之句。今刻孟诗,不知其
> 出处,改作"掩曝",可笑。②

又如《升庵诗话》卷十三"双鲤"条云：

> 古乐府诗："尺素如残雪,结成双鲤鱼。要知心里事,看取
> 腹中书。"据此诗,古人尺素结为鲤鱼形即缄也,非如今人用
> 蜡。《文选》："客从远方来,遗我双鲤鱼。"即此事也。下云烹
> 鱼得书,亦譬况之言耳,非真烹也。五臣及刘履谓古人多于鱼
> 腹寄书,引陈涉"罩鱼倡祸"事证之,何异痴人说梦邪！③

杨慎对《文选》的熟稔使他在考据典故、订正名物、校勘文本、
训诂语词的时候,每每以《文选》作为其强大的数据库进行搜索。
对于杨慎这种博洽融合的搜集考证,胡应麟评价道："杨用修生平
嗜古,盘胸纠腹,皆秦汉、六朝……指南来学,标识前闻,厥功甚伟,
惜不无遗误耳。"④胡应麟十分中肯地指出杨慎如此广征博引的考

---

① 丁福保辑《历代诗话续编》(中),中华书局 1983 年版,第 693—694 页。
② 丁福保辑《历代诗话续编》(中),中华书局 1983 年版,第 861 页。
③ 丁福保辑《历代诗话续编》(中),中华书局 1983 年版,第 901 页。
④ 胡应麟《少室山房笔丛》续乙部卷二十六《艺林学山》八,文渊阁四库全书本。

证虽然有其诗学意义,但是在诗歌可以"兴"、可以给予读者妙悟透澈之美学体会方面,也不无遗憾。

其二、杨慎以未被《文选》收录的篇章为憾事,选编《选诗外编》《选诗拾遗》等选集,试图比肩萧统。

如前所引,作为"事出于沉思,义归乎翰藻"的《文选》,到了明代因为与科举无关,竟被人们认为是"污人行止"了。但是这样的风气没有影响到杨慎。他还曾考证文选十学士。其《升庵集》卷五十二《集〈文选〉文士姓名》曰:

> 梁昭明太子统,聚文士刘孝威、庾肩吾、徐防、江伯操、孔敬通、惠子悦、徐陵、王囿、孔烁、鲍至十人,谓之高斋十学士,集《文选》。今襄阳有《文选》楼,池州有《文选》台,未知何地为的。但十人姓名,人多不知,故特著之。

高步瀛《文选李注义疏》曾据《南史·庾肩吾传》考订"高斋十学士"为萧纲任雍州刺史时所聚之庾肩吾与刘孝威、江伯摇、孔敬通、申子悦、徐防、徐訢、王囿、孔铄、鲍至等十人,非"昭明太子十学士",亦与撰集《文选》无涉。此条为杨慎误记,但是同样能反映杨慎对《文选》的重视。

杨慎还曾编辑《文选》逸诗为《选诗外编》《选诗拾遗》,作为师法的楷式,以扩大《文选》的影响。其《选诗外编序》曰:

> 予汇次《选诗外编》,分为九卷,凡二百若干首。反复观之,因有所兴起,遂序以发其义曰:诗自黄初、正始之后,谢客以俳章偶句,倡于永嘉;隐侯以切响浮声,传于永明。操觚轮

才,靡然从之。虽萧统所收齐梁之间,固已有不纯于古法者。是编起汉迄梁,皆《选》之弃余,北朝陈隋则《选》所未及。详其旨趣,究其体裁,世代相沿,风流日下,填括音节,渐成律体。盖缘情绮靡之说胜,而温柔敦厚之意荒矣。大雅君子,宜无所取。然以艺论之,杜陵,诗宗也。固已赏夫人之清新俊逸,而戒后生之指点流传。乃知六代之作,其旨趣虽不足以影响大雅,而其体裁实景云、垂拱之先驱,天宝、开元之滥觞也,独可少此乎哉? 若夫考时风之淳漓,分作者之高下,则君子或有取焉,是亦可以观矣。①

出于对《文选》的顶礼崇拜,杨慎选编《选诗外编》九卷,凡二百若干首,"是编起汉迄梁,皆《选》之弃余,北朝陈隋,则《选》所未及。"②《选诗外编》之外,杨慎从"汉代之音可以则,魏代之音可以诵,江左之音可以观。虽则流例参差,散偶旷分,音节尺度粲如也"的角度出发,"又网罗放失,缀合丛残,积以岁月,复盈卷帙。稍分时代,别定诠次,仍以《选诗拾遗》题其目"。如前所述,胡应麟说:"杨用修盘胸纠腹,皆秦汉、六朝。……指南来学,标识前闻,厥功甚伟。"③指出了杨慎为六朝诗歌的文献流传与保存做出了卓越的贡献。

其三、杨慎首肯萧统的"典则"思想。

杨慎喜欢萧统及《文选》,是与萧统的典则思想密切相关。如萧统《答湘东王求文集及诗苑英华书》云:

---

① 杨慎《升庵集》卷二,文渊阁四库全书本。
② 杨慎《升庵集》卷二《选诗外编序》,文渊阁四库全书本。
③ 胡应麟《少室山房笔丛》续乙部卷二十六《艺林学山》八,文渊阁四库全书本。

夫文典则累野,丽亦伤浮,能丽而不浮,典而不野,文质彬彬,有君子之致。

《陶渊明集序》曰:

横素波而旁流,干青云而直上;语时事则指而可想,论怀抱则旷而且真。加以贞志不休,安道苦节,不以躬耕为耻,不以无财为病。

又曰:

尝谓有能读渊明之文者,驰竞之情遣,鄙吝之意祛。贪夫可以廉,懦夫可以立。岂止仁义可蹈,亦乃爵禄可辞。不劳复旁游太华,远求柱史,此亦有助于风教也。

但是萧统对陶渊明的赋体作品却极为不满:

白璧微瑕者,惟在《闲情》一赋,扬雄所谓劝百而讽一者,卒无讽谏,何必摇其笔端? 惜哉! 无是可也。

他认为陶渊明《闲情赋》"卒无讽谏",所以不予收入《文选》。

《楚辞·招魂》一篇,宋玉所作,其辞丰蔚秾秀,先驱枚、马,而走僵班、扬,千古之希声也。《大招》一篇,景差所作,体制虽同,而寒俭促迫,力追而不及。《昭明文选》独取《招魂》而遗《大招》,有见哉。①

　　杨慎认为《昭明文选》取"丰蔚秾秀"的《招魂》而遗"寒俭促迫"的《大招》,是有识之见②。这正是肯定了萧统"事出于沉思,义归乎翰藻"的丽则的选文标准。

　　《升庵集》卷五十八《选诗补注》云:

> 　　刘履作《选诗补注》效朱子注《三百篇》,其意良勤矣。然曲说强解,殊非作者之意。如郭璞《游仙诗》附会于君臣治道,此何理耶? ……此何异村学究之欺小童耶!

　　郭璞十四首《游仙诗》大体上可分为歌咏隐逸和企求登仙两类,萧统本着"丽而不浮,典而不野""事出于沉思,义归乎翰藻"的标准将之收入《文选》。而刘履以儒家诗教的严格道德标准将之附会以君臣大义,发挥其有益于世教的积极意义。杨慎对此非常反感,学识浅陋的读书人如此地"曲说强解"诗歌,真真乃误人子弟!

　　《升庵诗话》卷六"宗懍《荆州泊》"条云:

> 　　"南楼西下时,月里闻来棹。桂水舳舻回,荆州津济闹。移帷向星汉,引带思容貌。今夜一江人,惟应妾身觉。"有《国风》之意,怨而不怒,艳而不淫。③

---

　　①　杨慎《丹铅续录》卷五《大招》,文渊阁四库全书本。
　　②　王世贞《艺苑卮言》卷二赞杨慎"言《招魂》远胜《大招》,足破宋人眼耳",文渊阁四库全书本。
　　③　丁福保辑《历代诗话续编》(中),中华书局1983年版,第752页。

又如《升庵诗话》卷十四"简文枫叶诗"条云：

> 梁简文帝《枫叶》诗云："萎绿映葭青，疏红分浪白。落叶
> 洒行舟，仍持送远客。"此诗情景婉丽，本集亦不载。①

《升庵诗话》卷十三"刘文房诗"条云：

> 刘文房诗："已是洞庭人，犹看灞陵月。"孟东野诗："长安
> 日下影，又落江湖中。"语意相似，皆寓恋阙之意。然总不若王
> 仲宣云"南登灞陵岸，回首望长安"，涵蓄蕴藉，自然不可及也。

杨慎认为宗懔《荆州泊》"怨而不怒，艳而不淫"，深得《国风》
"好色而不淫"之神髓，简文帝《枫叶》虽有流丽绮靡之描绘，但是结
尾仍义归于沉思，真乃"情景婉丽"之作。也正是杨慎所说的含蓄
蕴藉之风格。

再如《升庵诗话》卷十四"顾况诗句"条云："顾况诗：'远寺吐朱
阁，春潮浮绿烟。'二句情景绝妙，虽入《文选》可也。"②因为"沉思"
之"情"和"翰藻"之"景"和谐巧妙地结合在一起，所以才可以编入
萧统"事出于沉思，义归乎翰藻"的《文选》。

其四、杨慎提倡诗歌的写作要继承和发扬《文选》的优秀传统。

《文选》不仅汇集并保存了大量的优秀文学作品，展示了齐梁
时期的文学风范，而且还成为后世士人必读的文学范本，对后世的

---

① 丁福保辑《历代诗话续编》(中)，中华书局 1983 年版，第 912 页。
② 丁福保辑《历代诗话续编》(中)，中华书局 1983 年版，第 931 页。

文学创作产生了深远的影响。

《升庵诗话》卷五"杜诗本选"条云：

> 谢宣远诗"离会虽相杂"，杜子美"忽漫相逢是别筵"之句实祖之。颜延年诗"春江壮风涛"，杜子美"春江不可渡，二月已风涛"之句实衍之。故子美论儿诗曰："熟精《文选》理。"①

《升庵诗话》卷五"杜审言诗"条云：

> 杜审言《早春游望》诗，《唐诗三体》选为第一首，是也。首句"独有宦游人"，第七句"忽闻歌古调"，妙在"独有""忽闻"四虚字。《文选》殷仲文诗"独有清秋日"，审言祖之。盖虽二字，亦不苟也。诗家言"子美无一字无来处"，其祖家法也。②

《升庵诗话》卷十一"学选诗"条云：

> 李太白终始学《选》诗。杜子美好者亦多是效《选》诗，后渐放手，初年甚精细，晚年横逸不可当。③

《升庵诗话》卷十二"刘须溪"条批评宋人刘辰翁学习古人只知李杜近流，而不知六朝远源：

① 丁福保辑《历代诗话续编》(中)，中华书局1983年版，第731页。
② 丁福保辑《历代诗话续编》(中)，中华书局1983年版，第735页。
③ 丁福保辑《历代诗话续编》(中)，中华书局1983年版，第899页。

　　世以刘须溪为能赏音，为其于《选》诗、李杜诸家皆有批点也。予以为须溪元不知诗，其批《选》诗首云："诗至《文选》为一厄。五言盛于建安，而勃窣为甚。"此言大本已迷矣。须溪徒知尊李杜，而不知《选》诗又李杜之所自出。予尝谓须溪乃开剪截罗缎铺客人，元不曾到苏杭南京机坊也。

　　李杜大家都是学习《文选》的优良传统才取得如此辉煌的成就。刘辰翁只知道李白、杜甫，岂不知李杜二人正因为能继承秦汉六朝的优秀成果，才取得如此的成绩。

　　《升庵诗话》卷二"王昌龄长信秋词"条云：

　　　　"芙蓉不及美人妆，水殿风来珠翠香。却恨含情掩秋扇，空悬明月待君王。"司马相如《长门赋》："悬明月以自照兮，徂清夜于洞房。"此用其语，如李光弼将子仪之师，精神十倍矣。作诗者，其可不熟《文选》乎？①

　　杨慎认为王昌龄《西宫秋怨》来自司马相如《长门赋》，而"精神十倍"，所以反问曰："作诗者其可不熟《文选》乎？"

　　杨慎为"初学为六朝"②的蔡汝楠《自知堂集》作序说：

　　　　天下之言诗者则李杜而已矣。李之言曰："大雅久不作，吾衰竟谁陈。"又曰："自从建安来，绮丽不足珍。"杜之言曰：

---

① 丁福保辑《历代诗话续编》(中)，中华书局 1983 年版，第 671 页。
② 洪朝选《送蔡白石叙》，蔡汝楠《自知堂集》卷首，明嘉靖三十七年刻本。

"欲攀屈宋宜方驾,恐与齐梁作后尘。"慎诵而疑之,夫挟天子以令诸侯,诸侯莫敢不服。然谓之真尊天子则不可。挟风雅、屈宋令建安、齐梁,则戚矣。谓之真尊风雅、屈宋则不可,挟之为病也大矣。卑之无甚高论,可乎?观李之作,则扬阮、左之洪波,览江、鲍而动色,同建安之影响也。观杜之作,则颜、谢之孤高,杂徐、庾之靡丽,实齐梁之后尘也。前哲欺予哉!①

"沉酣六朝,揽采晚唐,创为渊博靡丽之词""凡所取材,六朝为冠"②的杨慎从自己的创作实际出发,批评嘉靖初诸人学六朝,但是未能继承六朝深厚的思想内容和绮丽的审美特征相结合的审美风格。

杨慎评点李清照《念奴娇·春情》中"被冷香消新梦觉,不许愁人不起"为"二句绝似六朝"③。《升庵诗话》卷十二谓刘禹锡为"晚唐诗人第一",其原因在于刘禹锡的诗歌"宛有六朝风致,尤可喜也"。他晚年选评严嵩《钤山堂诗选》,屡屡赞誉严诗之契合《文选》处。④杨慎又谓好友李嵩:"公性能而好,既取材《文选》,而效法唐

---

① 杨慎《自知堂集序》,蔡汝楠《自知堂集》,明嘉靖三十七年刻本。
② 王世贞《明诗评》一,中华书局 1985 年版,第 31 页。
③ 杨慎批点《草堂诗余》卷四,明天启间乌程闵氏刻本。
④ 杨慎批选《钤山堂诗选》,嘉靖三一年(壬子)刊本。卷之一《下浦》云:"明兴陟丹壑,秋日净浮埃。"杨评曰:"是《选》句。"卷之二《独值雨是日予与常甫坐候云开堂因赋》云:"晴登适可想,雨望奇莫云。三子本同志,所历各不群。浴溟初杲日,触石忽肤云。"杨评曰:"六句吞颜吐谢。"卷之三《早霁与计使вест泛湘江遂登望岳亭》云:"倚棹江天豁,移尊草阁幽。到窗分岳翠,当槛泻蒸流。春至花经眼,秋深月满楼。使君时对客,诗兴绕沧洲。"杨评曰:"《选》之腴句。"卷之四《晨经凤台门》云:"万峰天外色,一一抱神京。"杨评曰:"可以入《选》。"

音……矧往体格诗，一一合作，绚彩风骨，彬彬不偏。"①

杨慎主张以《文选》为"芳润"来清除胸中已有之程文、策套之类的"渣秽"：

> 近日有一雅谑可证此事。有一新进欲学诗，华容孙世其戏谓之曰："君欲学诗乎？必须先服巴豆、雷丸，下尽胸中程文、策套。然后以《楚辞》《文选》为冷粥补之，始可语诗也。"士林相传以为笑，盖亦段善僧忘本领、朱子除渣秽之意。②

以乐师段善本教昆仑学艺，要求他"不近乐器十数年，忘其本领，然后可教"和朱子《答人论诗书》所谓"但恐旧习不除，渣秽在胸，芳润无由入也"，来说明《文选》当为学诗者的必修课。

最后，杨慎将六朝文学纳入自己的文化视野以构成有效的创作资源，并在具体的写作实践中奉之为圭臬。

学习六朝文学还有个方法的问题。《升庵诗话》卷七"胡唐论诗"条云：

> 胡子厚与予论诗曰："人有恒言曰：唐以诗取士，故诗盛；今代以经义选举，故诗衰。此论非也。诗之盛衰，系于人之才

---

① 杨慎《升庵集》卷三《李前渠诗引》，文渊阁四库全书本。杨慎以"风骨"誉人。何谓"风骨"？杨慎评：引"文明以健"曰，尤明切。明即风也，健即骨也。诗有格有调，格犹骨也，调犹风也。左氏论女色曰"美而艳"，美犹骨也，艳犹风也。文章风骨兼全，如女色之美艳两致矣。见杨慎、曹学佺、钟惺合评《文心雕龙》，《合刻五家言文心雕龙文言》本，转引自徐中玉主编《文气·风骨编》，中国社会科学出版社 1997 年版，第 301—304 页。其实还是萧统文质相副、沉思和翰藻兼济的诗学主张。

② 杨慎《丹铅总录》卷十六《段善本琵琶》，文渊阁四库全书本。

与学，不因上之所取也。汉以射策取士，而苏、李之诗，班、马之赋出焉，此岂系于上乎？屈原之《骚》，争光日月，楚岂以《骚》取人耶？况唐人所取五言八韵之律，今所传省题诗，多不工。今传世者，非省题诗也。姑以画论，晋有顾凯之，唐有吴道玄，晋唐未尝以画取士也。至宋则马远、夏珪，不足为顾、吴之衙官，近代吴小仙、林良，又不足为马、夏之奴仆。画既有之，诗亦宜然，谓之时代可也。"余深服其言。唐子元荐与予书，论本朝之诗："洪武初，高季迪、袁可潜一变元风，首开大雅，卓乎冠矣。二公而下，又有林子羽、刘子高、孙炎、孙蕡、黄元之、杨孟载辈羽翼之。近日好高论者曰：'沿习元体，其失也臂。'又曰：'国初无诗，其失也聋。'一代之文，曷可诬哉！永乐之末至成化之初，则微乎藐矣。弘治间，文明中天，古学焕日。艺苑则李怀麓张沧洲为赤帜，而和之者多失于流易；山林则陈白沙庄定山称白眉，而识者皆以为傍门。至李、何二子一出，变而学杜，壮乎伟矣。然正变云扰而剽袭雷同，比兴渐微而风骚稍远，唐子应德，箴其偏焉。嘉靖初，稍稍厌弃，更为六朝之调，初唐之体，蔚乎盛矣，而纤艳不逞，阐缓无当，作非神解，传同耳食。陈子约之，议其后焉。"张子愈光，滇之诗人也。以二子之论为的，故著之。①

好友唐锜这段话，深得杨慎首肯，几乎梳理了明代前中期的文学流变：明初永乐至成化年间，高启、袁凯辈远绍风雅传统，又有林鸿、杨基、孙炎等人羽翼其间，其间三杨之"台阁"言无可采。中期

---

① 丁福保辑《历代诗话续编》(中)，中华书局 1983 年版，第 773—774 页。

的弘治文学分为两派：李东阳、张泰之台阁一变而为流易，陈白沙、庄昶之山林变而为旁门。两派之流弊激发了李、何文学上"文必秦汉、诗必盛唐"之复古主张。但是最终七子也陷于"剽袭雷同"、远离风骚传统的泥潭而不能自拔。唐顺之等唐宋派起而振之，嘉靖间又有初唐六朝派的崛起来校正唐宋派之过失。但是他们不加辨别，袭貌遗神，并没有发挥六朝之细巧艳丽。虽然呈现出你方唱罢我登场的热闹非凡的景象，但并没有把文学带到正常的轨道。

那么杨慎所批评的那些奉行"六朝之调，初唐之体"的作者都是哪些人呢？杨慎《升庵诗话》卷三"四言诗自然句"条给了读者回答：

> 江淹《别赋》："春草碧色，春水绿波。送君南浦，伤如之何。"取诸目前，不雕琢而自工，可谓天然之句。他如梁元帝："秋水文波，秋云似罗。"唐罗昭谏《蟋蟀赋》："美人在何？夜影流波。与子伫立，徘徊思多。"抑其次也。近世知学六朝初唐，而以佶钉生涩为工，渐流于不通，有改"莺啼"曰"莺呼"，"猿啸"曰"猿唤"，为士林传笑，安知此趣耶？①

《升庵诗话》卷十一"诗文用字须有来历"条曰：

> 近日诗流，试举其一二：不曰莺啼，而乃曰莺呼；不曰猿啸，而曰猿唤；蛇未尝吟，而云蛇吟；蛩未尝嘶，而曰蛩嘶；厌桃叶蓁蓁，而改云桃叶抑抑，桃叶可言抑抑乎？厌鸿雁嗷嗷，而

---

① 丁福保辑《历代诗话续编》(中)，中华书局1983年版，第683页。

强云鸿雁嘈嘈,鸿雁可言嘈嘈乎? 油然者,作云之貌,未闻泪可言油然;荐者,祭之名,士无田则荐是也,未闻送人省亲,而曰好荐北堂亲也;夜郎在贵州,而今送人官广西恒用之;孟诸在齐东,而送人之荆楚袭用之;泄泻者,秽言也,写怀而改曰泄怀,是口中暴痢也;馆甥,女婿也;上母舅声而自称馆甥,是欲乱其女也;真如、诸天,禅家语也,而用之道观;远公大颠,禅者也,而以赠道人;送人屡下第,而曰批鳞书几上;本不用兵,而曰戎马豺虎;本不年迈,而曰白发衰迟;未有兴亡之感,而曰麋鹿姑苏;寄云南官府,而曰百粤伏波。试问之,曰:"不如此不似杜。"是可笑也。此皆近日号为作手,遍刻广传者。后生效之,益趋益下矣。谓近日诗胜国初,吾不信也。而且互相标榜,不惭大言,造作名字,掩灭前辈,是可为世道慨,岂独文艺之末乎?①

由此可见,杨慎的批判矛头指向的正是李何等人。受到杨慎、薛蕙等好友六朝文风的影响,何景明也知道应该转益多师,进而学作六朝初唐体诗,创作了《明月篇》《流萤篇》等诗篇摹写六朝"流风余韵"的作品,但是"才质猥弱,思致庸陋,故摛词芜紊,无复统纪。"②同时的王九思也说:"予始为翰林时,诗学靡丽,文体萎弱。

① 丁福保辑《历代诗话续编》(中),中华书局1983年版,第866—867页。
② 张含跋《华烛引》又别拟制一篇》云:"六朝初唐之作,绝响久矣。往年吾友何仲默尝云,三百篇首雎鸠,六义首乎风,唐初四子音节往往可歌,而病子美缺风人之义。盖名言也。故作《明月》《流萤》诸篇拟之,然微有累句,未能醇肖也。升庵太史公增损梁简文《华烛引》一篇,又别拟作一篇,此二篇者,幽情发乎藻绘,天机荡于灵聪,宛ь永明大同之声调,不杂垂拱景云以后之语言,外史小子含缓读七八过,飘飘然有凌云之思,洒然独醒,不觉骨戛青玉,身坐紫府也。噫! 吾与古人交久矣,吾与仙人游久矣。安得起仲默九原而共赏之耶。"见《升庵集》卷十三"古乐府"条,文渊阁四库全书本。

其后德涵、献吉导予易其习焉。献吉改正予诗者,稿今尚在也,而文由德涵改正者尤多。然亦非独予也,唯仲默诸君子,亦二先生有以发之。"①诸人不是"才质猥弱"就是"文体萎弱"。那么,为什么学习六朝的结果有好有坏呢?怎么才能避免"纤艳不逞、阐缓无当""饾饤生涩"的缺憾呢?我们看看杨慎对庾信的评价,就知道何谓六朝文学之风韵神髓。

杨慎对庾信是极为推崇的,谓之"梁之冠绝"。他谓庾信诗"秋风驱乱萤"为"句亦奇甚"。夸人佳作曰"不减庾子山"②,杨慎认为不但要学习庾信的"绮艳""清新",也要学习其"老成","绮而有质,艳而有骨,清而不薄,新而不尖",两者不可偏废,只有做到"流丽而不浊滞,创见而不陈腐",才能真正比肩六朝之风致。

《升庵诗话》卷十三"庾信诗"条云:

> 庾信之诗,为梁之冠绝,启唐之先鞭。史评其诗曰"绮艳",杜子美称之曰"清新",又曰"老成"。绮艳清新,人皆知之,而其"老成",独子美能发其妙。余尝合而衍之曰:绮多伤质,艳多无骨。清易近薄,新易近尖。子山之诗,绮而有质,艳而有骨,清而不薄,新而不尖,所以为"老成"也。若元人之诗,非不绮艳,非不清新,而乏老成。宋人诗则强作老成态度,而绮艳清新,概未之有。若子山者可谓兼之矣。不然,则子美何以服之如此。③

①　康海《对山集》卷首"诸家评语",文渊阁四库全书本。
②　杨慎《升庵诗话》卷十三"萧遇诗"条,丁福保辑《历代诗话续编》(中),中华书局1983年版,第898页。
③　杨慎《升庵诗话》卷九"庾信诗"条,丁福保辑《历代诗话续编》(中),中华书局1983年版,第815页。

　　关于庾信,王通曾以"文诞"论之,令狐德棻斥其文"淫放",李延寿有"匿彩"说,王若虚称"庾信诸赋,类不足观"。前人评述风行,杨慎却未受影响,反而认为庾信之诗"为梁之冠绝,启唐之先鞭",给予他极高的文学评价。"绮艳""清新""老成"是前人对庾信诗风的评价,杨慎在认可态度的同时,又在其基础上加以发挥。所谓"绮""艳"侧重于诗歌形式之美,犹指辞藻的华美和语言的雕琢,故"绮多伤质,艳多伤骨",过于看重形式可能导致内容虚空,但庾信"绮而有质,艳而有骨"。所谓"清""新"则指向诗歌的风格与运字立意方面,"清者,流丽而不浊滞"①,指流畅的行文和清丽的诗风,流畅清丽往往不会深沉厚重,故"清易近薄"。"新者,创见而不陈腐"②,指立意新、字句巧,意新语巧难免失于刻意纤小,故"新易近尖"。庾信后期诗歌内容之充实丰厚与辞藻之华美兼备,立意新,用字巧,又连贯浑融、一气呵成,健笔凌云,意气纵横,所以杨慎称之"老成",胡应麟《艺林学山》指出:"'老成'二字,于庾为合,杨说是也。"最后,杨慎又以庾信为标准,批评宋诗滞于理,元诗太纤巧。从"绮而有质,艳而有骨,清而不薄,新而不尖"中可见杨慎的诗歌审美和艺术标准。即便是诗学六朝、初唐,若不合此标准,他也毫不姑息,"近世知学六朝、初唐,而以饾饤生涩为工,渐流于不通"③,"饾饤生涩"便是有违连贯、浑融和流畅,故而不通。

　　如何做到"绮而有质,艳而有骨,清而不薄,新而不尖"? 杨慎《升庵诗话》卷十"黄鹤楼诗"条给出了答案:

---

　　①② 杨慎《升庵诗话》卷九"清新庾开府"条,丁福保辑《历代诗话续编》(中),中华书局1983年版,第814页。

　　③ 杨慎《升庵诗话》卷七"胡唐论诗"条,丁福保辑《历代诗话续编》(中),中华书局1983年版,第773页。

> 宋严沧浪取崔颢《黄鹤楼》诗为唐人七言律第一。近日何仲默、薛君采取沈佺期"卢家少妇郁金堂"一首为第一。二诗未易优劣。或以问予，予曰："崔诗赋体多，沈诗比兴多。以画家法论之，沈诗披麻皴，崔诗大斧劈皴也。"①

南宗山水的披麻皴的特点是偏阴主柔、蕴藉内含，正与偏阳主刚、猛气外露的北宗山水大斧劈皴，一文一武，形成鲜明的对照。杨慎在这里以画论诗，认为诗歌创作如果多采用直叙和铺排的赋而少用比兴，将会出现"情、物尽也"的情况，难免使诗歌的形象性和韵味受损；而沈佺期因为运用比兴的手法，使得诗歌呈现出含蓄蕴藉的效果，比起崔颢《黄鹤楼》的平铺直叙的赋体创作为高。②也就是说，杨慎"由其好六朝、初唐之意多耳"③，所以更加欣赏六朝沈佺期的《独不见》。

杨慎早期讽刺明武宗狎妓的《无题》诗云：

---

① 胡应麟以盛唐为宗，主张"调高格正"的"本色"，《诗薮》内编卷五认为："七言律滥觞沈、宋。其时远袭六朝，近沿四杰，故体裁明密，声调高华，而神情兴会，缛而未畅。'卢家少妇'，体格丰神，良称独步，惜颔颇偏枯，结非本色。"王世贞《艺苑卮言》卷四也对杨慎观点发表异议："何仲默取沈云卿《独不见》，严沧浪取崔司勋《黄鹤楼》，为七言律压卷。二诗固甚胜，百尺无枝，亭亭独上，在厥体中，要不得为第一也。沈末句是齐梁乐府语，崔起法是盛唐歌行语。如织官锦间一尺绣，锦则锦矣，如全幅何？"都是从辨体的角度来论述七律第一的问题，和杨慎观点可以相互参考。

② 我们可以看出杨慎对二诗的轩轾，而非如周勋初《从"唐人七律第一"之争看文学观念的演变》(《文学评论》1985.10)所谓"调停之论""两可之论"，或查清华《明代"唐人七律第一"之争》(《文学遗产》2001.3)所云："杨慎将《黄鹤楼》与《古意》进行对比，认为各有特色，'未易优劣'，实质上是对二诗的成就均予以充分肯定。他在严羽与何、薛之间持调和态度。"

③ 潘德舆《养一斋诗话》卷八，郭绍虞编选、富寿荪校点《清诗话续编》，上海古籍出版社 1983 年版，第 2133 页。

石头城畔莫愁家,十五纤腰学浣纱。堂下石榴堪系马,门前杨柳可藏鸦。景阳妆罢金星出,子夜歌残璧月斜。肯信紫台玄朔夜,玉颜珠泪泣琵琶。

这首诗标示《无题》,实则暗寓作者对正德皇帝的讥讽。梁武帝《河中之水歌》:"莫愁十三能织绮,十四采桑南陌头。"此处莫愁实指妓女。接着"系马""藏鸦",写武宗留宿妓馆。结句以王昭君出塞典故,言武宗嬉游淫乐,不顾西北边患,倘若继续胡作非为下去,朝廷腐败,国事衰败,有朝一日也会落得"送妃乞和"的下场。

又如《柳》诗一首云:

垂杨垂柳绾芳年,飞絮飞花媚远天。金距斗鸡寒食后,玉蛾翻雪暖风前。别离江上还河上,抛掷桥边与路边。游子魂销青塞月,美人肠断翠楼烟。

首联暗用梁元帝《折杨柳》"垂柳复垂杨"和薛能《杨柳枝》"抛向桥边与路边",回环复沓,同义转换,"垂杨"即是"垂柳","飞絮"即是"飞花",语言清新流丽,格调圆转浏亮,宛有盛唐风韵。胡应麟说它:"风流蕴藉,字字天成,如初发芙蓉,鲜华莫比。"(《诗薮》)王夫之《明诗评选》卷六论之尤详:"此讵可以时诗求,又讵但以唐诗求也。寄思着笔,全于空界着色,千年来无斯作矣。第三句逗开,写神不写色,第四句又直对。明明是一株活柳,更不消道是咏柳诗。杜陵一鱼一麂,乃似西狩获麟诗,寒峥杀人。"[1]沈德潜评

---

① 王夫之评选、李金善点校《明诗评选》,文化艺术出版社 1997 年版,第 366 页。

曰:"带六朝格,八句皆对,又体中之变者。杜老'风急天高'一章,其开先也。"①沈德潜在《说诗晬语》中说到七律一体,"平叙易于径遂,雕镂失之佻巧,比五言为尤难。贵属对稳,贵遣事切,贵捶字老,贵结响高,而总归于血脉动荡,首尾浑成。"从对仗、用典、用字、炼意对这种诗体加以要求,崇尚那种以杜甫为代表的诗意深远、结构浑成的作品。在他看来,杨慎七律符合杜甫开创的七律传统。

由于被贬谪滇南的缘故,杨慎有关六朝的诗学主张和诗学实践没有被正统文化和主流文化所提及,但他的种种努力却受到了历代学人共同的关注。

王士禛《香祖笔记》卷五谓杨慎曰:

> 明诗至杨升庵,另辟一境。真以六朝之才,而兼有六朝之学者。其诗如《咏柳》"垂杨垂柳绾芳年"一篇,世共知之。又《古意》"凌波洛浦遇陈王",《鹧鸪词》"秦时明月玉弓悬",《关山月》"迢迢贱妾隔湘川",《出关拟唐人》"狼弧芒角正弯环",《塞下曲》"长榆塞上接龟沙"诸篇,工妙天成,不减前作。

沈德潜《说诗晬语》卷下谓杨慎是足以同七子抗衡的人物:

> 杨用修负高明伉爽之才,沉博绝丽之学,随物赋形,空所依傍。读《宿金沙江》《锦津舟中》诸篇,令人对此茫茫,百端交集。李何诸子外,拔戟自成一队。五言非用修所长,过于秾

---

① 沈德潜《明诗别裁集》卷六《杨慎》,上海古籍出版社1979年版,第145页。

丽,转落凡近也。同时有薛采君(蕙),稍后有高子业(叔嗣),并以冲淡为宗。五言古风,独饶高韵。后华子潜(察)希韦、柳之风,四皇甫(冲、涝、汸、濂)仰三谢之体,虽未穿溟涬,而氛垢已离,正、嘉之际称尔雅云。[1]

陈田在《明诗纪事》中论到明诗发展时特别肯定杨慎地位:"至升庵、子业诸公,藻艳撷乎齐梁,简质得自魏、晋,冲淡趋于陶、韦,沉雅参之杜、韩,灭灶再炊,异军特起。"[2]并将杨慎这种"清新绮缛,独缀六朝之秀"的诗风称之为"豪杰能自树立者,类不随风会为转移也"[3]。

钱基博继续沿用沈德潜的观点评价杨慎曰:

> 文采照映,独不在七子声气之中,而其诗含吐六朝,以高明亢爽之才,鸿博绝丽之学,随题赋形,一空依傍;而于李何诸子之外,异军特起。[4]

> 博奥奇丽,推本秦汉,与何景明、李梦阳略同,而不为何、李之僻涩。[5]

---

① 沈德潜撰、王宏林笺注《说诗晬语笺注》,人民文学出版社 2013 年版,第 318 页。当然,对于王士禛、沈德潜的观点也有学人持有异议。汪端《明三十家诗选》初集卷三认为杨慎"得六朝初唐之格,然皆遗神袭貌,既鲜雄浑之音;俪白妃青,复乏清新之致。兼以英雄欺人,好事剽窃。……其诗品不惟远不逮大复、迪功,尚在华泉、子循(皇甫汸)、子业之下。国朝王渔洋、沈归愚诸公为其盛名所慑,推为大家,未云具眼。"见王文才《杨慎学谱·升庵评论录》,上海古籍出版社 1988 年版,第 499—500 页。
② 陈田《明诗纪事》,上海古籍出版社 1993 年版,第 1395 页。
③ 陈田《明诗纪事》,上海古籍出版社 1993 年版,第 1399 页。
④ 钱基博《明代文学》,商务印书馆 1934 年版,第 90 页。
⑤ 钱基博《明代文学》,商务印书馆 1934 年版,第 29—30 页。

郑振铎谓杨慎说：

> 才情畅茂，著述极富。其诗文皆能自名一家，无所依傍。①

> 当李、王等后七子未出之前，作者们不受李、何拟古运动的影响，有杨慎、薛蕙、皇甫诸诗人。他们鹰扬虎视于当代，继李、何而成为当代的文坛的老师。他们都各有其成就，各有其信徒。惟其影响没有李、何那么大。杨慎在其间是最博学多才的一位大诗人，但久谪边远之区，故其势力也便小了。②

> 他独于当时的风气之外，自有其深厚的造诣。……他的诗，早年的，饶有六朝的风度；晚年的，渐见风骨嶙峋之态。③

王文才谓杨慎的诗歌，远绍六朝，近宗三唐，为前人所未备：

> 杨慎以其卓越的诗才，深研六朝的诗体，具有深厚广博之学，创为渊雅靡丽之词；更能兼收众美，出入三唐，风调情韵，得其神似。诗歌内容，又多新境，为前人所未备，是以独树异帜，雄视一代。④

马积高谓杨慎云：

> 他的诗受六朝、初唐诗风影响较深，形成一种秾丽婉至的

---

① 郑振铎《插图本中国文学史》，北京出版社 1999 年版，第 907 页。
② 郑振铎《插图本中国文学史》，北京出版社 1999 年版，第 944—945 页。
③ 郑振铎《插图本中国文学史》，北京出版社 1999 年版，第 945 页。
④ 王文才《杨慎诗选序》，四川人民出版社 1981 年版，第 14 页。

风格。……他的词曲也写的清新绮丽,不乏佳篇。①

廖可斌是这样评价杨慎的:

> "缘情而绮靡"既是杨慎诗歌理论的核心,也是他的诗歌创作风格的高度概括。他的诗以情为本,很少写来铺叙时事,而情又包孕在文采之中。……另一部分作品,较多受到乐府民歌的影响。在保持辞采华美的风格的基础上,要显得流丽轻松一些。②

看来,不论是"雅丽"、"秾丽"还是"绮靡",大家都看到杨慎作为一个各体兼备的文学家对六朝风气的继承和发扬。他所有的这些努力,最终使得六朝诗风"于明代独立门户",被朱彝尊称为"词多秾郁"的"用修派"③,引领一代诗风,厥功至伟。

虽然杨慎曾经对李白一旦受挫便任情放浪持否定态度,但是在多年潦倒并自感大赦无望的时候,杨慎也难免放浪形骸以求解脱。"脱屣轩冕,释羁缰锁,因肆性情,大放于宇宙间,意欲耗壮心而遣余年。"④寥寥数句,应是杨慎晚年贬谪生涯及其心境的真实写照。王世贞《艺苑卮言》卷六记载的"胡粉傅面,作双丫髻插花,门生舁之,诸伎捧觞,游行城市"⑤的"东山之癖",被后人评为"颇

---

① 马积高、黄钧主编《中国古代文学史》(下),湖南文艺出版社 1992 年版,第 153 页。
② 廖可斌《明代文学复古运动研究》,上海古籍出版社 1994 年版,第 176—177 页。
③ 朱彝尊《明诗综》卷四十六,文渊阁四库全书本。
④ 杨慎《升庵集》卷四十九《李白墓志》,文渊阁四库全书本。
⑤ 王世贞《弇州四部稿》卷一百四十八《艺苑卮言》卷六,文渊阁四库全书本。

类风狂"①的放浪形骸也与吴中名士之风流倜傥遥相呼应。

　　台湾学者简锦松在他的博士学位论文《明代文学批评研究》中专列"苏州文苑"一章对于"苏州文苑"及"苏州文苑性格"进行界定和阐析,并将"博学"和"尚趣"②视为与吴中文人倡导的古文辞相表里的一种文化取向。严迪昌对于此一风尚也有着相同的揭橥:"从现象看,吴地人文风习表现出普遍的厌弃理学,在明中叶则具体地与浙东王阳明、岭南湛若水为代表的'心学'格格不入,专意于'博学详说',从事着'思致简远'的艺术实践。"③而这一点也和晚年杨慎创作上强调"博学",审美上注重"风韵"遥相呼应④。学人认为明代诗学"着眼于诗歌艺术本身,探讨其独立的美学结构、艺术价值",将之作为一种"诗歌艺术批评"⑤而加以肯定,而杨慎则可以说是开风气者。胡适《王阳明之白话诗》中论及唐寅,认为"明诗正传,不在七子,亦不在复社诸人,乃在唐伯虎、王阳明一派"⑥,应该是就其诗歌风雅比兴审美一方面的成就以及卓然独立的精神引领意义而言。郑振铎《插图本中国文学史》中指出,吴中诗人"作风别成一派,不受何、李的影响,以抒写性情为第一义,每伤绮靡,亦时杂凡俗语,却处处见出他们的天真来。在群趋于虚伪的拟古运动之际而有他们的挺生于其间,实在可算是沙漠中的绿洲"⑦。

---

　　①　谢章铤《赌棋山庄词话》卷四,见唐圭璋《词话丛编》,中华书局 1986 年版,第3373 页。

　　②　简锦松《明代文学批评研究》,台湾学生书局 1989 年版。

　　③　严迪昌《"市隐心态"与吴中文化世族》,《苏州大学学报》,1991 年第 1 期。

　　④　参见拙著《杨慎文学思想研究》第五章《杨慎的诗学思想》之第一节《杨慎诗学之要义》,中国社会科学出版社 2010 年版。

　　⑤　参见袁震宇、刘明今《明代文学批评史》,上海古籍出版社 1996 年版,第 18 页。

　　⑥　胡适《胡适留学日记》下卷,海南出版社 1994 年版,第 304 页。

　　⑦　郑振铎《插图本中国文学史》,上海人民出版社 2006 年版,第 926 页。

就冲破理学思想的束缚和禁锢而言,对于矫正台阁体之陋习和性气诗之无味而言,学习六朝的确带来了一股清新的风气和回归诗歌本质的导向。

杨慎对六朝文学表现出了深厚的兴趣与探究的努力,并将其往正确的方向引领,追慕六朝士人之风范,并于具体的写作实践中奉之为圭臬。叶权《贤博编》谓杨慎:"杨升庵该博之士,见今人尽学唐诗,流入庸鄙,深可厌恶,独取六朝清新流丽之语,使耳目一新。即如升庵议论,便当另开门户,以古人所未道者为佳,而取其高出人意表可也。及观所选朱射陂池上编,内中一句一字似六朝,如'红罗淬缲'、'遥遥夜夜'、'三三五五'、'留侬若个'、'靡靡纤纤'等语。一切圈点极赞,谓是六朝事,六朝句法,六朝遗音,遂以六朝为诗人一定之式则,是唐诗不当蹈袭,六朝特可蹈袭矣。"①叶权是反对杨慎对六朝诗风的推崇鼓吹的。但也可见出,可以说,正是因为杨慎坚持不懈地为六朝文风振臂高呼,才有更多的学人关注六朝文风,践行六朝风韵。

---

① 叶权《贤博编》,《元明史料笔记丛刊》本,中华书局1987年版,第15页。

第九章　三维视角下杨慎"诗史论"再观照

　　作为古代诗论开山纲领的"诗言志"，《毛诗正义》引郑玄云："国史采众诗，明其好恶，令瞽蒙歌之，其无作主，皆国史主之，使可歌。"诗、史既然都具有反映社会生活、述事记人的功能，读者就自然能从中"观"风俗之盛衰。两汉时期，被人们视为"雕虫篆刻"的文学依然附丽于经史，大儒王充云："文岂徒调墨弄笔，为美丽之观哉！载人之名，传人之行也。""调墨弄笔"的文学只有依附经史才能提高其社会地位。曹丕在《典论·论文》中所云"盖文章经国之大业，不朽之盛事"，帝王看重的自然也是包括文学在内的文章学术之经国济世的不朽功能。

　　儒家传统的诗教观点，也深刻影响了古代作家的创作价值取向和鉴赏标准。经过六朝经学和诗风衰变之后，唐代杜甫对史学价值和史笔精神有了更加自觉的追求。他在《贻华阳柳少府》中说："文章一小技，于道未为尊。"正是在这种创作理念的主导下，杜甫才有"三吏""三别"《兵车行》《悲陈陶》等信笔直书、善纪时事的名篇。从宋代以后的杜甫年谱和杜诗笺注看，作者基本上都是采用诗史互证与以史考诗的方法，来探赜索隐，并详尽考察杜诗中的诗歌本事和史料线索，大致确定了杜甫一生的踪迹和大部分作品的系年。

在孟棨之前，王世贞《弇州四部稿》卷一百四十六认为首次用"诗史"一词进行文学批评的文学家是沈约①。沈约在《宋书·谢灵运传》中说："子建《函京》之作，仲宣'霸岸'之篇，子荆'零雨'之章，正长'朔风'之句，并直举胸情，非傍诗史。正以音律调韵，取高前式。"意在说明这些作品是作者直抒胸臆的"缘情"之作，没有摹拟以前的既有作品，与后来从叙事、真实等角度评说杜甫不存在直接的关系。②虽然六朝时期为文学自觉时期，文艺也得到了极大繁荣，文学理论的两部巨著刘勰《文心雕龙》和钟嵘《诗品》却没有将"诗史"运用到诗学批评的领域。在诗文评中第一次用"诗史"一词称赞杜诗的当是唐代的孟棨。孟棨《本事诗》的"高逸第三"条在论述了李白的生平经历之后说："杜所赠《二十韵》备叙其事，读其文，尽得其故迹。杜逢禄山之难，流离陇蜀，毕陈于诗，推见至隐，殆无遗事。故当时号为'诗史'。"③孟棨指的是杜甫诗《寄李十二白二十韵》有"五岭炎蒸地，三危放逐臣"等诗句记载李白生平事迹这一事实。

自此，"诗史"作为中国古代文学批评最为重要的方法之一"知

---

① 按照方孝岳的观点，季札是"诗史"说实践的第一人。参见方孝岳著《中国文学批评》，世界书局 1934 年版。胡应麟论"诗史"从晚唐孟棨《本事诗》谈起："按以杜为诗史，其说出孟棨《本事诗话》，非宋人也。若诗史二字所出，又本钟嵘'直举胸臆，非傍诗史'之言。盖亦未尝始于宋也。杨生平不喜宋人，但见诸说所载，则以为始于宋世。漫不更考，恐宋人有知，揶揄地下矣。明人卤莽至此。"见胡应麟《少室山房笔丛》卷十九《艺林学山》一"诗史"条，文渊阁四库全书本。

② 郭绍虞认为这句话的意思是："都是直写胸臆之辞，不是依傍别人的诗句或依靠运用史实作诗，而正是以音律调调，高于前人的法式。"见郭绍虞主编《中国历代文论选》(一)，上海古籍出版社 2001 年版，第 220 页。

③ 纪昀也说自宋人首倡"诗史"之说，应该是受了杨慎的影响。

人论世"的具体实践,在中国古代文学理论和批评发展史上,得到
了广泛地运用。被冠以"诗史"美誉的诗人不胜枚举。如曹操《蒿
里行》中"白骨露于野,千里无鸡鸣。生民百遗一,念之断人肠"等
诗句,慷慨悲凉地描述了汉末军阀混战给社会、百姓造成的灾难,
与史书中"步骑驱蹂,更相蹈藉,饥饿寇掠,积尸盈路。……二百里
内,无复孑遗"(范晔《后汉书·董卓传》)互为表里,被明代的钟惺
誉为"汉末实录,真诗史也"。主张"文章合为时而著,诗歌合为事
而作"的白居易,其作品亦被视为"诗史"①。李商隐的政治诗如
《隋师东》《寿安公主出降》《赋得鸡》《井络》《有感二首》《重有感》
《哭刘司户》《乱石》等诗篇,充分反映了唐代后期一些重大的社会
问题和一系列政治、军事事件,揭示了唐王朝深重的统治危机。前
人评曰:"义山此等篇,亦何愧于少陵诗史哉。"②文天祥所著《指南
录》《指南后录》以及集杜诗二百首,堪称宋末社会的缩影,"不愧诗
史之目"③。南宋计有功编撰《唐诗纪事》"因诗存人,因人存诗,甚
有功于'诗'与'史'。论述唐代之诗史者,自当以此书为不祧之
祖"。④南宋汪元量的《醉歌》十首、《越州歌》二十首、《湖州歌》九十
八首,分别记述了南宋皇室投降的情形、元兵蹂躏江南的惨状和他
北上途中的见闻,广泛地反映了南宋亡国前后的历史,因此有"宋
亡之诗史"⑤之称。吴伟业的诗歌,如《圆圆曲》《永和宫词》《楚两
生行》《临江参军行》《松山哀》等,大多以明清之际的历史事实为题

---

①　王楙《野客丛书》卷二十七,文渊阁四库全书本。
②　张采田《玉溪生年谱会笺(外一种)》,上海古籍出版社1983年版,第367页。
③　《四库全书总目提要·文信公集杜诗》,文渊阁四库全书本。
④　郑振铎《西谛书话》,三联书店1983年版,第288页。
⑤　《四库全书总目提要·湖山类稿》,文渊阁四库全书本。

材,因此有"诗史"之称。可以说,在中国古典诗歌的批评中,"诗史"一词源远流长。

在中国文学批评史的长河里,杜甫的诗歌最多、最广地被誉为"诗史"。在历代的杜甫诗歌评论中,"诗史"一词内涵大抵涉及以下几个方面。或曰微言大义的《春秋》笔法(杨维祯、唐元竑、徐增),或曰与《诗经》相表里(蔡居厚),或曰秉笔直书的创作精神(宋刘克庄),或曰叙事真实可信(陈岩肖、魏庆之、程文海、何宇度、胡震亨),或曰感情真挚(李格非、文天祥),或曰诗备众体(宋释普闻),或曰忠君爱国的思想内容(陈敬叟、宋无),或曰"诗教"传统(李纲、戴良、周复俊),或曰"美刺"精神(苏天爵、程敏政),或曰为杜甫"自传"(仇兆鳌),或曰可见杜甫一生履历(胡宗愈、邵亨贞、邱浚),或曰一部唐王朝的历史(魏了翁、李复、王彦辅),或曰"补史之所遗"(徐元润、浦起龙、杨伦),或曰"无一字无来处"(史绳祖、刘埙),或曰知人论世的认识作用(胡宗愈、邵亨贞),或曰杜诗是一部唐代社会经济史料(文莹、刘攽、俞弁、尤侗)。①可以说,"诗史"嬗变过程中,其内涵和外延也在不断丰富与变化,仇兆鳌曾说:"宋人之论诗者,称杜为诗史,谓得其诗可以论世知人也。明人之论诗者,推杜为诗圣,谓其立言忠厚,可以垂教万世也。"②其实,此类分法有些过于绝对,宋、元、明的学人都注意到杜甫诗歌的叙事特征和忠君思想。元代张昱《估客》诗曰:"不用夸雄盖世勋,不须考证六经文。孰为诗史杜工部,谁是玄经扬子云。马上牛头高一尺,酒

---

① 详见拙作《杨慎诗史论》,《北京大学学报》2004 年第 1 期。张晖系统梳理了历代"诗史"的内涵,达十七种之多,见张晖《中国"诗史"传统》,三联书店 2012 年版,第 263—264 页。

② 仇兆鳌《杜诗详注·序言》,文渊阁四库全书本。

边豪气压三军。盐钱买得娼楼宿,鸦鹊鸳鸯醉莫分。"①用讥讽的、戏谑的口气说商人们连最起码的常识——即杜甫的诗为"诗史"都不知,可见宋、元、明三代是"诗史"说极度繁荣的时期。正因为经史原本相通,诗史可以互证,人们认为不但可以从杜诗中追溯历史线索,而且可以从杜诗的内容出发来演绎忠君爱国的诗教传统。如南宋罗璧《罗氏识遗》谓:"诗,从寺,谓理法语也。故虽世衰道微,必止乎礼义;虽多淫奔之语,必曰思无邪。后之诗,直者伤于讦,美者过于谀。甚至增淫导欲,夸华斗靡,岂诗之旨哉?康节云'自从删后更无诗',以无维持世道之诗也。近代推杜子美诗为'诗史',知道者犹以不济事少之。……苟无益鉴戒,徒工言语,无取也。"②他从诗之本意推究诗歌的主旨是"故虽世衰道微,必止乎礼义,虽多淫奔之语,曰思无邪",但是还是要避免"直者伤于讦,美者过于谀。甚至增淫导欲,夸华斗靡"的倾向,亦是从"温柔敦厚"的诗教传统去评价和丰富"诗史"理论。

　　明代前期,学人亦基本沿用宋人的"诗史"思维。高棅在《唐诗品汇》中屡次引用前人的"诗史"说,显然并不反对将杜诗视作"诗史"。李东阳也多次称引"诗史",如《徐中书挽诗序》云:"惟诗之用与史通,而昔之人或有所谓诗史者。"到了杨慎这里,他却没有沿着前人的思路继续阐释杜诗的"诗史"问题,而是从自己修史实践的史官职业身份、真实可信的诗歌考据方法和回归《诗经》比兴含蓄的诗学路径入手,对于杜甫"诗史"这一问题给出了自己的答案,并给予了明清两代"诗史"说有益的启示。

---

① 张昱《可闲老人集》卷三,文渊阁四库全书本。
② 罗璧《识遗》卷九《诗从寺》,文渊阁四库全书本。

第一节　修史实践:史官职业身份

杨慎的父亲杨廷和,字介夫,号石斋。幼以奇颖举于乡,少年读中秘书,才器恢廓,"典章条格、人才政绩、边防扼塞、军伍钱役,丛琐远迩,心计耳濡,如亲身周旋,而抵掌可述"①。被乡先达目为"介夫当相天下"②。成化十四年(1478)进士,授检讨。弘治二年(1489)升修撰,弘治四年(1491)升翰林院侍读。弘治五年(1492)升经筵讲官。参与编写《宪宗实录》《明会典》《孝宗实录》等书,邱濬称其"良史才也"。弘治八年(1495)破格提升为左春坊中允,担任太子朱厚照的老师。弘治十四年(1501),时任职东阁的李东阳向孝宗推荐杨廷和云:"其人资望两隆,且东宫侍讲,启沃有年;纂述之功,亦异流辈。"③孝宗升杨廷和为日讲官。弘治十八年(1505),孝宗病逝,他的儿子朱厚照即皇帝位,改元正德,是为武宗。五月份武宗即位,七月杨廷和升为詹事府少詹事。第二年,又由少詹事升为詹事,入东阁转典诰敕,后又兼文渊阁大学士,参与机务。对此,杨慎有着非常清醒的认识:"慎苟非生执政之家,安得遍发皇史宬诸秘阁之藏。"④说明杨慎史学素养得益于深厚的家学渊源。

仅仅有家学渊源还远远不够,更重要的是杨慎对于知识的执

---

① ②　赵贞吉《杨文忠公神道碑》,黄宗羲编《明文海》卷四百五十三,文渊阁四库全书本。

③　焦竑《国朝献征录》卷十五孙志仁《特进光禄大夫左柱国少师兼太子太师吏部尚书华盖殿大学士赠太保谥文忠杨公廷和行状》,上海书店1987年版,第487页。

④　陈大科《刻太史杨升庵全集序》,见王文才、张锡厚编《升庵著述序跋》,云南人民出版社1985年版,第120页。

着追求:"公孝友性植,颖敏过人,家学相承,益以该博。凡宇宙名物之广,经史百家之奥,下至稗官小说之微,医卜技能、草木虫鱼之细,靡不究心多识。阐其理,博其趣,而订其讹谬焉。……公尝语人曰:'资性不足恃,日新德业,当自心力中来。'故好学穷理,老而不倦。至其平生著述四百余种,散逸颇多,学者恨未睹其全也。"①少年时期无论是被杨春极力称赞的《过秦论》拟作,还是《咏马嵬坡诗》,皆显示出杨慎深厚的史学修养。正德六年(1511),简绍芳《赠光禄卿前翰林修撰升庵杨慎年谱》载:"礼部费公宏知贡举,入总文衡则,靳公贵擢公第二,殿试则及第第一。制策援史融经,敷陈宏剀,读卷官李公东阳、刘公忠、杨公一清相与称曰:'海涵地负,大放厥词。'共庆朝廷得人。"②后杨慎历官翰林院修撰、经筵展书官、殿试掌卷官、殿试受卷官、经筵讲官,"枕籍乎经史,博涉乎百家","为经筵展书官","及校《文献通考》"③,"癸未,纂修《武宗实录》。公练习朝典,事必直书。总裁蒋公冕、费公宏曰:'官阶虽未及,实堪副总裁者。'乃尽以草录付校。时六年考满,吏部侍郎罗公钦顺考语曰:'文章克称乎科名,慎修允协乎名字。'"④晚年谪滇期间,曾受刘大谟聘请和王元正、杨名等人纂修《蜀志》:"巡抚东皋刘公大谟聘公及玉垒王公元正、方洲杨公名,纂修《蜀志》。"⑤杨慎对史籍的考证和感悟大都保存在《升庵集》《升庵经说》等书中,后门生梁佐为他编订《丹铅总录》时,把这些文字汇为"史籍"一类,明代焦竑《升庵外集》时又特立"史部"一类,这部分集中纂辑了杨慎论史的著述。⑥

杨慎以其丰富的知识背景和史学实践来谈史籍,自会有特别

①②③④⑤　简绍芳《赠光禄卿前翰林修撰升庵杨慎年谱》,文渊阁四库全书本。
⑥　丰家骅《杨慎评传》,南京大学出版社1998年版,第268页。

的见解。如《升庵集》卷四十三《春秋例》云：

> 杜预《春秋释例》，赵匡作《春秋纂例》，盖以《春秋》难明，故以例求之，至于不通则又云变例，以变例不通，又疑经有阙文、误字。呜乎！圣人之作，岂有先例而后作《春秋》乎！譬之术士推算星命者，立印绶格，财官格、杂气格、或格所不能该者，则曰不合格。岂造化先立此格而后生人乎？《春秋》之所谓例，何以异此？

杨慎具有独到的史学眼光，对于《春秋》一书，他认为要从史实中去探索，从中找出有意义的东西，而不应光拿着现成的义例去嵌套和附会。

又如《升庵集》卷七十四《注张》载：

> 正德丁丑岁，武庙阅《文献通考》天文星名，有注张。因命内阁取《秘书通考》别本，又作汪张。顾问钦天监，亦不知为何星也。内使下问翰林院，同馆相视愕然。慎曰："注张，柳星也。《周礼》'以注鸣者'。注：注，咮也，鸟喙也，音咒。南方朱鸟七宿，柳为鸟之咮也。《史记·律书》：'西至于注张'，《汉书·天文志》：'柳为鸟喙。'"因取《史记》《汉书》二条示内使以复。同馆戏曰："子言诚辨且博矣，不涉于私习天文之禁乎？"

正德十二年(1517)杨慎为经筵展书官。一次，武宗朱厚照阅读《文献通考》，有星名"注张"，命取《秘书通考》，又作"汪张"，不解其意。他派太监问钦天监及众翰林："'注张'又作'汪张'，是什么星?"没有人能回答。杨慎回答说是"柳星",并历举《周礼》《史记》《汉书》中有关记载为据。

又如《升庵集》卷五十《三字姓》载:

> 魏初作府兵,八柱国掌之,侯莫陈崇其一也。侯莫陈三字,姓崇,其名也。赵宋有侯莫陈利用,盖其后裔。今读者以侯莫为一人,陈利用为一人,非也。又代北虏人,有三字姓侯莫陈、阿史那。《潜夫论》,中国亦有白巴公氏。慎往年在史馆,有湖广土官水尽源通塔平长官司进贡。"水尽原通塔平",盖六字地名。有同列疑为三地名,添之云三长官司。予取《大明官制》证之曰:"此一处,非三地也。"同列笑曰:"楚蜀人近蛮夷,故宜知之。我内地人不知也。"予戏应之曰:"司马迁《西南夷传》、班固《匈奴传》,叙外域如指掌,班马亦蛮夷耶?"

湖广土官水尽源通塔平长官司进贡,同僚以为是三个地名,就在长官司前面添一"三"字。杨慎取《大明官制》作证,认为这是一个六字地名,并以司马迁《西南夷传》、班固《匈奴传》"叙外域如指掌"的事例来反击同僚的戏谑。

又如《升庵集》卷四十六《乔宇嵬琐》载:

> 嘉靖初,给事中张翀上疏言时政,中论《学术不正》一条有"乔宇嵬琐"之语,上以此四字问内阁。值慎在史馆,即取《荀子·非十二子》篇以复。敬所蒋公喜曰:"用修之博,何减古之苏颂乎?"近日之学谓不必读书考古,不必格物致知,正荀子所谓乔宇嵬琐者也。

按《荀子·非十二子》原文是："假今之世，饰邪说，文奸言，以枭乱天下，矞宇嵬琐，使天下混然不知是非治乱之所存者，有人矣。"《明史》认为"学术之分……自陈献章、王守仁始"①，对明代中后期士人思想有着巨大的影响力。借此事，杨慎指责以陈白沙、王阳明为代表的心学虽然"新人耳目，如时鱼鲜笋，肥美爽口"②，而实质上却是荒诞不经、庸鄙不堪的异端邪说。

又如《升庵集》卷十一《孝烈妇唐贵梅传》云：

> 烈妇姓唐，名贵梅，池州贵池人也。笄年适朱姓，夫贫且弱。有老姑者，悍而淫，少与徽州富商有私。弘治中，富商复至池，一见妇，悦之。自拊心曰，吾无头风，何以老妪虚拘哉。乃密以金帛赂姑。姑利其有，诲妇淫者以百端，弗听；迫之，亦弗听，加以箠楚，又弗听；继以炮烙，体无完肤，终不听。姑乃以妇不孝讼于官。通判慈溪毛玉受赂，倍加刑焉。几死者数。商犹慕其色，冀其改节，复令姑保出之。亲党咸劝其吐实。妇曰："若然，全吾名而污吾姑乎？"乃夕易褂褵，雉经于后园古梅树下。姑不知也。及旦，将入室挺之，手持桑杖，且骂且行，曰："恶奴！早从我言，得金帛享快乐，今定何如？"入室无见也，寻至树下，乃知其死，因大恸哭。亲党咻之曰："生既以不孝讼之，死乃称姁心，何哭之恸？"姑曰："妇在，吾犹有望；妇死，商人必倒赃。吾哭金帛，非哭此恶奴也。"尸悬于树三日，颜如生，樵夫牧儿咸为堕泪。每夕梅月之下，隐隐见其形，冉

---

① 参看《明史》卷二百八十二《儒林传》。
② 杨慎《升庵集》卷七十五《蒋北潭戏语》，文渊阁四库全书本。

冉而没。有司以碍府官之故，终不举。余舅氏喻士积薄游至
池州，稔闻其事，作诗吊之，归属慎为传其事。呜呼！妇生不
辰，遭此悍姑。生以梅为名，死于梅之林。冰操霜清，梅乎何
殊！既孝且烈，汗青宜书，有司失职，咄哉可吁！乃为作传，以
附露筋碑之跗。

李贽《读升庵集》卷二《孝烈妇唐贵梅传》中有一段话对杨慎此
段文字做出了精妙的评述：

> "孝烈"二字，杨太史特笔也。夫唐贵梅之死烈矣，于孝何
> 与？盖贵梅所以宁死而不自白者，以姑之故也。不然，岂其不
> 切齿痛恨于贿嘱之商，而故忍死以为之讳哉？书曰"孝烈"，妇
> 当矣。……杨太史当代名流，有力者百计欲借一言以为重而
> 不得，……今孝烈独能得太史之传以自昭明于百世，孝烈可以
> 死矣。……升庵之闻，闻于其舅喻士积。士积夙游贵池，亲见
> 其事，曾为诗以吊之，故升庵作传，具载士积见闻始末，以士积
> 可信也。然则此传不但孝烈藉以章显，士积亦附以著名矣，传
> 岂徒作耶！……太史之传，严于先王之教化明矣。余谓此传
> 有裨于世教者弘也，故复亟读而详录之，以为孝烈之外
> 传云。①

李贽不但将杨慎《孝烈妇唐贵梅传》全文载入，高度赞扬杨慎

---

① 李贽《读升庵集》，段启明、张平仁、孙旭注《读升庵全集注》（一），张建业主编
《李贽全集注》第十一册，社会科学文献出版社 2010 年版，第 88—89 页。

秉笔直书的史家精神，并且还发表了自己的精辟论述。足见李贽对杨慎之人品、道德和才华的仰慕。

简绍芳《年谱》论及杨慎的史学贡献时说："乃若论王导之贼晋室，辨太王之非剪商，鲁之重祭不始于成王周公，春秋五伯深斥乎楚、宋、秦缪，引《墨子》及《修文御览》以辨范蠡无载西施之事，引黄东发、苏东坡之言及李汉《韩文序》以辨文公《与大颠书》之伪，驳欧阳氏非非堂之说，辨陈白沙六经皆虚之语，斥戴石屏之无行，传节妇唐贵梅之死，此又证据古今，阐扬幽隐，谓其有功世教也。"①

第二节 考据方法：真实可信的诗歌本事

杨慎博闻强识，著述之富，明代第一。他在文学鉴赏和批评中运用考据方法观照诗歌，"扬榷往邃，弹射诸家"②，考证名物、探究本事、考察版本、溯源体式、发掘源流，开创考据诗学之先河，可谓诗学史上的一大功臣。③

基于杨慎考据诗学的严肃性，他对于诗歌本事的真实性是极为重视的。其《升庵诗话》中大量运用诸如"真""实""自然"等词汇。如《升庵诗话》卷十一引"无名氏六言诗"："蒋凝赋止四韵，邠老诗无全章。丫头花钿满面，不及徐妃半妆。"④用以说明创作主体真实自然的写作状态。杨慎《升庵诗话》卷五誉晚唐诗人李端

---

① 简绍芳《赠光禄卿前翰林修撰升庵杨慎年谱》，文渊阁四库全书本。
② 陈文烛《杨升庵太史年谱序》，见王文才《杨慎诗选》，四川人民出版社1981年版，第199页。
③ 详见本书第五章《杨慎〈升庵诗话〉及其考据诗学》。
④ 丁福保辑《历代诗话续编》（中），中华书局1983年版，第853页。

《古别离》诗为："其诗真景实情,婉转惆怅。"①杨慎《升庵诗话》卷二贬"诗人兴况之言——鸠居鹊巢"为"非实事也"。②《升庵诗话》卷八"孙器之评诗"条引孙器之评白乐天言:"事事言言皆着实。"③评杜诗"斗鸡初赐锦,舞马使登床"之句,"盖纪实也"④。

　　诚实是做人的品格,真实是文学的生命。杨慎认为作品内容的真实性是审美的基础,没有"真"也便没有"美""善"。他在《升庵诗话》卷十二"滕王"条云:

　　　　子美《滕王亭子》诗:"民到于今歌出牧,来游此地不知还。"后人因子美之诗,注者遂谓滕王贤而有遗爱于民。今郡志亦以滕王为名宦。予考新旧《唐书》,并云元婴为荆州刺史,骄逸失度。太宗崩,集宦属燕饮歌舞,狎昵厮养。巡省部内,从民借狗求罝,所过为害。以丸弹人,观其走避则乐。及迁洪州都督,以贪闻。小说又载其召属宦妻于宫中而淫之。其恶如此,而少陵老子乃称之。所谓"诗史"者,盖亦不足信乎? 未有暴于荆、洪两州而仁于阆州者也。⑤

　　杨慎认为,由于杜甫作《滕王亭子》诗称"人到于今歌出牧,来游此地不知还",后人遂认为滕王是爱护百姓的好官。杨慎考察《新唐书》及《旧唐书》中记载李元婴骄逸贪淫种种虐民事迹,据此

---

①　丁福保辑《历代诗话续编》(中),中华书局 1983 年版,第 728 页。
②　丁福保辑《历代诗话续编》(中),中华书局 1983 年版,第 673 页。
③　丁福保辑《历代诗话续编》(中),中华书局 1983 年版,第 790 页。
④　杨慎《升庵集》卷五十八《舞马登床》,文渊阁四库全书本。
⑤　杨慎《升庵诗话》卷十二"滕王"条(一),《历代诗话续编》(中),中华书局 1983 年版,第 886 页。

认为：有这样恶劣行径的人杜甫都还作诗称赞他，"诗史"的称呼也就不那么可信了①。既然杜甫的诗歌和历史真实情况相左，不可能以诗证史，那么就不能冠之以"史"的美誉。这样就以子之矛、攻子之盾，给以那些认为可以从杜诗中考见得失、追溯历史、寻求年谱的人当头棒喝。②

杨慎也承认诗、史有互通之处，经常以"诗"补"史"、以"诗"证"史"：

> 苏老泉曰：经以道法胜，史以事辞胜。经不得史，无以证其褒贬；史不得经，无以要其归宿。言经史之相表里也。元儒山东云门山人张绅士行序定宇陈氏《通鉴续编》，衍其说云：史之为体，不有以本乎经，不足以成一家之言；史之为体，不有以本乎经，不足以为一代之制。故太史公之史，其体本乎《尚书》，司马公之《通鉴》，其体本乎《左氏》；朱子之《纲目》，其体本乎《春秋》；杜佑之《通典》，其体本乎《周礼》。惟《易》《诗》之体，未有得之者，而韩婴之《韩诗外传》，邵雍之《皇极演易》可谓杰出矣。此论甚新。余尝欲以汉唐以下事之奇奥罕传者汇之，而以苏、李、曹、刘、李、杜、韩、孟诗证之，名曰《诗史演说》。衰老无暇，当有同吾志者。③

---

①　王世贞《弇州四部稿》卷一百四十九《艺苑卮言》卷六曾谓："杨工于证经而疏于解经，博于稗史而忽于正史，详于诗事而不得诗旨，精于字学而拙于字法，求之宇宙之外而失之耳目之前，凡有援据，不妨墨守，稍涉抨击，未尽输攻。"结合此条杨慎对诗歌的拆洗剥离，可见并非没有一点道理。

②　钱锺书《宋诗选注·序》在谈到史料和文学的关系时与杨慎观点有相通之处。详见钱锺书《宋诗选注》，人民文学出版社1989年版，第3页。

③　《李卓吾先生读升庵集二十卷》卷七《经史相表里》李卓吾批点曰："经史一物也，史而不经则为秽史矣，何以垂戒鉴乎？经而不史，则为说白话矣，何以彰事实乎？故《春秋》一经，春秋一时之史也，《诗经》《书经》，二帝三王以来之史也。"可谓发扬光大苏轼、杨慎等人的"经史相表里"的思想。浙江图书馆藏明刻本。

杨慎认为经书应是史书之本,五经中只留下《易》和《诗经》没有很好的史书所本。他也认同元代张士行所说的韩婴《韩诗外传》和邵雍《皇极经世书》得"《易》《诗》之体"。二者都是很好的著作,可惜不是史书。所以杨慎想用"苏、李、曹、刘、李、杜、韩、孟"等人的诗,完成本乎《诗经》之外的史学著作,来证明"汉唐以下事之奇奥罕传者"。这实际上就是想以诗证史。

如《升庵诗话》卷十"甄后塘上行"条云:

> "蒲生我池中,绿叶何离离。岂无蒹葭艾,与君生别离。念君去我时,独愁常苦悲。想见君颜色,感结伤心脾。念君常苦悲,夜夜不成寐。莫以豪贤故,弃捐素所爱。莫以鱼肉贱,弃捐葱与薤。莫以麻枲贱,弃捐菅与蒯。倍恩常苦枯,蹶船常苦没。教君安息定,慎莫致仓卒。与君一别离,何时复相对。出亦复苦愁,入亦复苦愁。边地多悲风,树木何飕飕。从君致独乐,延年寿千秋。"……甄后,中山无极人,为魏文帝后,其后为郭嫔谮赐死,临终作此诗。魏明帝初为王时,纳虞氏为妃,及即位,毛氏有宠而黜虞氏。卞太后慰勉之。虞氏曰:"曹氏自好立贱,未有能以令终,殆必由此亡国矣。"其后郭夫人有宠,毛后爱弛,亦赐死。魏之两世家法如此。虞氏亡国之言良是。诗可以观,不独三百篇也。

《论语·阳货》之"兴观群怨"说早就提出,诗歌不仅仅具有教谕和认知等实用功能,同样也兼具审美娱乐功能。诗史相通正是从二者都具有的认识功能上说的。曹叡玩弄女性并且喜新厌旧,杨慎从甄后《塘上行》联系曹魏亡国史实,并且认为"虞氏亡国之言良是"。

《升庵集》卷二十二《补杜子美哀张九龄诗》云：

> 刘须溪云："九龄大节在奏请斩禄山以绝后患。杜公《八
> 哀诗》既不明白，末亦不及另祭事，殆失'诗史'，未免拾其细而
> 遗其大也。"慎辄为补一篇，岂敢以庬凉斗华衮，铅刃齿步光
> 哉！亦续须溪之余蕴，发曲江之幽光。观者勿哂之！

在杨慎看来，对照《旧唐书·张九龄传》，杜甫《八哀诗》之八
《故右仆射相国张公九龄》一诗既未记载张九龄在张守珪请斩安禄
山奏折中的批复："穰苴出军，必诛庄贾；孙武行令，亦斩宫嫔。守
珪军令若行，禄山不宜免死"之大节，也没有提及后来太上皇李隆
基"下诏褒赠，赠司徒，遣使就韶州致祭"等大事，焉能称为"诗史"？

《八哀诗》其三《赠左仆射郑国公严公武》谓严武"郑公瑚琏器，
华岳金天晶"，"嶷然大贤后，复见秀骨清"。并说"虚无马融笛，怅
望龙骧茔"，以马融事喻严武为知音者，并哀其逝世。但是《旧唐
书》中"与宰臣元载深相结托，冀其引在同列"，"小不副意，赴成都
杖杀（章彝）"，"肆志逞欲，恣行猛政"，"穷极奢靡，赏赐无度"，"性
本狂荡，视事多率胸臆"之评价，以及《新唐书》之"琯以故宰相为巡
内刺史，武慢倨不为礼。最厚杜甫，然欲杀甫数矣"之记载，在杜诗
中均不见丝毫提及。

当然，这一问题的出现，从侧面也说明学人认识到不能以"诗
史"为依据而将杜诗等同于历史真实。如宋周必大《二老堂诗话》
就颇具远见卓识地指出："昔人应急，谓唐之酒价每斗三百，引杜诗
'速宜相就饮一斗，恰有三百青铜钱'为证。然白乐天为河南尹，

《自劝》绝句云：'亿昔羁贫应举年，脱衣典酒曲江边。十斗一千犹
赊饮，何况官供不著钱。'又古诗亦有'金尊美酒斗十千'，大抵诗人
一时用事，未必实价也。"①应该没有人如此胶柱鼓瑟地鉴赏杜诗。
又如杜甫创作于大历二年于夔州奉节时所作《承闻河北诸道节度
入朝》十二首，明末清初朱鹤龄《杜诗辑注》卷十八指出："《唐史》：
大历二年正月，淮安节度使李忠臣入朝。三月，汴宋节度使田神功
来朝。八月，凤翔等道节度使李抱玉入朝。河北入朝事，史无明
文，疑公在夔州，特传闻而未实耳。"②大历二年，先后有三位节度
使入朝。至于河北诸道节度使，原是降将，名义归顺，朝廷尚不能
制，他们亦从未入朝。杜甫远在夔州，听到的多是"喧喧道路"的一
时传闻，误认为河北诸道节度亦曾入朝，乃喜而作此组诗。尽管不
是事实，但也体现了他希望国家安定、和平统一爱国精神。所以后
来清代纪昀说："自宋人倡'诗史'之说，而笺杜诗者遂以刘昫、宋祁
二书据为稿本，一字一句，务使与纪传相符。夫忠君爱国，君子之
心；感事忧时，风人之旨。杜诗所以高于诸家者，固在于是。然集
中根本不过数十首耳。咏月而以为比肃宗，咏萤而以为比李辅国，
则诗家无景物矣。谓纨绔下服比小人，谓儒冠上服比君子，则诗家
无字句矣。元竑（《杜诗捃》作者）所论，虽未必全得杜意，而刊除附
会，涵泳性情，颇能会于意言之外。"③

---

① 周必大《二老堂诗话》"唐酒价"条，何文焕《历代诗话》，中华书局1981年版，第
658页。

② 朱鹤龄《杜诗辑注》卷十六，清康熙金陵叶永茹万卷楼刻本。

③ 《四库全书总目·杜诗捃》。施闰章《江雁草序》指出："古未有以诗为史者，有
之自杜工部始。史重褒讥，其言直而核；诗兼比兴，其风婉以长。故诗人连类托物之篇
不及记言记事之备。《传》曰：温柔敦厚，诗教也。然作史之难也，以孔子事笔削，其于知
我罪我，盖惴惴焉。……诗人则不然，散为风谣，采之太师，田夫野妇，可称咏（转下页）

　　对于宋人从理学角度出发,赋予杜甫诗歌过多的政治使命和
诗歌本事的过度阐释的现象,前人已多有论述。如宋濂《杜诗举偶
序》云注者"务穿凿者,谓一字皆有所出,泛引经史,巧为附会,椔酿
而丛脞;骋新奇者,称其一饭不忘君,发为言辞,无非忠国爱君之
意。至于率尔咏怀之作,亦必迁就而为之说。"①浦起龙撰《读杜心
解》:"诗之妙,正在史笔不到处。若拈了死句,苦求证佐,再无不
错。"李调元《雨村诗话》卷下:"注杜者全以唐史附会分笺,甚属可
笑。如少陵《初月》诗(中略),此不过咏初月耳。而蔡梦弼谓'微升
古塞外',喻宗肃即位于灵武也;'已荫暮云端',喻肃宗为张皇后、
李辅国所蔽也。句句附会实事,殊失诗人温厚之旨,窃恐老杜不若
是也。"②前人反对赋予杜甫诗歌过多的政治使命和诗歌本事,也
对纪昀有着直接的影响。纪昀对于执著于以"诗"证"史"的做法很
反感。其《耻堂存稿》提要云:

　　　　本传载所论奏凡十余事,多当时切要。今集中仅存奏疏
　　十篇,与本传相较,已不能无所遗脱。然于宋末废弛欺蔽之
　　象,痛切敷陈,皆凛然足以为戒。至其生平遭遇,始沮于史嵩
　　之,中厄于贾似道,晚挤于留梦炎。虽登政府,不得大行其志。
　　悯时忧国之念,一概托之于诗。虽其抒写胸臆,间伤率易,押

(接上页)其王后。卿大夫微词设讽,或泣或歌,忧愤之言,寄之《芟楚》;故宫之感,见乎
《黍离》。……言者无罪,闻之者足以戒,其用有大于史者。风骚而降,流为淫丽,诗教浸
衰。杜子美转徙乱离之间,凡天下人物事变,无一不见于诗,故宋人目以为诗史,虽有讥
其学究者,要未可概非也。"见施闰章《江雁草序》,《施愚山集》第一册,黄山书社 2014 年
版,第 68—69 页。纪昀此处也说自宋人首倡"诗史"之说,二人多半是受了杨慎的影响。
　①　蔡景康选编《明代文论选》,人民文学出版社 1993 年版,第 22 页。
　②　李调元《诗话》,中华书局 1985 年版,第 11 页。

韵亦时有出入,而感怀书事,要自有白氏讽谕之遗。如《西湖竞渡》《三丽人行》诸首,俱拾《奸臣传》之所遗。《雷异》《鸡祸》诸篇,亦可增《五行志》之所未备。征宋末故事者,是亦足称"诗史"矣。

清中叶毕沅反对以纯粹"诗史"的眼光看待杜诗,他在《杜诗镜铨序》中提倡读诗要复归风雅的传统:"扶轮大雅,抉草堂之精髓,求神骨于语言文字之外,而弃初得之筌蹄也;由后之说,今日杜诗之不可无注,又以风雅熏绝,迷途未远,探浣花之门户,俾端趋向而识指归,为后学示以津逮也。"同时,他也反对钱谦益的"诗史互证"方法,并对"钱注杜诗"之风提出异议:

> 宋、元、明以来笺注者,不下数十家,其尘羹土饭,蝉聒蝇鸣,知识迂谬,章句割裂,将公平生心迹与古人事迹牵连而比附之,而公诗之真面目、真精神尽埋没于垩器垢秽之中,此公诗之厄也!而注杜而杜诗之本旨晦,而公诗转而不可无注矣。
> 有友人株守明人笺注一册,珍为枕中秘本,谓能笺释新、旧《唐书》时事,确当详瞻,此读杜诗之金针也。余应之曰:"如此何不竟读《唐书》?"友人废然而去。①

其实,这也是对四库馆臣之意的伸张,或许与乾嘉考据对诗学的侵占和对诗意的割裂有关,本意还是为了回归神韵诗学的审美正统。

---

① 毕沅《杜诗镜铨序》,杨伦《杜诗镜铨》,上海古籍出版社1998年版,第2—3页。

　　钱锺书说过:"比见吾国一学人撰文,曰《诗之本质》,以训诂学,参以演化论,断言:古无所谓诗,诗即纪事之史。……然与理堂论诗同为学士拘见而已。""史必征实,诗可凿空。古代史与诗混,良因先民史识犹浅,不知存疑传信,显真别幻。号曰实录,事多虚构;想当然耳,莫须有也。……与其曰:'古诗即史',毋宁曰:'古史即诗'。"①他又在《宋诗选注·序》说:"我们可以参考许多历史资料来证明这一类诗歌的真实性,不过那些记载尽管跟这种诗歌在内容上相符,到底只是文件,不是文学,只是诗歌的局部说明,不能作为诗歌的唯一衡量。也许史料里把一件事情叙述得比较详细,但是诗歌里经过一番提炼和剪裁,就把它表现得更集中、更具体、更鲜明,产生了又强烈又深永的效果。反过来说,要是诗歌缺乏这种艺术特性,只是枯燥粗糙的平铺直叙,那么,虽然它在内容上有史实的根据,或者竟可以补历史记录的缺漏,它也只是押韵的文件。……因此,'诗史'的看法是个一偏之见。诗是有血有肉的活东西,史诚然是它的骨干,然而假如单凭内容是否在史书上信而有征这一点来判断诗歌的价值,那就仿佛要从爱克司光透视里来鉴定图画家和雕刻家所选择的人体美了。……使我们愈加明白文学创作的真实不等于历史考订的事实,因此不能机械地把考据来测验文学作品的真实,恰像不能天真地靠文学作品来供给历史的事实。历史考据只扣住表面的迹象,这正是它的克己的美德,要不然它就丧失了谨严,算不得考据,或者变成不安本分、遇事生风的考据,所谓穿凿附会;而文学创作可以深挖事物的隐藏的本质,曲传人物的未吐露的心理,否则它就没有尽它的艺术的责任,抛弃了它

---

　　① 钱锺书《谈艺录》上,三联书店 2001 年版,第 118—122 页。

的创造的职权。考订只断定已然，而艺术可以想象当然和测度所以然。在这个意义上，我们不妨说诗歌、小说、戏剧比史书来得高明。"①钱锺书又说："押韵的文件不选，学问的展览和典故成语的把戏也不选。大模大样的仿照前人的假古董不选，把前人的词意改头换面而绝无增进的旧货充新也不选……有佳句而全篇太不匀称的不选，这真是割爱；当时传诵而现在看不出好处的也不选，这类作品就仿佛走了电的电池，读者的心灵电线也似的跟它们接触，却不能使它们发出旧日的光焰来。"②钱锺书否定"诗史说"有多种意图，既想限制文学反映论，也是针对陈寅恪的"以诗证史"，但其成因却是服膺亚里士多德的"诗与历史相区别"的理论。如他所说："谓诗即以史为本质，不可也。脱诗即是史，则本未有诗，质何所本。若诗并非史，则虽合于史，自具本质，无不能有，此即非彼。"③所以此书被学人高度评价："这六不选代表了他对中国古典诗歌的通盘看法，即诗应当是诗，要有艺术独创性，圆满自足，而且还能打动现在读者的心灵。"④"突破传统注疏那种着重于史实本事考证和名物典故训诂的做法，加强对作品的命意、文笔、风格、体势和结构等进行具体的艺术分析，将宋人在诗歌'小结裹'方面的技巧娓娓道出，属于带有审美鉴赏性质的艺术批评。钱锺书认为谈艺不可凭开宗明义之空言，必须细察作家裁文匠笔之实事。在为宋诗作注时，他不放过一篇作品在艺术上的任何新鲜东西，哪怕

---

① 钱锺书《宋诗选注》，人民文学出版社1958年版，第4—5页。
② 钱锺书《宋诗选注》，人民文学出版社1958年版，第25页。
③ 钱锺书《谈艺录》上，三联书店2001年版，第121—122页。
④ 傅璇琮、蒋寅主编《中国古代文学通论》（宋代卷），辽宁人民出版社2016年版，第602页。

是一种命意或一个比喻、一种表现手法,一有所得,即旁征博引地
加以说明。尊重事实,不发空论,言必有征而语无虚发。每立一
说,总用大量的实例来证明,触类旁通,以见作家诗眼文心的共通
处,故注诗而有诗学在。"①

　　杨义《李杜诗学》继承了纪昀的观点,认为杨慎一派"相沿成习
地牵系着儒家学说的经学阐释系统,在按照儒家的价值系统发掘
微言大义的时候,曲解了或偏离了诗人为诗的本来意义"②,它们
"过分地牵连着君臣之礼,认为在讽刺花敬定僭越非分,难免沾染
上宋明儒者的道学气了"③。黑格尔曾指出:"诗纵然也诉诸感性
观照,也进行生动鲜明的描绘,但就连在这方面,诗也还是一种精
神活动,它只为提供内心观照而工作"④,"连最完美的历史著作毕
竟不属于自由的艺术,甚至用诗的词藻和韵律来写成历史著作,也
不因此就变成诗。……历史家没有理由抛开他所处理的内容中的
散文性的性格特征,或是把它们转变为诗的。他须如其本然地描
述摆在面前的事实,而不加以歪曲或利用诗的方式去改造。"⑤苏
珊·朗格亦指出:"诗人是以心理方式编织事件,而不是把它当作
一段客观的历史。……因此倾向性是诗的世界的主要问题。"⑥即
诗不是史,史书必须尊重历史,而诗歌在尊重历史的同时,又深深

　　①　傅璇琮、蒋寅主编《中国古代文学通论》(宋代卷),辽宁人民出版社 2016 年版,
第 603 页。
　　②　杨义《李杜诗学》,北京出版社 2001 年版,第 28 页。
　　③　杨义《李杜诗学》,北京出版社 2001 年版,第 30 页。
　　④　黑格尔《美学》卷三下册,商务印书馆 1981 年版,第 19 页。
　　⑤　黑格尔《美学》卷三下册,商务印书馆 1981 年版,第 39—42 页。
　　⑥　苏珊·朗格著、刘大基等译《情感与形式》,中国社会科学出版社 1986 年版,第
247 页。

地打下作者的心灵的烙印。可见,诗不是过去的史实的原始记录,而是当时的历史的"摹本的摹本","影子的影子",和历史真实隔着三层。艺术真实是经过作家提炼、加工生活真实而创造出来的真实,是作者经过资料占有、体验和认识之后通过艺术形式表现出来的,是处在一定文化背景下的创作主体,按照可然律和必然律进行艺术虚构和艺术想象的结果。相对于生活真实而言,它不仅具有生活现象的真实,而且包含着历史本质的真实。既体现着具体感性的客观真实性,又体现着历史运动的客观真理性。它是经过艺术家的加工、提炼、概括,反映事物本质的东西,包含了艺术家的主观思想、对生活的评价,是主客观统一的产物。鲁迅《给徐懋庸》曾经说过"艺术的真实非即历史上的真实……只要逼真,不必实有其事也"①。换言之,艺术真实绝不是无源之水、无本之木,生活真实是艺术真实的基础;艺术真实是来源于生活真实。文学的真实性也就是艺术真实。毕竟文学是源于生活的,它只是创作主体在客观事实基础上的艺术的再创造,不可能脱离生活真实而存在。从生活真实升华到生活真实与艺术真实相统一的境界,是一切文学得以存在的前提条件。杨慎对于二者的关系持有同样精辟的见解,只不过杨慎没有如此提出而已。

第三节　诗人角度:含蓄蕴藉的审美追求

杨慎反对的是"以韵语纪时事"的诗歌。在他心目中只有那些以含蓄蕴藉的方式叙述历史的诗歌才称得上"诗史"。杨慎认为,

---

① 　鲁迅《鲁迅全集》卷十,人民文学出版社 1959 年版,第 198 页。

即使是出于"救济人病，裨补时阙"的目的，诗歌也不能"指言"，既要含蓄蕴藉，又要意在言外，更要诗文有别，要符合诗歌本身的抒情要求和审美特征。

杨慎《丹铅续录》卷五《大招》云：

> 《楚辞·招魂》一篇，宋玉所作，其辞丰蔚秾秀，先驱枚、马，而走僵班、扬，千古之希声也。《大招》一篇，景差所作，体制虽同，而寒俭促迫，力追而不及。《昭明文选》独取《招魂》而遗《大招》，有见哉。朱子谓：《大招》平淡醇古，不为词人浮艳之态，而近于儒者穷理之学。盖取其尚三王、尚贤士之语也。然论词赋，不当如此。以六经言之，《诗》则正而葩，《春秋》则谨严。今责十五国之诗人曰："焉用葩也，何不为春秋之谨严？"则《诗经》可烧矣。止取穷理，不取艳词，则今日五尺之童，能写仁义礼智之字，便可以胜相如之赋；能钞道德性命之说，便可以胜李白之诗乎？

杨慎认为，仅仅有真实还是不能称为诗歌的。诗人创作诗歌的时候，必须对原有的现实生活进行取舍加工，去粗取精，而不能像记流水账。那样的话，非但不能誉为"诗史"，甚至连诗也称不上。因为"史自有史笔，所谓简而且详，疏而不漏。若纤悉具书，如市廛账簿，且不得言史，无论诗矣"[1]。

李调元在《升庵经说序》中写道："先生雄才博雅，精于考证，为

---

① 唐元竑《杜诗攟》卷二，文渊阁四库全书本。

有明一代之冠。"①《升庵经说》为"明人经说之翘楚"(《续修四库提
要》),重视考订经书,重视古之注疏。杨慎关于《诗经》的考证成果
主要保存在《升庵经说》四、五、六卷。当然,除了以考据的学术眼
光来观照《诗经》外,杨慎更多以文学的角度去着眼。郭绍虞《明末
之文学批评》曰:"明人于文,确是专攻。任何书籍,都用文学眼光
读之。所以以唐诗的手法读《诗经》,而诗之味趣更长;以《史》《汉》
的笔路读《尚书》,而《书》之文法愈出。"②因为"《诗经》是一部文学
典籍,考据所得是其筋骨,义理所得是其血肉,只有文学的研究,才
能真正获得《诗经》活泼泼的灵魂。而明人所抓的正是《诗经》的灵
魂。……他们以群体的力量改变了《诗经》学原初的经学研究方
向,开创了《诗经》文学批评的新航线"③。杨慎以诗解《诗》,确认
其诗歌性质,阐释其诗学理念,对文学与经学界限的分野更加清晰
和明确。④虽然宋代朱熹主张"读《诗》,且只将做今人做底诗看"⑤
并没有这么早地实现,但是杨慎对《诗经》的文学阐释却符合了顾
颉刚对清代姚际恒"其以文学说诗,置经文于平易近人之境,尤为
直探讨人之深情,开创批评之新径"的评论。⑥

①　王文才、张锡厚辑《升庵著述序跋》,云南人民出版社1985年版,第1页。
②　郭绍虞《中国文学批评史》(下),百花文艺出版社1999年版,第263页。
③　刘毓庆《从经学到文学——明代〈诗经〉学史论》自序,商务印书馆2001年版。
④　闻一多说:"汉人功利观念太深,把三百篇做了政治的课本;宋人稍好一点,又拉着道学不放手——一股头巾气;清人较为客观,但训诂学不是诗;近人囊中满是科学方法,真厉害。无奈历史——唯物史观的与非唯物史观的,离诗还是很远。明明一部歌谣集,为什么没人认真的把它当文艺看呢?"对于明代《诗经》学的观照也太过于悲观。见闻一多《闻一多全集》(第三卷)《风诗类钞(甲)·序例提纲》,湖北人民出版社1993年版,第214页。
⑤　朱熹《朱子语类》第6册,中华书局1986年版,第2083页。
⑥　顾颉刚《诗经通论序》,《文史杂志》,中华书局1945年版,第89页。

　　杨慎认为无论在思想性还是在艺术性方面,《诗经》都具有极高的价值,用一个词来概括,便是"正葩"。在七言律诗《病中永诀李张唐三公》里,杨慎说:"怨诽不学离骚侣,正葩仍为风雅仙。"而"正"是思想的纯正,"葩"是辞采的华艳。杨慎认为作家要加强文学修养,大量阅读前人的优秀文学作品,特别要学习三百篇中"《国风》之微婉,二《雅》之委蛇,三《颂》之简奥"①,直接继承《诗经》含蓄蕴藉的优良传统。杨慎在批评文学时将其奉为圭臬。如"有国风遗法"("横浦论诗"条)、"有国风之意,怨而不怒,艳而不淫"("宗懔荆州泊"条)、"如此四句,直上与三百篇'牂羊羵者,三星在罶'同"("波漂菰米"条)、"有《雅颂》之意,当表出之"("望行人"条)、"有三百篇意"("李约观祈雨"条),这些都是以《诗经》含蓄蕴藉的审美风格作为轩轾诗歌的标准。

　　杨慎论诗以发语已殚、含意未尽的含蓄蕴藉的神韵诗学为宗。《升庵诗话》卷十四"谢诗"条曰:

　　　　谢朓《酬王晋安诗》:"南中荣橘柚,宁知鸿雁飞。"后人不解此句之妙。晋安即闽泉州也。"南中荣橘柚",即谚云"树蛮不落叶"也。"宁知鸿雁飞",即谚云"雁飞不到处"也。树不凋,雁不到,本是瘴乡,乃以美言之,此是隐句之妙。②

　　所谓"隐句"就是不直述本意而借它辞暗示的艺术手法。作者不将作品的意旨宣泄无遗,而是应该寻求委婉曲折的表达,使得思

　　①　杨慎《升庵诗话》卷五"宋人论诗",见《历代诗话续编》(中),中华书局1983年版,第719页。
　　②　杨慎《升庵诗话》,《历代诗话续编》(中),中华书局1983年版,第917页。

想意旨深深地蕴藏于言辞之外,给读者留下丰富的想象和体悟空间。杨慎认为谢朓以美景反衬瘴疠之乡恶劣艰苦的自然环境,给人以含蓄不尽之美感。

杨慎评王维《和太常韦主簿五郎温汤寓目》诗云:

> 予尝爱王维《温泉寓目赠韦五郎》诗。夫唐至天宝,宫室盛矣。秦川八百里,而夕阳一半开,则四百里之内皆离宫矣。此言可谓肆而隐,奢丽若此,而犹以汉文惜露台之费比之,可谓反而讽。末句欲韦郎效子云之赋,则其讽谏可知也。言之无罪,闻之可戒,得扬雄之旨者,其王维乎?①

所谓"隐而彰""肆而隐",即《易·系辞下》里面所提出的:"其称名也小,其取类也大,其旨远,其辞文,其言曲而中,其事肆而隐。""肆而隐"虽然是在总结《易》的表达方法是以少驭多,由浅见深,言在此而意在彼,却是较早地指出了语言含蓄美一般规律的言论。司马迁《史记·屈原贾生列传》的"其称文小,而其指极大,举类迩而见义远"与此相似。刘勰《文心雕龙》云:"隐也者,文外之重旨也。""夫隐之为体,又生文外,秘响傍通,伏采潜发,譬爻象之变互体,川渎之韫珠玉也。"②从刘勰对"隐"的解释可以看出:"隐"就是强调作品含蓄的审美特征。杨慎用此一短语来说明诗歌中含蓄蕴藉的色彩,他认为诗中的反讽之意,于诗歌最后之尾联"闻道甘泉能献赋,悬知独有子云才"托出,"秦川一半夕阳开"一句,不但是

---

① 杨慎《升庵集》卷五十三《上林赋》,文渊阁四库全书本。
② 刘勰著,范文澜注《文心雕龙注》,人民文学出版社1958年版,第632页。

极写宫室之辉煌与壮丽,而且拿汉帝之俭朴与唐帝之奢华作对比,
而暗含讽谏之意。

此外,如《升庵诗话》卷三"半山用王右丞诗"条赞同洪觉范《天
厨禁脔》谓王维《书事》"轻阴阁小雨,深院昼慵开。坐看苍苔色,欲
上人衣来。"为"含不尽之意,子由所谓不带声色者也"的评价。《升
庵诗话》卷五谓杜牧之"尽道青山归去好,青山能有几人归",比起
灵澈《东林寺酬韦丹刺史》之"相逢尽道休官好,林下何曾见一人"
之句"殊有含蓄"。《升庵诗话》卷六谓《青楼曲》"意在言表"。《升
庵诗话》卷十三"刘文房诗"条称赞王粲之"南登灞陵岸,回首望长
安"为"涵蓄蕴藉",而刘文房、孟东野"自然不可及也"。《升庵诗
话》卷八"唐彦谦诗"条云:"唐彦谦绝句,用事隐僻,而讽谕悠远,似
李义山。……首首有酝藉,堪吟咏,比之贯休、胡曾辈,天壤矣。"①
本卷"崔涂王维诗"条云:"崔涂《旅中》诗:'渐与骨肉远,转于僮仆
亲。'诗话亟称之。然王维《郑州》诗:'他乡绝俦侣,孤客亲僮仆。'
已先道之矣,但王语浑含胜崔。"②《升庵诗话》卷十四"谢自然升
仙"条称韩愈《谢自然诗》不如刘商《谢自然却还旧居》"意在言
外"③。《升庵诗话》卷十四《薛涛诗》云:"有讽谕而不露,得诗人之
妙。"《升庵集》卷二"唐绝增奇序"条云:"予尝评唐人之诗,乐府本
效古体,而意反近,绝句本自近体,而意实远。"所谓远,就是作品意
旨深奥深远,给读者含蓄蕴藉的审美感受。杨慎之所以说绝句体
近而意远,就是因为绝句所具的含蓄蕴藉、意在言外、以少总多的
美。后人胡应麟《诗薮》内编卷六《近体》下评曰:"用修平生论诗,

① 杨慎《升庵诗话》,《历代诗话续编》(中),中华书局1983年版,第803页。
② 杨慎《升庵诗话》,《历代诗话续编》(中),中华书局1983年版,第820页。
③ 杨慎《升庵诗话》,《历代诗话续编》(中),中华书局1983年版,第918页。

惟此精确。"如《升庵集》卷四十二谓《诗经·七月》之"霂发"二字"简妙含蓄"。《升庵诗话》卷五谓沈满愿《竹火笼》诗因为"言外之意……而含蓄蕴藉如此",因而胜于李清照的《咏史》诗"所以嵇中散,至死薄殷周"之句。

杨慎有关含蓄蕴藉最著名的论述是在《升庵诗话》卷十一"诗史"条批评宋人学习杜甫"直陈时事"的散文化诗风的时候提出的:

> 宋人(注:此处当指宋祁)以杜子美能以韵语纪时事①,谓之"诗史",鄙哉!宋人之见,不足以论诗也。夫六经各有体,《易》以道阴阳,《书》以道政事,《诗》以道性情,《春秋》以道名分。后世之所谓史者,左记言,右记事,古之《尚书》《春秋》也。若《诗》者,其体其旨与《易》《书》《春秋》判然矣。三百篇皆约情合性,而归之道德也。然未尝有道德字也,未尝有道德性情句也。二《南》者,修身齐家其旨也。然其言"琴瑟""钟鼓","荇菜""芣苢","夭桃""秾李","雀角""鼠牙",何尝有修身齐家字耶?皆意在言外,使人自悟。至于变《风》变《雅》,尤其含蓄。言之者无罪,闻之者足以戒。如刺淫乱,则曰"雝雝鸣雁,旭日始旦",不必曰"慎莫近前丞相嗔"也;悯流民,则曰"鸿雁

---

① 《升庵诗话》之"荀子解诗""宋人论诗""王雪山论诗""诗小序"等多条资料都是批判宋人以"道学"观照《诗经》。当然,杨慎对宋人诗学并非全盘否定,如《升庵诗话》卷五"杜少陵论诗"条云:"杜少陵诗曰:'不及前人更勿疑,递相祖述竟先谁。别裁伪体亲《风》《雅》,转益多师是汝师。'此少陵示后人以学诗之法。前二句,戒后人之愈趋愈下。后二句,勉后人之学乎其上也。盖谓后人不及前人者,以递相祖述,日趋日下也。必也区别裁正浮伪之体,而上亲《风》《雅》,则诸公之上,转益多师,而汝师端在是矣。此说精妙。杜公复生,必蒙印可,然非予之说也,须溪语罗履泰之说,而予衍之耳。"杨慎所引之言见《刘辰翁集》卷六《语罗履泰》。

于飞,哀鸣嗷嗷",不必曰"千家今有百家存"也;伤暴敛,则曰
"维南有箕,载翕其舌",不必曰"哀哀寡妇诛求尽"也;叙饥荒,
则曰"牂羊羵首,三星在罶",不必曰"但有牙齿存,可堪皮骨
干"也。杜诗之含蓄蕴藉者,盖亦多矣。宋人不能学之。至于
直陈时事,类于讪讦,乃其下乘末脚,而宋人拾以为己宝,又撰
出"诗史"二字,以误后人。如诗可兼史,则《尚书》《春秋》可以
并省,又如今俗《卦气歌》《纳甲歌》,兼阴阳而道之,谓之"诗
《易》",可乎?①

　　"慎莫近前丞相嗔"出自《丽人行》,"千家今有百家存""哀哀寡
妇诛求尽"出自《白帝》,"但有牙齿存,可堪皮骨干"出自《垂老别》,
原文为"幸有牙齿存,所悲骨髓干"。杜甫这些诗句给读者描绘出
一幅外戚擅权、荒淫腐朽的丑态以及战争给人们带来的流离失所
的痛苦,可以了解安史之乱前后的政治社会生活。杨慎以"直陈时
事,类于讪讦"八字对被誉为"诗史"的杜诗进行批判。在杨慎看
来,从内容来说,杜甫诗歌过多铺叙时事;而从风格上言,杜诗批评
的锋芒过于直接,感情流露太过于显露,过多的诋毁攻讦"但有骂
座",失去了《诗经》以来的含蓄蕴藉之美感。②杨慎指出宋人在评

---

　　①　王士禛《居易录》卷十中就曾尖锐地批评以理代情的现象:"《诗三百》主言情,
与《易·太极》说理判然各别。若说理,何不竟作语录而必强之为五言七言?且牵缀之
以声韵,非蛇足乎?"但是王铎《杜工部集》二十卷评曰:《丽人行》末二句"炙手可热势绝
伦,慎莫近前丞相嗔",批:"其意在言外,《三百》之遗。"
　　②　当然,对于这三首诗歌是否含蓄蕴藉,不同的人有不同的看法。陆时雍《唐诗
镜》云:"诗,言穷则尽,意亵则丑,韵软则卑。杜少陵《丽人行》,一以雅道行之,故君子言
有则也。"王夫之《姜斋诗话》卷上云:"'赐名大国虢与秦',与'美孟姜矣'、'美孟弋矣'、
'美孟庸矣'一辙,古有不讳之言也,乃《国风》之怨而诽、直而绞者也。夫子存而弗删,以
见卫之政散民离,人诬其上;而子美以得'诗史'之誉。"王夫之《唐诗评选》云:(转下页)

价杜诗的时候，仅仅用“诗史”一把标尺，仅仅满足于“韵语纪时事”，而恰恰忘记了诗歌吟咏性情的最根本要求，诗歌的技法以比兴为主导，要追求含蓄蕴藉的美感。在赋比兴的问题上，杨慎引用宋代李仲蒙的话：“叙物以言情谓之赋，情物尽也。索物以托情谓之比，情附物也。触物以起情谓之兴，物动情也。”①突出了创作主体的情感活动和比兴手法在诗歌创作的决定作用，为历代“赋比兴”的解释中所罕见②，可谓抓住了“中国诗学思想的核心”③。

在强调比兴的创作手法方面，杨慎显然得到了他的老师李东阳的启发。李东阳《麓堂诗话》曾云：“诗有三义，赋止居一，而比兴居其二。所谓比与兴者，皆托物寓情而为之者也。盖正言直述，则易于穷尽，而难于感发。惟有所寓托，形容摹写，反复讽咏，以俟人之自得，言有尽而意无穷，则神爽飞动，手舞足蹈而不自觉，此诗之所以贵情思而轻事实也。”因为诗歌是“贵情思而轻事实”的，如果

(接上页)“可谓‘入不言兮出不辞，乘回风兮载云旗’矣。是杜集中第一首乐府。杨用修犹嫌其末句之露，则为已甚。”黄周星《唐诗快》云：“通篇俱描画豪贵浓艳之景而讽刺自在言外。少陵岂非诗史？实有所指，转若无所指，故妙(首二句下)。何以体认亲切至此(“态浓意远”二句下)”。仇兆鳌《杜诗详注》云：“此诗刺诸杨游宴曲江之事。……本写秦、虢冶容，乃概言丽人以檃括之，此诗家含蓄得体处。”沈德潜《唐诗别裁》云：“大意本《君子偕老》之诗，而风刺意较显。”浦起龙《读杜心解》云：“‘杨花雪落’、‘青鸟衔巾’，隐语秀绝，妙不伤雅。无一刺讥语，描摹处语语刺讥；无一慨叹声，点逗处声声慨叹。”胡应麟《诗薮》云：“老杜‘野老篱前江岸回，柴门不正逐江开’‘白帝城中云出门，白帝城下雨翻盆’……虽意稍疏野，亦自一种风致。”浦起龙《读杜心解》云：“自是率笔，结语少陵本色。”

① 杨慎《丹铅总录》卷十五，文渊阁四库全书本。

② 钱穆《中国文学史》云：“意即无论是赋，是比，或是兴，均有‘物’与‘情’两字。记的是物，却是言情，所谓托情、起情、言情，就是融情入景，故《诗》三百者，实即写物抒情之小品。中国人的抒情方法是叙物、索物和触物，不但《诗经》，即屈原之《楚辞》及汉时邹阳之辞，比物连类，也都是用这比兴的方法。”见钱穆讲授、叶龙整理《中国文学史》第三篇《诗经》，天地出版社 2018 年版。

③ 萧华荣《兴：中国诗学思想的核心——〈诗“兴”论〉导言》，《文艺理论研究》1994 年第 4 期。

正言直述的赋太多,则"则易于穷尽,而难于感发"。而比兴手法的大量运用,则能令人产生"神爽飞动,手舞足蹈而不自觉"的审美快感。

对于杨慎主张诗歌尽量不要用"赋"的观点①,王世贞《艺苑卮言》卷四予以反驳:"杨用修驳宋人'诗史'之说而讥少陵云(中略),其言甚辩而核,然不知向所称皆兴比耳。《诗》固有赋,以述情切事为快,不尽含蓄也。语荒而曰'周余黎民,靡有孑遗';劝乐而曰'宛其死矣,他人入室';讥失仪而曰'人而无礼,胡不遄死';怨谗而曰'豺虎不受,投畀有北'。若使出少陵口,不知用修何如贬剥也。且'慎莫近前丞相嗔',乐府雅语,用修乌足知之。"②他不同意杨慎的诗歌只能用比兴的观点。其实赋也不失为一个很好的艺术表达方法,是抒情的基础。赋、比、兴是传统诗歌的表现手法,缺一不可。在这一点上,杨慎有点绝对化了。清朱庭珍也说:"杨慎言甚辨,其识亦卓然,未免一偏之见也。诗道大而体裁各别,古人谓诗有六义,比兴与赋,各自一体。升庵所引《毛诗》,皆微婉含蕴,义近于风诗中之比兴体也。所引杜句,则直陈其事之赋体也。体格不同,言各有当,岂得以彼例此,以古非今,意为轩轾哉!"③钟嵘《诗品》曾云:"诗有三义焉:一曰兴,二曰比,三曰赋。文已尽而意有余,兴也;因物喻志,比也;直书其事,寓言写物,赋也。宏斯三义,酌而用

---

① 王廷相《与郭价夫学士论诗书》说:"夫诗贵意象透莹,不喜事实粘着,古谓:水中之月,镜中之影,可以目睹,难以实求。是也。三百篇比兴杂出,意在辞表。"王廷相也指出,正是因为《诗经》比兴手法的应用,才使得它具有"意在辞表"的审美效果。见贺复征《文章辨体汇选》卷二百三十六《与郭价夫学士论诗书》,文渊阁四库全书本。

② 王世贞《弇州四部稿》卷一百四十八《艺苑卮言》卷四,文渊阁四库全书本。

③ 朱庭珍《筱园诗话》,见郭绍虞编选、富寿荪校点《清诗话续编》,上海古籍出版社1983年版,第2390页。

之,干之以风力,润之以丹彩,使味之者无极,闻之者动心,是诗之至也。"①他认为应斟酌采用"赋、比、兴"的方法以适合各自的诗歌体裁和内容表达的需要,以取得诗歌最高的成就。"赋"与"比""兴"原本都是《诗经》以来的优秀诗歌创作手法,不应"以彼例此",偏执一端。当代学者袁震宇、刘明今也说:"比兴的手法、含蓄的风格是诗歌创作的重要特点,但并不足以概括全部。王世贞针对此说指出:《诗》固有赋,以述情切事为快,不尽含蓄也。(《艺苑卮言》卷四)因此,杨慎此说颇遭后人訾议也是必然的。"②

其实,杨慎指出,杜诗也有很多含蓄蕴藉的作品。如《升庵诗话》卷一"子美赠花卿"条云:

> "锦城丝管日纷纷,半入江风半入云。此曲只应天上有,人间能得几回闻。"花卿名敬定,丹棱人,蜀之勇将也,恃功骄恣。杜公此诗讥其僭用天子礼乐也,而含蓄不露,有风人"言之无罪,闻之者足以戒"之旨。公之绝句百余首,此为之冠。③

参考《升庵诗话》卷十三"锦城丝管"条:

> 唐人乐府多唱诗人绝句,王少伯、李太白为多。杜子美七言绝近百,锦城妓女独唱其《赠花卿》一首,所谓"锦城丝管日纷纷,半入江风半入云。此曲只应天上有,人间能得几回闻"

---

① 周振甫《诗品译注》,中华书局1998年版,第19页。
② 袁震宇、刘明今《中国文学批评通史——明代卷》,上海古籍出版社1991年版,第198页。
③ 丁福保辑《历代诗话续编》(中),中华书局1983年版,第644页。

也。盖花卿在蜀，颇僭用天子礼乐，子美作此讽之，而意在言外，最得诗人之旨。①

　　杜甫《赠花卿》之所以得到杨慎的夸赞，正是因为其"含蓄不露""意在言外"，深得《诗经》"言之无罪，闻之者足以戒"的含蓄蕴藉之神髓。

　　《升庵诗话》卷五"杜工部荔枝诗"条曰：

　　　　杜子美诗："侧生野岸及江蒲，不熟丹宫满玉壶。云壑布衣鲐背死，劳生害马翠眉须。"杜公此诗，盖纪明皇为贵妃取荔枝事也。其用"侧生"字，盖为庾文隐语，以避时忌，《春秋》"定、哀多微辞"之意，非如西昆用僻事也。末二句盖昌黎《感二鸟》之意，言布衣抱道，有老死云壑而不征者，乃劳生害马以给翠眉之须，何为者耶？其旨可谓隐而彰矣。山谷谓：云壑布衣，指后汉临武长唐羌谏止荔枝贡者，此俗所谓厚皮馒头、夹纸灯笼矣。山谷尚如此，又何以责黄鹤、蔡梦弼辈乎？②

　　《升庵诗话》卷六"武侯祠诗"条曰：

　　　　正德戊寅，予访余方池编修于武侯祠，见壁间有诗云："剑

---

　　① 丁福保辑《历代诗话续编》（中），中华书局1983年版，第903页。后焦竑、仇兆鳌等人论诗也过分地牵连着君臣之礼，沾染上宋明儒者的道学气。难能可贵的是沈德潜《说诗晬语》虽沿用前人看法，但其中为了说明"诗贵寄意，有言在此而意在彼者"的道理，指出杜甫"刺花敬定之僭窃，则想新曲于天上"。沈德潜《说诗晬语》卷下，见王夫之等撰《清诗话》，上海古籍出版社1978年版，第554页。
　　② 杨慎《升庵诗话》，《历代诗话续编》（中），中华书局1983年版，第734页。

江春水绿沄沄,五丈原头日又曛。旧业未能归后主,大星先已
落前军。南阳祠宇空秋草,西蜀关山隔暮云。正统不惭传万
古,莫将成败论三分。"后有题云:"此诗始终皆武侯事,子美或
未过之。"方池不以为然。予曰:"此亦微显阐幽,不随人观场
者也,惜不知其名氏。"①

　　杜甫《蜀相》写诗人凭吊丞相祠堂,从景物描写中感怀现实,透
露出忧国忧民的爱国情怀,又蕴含着诗人对祖国命运的许多期盼
与憧憬。全诗含蓄蕴藉,兴寄遥深,后人或曰"自别托意在其中矣"
(胡仔《苕溪渔隐丛话》),或曰"言有尽而意无穷也"(王嗣奭《杜
臆》)。使人一唱三叹,余味不绝。《武侯祠诗》因为和《蜀相》一样
的"微显阐幽",而得到杨慎的赞许。
　　《升庵诗话》卷六"波漂菰米"条云:

　　　　客有见予拈"波漂菰米"之句而问曰:"杜诗此首中四句,
亦有所本乎?"予曰:"有本,但变化之极其妙耳。隋任希古《昆
明池应制》诗曰:'回眺牵牛渚,激赏镂鲸川。'便见太平宴乐气
象。今一变云:'织女机丝虚夜月,石鲸鳞甲动秋风。'读之则
荒烟野草之悲见于言外矣。《西京杂记》云:'太液池中有雕
菰,紫箨绿节,凫雏雁子,唼喋其间。'《三黄旧图》云:'宫人泛
舟采莲,为巴人棹歌。'便见人物游嬉,宫沼富贵。今一变云:
'波漂菰米沉云黑,露冷莲房坠粉红。'读之则菰米不收而任其

---

① 　杨慎《升庵诗话》,《历代诗话续编》(中),中华书局1983年版,第750页。此诗
孙原理《元音》卷十记载为"吴漳,字楚望"。该诗题名《题南阳诸葛庙》,郎瑛《七修类稿》
卷之三十二将之亦归于吴漳名下。

沉,莲房不采而任其坠,兵戈乱离之状具见矣。"杜诗之妙,在
翻古语,《千家注》无有引此者,虽万家注何用哉? 因悟杜诗之
妙。如此四句,直上与三百篇"牂羊羵首,三星在罶"同,比之
晚唐"乱杀平人不怕天""抽旗乱插死人堆",岂但天壤之隔。①

参考《升庵诗话》卷九"雕苽"条:

　　《说文》:"雕苽,亦名蒋。"徐铉曰:"雕苽,《西京杂记》及古
诗皆作'雕胡'。"《内则》注作"雕胡",亦作"安胡"。枚乘《七
发》"安胡之饭",注:"今所食茭苗米也。"宋玉赋:"主人之女,
炊雕胡之饭。"《尔雅》:"啮雕蓬。"孙炎云:"米茭也,米可作饭,
古人以为五饭之一。"《周礼》:"鱼宜苽。"干宝云:"苽米饭,膳
以鱼,同水物也,其米色黑。"杜诗"波漂菰米沉云黑",言人不
收取而雁亦不啄,但为"波漂""沉云"而已,见长安兵火之惨
极矣。②

　　杜诗之妙在于它继承了《诗经》含蓄蕴藉的风格。"荒烟野草
之悲""兵戈乱离之状""长安兵火之惨"都通过作者细腻的描述而
"见于言外",所以比起那些直白浅露的"乱杀平人不怕天""抽旗乱
插死人堆"的作品有天壤之别。杜甫之所以被尊为"诗圣",除了其
诗旨高妙外,其过人之处,在于充满"意在言外"的含蓄美,最能展
现这一特点的,便是诗人继承《诗经》传统创作的大量的时政诗。

---

① 丁福保辑《历代诗话续编》(中),中华书局 1983 年版,第 753 页。
② 丁福保辑《历代诗话续编》(中),中华书局 1983 年版,第 811—812 页。

元杨载《诗法家数》云:"讽谏之诗,要感事陈辞,忠厚恳恻。讽喻甚切,而不失性情之正;触物伤感,而无怨怼之辞。虽美实刺,此方为有益之言也。古人凡欲讽谏,多借此以喻彼,臣不得于君,多借妻以思其夫,或托物陈喻,以通其意。"《赠花卿》被杨慎赞为杜甫"绝句百余首之冠",个中缘由就是含蓄蕴藉的审美风格。在杨慎看来,儒者的入世心态与时代对诗歌"刺世"的功能要求以及读者"诗可以观"的阅读期待,都决定了杜甫在创作中自觉地以时政入诗,履行其"兼济天下"的儒士重任。而传统的诗歌"含蓄美"的表现形式的要求,又决定了杜甫在评论时政,发表议论时要"不伤大雅"、委婉曲折。杨慎诗《青山虎》《哭徐用先》《即事》等,都是"诗史"技巧的完美呈现,"意在言外,使人自悟"的春秋笔法和"言者无罪,闻者足戒"的"诗教"传统,才是杨慎称许的"诗史"。因为"诗兼比兴,其风婉而长"①,那些类于讪讦的直陈时事,失去诗歌的美感,变成了深为杨慎所厌恶的下乘末脚。

　　王仲镛先生《升庵诗话笺证》卷四"诗史"条笺注中认为:"寻升庵之意,乃在针砭宋人学杜之偏②,盖其诗旨,主于含蓄蕴藉。宋诗发露较多,往往情随言尽,而又标榜出于少陵,故不免为此过论。"③廖可斌《明代文学复古运动研究》指出,"复古派作家对杜甫诗歌提出过那么多尖锐的批评,但并不意味着否定杜诗。恰恰相反,杜甫仍是复古派作家最崇敬的榜样。他们批评杜甫,主要是因

---

　　① 施闰章《施愚山文集》第一册卷四《江雁草序》,黄山书社 2014 年版,第 68—69 页。

　　② 元初刘埙《隐居通议》卷七说:"宋人诗体多尚赋而比兴寡"。可见,杨慎"诗史"论主要针对的并不是杜甫,而是宋诗。所以才在其《升庵诗话》卷十一"诗史"条批评宋人论诗云:"宋人以杜子美能以韵语纪时事,谓之'诗史',鄙哉!"

　　③ 王仲镛《升庵诗话笺证》,上海古籍出版社 1987 年版,第 127 页。

为后代人特别是宋代理学家及受理学影响较深的诗人,在倡导以诗言理叙事时,常以杜甫为口实。因此,他们对杜甫的批评,如杨慎对'诗史说'的辨析等,要说是批评杜甫,倒不如说主要是批评宋以后人特别是理学家们对杜甫的误解歪曲和利用。"①汪春泓《文心雕龙的传播和影响》云:"杨慎对于后世性灵、神韵说是有直接影响的,他比较偏重于诗学本体,因此明确反对'诗史'的概念,对杜诗的诗学地位自然不甚尊重。"②上述学人看到杨慎"主情"理论在"性灵说"的流变中承前启后的历史地位,评价颇为中肯。

第四节　明清"诗史"论对杨慎学说的扬弃

在杨慎之前,我们也可以找到有关"诗、史有别"的说法。如北宋邵雍的《诗史吟》认为"史非诗"。他认为诗和史都"可以辩庶政,可以齐黎民。可以述祖考,可以训子孙。可以尊万乘,可以严三军。可以进讽谏,可以扬功勋。可以移风俗,可以厚人伦。可以美教化,可以和疏亲。可以正夫妇,可以明君臣。可以赞天地,可以感鬼神。"但是,《史画吟》云"史笔善记事,画笔善状物;状物与记事,二者各得一。诗史善记意,诗画善状情。状情与记意,二者皆能精。状情不状物,记意不记事。形容出造化,想像成天地。"③即史与诗尽管都可"记事",但记事的方法不同,更何况诗还有"记意"

---

① 廖可斌《明代文学复古运动研究》,北京商务印书馆 2008 年版,第 110 页。

② 汪春泓《文心雕龙的传播和影响》,学苑出版社 2002 年版,第 230 页。学人一般把"性灵"等同于"性情",如朱东润《中国文学批评史大纲》说:"性情二字,在随园用语中,与性灵同义。"张少康《中国大百科全书·中国文学》中"性灵说"曰:"袁枚所说的性灵,在绝大多数地方,乃是性情的同义语。"

③ 邵雍《伊川击壤集》卷十八,四库丛刊本。

"状情"之功能,还有"形容出造化,想象成天地"的特点,故史非诗。元代郝经在《经史论》中也认为诗和史是有一致之处的。[①]但是他在《与撒彦举论诗书》又认为诗和史是不同的:"诗之所以为诗,所以歌咏性情者",要"有沉郁顿挫之体,有清新警策之神,有振撼纵恣之力,有喷薄雄猛之气,有高壮广厚之格,有叶比调适之律,有雕镂织组之才,有纵入横出之变,有幽丽静深之姿,有纡余曲折之态,有悲忧愉佚之情,有微婉郁抑之思,有骇愕触忤之奇,有鼓舞豪宕之节",有"言外之意,意外之味,味外之韵"[②],这些才是诗歌的本质。在前人论述的基础上,杨慎的"诗史"说,特别是对宋人所持的"诗史"说的批判,从诗歌抒情性的本质特征和独特的比兴手法运用以及诗歌和现实生活的关系入手来谈论"诗史"说,理清了诗歌的本质,划清了诗和史的界限,对诗歌朝着正确的方向发展具有重大意义。

继杨慎之后,也有学者汲取了杨慎理论的合理部分,抛弃了杨慎论述中的偏见,对容易造成理论与创作实践混乱的"诗史"说进行了批判。其中的代表人物有许学夷、陆时雍、钱谦益、王夫之和叶燮等人。

许学夷公允地评价了杨慎的"诗史"学说:

> 愚按:用修之论虽善,而未尽当。夫诗与史,其体、其旨,固不待辩而明矣。即杜之《石壕吏》《新安吏》《新婚别》《垂老别》《离家别》《哀王孙》《哀江头》等,虽若有意纪时事,而抑扬

---

① 郝经《陵川集》卷十九,文渊阁四库全书本。
② 郝经《陵川集》卷二十四,文渊阁四库全书本。

讽刺,悉合诗体,安得以史目之? 至于含蓄蕴藉虽子美所长,而感伤乱离、耳目所及,以述情切事为快,是亦变雅之类耳,不足为子美累也。①

又说:

> 杨用修云:"三百篇皆约情合性而归之道德,然未尝有道德性情句也。二《南》者,修身齐家其旨也,然其言'琴瑟''钟鼓''荇菜''芣苢''夭桃''秾李',何尝有修身齐家字? 皆意在言外,使人自悟。"愚按:此论不惟得风人之体,救经生之弊,且足以祛后世以文为诗之惑。惟首句"约情合性"四字,本乎《大序》"发乎情,止乎礼义"之说,未妥。《大序》非子夏作也。②

许学夷和杨慎一样,肯定诗歌和史书二者之"体"(本体)和"旨"(创作目的)都是不同的。但他也并非全盘接受杨慎之论。许氏认为诗歌可以"直陈时事",也可以抒发经过作者主观观照、苦心精思之后的"情事",此《毛诗序》所谓"在心为志,发言为诗"是也。杜甫感伤乱离,耳目所及,自然会抒发一己之情思,表现出作者个人高超的艺术技巧和独特的个人风格,就好比如《诗经》之"变风""变雅"之类。明代中后期,文艺解放思潮的涌起使得诗歌摆脱政治伦理教化的使命,诗歌创作更注重一己之情的个性化阐发,而不是社会政治范畴的集体之情的阐发。许学夷反对以传统儒家诗教"温柔敦厚"框住诗歌的道德成分,也反对以"直陈时事"来批评

---

①②　许学夷《诗源辨体》卷十九《盛唐》,人民文学出版社 1987 年版,第 221 页。

杜诗。

　　陆时雍诗学以神韵为特征,他说:"诗之佳,拂拂如风,洋洋如水,一往神韵,行乎其间。"①所谓"患材之扬""患情之肆""患言之尽""患景之烦"②,也都是从不同的角度分析"神韵"的思考,与含蓄蕴藉的理论有一脉相承之处。陆时雍虽没有直接对"诗史"发表看法,但是他对叙事和议论的持平态度也可一窥端倪。其《诗境总论》持论以"诗之可以兴人者,以其情也,以其言之韵也。情欲其真,而韵欲其长也,二言足以尽诗道。……夫优柔悱恻,诗教也"③为论诗的纲领和原则,所以他对诗歌的议论和叙事功能也并不很热衷和赞同:"而后之言诗者,欲高欲大,欲奇欲异,于是远想以撰之,杂事以罗之,长韵以属之,俶诡以炫之,则胼指矣。此少陵误世,而昌黎复沿其波也。心托少陵之藩,而欲追风雅之奥,岂可得哉?"④又说:"叙事议论,绝非诗家所需,以叙事则伤体,议论则费词也。"⑤从中国古典诗歌以抒情为主的传统出发,陆时雍从尊体角度明确排斥诗之叙事、议论。他认为叙事过多,会损伤了诗的体格和体裁,长篇大论也会使得诗歌的词语显得繁琐多余。所以才有"少陵误世"的尖锐措辞。但与此同时,历代也有议论叙事的诗歌佳作,不能视而不见,因此,陆氏也肯定了《诗经》中的一些议论、叙事篇章及唐诗名句。

　　钱谦益对"诗史"的关注应与他史官身份有关。天启元年(1621),钱谦益出任浙江乡试主考官,转右春坊中允,参与修撰《神宗实录》。顺治三年(1646),清廷任其为礼部右侍郎管秘书院事,充修《明史》副总裁。修写历史本是钱谦益分内之事,只不过丁忧

　　①②③④⑤　陆时雍《古诗镜》总论,文渊阁四库全书本。

之后一直没有被征用，但人们一直尊称他为钱太史，而钱谦益本人也一直以修史为己任。有这样的身份和心态，钱谦益在诗歌创作中常常会流露出他对历史事件的关注，"皆有关时事之大，可备一朝典故，足称'诗史'"①。非但创作如此，对于诗歌批评和鉴赏，他也多次提出"诗史"观点，如称汪元量："《湖州歌》九十八首，《越州歌》二十首，《醉歌》十首，记国亡北徙之事，周详恻怆，可谓诗史。"②认为杜甫《郑典设自施州归》："二诗记沔公、施州事，皆诗史也。"③甚至认为诗歌可"补史"："严武之贬，已见于贬房琯之制。而贾至以中书舍人出守汝州，《旧书》不载，他皆无可考。此诗云：秉钧方咫尺，铩翮再联翩。知至与公及武，后先贬官也。"④从杜诗中考证出严武、贾至等人因房琯事而相继贬官的史实。更有著名的《胡致果诗序》一文从理论上对"诗史说"作了明晰的表述：

　　孟子曰："诗亡然后《春秋》作。"《春秋》未作以前之诗，皆国史也。人知夫子之删《诗》，不知其为定史，人知夫子之作《春秋》，不知其为续《诗》。《诗》也，《书》也，《春秋》也，首尾为一书，离而三之者也。三代以降，史自史，诗自诗，而诗之义不能不本于史。曹之《赠白马》，阮之《咏怀》，刘之《扶风》，张之

————————
①　钱谦益《牧斋初学集》附录《凌凤翔序》，第2230页。
②　钱谦益《牧斋初学集》卷八十四《跋汪水云诗》，上海古籍出版社2003年版，第1764页。
③　钱谦益《牧斋初学集》卷一百八《读杜小笺》下，上海古籍出版社2003年版，第2181页。
④　钱谦益《牧斋初学集》卷一百九《读杜二笺》上，上海古籍出版社2003年版，第2195页。

《七哀》，千古之兴亡升降，感叹悲愤，皆于诗发之。驯至于少陵，而诗中之史大备，天下称之曰"诗史"。唐之诗，入宋而衰，宋之亡也，其诗称盛。皋羽之恸西台，玉泉之悲竺国，水云之苦歌，《谷音》之越吟，如穷冬沍寒，风高气栗，悲噫怒号，万籁杂作，古今之诗莫变于此时，亦莫盛于此时。至今新史盛行，空坑、崖山之故事，与遗民旧老，灰飞烟灭。考诸当日之诗，则其人犹存，其事犹在，残篇啮翰，与金匮石室之书，并悬日月。谓诗之不足以续史也，不亦诬乎？①

钱谦益《答杜苍略论文书》有云："六经之中皆有史，不独《春秋》三传也。"他还援引孟子之说，指出《春秋》未作之前，诗与史本是二位一体；三代以后，诗史分离，从"兴废系乎时序，文变染乎世情"的角度而言，后世诗歌在反映国家兴亡、时代盛衰仍然贯穿史的精神。②钱谦益总结了从魏晋到唐宋的诗歌史，认为诗歌创作直接受制于世运更替和时代风气，优秀的作家无不言史，杜甫诗中之史大备。"牧斋之注杜，尤注意诗史一点，在此之前，能以杜诗与唐史互相参证，如牧斋所为之详尽者，尚未之见也。""细绎牧斋所作之长笺，皆借李唐之事，暗指明代时事，并极其用心抒写己身在明末政治蜕变所处之环境。实为古典今典同用之妙文。"③陈寅恪所评价的"皆借李唐之事，暗指明代时事，并极其用心抒写己身在明末政治蜕变所处之环境"，是指钱谦益《钱注杜诗》将杜甫诗歌作为一种审美观照的对象，"观文者披文以入情，沿波讨源"（刘勰《文心

---

①　钱谦益《牧斋有学集》卷十八，上海古籍出版社 2003 年版，第 800—801 页。

②　张健在《清代诗学研究》第一章中对《胡致果诗序》做了阐述，可参看。

③　陈寅恪《柳如是别传》下，三联书店 2015 年版，第 1014、1021 页。

雕龙·知音》),由"观"杜诗而"兴"己意的一种接受并阐释杜诗的感发活动。一般来说,儒家诗论更多关注文学的外部规律,比如文学和社会生活和政治现实的关系,而道家诗论更多关注文学的内部规律,比如对表现技巧和审美风格的探讨。相对而言,作为明清易代之际的大儒,钱谦益的"诗史说"也是比较有代表性的肯定文学与社会现实政治有着紧密关联的儒家文学理论。

王夫之主张诗史有别,反对诗与史混淆。他在《诗广传》从文体的内容及表达方式方面指出了诗与史书的重大区别:"有求尽于意而辞不溢,有求尽于辞而意不溢,立言者必有其度而各从其类。意必尽而俭于辞,用之于《书》,辞必尽而俭于意,用之于《诗》,其定体也。两者相贸,各失其度,匪但其辞之不令也。为之告戒而有余意,是贻人以疑也,特眩其辞而恩威之用抑黯。为之咏歌而多其意,是荧听也,穷于辞而兴起之意微矣。"史书的特点是主旨明确、文辞简约,而诗歌的意旨是含蓄蕴藉,文辞华美。"故《诗》者,与《书》异垒而不相入者也。"①诗与史书有十分明显的区别。又说:"诗有诗笔,犹史有史笔,亦无定法。但不以经生详略开合脉理求之,而自然即于人心即得之矣。"②"咏史诗以史为咏,正当于唱叹写神理,听闻者之生其哀乐。"③他强调了诗歌要"唱叹写神理",即具有独特的音乐美和与读者"感发志意"的感情特性,追求的仍是诗的审美特质。他在《姜斋诗话》卷一指出:"夫诗之不可以史为,

---

① 王夫之《诗广传》卷五《论鲁颂一》,中华书局 1964 年版,第 166 页。

② 王夫之评选、李金善点校《明诗评选》卷五张治《江宿》评语,河北大学出版社 2008 年版,第 270 页。

③ 王夫之评选、任慧点校《唐诗评选》卷二李白《苏武》评语,河北大学出版社 2008 年版,第 66 页。

若口与目之不相为代也。"①他在《明诗评选》中又说："诗以道性情，性之道情也。性中尽有天德、王道、事功、节义、礼乐、文章，却分派与《易》《书》《礼》《春秋》去，彼不能代诗而言性之情，诗亦不能代彼也。决破此疆界，自杜甫始。桔桎人情，以掩性之光辉；风雅罪魁，非杜其谁耶？"②王夫之认为诗歌与历史是两种不同的体裁，诗有"诗笔"，史有"史笔"，二者不能相混。他强调"以诗解诗"③，或如今人所说，"诗歌如果沦为记载历史的工具，就会牺牲诗歌自己的特质"④。这是用文学审美论来观察与评价诗的特性。王夫之反对"诗史"对于文学与政治关系的特别推重，认为诗歌"不可作诗史看，饶有兴观"。所以以"诗史"观照杜诗，并非美誉。

　　王夫之也从辨体的角度发扬了杨慎和陆时雍的观点⑤，认为杜甫偏离了《诗经》以来的风雅传统，为"风雅罪魁"。但王夫之对诗歌审美性质的认识比杨慎全面且深刻。他说："诗有叙事叙语者，较史尤不易。史才固以夔括生色，而从实著笔自易；诗则即事生情，即语绘状。一用史法，则相感不在永言和声之中，诗道废矣。"⑥王夫之肯定诗歌可以叙事，但是诗歌之特长在于"即事生情，即语绘状"，"生情"和"绘状"是使诗歌具有审美性质的两个重

---

　　①　戴鸿森《姜斋诗话笺注》，人民文学出版社 1981 年版，第 24 页。

　　②　王夫之评选、李金善点校《明诗评选》卷五评徐渭《严先生祠》，河北大学出版社 2008 年版，第 300—301 页。

　　③　戴鸿森《姜斋诗话笺注》，人民文学出版社 1981 年版，第 20 页。

　　④　张晖《中国"诗史"传统》，三联书店 2012 年版，第 153 页。

　　⑤　戴鸿森认为王夫之关于"诗史"的看法，受到杨慎的影响。参见戴鸿森《姜斋诗话笺注》，人民文学出版社 1981 年版。

　　⑥　王夫之评选、张国星校点《古诗评选》卷四《古诗十九首》，河北大学出版社 2008 年版，第 166 页。

要因素。王夫之在从体裁方面将诗的特点与史的特点区分开来后,还着重在叙事功能上对二者加以区别:史的叙事是"从实著笔",写的是生活真实,而诗的叙事却不必"从实著笔",也就是说它写的事可以不是生活的实然,而是艺术真实。"杜子美仿之作《石壕吏》,亦将酷肖,而每于刻画处犹以逼写见真,终觉于史有余,于诗不足。论者乃以'诗史'誉杜,见驼则恨马背之不肿,是则名为可怜悯者。"①王夫之认为评价杜甫的诗歌为"诗史"并非赞美:"咏古诗下语秀善,乃可歌可弦,而不犯史垒。足知以'诗史'称杜陵,定罚而非赏。"②王夫之之所以认为杜诗"于史有余,于诗不足",因为在他看来,诗歌是一种人类的"精神活动",是诗人对自我的"内心观照",是个体心灵的投射,是诗人观察、过滤、筛选之后的历史现象,其中浸透了诗人的情感痕迹,打上了诗人爱憎的烙印。而杜甫的诗歌中个性流露的成分太少,叙事的成分太多,"相感不在永言和声之中",因而失去了诗独特的审美特质。王夫之对于杜诗的认识和理解是非常中肯深刻的,这和杨慎"诗不可兼史"之说亦有相通之处。

因为诗贵含蓄,如若和盘托出,那便没有诗味了。所以王夫之反对以诗为史,反对以史法写诗,也特别讨厌以议论为诗,因为直抒胸臆是和含蓄蕴藉相对立的。他说:"议论入诗,自成背戾。盖诗立风旨以生议论,故说诗者于兴观群怨而皆可。若先为之论,则言未穷而意已先竭,在我已竭,而欲以生人之心,必不

---

① 　王夫之评选、张国星校点《古诗评选》卷四《古诗十九首》,河北大学出版社2008年版,第166页。

② 　王夫之评选、张国星校点《古诗评选》卷一曹丕《煌煌京洛行》,河北大学出版社2008年版,第27页。

任矣。以鼓击鼓,鼓不鸣,以桴击桴,亦槁木之音而已。唐宋人诗惜浅短,反资标说,其下乃有如胡曾咏史一派,直堪为塾师放晚学之资……足知议论立而无诗,允矣。"①王夫之虽然反对以议论为诗,但他并不认为诗与议论是绝缘的:"诗源情,理源性,斯二者岂分辕反驾哉?"②那诗歌要如何进行议论呢?王夫之指出要"以显函微,以事函理",作者要把那些深奥抽象的内容寄寓、包含在生动的叙事之中,以含蓄蕴藉的手法表达出来,以审美的形式呈现于读者面前。他明确指出:"长言咏叹,以写缠绵悱恻之情,诗本教也。"③再一次坚定地维护了诗区别于其他意识形态文本的审美特征。既然王夫之强调"诗不以学",其隐含的意思是说"本与性情",从而把诗人引向"诗道性情"的创作轨道:"一用史法,则相感不在永言和声之中,诗道废矣。"他的观点在纠正历代学人对"诗史"的误解和误用方面具有很大的价值和意义,可谓深得杨慎之精髓。

清代的叶燮在论述"理""事""情"三者的关系时,对"诗史"的论争做了一个总结性的判断:"以为盈天地间万有不齐之物之数,总不出理、事、情三者。……六经者,理、事、情之权舆也。合而言之,则凡经之一句一义,皆各备此三者而互相发明。分而言之,则《易》似专言乎理,《书》《春秋》《礼》似专言乎事,《诗》似专言乎情,此经之原本也。而推其流之所至,因《易》之流而为言,则议论、辨

---

① 王夫之评选、张国星校点《古诗评选》卷四《招隐》,河北大学出版社 2008 年版,第 212 页。

② 王夫之评选、张国星校点《古诗评选》卷二陆机《赠潘尼》,河北大学出版社 2008 年版,第 101 页。

③ 戴鸿森《姜斋诗话笺注》,人民文学出版社 1981 年版,第 88 页。

说等作是也;因《书》《春秋》《礼》之流而为言,则史传、纪述、典制等
作是也;因《诗》之流而为言,则辞赋、诗歌等作是也。数者条理各
不同,分见于经,虽各有专属,其适乎道则一也。"①《尚书·尧典》
"诗言志"和陆机的《文赋》"诗缘情"让人们莫衷一是,闻一多先生
指出了志与情之间的内在逻辑:"一种《氓》《谷风》,以一个故事为
蓝本,叙述方法也多少保存着故事时间的连续性,可说是史传的手
法。"②当然我们也可以理解为诗歌和历史的同构性——事是诗歌
所言之志或者情的具体化和载体。叶燮提出"理""事""情"三者其
实就是孔颖达《毛诗序正义》所谓"情志合一",具体表现在不同的
文体之中各有侧重。如《易经》侧重于理,《春秋》侧重于事,《诗
经》侧重于情,实际上正是继承了陆机"诗缘情"的观点,而且将
诗与史区别开来了,这一点似乎是王夫之、杨慎观点的发扬。但
是叶燮相较于王夫之、杨慎诸人的进步之处在于,他认为在诗歌
里可以兼有理、事、情三者,就其"适乎道"而"言志"功能而言是
一样的。叶燮还进一步指出,诗歌旨意要隐约含蓄的表达:"诗
之至处,妙在含蓄无垠,思致微渺。其寄托在可言不可言之间,
其指归在可解不可解之会。言在此而意在彼,泯端倪而离形象,
绝议论而穷思维,引人于冥漠恍惚之境,所以为至也。"叶燮似乎
继承了前人诗论中诗未尝不可以兼有史的观点,并且吸收了杨
慎、王夫之等人的合理思想,为中国古典美学中的"诗史"论画上了
一个圆满的句号。

---

①　吴宏一、叶庆炳《清代文学批评资料汇编》,台湾成文出版社 1979 年版,第
272—273 页。

②　闻一多《神话与诗》,北京联合出版公司 2014 年版,第 176 页。

余　论

除了"诗史"条外，杨慎对杜甫的批评，还较为集中地体现在以下两条资料中。

《升庵集》卷二《唐绝增奇序》曰：

> 少陵虽号大家，不能兼善，一则拘乎对偶，二则汩于典故。拘则未成之律诗，而非绝体。汩则儒生之书袋，而乏性情。故观其全集，自"锦城丝管"之外，咸无讥焉。近世有爱而忘其丑者，专取而效之，惑矣！①

《升庵集》卷六《答重庆太守刘嵩阳书》曰：

> 然窃有狂谈，异于俗论，谓诗歌至杜陵而畅，然诗之衰飒实自杜始。经学至朱子而明，然经之拘晦实至朱始，是非杜、朱之罪也。玩瓶中之牡丹，看担上之桃李，效之者之罪也。夫鸾辂生于椎轮，龙舟起于落叶，山则原于覆篑，江则原于滥觞。今也，譬则乞丐，沾其剩馥残膏；犹之瞽史，诵其坠言衍说，何惑乎道之日无，而文之日下也。窃不自揆，欲训诂章句，求朱子以前"六经"；永言缘情，效杜陵以上"四始"。斐然之志确乎不移，而影颓吴泉，昏及赵荫，跻类愚公，力疲夸父矣。

---

① 杨慎《升庵集》卷二《唐绝增奇序》，文渊阁四库全书本。

　　杜甫在我国古典诗歌发展史上具有承上启下、继往开来的重要地位:他继承《诗经》以来的现实主义传统,一方面拓宽了诗歌的创作领域,加深了诗歌的创作题材,另一方面则使诗歌的艺术形式和风格技巧更加丰富,为后世诗人提供了宝贵的艺术借鉴。但在杨慎眼中,杜甫诗歌有两个明显的缺憾:一则杜甫诗体不纯,为诗歌之"变体"①;二则杜甫局限于"儒生之书袋",大量引经据典而忽略情志的抒发和表达。杜甫创造性地发挥各种诗体的功能,如《自京赴奉先咏怀五百字》《北征》等被人们誉为"诗史"称号的作品,往往是写景、叙事、抒情、议论合而为一,带有明显的散文化和议论化的特征:诗歌创作固然在叙事和议论上有其长处,但直叙和铺排太多,赋多而比兴少,难免使诗歌的形象性和韵味受损。而这恰恰是杨慎最为反感的。

　　杨慎曾说:"余尝欲以汉唐以下事之奇奥罕传者汇之,而以苏李曹刘李杜韩孟诗证之,名曰《诗史演说》。"可见他也并不认为诗不可叙事。杨慎"诗史"说的提出,是其师李东阳"诗之所以贵情思而轻事实"之诗学精神的发扬光大。进而以之为抓手,批评宋人以韵语纪时事违背了《诗经》以来"诗以道性情""意在言外"之旨。杨慎重新提出"诗史"这一命题,应该是在当时台阁体以文为诗和性气诗以道学为诗的诗坛风气下,有为而发的。

　　诚然,杜甫的诗歌中不乏含蓄蕴藉、意近旨远且言浅寓深的例子。杨慎也注意到了这一点。杨慎在论述中国古典诗歌史上其他

---

　　① 何景明《明月篇序》:"夫诗本性情之发者也","乃知子美……实则诗歌之变体也。"王廷相《与郭价夫学士论诗书》:"若夫子美《北征》之篇……漫敷繁叙,填事委实,言多趁帖,情出附辏,此则诗人之变体,骚坛之旁轨也。"二人皆从诗歌抒发感情的角度谓杜诗为"变体",可以和杨慎的观点相参考。

杰出的诗人时,也曾多次提到"诗史"二字。

如《升庵诗话》卷二"元微之《唐宪宗挽词》"条云:

> "天宝遗余事,元和盛圣功。二凶枭帐下,三叛斩都中。始服沙陀虏,方吞逻逤戎。狼星如要射,犹有鼎湖弓。"二凶谓杨惠琳、李师道,传首京师,三叛谓刘辟、李锜、吴元济,斩于都市,斯亦近诗史矣。①

如《升庵诗话》卷十一"咏王安石"条谓:

> 刘文靖公因《书事绝句》云:"当年一线魏瓠穿,直到横流破国年。草满金陵谁种下,天津桥上听啼鹃。"宋子虚《咏王安石》亦云:"投老归耕白下田,青苗犹未罢民钱。半山春色多桃李,无奈花飞怨杜鹃。"二诗皆言宋祚之亡由于安石,而含蓄不露,可谓诗史矣。②

又如《升庵诗话》卷十四"苏堤始末"云:

> 东坡先生在杭州、颍州、许州,皆开西湖,而杭湖之功尤伟。其诗云:"我在钱塘拓湖渌,大堤士女争昌丰。六桥横绝天汉上,北山始与南山通。忽惊二十五万丈,老葑席卷苍云

---

① 杨慎《升庵诗话》,《历代诗话续编》(中),中华书局1983年版,第663页。
② 杨慎《升庵诗话》,《历代诗话续编》(中),中华书局1983年版,第862页。

空。"此诗史也,而注殊略。①

　　看来他并不是反对以诗为史的,而是反对用诗歌过于直露地"纪时事",使诗歌失去含蓄蕴藉之美。事实上,杨慎对于杜甫的以史为诗的现象是一分为二评价的,②大体上他还是对杜甫持肯定态度,曾说"杜诗之含蓄蕴藉者盖亦多矣"。杜甫的诗歌深刻地反映了唐代安史之乱前后20多年的社会全貌,生动地记载了他一生所走过的路程。所以他的诗能使读者"知其人""论其世",起着"可以兴,可以观,可以群,可以怨"的作用。作为"诗史"的杜诗并不是完全客观地叙事,用诗体去写历史,而是在深刻反映现实的同时,还通过独特的风格表达出作者的心情。浦起龙《少陵编年诗目谱附记》说:"少陵之诗,一人之性情,而三朝之事会寄焉者也。"可见杜甫的诗歌不论是感时还是叹身,都含有浓厚的抒情成分。所以杨慎《选诗外编序》誉之为:"然以艺论之,杜陵诗宗也。"③客观地讲,杜诗虽名曰"诗史",但不能被视作用韵文写成的历史。它是文学而不是史书。杜甫用审美的方式反映了历史变动时期具有深刻意义的社会生活内容。后人却并不能正确把握杜诗的精髓,错误地将"诗史"理解成在诗中堆砌历史事实,而忽视了诗歌的审美特质。如前所述,这种情况在宋代比较严重。杨慎在"诗史"问题上

---

　　①　杨慎《升庵诗话》,《历代诗话续编》(中),中华书局1983年版,第927页。
　　②　对于这一点,今人并未给予充分的重视。如胡建次《中国古典诗学批评中的杜甫论》一文说:"杨慎也从狭隘的汉儒诗教精神出发,认为诗作要'意在言外,使人自悟',他指责杜甫'直陈时事,类于讪讦'。"见《古代文学理论研究》第十九辑,华东师范大学出版社2001年版。
　　③　王文才、张锡厚辑《升庵著述序跋》,云南人民出版社1985年版,第195页。

继续阐发其"含蓄"的诗歌审美论,旨在反对杜甫诗歌中过多地说理、议论而毫不顾及诗歌的含蓄之美的问题以及他对后来的宋诗所产生的消极影响。①杨慎对这一论题的纠偏扶正,有利于匡正学人研究杜诗的治学思路。

---

① 　高棅也曾经提及杜诗的叙事有余而含蓄不足。其《唐诗品汇·正声·凡例》说:"李杜大家,或以为不当选,或曰李可选而杜不可选,杜诗史也,非词人才子等。虽然,唐三百年诗如子美者几何? 子美凌轹沈宋,与太白并驱,而高岑辈实相羽翼,可谓唐诗之大备矣。今既曰唐诗选,岂敢与此乎阙,故予所取者非旧选所常取,予于欲离欲近而取之矣。观诗至子美,则又当刮目。"高棅认为杜甫的诗作被认为是"诗史",只能当作历史来读,而诗歌应有的艺术性不够,所以才有高棅虽然诘问"唐三百年诗如子美者几何",但是潜意识还是有所贬抑的,因为他主张的标准是"于欲离欲近而取之",也就是叙事文学所缺少而诗歌特有的那种委婉含蓄、意在言外的审美特征,所以他说"诗至子美则又当刮目"。

结　　语

王夫之《明诗评选》卷四在李梦阳《赠青石子》"高鸟有违群,离兽多悲音"一诗下有一段评论曰:

此亦自关性灵,亦自有余于风韵。立北地于风雅中,恰可得斯道一位座。乃苦自尊已甚,推高之者又不虞而誉,遂使几为恶诗作俑,亦北地之不幸。要以平情论之,北地天才自出公安下;六义之旨,亦堕一偏,不得如公安之大全。至于引愤动思,含深出显,分胫臂,立规宇,驱俗劣,安襟度,高出于竟陵者,不啻华族之视侩魁。此皇明诗体三变之定论也。乃以一代宗工论之,则三家者皆不足以相当。前如伯温、来仪、希哲、九逵,后如义仍,自足鼓吹四始;三家者岂横得誉,亦横得毁,如吴、越争霸,《春秋》之所必略,蜗角虚争,徒劳而已。三家之兴,各有徒众。北地之裔,怒声醉咦,掣如狂兕。康德涵、何大复而下,愈流愈莽。公安乍起,即为竟陵所夺,其党未盛,故其败未极。以俗诞而坏公安之风矩者,雷何思、江进之数子而已。若竟陵,则普天率土干死时文之经生,拾沂行乞之游客,乐其酸俗淫佻而易从之,乃至鬻色老姬,且为分坛坫之半席。

则回思北地，又不胜朱弦疏越之想。夕堂鹭一代之诗，直取三
家置之是非之外，以活眼旁观，取其合者，其余一置而不论。
聊尔长言，如廷尉就三家村判妇姑唇舌。多言数穷，吾其
愧矣。①

　　王夫之《明诗评选》选杨慎 40 首诗，仅次于明初诗文大家刘基
85 首和高启 76 首，可见杨慎诗歌代表着明代中期诗歌的最高成
就。但是王夫之在梳理明代诗歌三变的时候沿着诗歌发展的主流
即复古派——公安派——竟陵派的交替变革而前进。对于明代复
古的文学思想和思潮的发展，今人基本上给予精确的时间定位。
如廖可斌《明代文学复古运动研究》引言云："在中国文学发展史
上，明确以复古为口号的文学思潮有四次，即唐初陈子昂倡导的诗
文复古运动，中唐韩愈、柳宗元倡导的古文运动，北宋梅尧臣、欧阳
修等倡导的诗文复古运动及明代的复古运动。前三者都得到了后
人的充分研究和高度评价，唯独明代复古运动一直遭到冷落，或者
说声誉不佳，这是许多古典文学研究者都曾注意到的一个现
象。……明代复古运动，从正式兴起的弘治年间算起，到余音袅袅
的明末清初，绵延了约一个半世纪。它前潮未平，后波又起，高峰
期几乎席卷了整个文坛。……构成了整个中国古代文学史上最热
闹的一幕。"②他把身为前七子复古运动领袖的李梦阳中进士的弘
治六年(1493)，作为复古运动的开端，把李梦阳去世之年即嘉靖八
年(1529)定为运动的终结。弘治六年至弘治十五年(1502)是前七

---

① 　王夫之评选、李金善点校《明诗评选》，河北大学出版社 2008 年版，第 165 页。
② 　廖可斌《明代文学复古运动研究》，商务印书馆 2008 年版，第 1—2 页。

子复古运动的酝酿期,弘治十五年至正德六年(1511)为复古运动
蓬勃高涨的阶段①。可见,从弘治到正德初年,文坛是以前七子为
主流的。黄卓越《明中后期文学思想研究》也大体认定前七子文章
复古运动始于弘治中,至正德间而抵高潮。②

　　上述诸人中并没有明确提及杨慎,但这并不是说杨慎就没有
被裹挟进去。杨慎的参与时段基本上处在"第一变",亦即明代诗
学话语权"台阁坛坫,移于郎署"③。"文权下移"④的结果就是,文
学家们更关注感情的表达,更注意诗文的辨体,更善于总结以前创
作的经验和教训,在这一点上,杨慎算是一个具有代表意义的人
物。杨慎在翰林院任职八年,"多见古书,熏蒸沉浸",能"援史融
经,敷陈弘剀","吐属自无鄙语,譬诸世禄之家,天然无寒俭之气
矣"的古雅博学之风,正是所谓先期"台阁"文学的特点⑤。博学好
古,典则正大,转益多师,兴寄闲远,这些也是杨慎诗歌的天然属性
和本质特点。遭遇了"议大礼"事件,杨慎不但丧失了政治前途,也

　　① 廖可斌《明代文学复古运动研究》,商务印书馆 2008 年版,第 67 页。
　　② 参见黄卓越《明中后期文学思想研究》,北京大学出版社 2005 年版,第 1 页。
　　③ 陈田《明诗纪事》丁签卷一,上海古籍出版社 1993 年版,第 1135 页。李梦阳
《空同集》卷五十九《朝正倡和诗跋》中对此时的诗坛风气的转变也有相应的描述:"诗倡
和莫盛于弘治,盖其时古学渐兴,士彬彬乎盛矣,此一运会也。余时承之郎署,所与倡和
则扬州储静夫、赵叔鸣,无锡钱世恩、陈嘉言、秦国声,太原乔希大,宜兴杭氏兄弟,郴李
贻教、何子元,慈溪杨名父,余姚王伯安,济南边庭实,其后又有丹阳殷文济,苏州都玄
敬、徐昌谷,信阳何仲默,其在南都则顾华玉、朱升之其尤也,诸在翰林者,以人众不叙。
自正德丁卯之变,缙绅罹惨毒之祸,于是士皆以言为讳,重足累息,而前诸倡和者亦各飘
然萍梗散矣。"
　　④ 简锦松《明代文学批评研究》,台湾学生书局 1989 年版,第 83 页。
　　⑤ 简锦松谓"台阁体乃馆阁词林之诗文体,非泛指一般官员或高级官员之作,台
阁以博学好古为传统,其文以典则正大为风尚,诗主清婉,多兴寄闲远之思,故其体诗法
欧阳修,并以博学而兼有李杜韩苏乃至司马迁之风"。见简锦松《明代文学批评研
究——成化、嘉靖(1465—1544)中期篇》,台湾学生书局 1989 年版,第 82—83 页。

失去了他在文学殿堂应有的话语权,"红颜而出,华颠未归,凡三十稔",堪称"古今奇谪"①。但是也正是这种"边缘人"的身份使得杨慎保持着较为清醒独立的思考与探索,使得他更能探索诗歌的起源、专注诗歌的本质、坚守诗歌的正途。

　　在明代诗坛好立门户、喜欢标榜的风气中,杨慎又生当此风尤烈的明代中期,"从头说起",从《诗经》《楚辞》中挹其芳润,注重探究诗歌的审美特征和审美趣味,直指诗歌的艺术本质,确实是一位富有独见和个性的诗论家。钱锺书《中国诗与中国画》中说:"新风气的代兴也常有一个相反相成的表现。它一方面强调自己是崭新的东西,和不相容的原有传统立异;而另一方面更要表示自己大有来头,非同小可,向古代也找一个传统作为渊源所自。"②杨慎推崇风雅,注重楚辞,一方面是从古典诗歌的源头立论,以构建一个雅正的诗歌发展的良好秩序和深远的传统意蕴,另一方面也是针对明代诗坛的种种弊端直接针砭,主张在内在精神层面复兴诗道传统,因此在看似复古的表述中亦实具标新之意。韦勒克说:"文学史上始终存在着理论与实践的巨大鸿沟。三百年来,人们翻来覆去,重复的是亚里士多德和贺拉斯所主张的观点,争辩不已的还是这些观点——而实际的文学创作,却完全独立地走着自己的路。"③浏览明代中期的诗歌作品,比比皆是此类南辕北辙的矛盾分裂现象,但是杨慎诗歌创作实践和诗学理论之间却极少有鸿沟

----

① 简绍芳《陶情乐府序》,见王文才、张锡厚辑《升庵著述序跋》,云南人民出版社1985年版,第149—150页。
② 中国社会科学院文学研究所《中国文学研究年鉴》编辑委员会编《中国文学研究年鉴1986》,中国文联出版公司1988年版,第307页。
③ (美)雷纳·韦勒克《近代文学批评史》(第一卷),上海译文出版社1987年版,第7—9页。

似的分野。杨慎的诗歌创作为明代中期惨淡经营的诗坛增添了一抹亮色,他的诗学理论也为明代中后期的诗学探索提供了有益的营养,并进一步启迪了清代诗学的繁荣和总结。

附录　历代《升庵诗话》序跋

程启充《升庵诗话序》

昔在孔子,博文约礼,孟氏博学反约。多识畜德,圣哲所尚,稽古博文,代有其人。反而说约,匪心会神悟,虽六经亦糟粕耳。吾友升庵杨子,正德辛未临轩及第,蜚声词垣,缵承家学。嘉靖甲申与新贵人争礼,遣戍南荒,十有八年。上探坟典,下逮史籍、稗官小说,及诸诗赋百家九流,靡不究心,各举其词,罔不遗逸,辨伪分舛,因微致远,以适于道。淡而不俚,讽而不虐,玄而不虚,幽而不诡。其事该,其说备,其词达,其义明,自成一家之言。往代之疑,前哲之误,一朝悉之,呜呼博哉约之乎!升庵资秉颖绝,天将致之于成,投艰畀困,动心忍性,故其所得益深,所见益大,举而措之,寅亮弘化,不在兹乎?若曰词藻丹铅,谈锋芒锷,是乃唐宋诸人之赘,升庵之见当不如是也。升庵在滇,手所抄录汉晋六朝各史要语千卷,所著有《丹铅余录》《丹铅续录》《韵林原训》《蜀艺文志》《六书索引》《古音略》《皇明诗抄》《南中稿》诸集。此则絜其准於诗者,曰《诗话》云。嘉靖辛丑阳月,嘉州初亭程启充序。(嘉靖刻本)

李调元《升庵诗话序》

昔人于书，非徒诵说之而已，将必以心之所欲言，口之所能达者，笔之于册，流连览观，以示弗谖。久之，而所得衰然焉。取精用宏，直此之故。明自正嘉以来，言诗者一本严羽、杨士宏、高棣之说，以唐为宗。以初盛为正始、正音，中晚为步武、遗响，斤斤权格调之高低，必一于唐而后快。甚或取诗之先后乎唐者，皆庋阁勿观。呜呼，亦思唐人果读何书，使何事，而遂以成一代之作者已乎？升庵先生作诗不名一体，言诗不专一代，兼收并蓄，待用无遗，而说者或以繁缛靡丽少之。韩退之不云乎："唯古于文必己出，降而不能乃剽贼。"试观先生之诗，有不自己出者乎？先生之论诗，有不自己出者乎？知其自出，而犹以是讥之，是犹责衣之文绣者曰："尔何不为短褐之不完也？"责食之膏粱者曰："尔何不为藜藿之不充也？"其亦惑之甚矣。按何宇度《益部谈资》载：先生《诗话》四卷，《补遗》两卷。予得焦竑足本十二卷，盖皆先生心之所欲白，而口之所能言也。读者谓先生言人之诗也，可，即谓先生自言其诗也，亦可。童山李调元序。（《函海》本）

张含《诗话补遗序》

文中子曰："仲尼多爱，爱道也；马迁多爱，爱奇也。"含谓："道未尝不奇，何遽谓奇非道哉！"吾友太史公升庵杨子，今之马迁也，腹笥五车，言泉七略，诗其余事。又出其余绪，缀为《诗话》若干卷，有《续集》，有《别录》，有《补遗》，皆诗评也。艺林同志，咸珍传之，盖与余同。见闻者十八九，比之宋人《珊瑚钩》《渔隐话》，评品允当，不翅度越。九变复贯，知言之选，良可珍哉！嘉靖壬子十一月七日永昌禺山张含序。（嘉靖刻本、淡生堂钞本、《函海》本、《滇文丛录》二十）

杨达之《叙诗话补遗后》

吾师太史升庵公，天笃至颖，一涉灵积，冲龄发咏，金石四远。谪居南徼，肆力艺坛，休播士林，珪琳萃具。兹刻，其藻评之余风乎！曩小子屡废离索，得师《诗话》，先梓以传者，宝帷潜玩，蹶然自谓，诗社灵筌，其在兹乎！祛习固，宣哲隐，恢本则神物体，辞省而发兴深，脂悝不捐，而约之于义，半璧双金，崇是可以妙悟三昧矣。窃稍合庠之二祀，适晋阳东崖曹公，以渝别驾，俯牧兹土。家承好古，复购师《补遗》数卷，捐俸登梓，与前妙并传。小子又受而读之，希音过绎，幸哉！然曰吟瀚评品，雌白无虑数十家，抑多随兴称寄，晬盎百具，资发盖鲜。沧浪以禅极喻，要亦竟概而鲜暴于缕。维公白首精能，天出窈密，双辞半箨，戛玉示牖，真诗林之神翼，骚圃之玄英也。迹是以阶其尚，其有穷乎？其有穷乎？时嘉靖丙辰三月，门生大理杨达之顿首谨序。（嘉靖刻本、淡生堂钞本、《函海》本、《滇文丛录》二十）

王嘉宾《诗话补遗序》

乡先生升庵太史寓滇之日，杜门却扫，以文史自娱，著书凡数十种,流播海内,金桴玉屑,人亟珍藏。点翰之暇,复述缀《诗话》,以裨词林之缺。三笔业已锲枣,奇且富矣。兹《补遗》三卷,乃公门人晋阳曹寿甫诠次成帙,请与严君东崖郡公,授梓以传。公掌合篆,卧而治之,雅尚文事,实以有余力也。先是升庵先生贻书不肖,俾引简端,顾谫陋何能赞一辞,聊质疑于先生焉耳。叙曰:严沧浪氏云:诗有别材非关书,别趣非关理。若然,则凿空杜撰,可谓殊材;谬诞谲浪,亦云异趣。诗之要指,果如斯而已乎? 今观编内,粗举一二,如"天窥""偃曝"之订正,"石砬""卸亭"之考索,其于古昔作者,取材寄兴之端委,掇菁钩玄,殆同堂接席,而面与契勘也。呜呼,杜紫薇不识龙星,房叔远能喻湖目。放翁沈园之咏,诚斋无题之什,非发挥于后村,二诗之意几晦。然则诗材诗趣,果在书与理外耶? 陆士衡云:"倾群言之沥液,漱六艺之芳润。"此固太史公之余事。嗟嗟小子,读书灭裂,不见目睫者,迹公之融神简编,其精密该综若此,将无愧汗浃背耶! 艺苑君子,三余披览,获益良多,知不啻如乾膳之臽非炙,聊甘众口而已。嘉靖丙辰夏蜀东嶑岭山人王嘉宾序。(嘉靖刻本、《函海》本)

李调元《诗话补遗跋》

考千顷堂《升庵诗话》四卷,《补遗》二卷。前得焦竑刊本共十二卷,系合先生《诗话》汇刻,以便观览,故为足本。后得《诗话补遗》二卷,乃先生自订本,所校者门生曹命、杨达之。其中多有焦氏所遗漏,因急补刻。其为焦氏所并入者,则因次标注于下,庶前后两集本来面目皆见。绵州李调元跋。(《函海》本)

丁福保辑《重编升庵诗话弁言》

《升庵诗话》，自明以来无善本。有刻入《升庵文集》者，凡八卷；自五十四卷至六十一卷。有刻入升庵外集者，凡十二卷；自六十七卷至七十八卷。有入《丹铅总录》者，凡四卷；自十八卷至二十一卷。《函海》又载其十二卷及补遗三卷。此详彼略，此有彼无，前后异次，卷帙异数。其字句之讹，则各本皆然。鲁鱼亥豕，往往不能句读，殆皆仍其传写之误耳。明刻书夙以多讹闻，兹复益以传写之误，升庵嘉惠后学之心，后学其何以领悟邪？升庵渊通赅博，而落魄不检形骸，放言好伪撰古书，以自证其说。如称宋本《杜集》,《丽人行》中有"足下何所有？红葉罗袜穿镫银"二句，钱牧斋遍检各宋本《杜集》，均无此二句。又如岑之敬《栖乌曲》载《乐府诗集》，有"明月二八照花新，当垆十五晚留宾"之句，升庵截此二句，添"回眸百万横自陈"一句，别题为岑之敬《当垆曲》。又如李陵诗有"红尘蔽天地，白日何冥冥"二句，下阙，见《古文苑》，见《文选》李善本《西都赋注》。《升庵诗话》备载全诗，下多十二句，云出《修文御览》。此书亡来已久，殊不可信。以文义考之，"白日何冥冥"下，何得遽接云"招摇西北指，天汉束南倾"邪？又载七平七仄诗，七平如《文选》"离袿飞绡垂纤罗"，今考傅武仲《舞赋》《古文苑》《文选》，皆云"华袿飞绡杂纤罗"，不言"垂纤罗"也。凡此种种，皆失之伪撰。又如称"渤海，北海之地，今哈密扶余，中国之沧州、景州名渤海者，盖侨称以张休盛"云云。不知哈密在西，扶余在东，绝不相及。沧景一带，地皆濒海，故又有瀛洲、瀛海诸名，谓曰侨置，殊非事实。又"香云""香雨"，并出王嘉《拾遗记》，而引李贺、元稹之诗。又以卢象"云气杳流水"句，误为"香"字，此亦其引据疏舛处。王弇州讥其求之宇宙之外，而失之耳目之前，陈耀文且有《正杨》之作以诋之，后学或引以病升庵。然升庵之才器，实在有明诸家之上，瑕玷虽多，而精华亦复不少，《四库提要》谓："求之于古，可以位置于郑樵、罗泌之间。"后学弃其瑕玷而取其精华可也。余读《升庵集》，仰其为人。会有《历代诗话续编》之刻，爰搜集各本，详加校订，讹者正之，复者删之，缺者补之。至其伪撰之句，则原之以存其真，据其题中第一字之笔画数，改编一十四卷，自谓较各本为善矣。割裂古人书，世所诟病，若《升庵诗话》之散如盘沙，不割裂无以得善本，而或者升庵嘉惠后学之心，反以余之割裂而显也。敢以质诸当世君子。中华民国四年冬，无锡丁福保识。（《历代诗话续编》本）

参 考 文 献

杨慎相关专著

《赤牍清裁》,杨慎辑,明代嘉靖十三年刻本。

《丹铅余录　谭苑醍醐》,杨慎撰,上海古籍出版社 1992 年版。

《古诗选九种》,杨慎辑,焦竑批点,明代万历四十七年刻本。

《嘉乐斋三苏文范》,杨慎选,明代天启二年刻本。

《绝句衍义笺注》,杨慎撰,王仲镛、王大厚笺注,四川人民出版社 1986 年版。

《空同诗选》,李梦阳撰杨慎评,明万历四十六年闵齐伋刻朱墨套印本。

《墨池琐录》,杨慎撰,文渊阁四库全书本。

《念一史弹词注》,杨慎撰,吴如珩注,清乾隆元年吴郡凌云翼刻本。

《钤山堂诗选》,严嵩撰,杨慎批选,嘉靖三十一年刊本。

《升庵经说》,杨慎撰,李调元《函海》本。

《升庵南中集》,杨慎撰,明代嘉靖刻本。

《盛明百家诗·杨升庵集》,俞宪辑,明隆庆刻本。

《选诗三卷》附外编三卷拾遗二卷,杨慎选,嘉靖十一年序刻本。

《杨升庵批点文心雕龙》,刘勰撰杨慎批点,明万历刻本。

《杨子厄言》,杨慎撰,明嘉靖四十三年刻本。

《四家宫词》,杨慎评选,明刻本。

《李卓吾先生读升庵集》,杨慎撰,李贽辑并评,明刻本。

《李杜诗选》,张含辑,杨慎等评,明刻本。

参考著作

《中国文学批评》,方孝岳编著,世界书局1934年版。

《明代文学》,钱基博著,商务印书馆1935年版。

《明代思想史》,容肇祖著,开明书店1941年版。

《明会要》,龙文彬撰,中华书局1956年版。

《明代云南境内的土官与土司》,江应梁编著,云南人民出版社1958年版。

《国榷》,谈迁著,中华书局1958年版。

《全上古三代秦汉三国六朝文》,严可均校辑,中华书局1958年版。

《诗集传》,朱熹著,中华书局1958年版。

《文心雕龙注》,刘勰著,范文澜注,人民文学出版社1958年版。

《明通鉴》,夏燮著,中华书局1959年版。

《列朝诗集小传》,钱谦益著,上海古籍出版社1959年版。

《诗薮》,胡应麟撰,中华书局1958年版。

《沧浪诗话校释》,严羽著,郭绍虞校释,人民文学出版社1961年版。

《清诗话》,王夫之等撰,中华书局1963年版。

《中国文学史》，游国恩等著，人民文学出版社 1963 年版。

《四库全书总目》，永瑢等撰，中华书局 1965 年版。

《明史纪事本末》，谷应泰撰，中华书局 1977 年版。

《史通》，刘知几著，上海古籍出版社 1978 年版。

《云南史料丛刊》，方国瑜编，云南大学出版社 2001 年版。

《明史考证》，黄云眉著，中华书局 1979 年版。

《中国历代文论选》，郭绍虞主编，上海古籍出版社 1979 年版。

《宋诗话考》，郭绍虞著，中华书局 1979 年版。

《李杜论略》，罗宗强著，内蒙古人民出版社 1980 年版。

《姜斋诗话笺注》，王夫之著，戴鸿森笺注，人民文学出版社 1981 年版。

《唐音癸签》，胡震亨著，上海古籍出版社 1981 年版。

《历代诗话》，何文焕辑，中华书局 1981 年版。

《文心雕龙注释》，刘勰著，周振甫注释，人民文学出版社 1981 年版。

《玉堂丛语》，焦竑撰，中华书局 1981 年版。

《随园诗话》，袁枚著，顾学颉校点，人民文学出版社 1982 年版。

《永历实录》，王夫之著，岳麓书社 1982 年版。

《诗经研究概要》，夏传才著，中州书画社 1982 年版。

《清诗话续编》，郭绍虞编选，上海古籍出版社 1983 年版。

《历代诗话续编》，丁福保辑，中华书局 1983 年版。

《中国文学论集》，朱东润著，中华书局 1983 年版。

《诗话和词话》，张葆全著，上海古籍出版社 1983 年版。

《汉魏六朝乐府文学史》，萧涤非著，人民文学出版社 1984

年版。

《中国古代文学理论论稿》,张文勋著,上海古籍出版社 1984 年版。

《云南史料目录概说》,方国瑜著,中华书局 1984 年版。

《谈艺录》,钱锺书著,中华书局 1984 年版。

《中国哲学原论——原教篇:宋明儒学思想之发展》,唐君毅著,台湾学生书局 1984 年版。

《杨慎词曲集》,王文才辑校,四川人民出版社 1984 年版。

《升庵著述序跋》王文才、张锡厚辑,云南人民出版社 1985 年版。

《中国文学批评史》,王运熙、顾易生著,上海古籍出版社 1985 年版。

《中国文学论集》,徐复观著,台湾学生书局 1985 年版。

《牧斋初学集》,钱谦益著,钱曾笺注,钱仲联标校,上海古籍出版社 1985 年版。

《诗文鉴赏方法二十讲》,周振甫等著,中华书局 1986 年版。

《罪惟录》,查继佐著,浙江古籍出版社 1986 年版。

《中国古代文学审美理论鉴识》,殷杰著,华中师范大学出版社 1986 年版。

《宋诗钞》,吕留良、吴之振、吴自牧编撰,中华书局 1986 年版。

《明诗人小传稿》,潘介祉纂辑,台湾中央图书馆 1986 年版。

《管锥编》,钱锺书著,中华书局 1986 年版。

《中国艺术精神》,许复观著,春风文艺出版社 1987 年版。

《中国美学史》,李泽厚、刘纲纪著,中国社会科学出版社 1987 年版。

《中国文学史大事年表》，吴文治著，黄山书社 1987 年版。

《明文海》，黄宗羲编，中华书局 1987 年版。

《升庵诗话笺证》，杨慎著，王仲镛笺证，上海古籍出版社 1987 年版。

《宋明理学史》，侯外庐、邱汉生、张岂之主编，人民出版社 1987 年版。

《士与中国文化》，余英时著，上海人民出版社 1987 年版。

《宋明理学新探》，贾顺先著，四川人民出版社 1987 年版。

《明人传记资料索引》，台湾"中央"图书馆编，中华书局 1987 年版。

《客座赘语》，顾起元撰，中华书局 1987 年版。

《诗源辨体》，许学夷著，人民文学出版社 1987 年版。

《文心雕龙新探——刘勰文学理论体系及其渊源》，张少康著，齐鲁书社 1987 年版。

《中国文学理论史》，黄保真、蔡钟翔、成复旺著，北京出版社 1987 年版。

《中国诗话史》，蔡镇楚著，湖南文艺出版社 1988 年版。

《明末中国佛教之研究》，释圣严著，关世谦译，台湾学生书局 1988 年版。

《唐诗学引论》，陈伯海著，东方出版社 1988 年版。

《道家思想与中国古代文学理论》，漆绪邦著，北京师范学院出版社 1988 年版。

《杨慎学谱》，王文才著，上海古籍出版社 1988 年版。

《万历野获编》，沈德符撰，中华书局 1989 年版。

《大明会典》，广陵古籍刻印社 1989 年版。

《宋代文学与思想》,张高评著,台湾学生书局1989年版。

《明清实学思潮史》,陈鼓应、辛冠洁、葛荣晋主编,齐鲁书社1989年版。

《王廷相集》,王廷相著,王孝鱼点校,中华书局1989年版。

《明代文学批评研究——成化、嘉靖(1465—1544)中期篇》,简锦松著,台湾学生书局1989年版。

《明会典》,李东阳等撰,申时行等重修,广陵古籍刻印社1989年版。

《宋明理学与文学》,马积高著,湖南师范大学出版社1989年版。

《明实录类纂》,李国祥、杨昶主编著,武汉出版社1990年版。

《杨慎诗话校笺》,杨文生著,四川人民出版社1990年版。

《中国诗学与传统文化精神》,韩经太著,四川人民出版社1990年版。

《全明诗》,章培恒等主编,上海古籍出版社1994年版。

《皇明诗选》,陈子龙、李雯、宋征舆编撰,华东师大出版社1991年版。

《明代文学批评史》,袁震宇、刘明今著,上海古籍出版社1991年版。

《古典美学传统与诗论》,王英志著,南京出版社1991年版。

《中国禅宗与诗歌》,周裕锴著,上海人民出版社1992年版。

《杜诗详注》,杜甫撰,仇兆鳌注,上海古籍出版社1992年版。

《剑桥中国明代史》,(美)牟复礼、(英)崔瑞德编,张书生等译,中国社会科学出版社1992年版。

《禅与中国文学》,张锡坤等著,吉林文史出版社1992年版。

《杨慎研究资料汇编》，林庆彰、贾顺先编，"中研院"文哲所1992年版。

《诗话概说》，刘德重、张寅彭著，学海出版社1993年版。

《中国文学理论批评史》，敏泽著，吉林教育出版社1993年版。

《明诗纪事》，陈田辑撰，上海古籍出版社1993年版。

《明诗综》，朱彝尊编撰，上海古籍出版社1993年版。

《宋诗研究》，胡云翼著，巴蜀书社1993年版。

《明中晚期理学的对峙与合流》，于化民著，文津出版社1993年版。

《明代文论选》，蔡景康编选，人民文学出版社1993年版。

《明代驿站考》，杨正泰著，上海古籍出版社1994年版。

《明代前后七子研究》，陈书录著，江西人民出版社1994年版。

《明代文学复古运动研究》，廖可斌著，上海古籍出版社1994年版。

《朱子学与明初理学的发展》，祝平次著，台湾学生书局1994年版。

《明代思想与中国文化》，宋志罡主编，安徽人民出版社1994年版。

《明清诗歌史论》，周伟民著，吉林教育出版社1995年版。

《中国文学理论批评发展史》，张少康、刘三富著，北京大学出版社1995年版。

《宋诗之新变与代雄》，张高评著，洪叶文化出版社1995年版。

《中国美学范畴辞典》，成复旺主编，中国人民大学出版社1995年版。

《从理学到朴学——中华帝国晚期思想与社会变化面面观》，

艾尔曼著,赵刚译,江苏人民出版社 1995 年版。

《中国文学批评通史·明代卷》,王运熙、顾易生主编,上海古籍出版社 1996 年版。

《中国近三百年学术史》,梁启超著,东方出版社 1996 年版。

《清代文学批评史》,邬国平、王镇远著,上海古籍出版社 1996 年版。

《中国诗学思想史》,肖华荣著,华东师范大学出版社 1996 年版。

《宋代人物与风气》,禚梦庵著,台湾商务印书馆 1996 年版。

《明代诗文的演变》,陈书录著,江苏教育出版社 1996 年版。

《牧斋有学集》,钱谦益著,钱曾笺注,钱仲联标校,上海古籍出版社 1996 年版。

《明散曲纪事》,田守真编著,巴蜀书社 1996 年版。

《明代内阁政治》,谭天星著,中国社会科学出版社 1996 年版。

《中国翰林制度研究》,杨果著,武汉大学出版社 1996 年版。

《中国史学思想史》,吴怀祺著,安徽人民出版社 1996 年版。

《晚明思想史论》,嵇文甫著,东方出版社 1996 年版。

《宋明易学概论》,徐志锐著,辽宁古籍出版社 1997 年版。

《中国史学史纲》,李炳泉、邸富生主编,辽宁师范大学出版社 1997 年版。

《走向世俗——南朝诗歌思潮》,詹福瑞著,河北大学出版社 1997 年版。

《近四百年中国文学思潮史》,陈伯海主编,东方出版社 1997 年版。

《佛教与晚明文学思潮》,黄卓越著,东方出版社 1997 年版。

《宋代文学通论》,王水照主编,河南大学出版社 1997 年版。

《宋代诗学通论》,周裕锴著,巴蜀书社 1997 年版。

《纂修四库全书档案》,张书才主编,上海古籍出版社 1997 年版。

《明诗评选》,王夫之评选、李金善点校,河北大学出版社 2008 年版。

《明词综》,王昶辑,王兆鹏校点,辽宁教育出版社 1997 年版。

《明诗话全编》,吴文治等编,江苏古籍出版社 1997 年版。

《古诗评选》,王夫之评选、张国星校点,河北大学出版社 2008 年版。

《历代诗别裁集》,沈德潜等编,浙江古籍出版社 1998 年版。

《永昌府志》,罗伦、李文渊纂修,书目文献出版社 1998 年版。

《杨慎评传》,丰家骅著,南京大学出版社 1998 年版。

《云南通志》,书目文献出版社 1998 年版。

《史略》,高似孙著,辽宁教育出版社 1998 年版。

《文字禅与宋代诗学》,周裕锴著,高等教育出版社 1998 年版。

《北宋文人与党争》,沈松勤著,人民出版社 1998 年版。

《宋诗话全编》,吴文治主编,江苏古籍出版社 1998 年版。

《中国文学批评史》,郭绍虞著,百花文艺出版社 1999 年版。

《中国文学史》,袁行霈主编,高等教育出版社 1999 年版。

《唐绝句史》,周啸天著,安徽大学出版社 1999 年版。

《中国评点文学史》,孙琴安著,上海社会科学出版社 1999 年版。

《清代诗学研究》,张健著,北京大学出版社 1999 年版。

《清代文论选》,王镇远、邬国平编选,人民文学出版社 1999

年版。

《宋诗学导论》,程杰著,天津人民出版社1999年版。

《中国诗学研究》,张伯伟著,辽海出版社1999年版。

《诗论——审美感悟与理性把握的融合》,赵永纪著,广西师范大学出版社1999年版。

《明史》,张廷玉等撰,中华书局2000年版。

《明季滇黔佛教考》,陈垣著,河北教育出版社2000年版。

《明代哲学史》,张学智著,北京大学出版社2000年版。

《王学与中晚明士人心态》,左东岭著,人民文学出版社2000年版。

《魏晋南北朝诗学》,陈顺智著,湖南人民出版社2000年版。

《明永乐至嘉靖初诗文观研究》,黄卓越著,北京师范大学出版社2001年版。

《中国文学批评史大纲》,朱东润著,上海古籍出版社2001年版。

《中国诗学之精神》,胡晓明著,江西人民出版社2001年版。

《情与理的碰撞——明代士林心史》,夏咸淳著,河北大学出版社2001年版。

《从经学到文学——明代〈诗经〉学史论》,刘毓庆著,商务印书馆2001年版。

《云南古代诗文论著辑要》,张国庆选编,中华书局2001年版。

《文化视野下的四库全书总目》,周积明著,中国青年出版社2001年版。

《宋代文学研究》,张毅主编,北京出版社2001年版。

《兴:艺术生命的激活》,袁济喜著,百花洲文艺出版社2001

年版。

《复古与复元古：中国复古文学理论的美学探源》，刘绍瑾著，中国社会科学出版社 2001 年版。

《四库全书纂修研究》，黄爱平著，中国人民大学出版社 2001 年版。

《永昌府文征》，李根源辑，云南美术出版社 2001 年版。

《清代学术思想的变迁与文学》，马积高著，湖南人民出版社 2002 年版。

《杨升庵丛书》，杨慎著，王文才、万光治主编，天地出版社 2002 年版。

《云南少数民族宗教文化与审美》，牛军著，中国社会科学出版社 2002 年版。

《宋明理学研究》，张立文著，人民出版社 2002 年版。

《文心雕龙的传播和影响》，汪春泓著，西苑出版社 2002 年版。

《中国古代文学批评方法研究》，张伯伟著，中华书局 2002 年版。

《中国选本批评》，邹云湖著，上海三联书店 2002 年版。

《清诗史》，严迪昌著，浙江古籍出版社 2002 年版。

《李杜诗学》，杨义著，北京出版社 2002 年版。

《心学与文学论稿——明代嘉靖万历时期文学概观》，宋克夫、韩晓著，中国社会科学出版社 2002 年版。

《明代云南沐氏家族研究》，李建军著，辽宁人民出版社 2002 年版。

《全唐五代诗格汇考》，张伯伟著，凤凰出版社 2002 年版。

《中国诗学史·明代卷》，朱易安著，鹭江出版社 2002 年版。

《明实录研究》,谢贵安著,湖北人民出版社 2003 年版。

《禅与唐宋诗学》,张晶著,人民出版社 2003 年版。

《中国文学流派意识的发生与发展》,陈文新著,武汉大学出版社 2003 年版。

《明前中期诗学辨体理论研究》,邓新跃著,上海古籍出版社 2003 年版。

《自成一家与宋诗宗风》,张高评著,台湾万卷楼图书公司, 2004 年版。

《中国知识分子精神》,徐复观著,华东师范大学出版社 2004 年版。

《中国学术精神》,徐复观著,华东师范大学出版社 2004 年版。

《中国文学精神》,徐复观著,上海书店出版社 2004 年版。

《宋学的发展和演变》,漆侠著,河北人民出版社 2004 年版。

《〈四库全书总目〉研究》,司马朝军著,社会科学文献出版社 2004 年版。

《四库提要辨证》,余嘉锡著,云南人民出版社 2004 年版。

《明代社会生活史》,陈宝良著,中国社会科学出版社 2004 年版。

《清诗流派史》,刘世南著,人民文学出版社 2004 年版。

《明中后期文学思想研究》,黄卓越著,北京大学出版社 2005 年版。

《中国文学批评史》,蔡镇楚著,中华书局 2005 年版。

《南宋文人与党争》,沈松勤著,人民出版社 2005 年版。

《〈四库全书总目〉编纂考》,司马朝军著,武汉大学出版社 2005 年版。

《诗品集解》,钟嵘著,郭绍虞集解,人民文学出版社 2005
年版。

《2005 年明代文学国际学术研讨会论文集》,左东岭主编,学
苑出版社 2005 年版。

《明代后期士人心态研究》,罗宗强著,南开大学出版社 2006
年版。

《明诗话全编》,吴文治主编,凤凰出版社 2006 年版。

《明代唐诗接受史》,查清华著,上海古籍出版社 2006 年版。

《杨慎诗学研究》,雷磊著,中国社会科学出版社 2006 年版。

《中国诗论史》,漆绪邦、梅运生、张连第撰,霍松林主编,黄山
书社 2006 年版。

《明代诗文论争研究》,冯小禄著,云南人民出版社 2006 年版。

《清代杜诗学文献考》,孙微著,凤凰出版社 2007 年版。

《八代诗史(修订本)》,葛晓音著,中华书局 2007 年版。

《明代复古派唐诗论研究》,陈国球著,北京大学出版社 2007
年版。

《明代诗学的逻辑进程与主要理论问题》,陈文新著,武汉大学
出版社 2007 年版。

《赋、比、兴与中国诗学研究》,刘怀荣著,人民出版社 2007
年版。

《明代唐诗选本研究》,金生奎著,合肥工业大学出版社 2007
年版。

《中国文学批评范畴及体系》,汪涌豪著,复旦大学出版社
2007 年版。

《清代唐诗选本研究》,贺严著,人民出版社 2007 年版。

《权力、知识与批评史图像:〈四库全书〉"诗文评类"的文学思想》,曾守正著,台湾学生书局2008年版。

《明清江苏文人年表》,张慧剑著,人民文学出版社2008年版。

《怀麓堂诗话校释》,李东阳著,李庆立校释,人民文学出版社2009年版。

《文学思潮·理论·方法·视野》,席扬著,上海三联书店2009年版。

《明代中古诗歌接受与批评研究》,陈斌著,三联书店2009年版。

《四库唐人文集研究》,刘玉珺著,巴蜀书社2010年版。

《杨慎研究——以文学为中心》,杨钊著,巴蜀书社2010年版。

《明代洪武至正德年间的翰林院与文学》,郑礼炬著,中国社会科学出版社2011年版。

《中国近三百年学术史》,钱穆著,商务印书馆2011年版。

《中国诗歌通史·明代卷》,左东岭著,人民文学出版社2012年版。

《明代诗文发展史》,尹恭弘著,社会科学文献出版社2012年版。

《明中后期文学流派与文风演化》,薛泉著,中国社会科学出版社2012年版。

《明代诗学与唐诗》,孙学堂著,齐鲁书社2012年版。

《明代诗文创作与理论批评的演变》,陈书录著,凤凰出版社2013年版。

《明代文学思想史》,罗宗强著,中华书局2013年版。

《明代藩府刻书研究》,陈清慧著,北京图书馆出版社2013

年版。

《中国文学论集续篇》，徐复观著，九州出版社 2014 年版。

《明代文艺美学思想及其审美诉求》，李天道、李玉芝著，中国社会科学出版社 2014 年版。

《前后七子研究》，郑利华著，上海古籍出版社 2015 年版。

《明代考据学研究》，林庆彰著，华东师范大学出版社 2015 年版。

《流派论争：明代文学的生存根基与演化场域》，冯小禄、张欢著，中国社会科学出版社 2015 年版。

《明代文学思潮史》，廖可斌著，人民文学出版社 2016 年版。

《中国"诗史"传统修订版》，张晖著，三联书店 2016 年版。

《明永乐至成化间台阁诗学思想研究》，汤志波著，上海古籍出版社 2016 年版。

《明代云南文学家年谱》，孙秋克著，商务印书馆 2017 年版。

论文

《读杨慎诗札记》，王文才，《四川师范大学学报》（社会科学版），1978.3。

《杨慎和他的〈升庵诗话〉》，聂索，《昆明师院学报》，1979.3。

《有关杨慎生平年代的订正》，张增棋，《昆明师院学报》，1980.1。

《杨慎诗论著述考》，张锡厚，《四川师范大学学报》，1981.2、3。

《简辑杨升庵著述评选书目》，陈廷乐，《昆明师院学报》，1982.1。

《杨慎对宋明理学的批判》，张义德，《中国哲学史研究》，1982.2。

《杨慎论李白评述》,王仲镛,《四川师范大学学报》(社会科学版),1983.2。

《杨慎卒年新证》,穆药,《昆明师院学报》,1983.3。

《谈谈〈历代诗话续编〉本〈升庵诗话〉》,常振国,《许昌师专学报》(社会科学版),1985.2。

《杨慎的文学批评》,邬国平,《文学遗产》,1985.3。

《从〈升庵诗话〉看杨慎的诗论》,陈长义,《社会科学研究》,1986.2。

《杨慎、王夫之与"诗史之辨"》,何楠,《辽宁大学学报》(哲学社会科学版),1986.6。

《论杨慎的文学思想》,贾顺先,《四川师范大学学报》(社会科学版),1988.2。

《杨升庵诗论初探》,黄宝华,《上海师范大学学报》,1991.1。

《论明代景泰至弘治中期的文学思潮》,廖可斌,《杭州大学学报》,1991.3。

《杨慎在川滇文化传播和交流中的作用》,李朝正,《社会科学研究》,1991.4。

《杜甫诗史精神》,邓小军,《安徽教育学院学报》(社会科学版),1992.3。

《修辞:神、圣、工、巧——杨慎修辞理论再探讨》,骆小所,《云南师范大学学报》(哲学社会科学版),1994.4。

《明代七子派与中国文艺复兴》,史小军,《人文杂志》,1994.6。

《传统文论的研究:途径与规范》,黄卓越,《文艺争鸣》,1996.4。

《诗圣·诗史·集大成——杜诗批评学中之誉称评述》,马承五,《杜甫研究学刊》,1997.3。

《杨慎的文学观及其对复古派的抗争》,李朝正,《社会科学研究》,1997.6。

《杨慎与明代中期的云南文学》,陶应昌,《云南民族学院学报》(哲学社会科学版),1998.1。

《传统"诗史"说的阐释意向》,韩经太,《中国社会科学》1999.3。

《杜甫"诗史"的思维》,杨义,《杭州师范学院学报》(社会科学版),2000.1。

《论明中期文权的外移——弘治朝文学振兴活动考略》,黄卓越,《中国文化研究》,2000.2。

《论杨慎对宋代诗学的批判》,邓新跃,《中国文学研究》,2000.5。

《明代诗学对"诗史"概念的辨证》,陈文新,《社会科学辑刊》,2000.6。

《近二十年明代诗学研究综述》,陈文新,《青海社会科学》,2001.4。

《明弘正间审美主义倾向之流布》,黄卓越,《中国文化研究》,2002.1。

《前七子乐府诗制作与明中期的民间化运动》,黄卓越,《中国文化研究》,2003.3。

《前后七子诗论异同——兼论明代中期复古派诗学思想趋势之演变》,郑利华,《中国文哲研究通讯》,2003.9。

《前七子之前与同时的文章复古意识》,黄卓越,《清华大学学报》(哲学社会科学版),2004.5。

《从文化研究到文学研究——若干问题的再澄清》,黄卓越,《求是学刊》,2004.6。

《杨慎对杜诗"诗史说"的批判及其批评史意义》,邓新跃,《杜甫研究学刊》,2005.1。

《前七子"文复秦汉"说的几个意义向度》,黄卓越,《中国文化研究》,2005.2。

《明中期南北文风交融与徐祯卿文学观》,刘竞,《湖南大学学报(社会科学版)》,2006.1。

《文学史视野下的中国古代文人社团》,张涛、叶君远,《河北学刊》,2006.1。

《杨慎与李东阳:观察明代诗学流变多样态的视角》,雷磊,《社会科学辑刊》,2006.3。

《明中期吴中派的诗文体统观》,黄卓越,《文学评论》,2006.5。

《杨慎论〈诗经〉对后世诗歌创作的影响》,许如蘋,第七届《诗经》国际学术研讨会,2006.8。

《中晚明之交文学新探》,孙康宜,《北京大学学报》(哲学社会科学版),2006 年第 6 期。

《论杨慎对李贽异端思想的影响》,田同旭,《晋阳学刊》,2007.2。

《杨慎崇尚六朝的诗学取向的批评史意义》,邓新跃,《唐都学刊》,2007.2。

《论杨慎诗歌创作的师法历程与风格趣向》,雷磊、陈光明,《文学遗产》,2007.4。

《明代博学思潮发生论》,吕斌,《中国文化研究》,2008.2。

《杜甫五古的艺术格局与杜诗"诗史"品质》,刘宁,《文学遗产》,2009.3。

《从杨慎的文学观看文学思想发展过程中的交错现象》,罗宗强,《首都师范大学学报》(社会科学版),2009.4。

《从文论史到心灵史:一种民族性建构的途径》,黄卓越,《清华大学学报》(哲学社会科学版),2009.5。

《明代博学思潮与文论——以杨慎为例的考察》,吕斌,《文学评论》,2010.1。

《去古:杨慎对六朝诗歌与唐诗关系的发现》,方锡球,《中国中外文艺理论学会年刊》,2010.4。

《王夫之〈明诗评选〉对杨慎的批评》,杨钊,《江汉论坛》,2010.12。

《张燧〈千百年眼〉因袭杨慎〈升庵集〉考论》,朱志先,《古籍整理研究学刊》,2011.1。

《杨慎、顾炎武考据学对贬宋论的推衍》,张祝平,《广西社会科学》,2011.1。

《批评史、文论史及其他》,黄卓越,《文化与诗学》,2011 年第二辑。

《明代吴中"皇甫四杰"生平家世考论》,查清华、汪惠民,《文学遗产》,2011.3。

《宋诗与明代诗坛》,郑婷,2012 年复旦大学博士学位论文。

《杨慎与何景明:六朝派与前七子的交接》,雷磊,《中国韵文学刊》,2012.7。

《杨慎对焦竑之影响考释》,韩伟,《古籍整理研究学刊》,2013.3。

《明清时期杨慎接受述评——以诗词为中心》,白建忠、沈文凡,《古籍整理研究学刊》,2014.3。

《李调元〈函海〉编修与版刻考论》,王永波,《上海师范学院学报》,2015.1。

《"话内"与"话外"——明代诗话范围的界定与研究路径》,左东岭,《文学遗产》,2016.3。

《论〈升庵诗话〉的诗歌评论视角》,杨照,《中华文化论坛》,2017.11。

《杜甫〈滕王亭子〉诗旨解读——兼评杨慎对"诗史"的非议及其它》,张广成,《杜甫研究学刊》,2017.12。

《"诗史说":钱锺书的"弃"与王国维的"续"》,刘锋杰,《社会科学辑刊》,2018.1。

《杨慎经学方法与明代学术变迁》,秦际明,《天府新论》,2018.3。

《明诗话还原研究与近世诗学重构的新路径》,陈广宏,《复旦学报》(社会科学版),2018.3。

《中晚明文学新变与杨慎文学史地位再认识》,黄维敏,《中华文化论坛》,2018.5。

《从诗史名实说到叙事传统》,董乃斌,《文艺理论研究》,2019.1。

《明代弘嘉之际吴中文学思想研究》,王露,2013 年复旦大学博士学位论文。

后　记

丹麦文学史学家勃兰兑斯在《十九世纪文学主流》中曾说:"人物越是杰出而又富有代表性,这个书的历史价值就越大,它也就越清晰的向我们揭示出某一特定国家在某一特定时期人们内心的真实情况。"傅雷也说:"一个国家的政治生命,只是它的最浅薄的面目。要认识它内心的生命和行动的渊源,必得要从文学、哲学、艺术,那些反映着这个民族的思想、热情与幻梦的各方面,去渗透它的灵魂。"诚然,研读《升庵诗话》给我带来的不仅仅是诗歌方面的知识信息,更多的是传达了整个明代中期诗学探索的"一种美的启悟,一种诗情与理性交融的快感"(傅璇琮语)。韦勒克、沃伦等人在《文学理论》第一部第四章《文学理论、文学批评和文学史》中将文学研究分成三大范畴:文学理论、文学批评和文学史:"似乎最好还是将'文学理论'看成是对文学的原理、文学的范畴和判断标准等类问题的研究,并且将研究具体的文学艺术作品看成'文学批评'(其批评方法基本上是静态的)或看成'文学史'。当然,'文学批评'通常是兼指所有的文学理论的;可是这种用法忽略了一个有效的区别。亚里士多德是一个理论家,而圣伯夫(A. Sainte·Beuve)基本上是个批评家。伯克主要是一个文学理论家,而布莱克默(R.P.Blackmur)则是一个文学批评家。'文学理论'一语足以包括——本书即如此——必要的'文学批评理论'和'文学史的理论'"。可以说,《升庵诗话》也包含了此三方面之内容,因此我也时常徜徉在杨慎等身的著作里而流连忘返,有时候完全忘记了自己最初是为了解决什么一个问题而阅读。学术巨著浩瀚如杨慎者,诚如余嘉锡先生所言:"骇其浩博,茫乎失据,不知学之所从入。"好在有王文才《杨慎学谱》,丰家骅《杨慎评传》,林庆彰、贾顺先《杨慎研究资料汇编》,杨文生《杨慎诗话校笺》,王仲镛《升庵诗话笺证》,王大厚《升庵诗话新笺证》,雷磊《杨慎诗学研究》等前辈的筚路蓝缕给我点燃了黑暗中的明灯,让我不至于迷失自我。

以杨慎为研究对象始于在北京大学攻读博士学位时导师卢永璘老师的提议。由陈熙中老师和卢永璘老师指导的博士论文《杨慎文学思想研究》也已经由中国社会科学出版社于 2010 年出版。本书的初步构思始于 2017 年,按照原计划于 2018 年底完成。恰在此时,院里让我担任二月河先生的助手,辅导几位明清专业博士生的学业,也让我的时间和精力有所偏移自己原来关注的研究领域。2018 年暑假手指骨折,又给阅读和写作带来诸多困难,其中的艰辛,只能自己体会。紧接着,秋季学期带队文学院的学生们去台湾佛光大学进行为时一个学期的交流访学,每周去山上和学生一起听课讨论 2—3 次,每周五的学习生活会也主要由我主持开展,这又占用了大量的时间。由于时间的零碎,效率也是很低。孜孜矻矻,积沙成丘,初稿终于于除夕完成。本书原本的规划还有两个非常重要的板块就是王世贞《艺苑卮言》和胡应麟《诗薮》对杨慎的诗学接受,但是限于时间和精力,暂付阙如,种种遗憾只能有待后来。由于笔者的学识有限,本书疏漏之处一定不少,恳请学界同仁和读者不吝赐教。

　　初稿呈交上海古籍出版社刘赛老师后,刘赛老师根据文章的框架和细目提出了大量的宝贵意见,我一一做了修改。几位同窗好友提出了很多宝贵的建议,我也吸收汲取。在此,对于刘赛老师的鞭策和鼓励以及同窗好友的热情帮助表示深深的感谢!此书的完成和出版,还要感谢郑州大学文学院各位领导和同事以及我的家人,他们殷切的鼓励和切实的帮助是我科研的最大动力,我也将用加倍的努力回报他们的支持。

己亥除夕记于盛和苑

二稿完成于己亥夏日

改定于己亥冬日

高小慧